BRIAN FREEMAN

Directeur de marketing d'une grande firme américaine dans une vie antérieure, Brian Freeman s'est reconverti dans le roman policier d'action et d'atmosphère en mettant en scène son héros récurrent, l'inspecteur Jonathan Stride. Salué par la critique, par ses pairs – notamment Jeffrey Deaver, Dennis Lehane, Michael Connelly – et par les lecteurs, dès son premier livre, il fait désormais partie du cercle très fermé des meilleurs auteurs du genre.

JAMAIS
JE NE REVIENDRAI

BRIAN FREEMAN

JAMAIS JE NE REVIENDRAI

Traduit de l'anglais (États-Unis) par Jean Charles Provost

PRESSES DE LA CITÉ

Titre original :
IMMORAL

Déjà paru aux éditions France Loisirs
sous le titre *Immorale*

Le papier de cet ouvrage est composé de fibres naturelles, renouvelables, recyclables et fabriquées à partir de bois provenant de forêts plantées et cultivées durablement pour la fabrication du papier.

ISBN 978-2-266-17677-5

À Marcia

La distance que prennent les morts
N'apparaît pas de prime abord –
Leur retour semble possible
Pendant bien des années ardentes.

EMILY DICKINSON

PROLOGUE

Dans les bois, au nord de la ville, l'obscurité était très différente de ce qu'elle était en ville. Il avait oublié.

La fille était invisible, rien qu'un spectre sous le ciel de minuit. Mais il savait qu'elle était là, toute proche. Il serra entre ses doigts son poignet brûlant. Elle respirait doucement, régulièrement. Elle était calme. Son parfum, qu'il se rappelait si bien, emplit de nouveau ses narines : une fragrance persistante et rare de fleurs de printemps. Du lilas, se dit-il. Et de la jacinthe. Il se souvint de l'époque où son parfum suffisait à l'exciter. Son odeur, son corps lui avaient manqué. Et maintenant ils étaient là, de nouveau ensemble.

La peur lui tordait les entrailles. Il se détestait. Il ne savait pas s'il aurait le courage d'affronter ce qui allait suivre. Il avait tellement attendu, prévu, désiré, il avait tellement fantasmé sur cette nuit. Elle était tellement présente dans son esprit que lorsqu'il se regardait dans la glace il la voyait derrière lui, comme un corbeau noir posé sur son épaule. Mais, après toute cette attente, il hésitait au moment de franchir le pas.

Plus qu'un dernier petit jeu, se dit-il.

— Finissons-en, siffla la fille d'une voix qui trahissait son irritation et son impatience.

Il détestait entendre le moindre soupçon de désapprobation dans sa voix. Mais elle avait raison. Elle avait toujours une étape d'avance sur lui. Il y avait bien trop longtemps qu'ils étaient dehors, dans l'air glacial. La grange agissait comme un aimant sur les amoureux. Quelqu'un pourrait les surprendre dans leur cachette, et tout gâcher.

Il sentit les yeux avides posés sur lui. Il savait qu'ils étaient seuls, mais ça ne l'empêchait pas d'avoir l'impression que des inconnus se dissimulaient derrière les bouleaux faméliques, qu'ils le suivaient. Il inspira à fond, s'efforçant de refréner ses angoisses. Il ne pouvait plus attendre.

Il plongea la main gauche dans la poche de son manteau. Ses doigts caressèrent la lame. Le moment était venu de jouer.

Il l'avait attendue dans la partie la plus sombre de la rue, là où il savait qu'elle devait passer. De grosses gouttes de neige fondue, poussées à l'horizontale par le vent, tombaient sur la voiture et s'entassaient sur son pare-brise. Il frissonnait, les épaules contractées sous son manteau léger, les yeux passant inlassablement d'un rétroviseur à l'autre.

Il était arrivé tôt, beaucoup plus tôt qu'il n'était raisonnable. Mais le quartier était tranquille. Sa montre indiquait vingt-deux heures. Bientôt, se répétait-il.

Les minutes s'étaient succédé, avec une lenteur insoutenable. Il se tortillait, les entrailles liquéfiées. Pendant un instant terrible, il avait même pensé qu'elle ne viendrait pas. Toute cette attente, tous ces sacrifices n'auraient servi à rien. Malgré le froid qui régnait dans la voiture, il transpirait. Il se mordillait nerveusement la lèvre supérieure. Plus il attendait, comptant mentalement les secondes, plus il avait peur. Viendrait-elle ?

Soudain elle était apparue, venue de nulle part, sublime à la lueur blafarde d'un lampadaire. Sa beauté l'avait fait suffoquer. Son pouls s'était emballé, une fine couche de sueur s'était formée sous ses bras et sur sa nuque. Il avait la bouche si sèche qu'il était incapable de déglutir. Tandis qu'elle approchait, de sa démarche glissante, il l'avait dévorée des yeux. Elle avait les lèvres rouges, pulpeuses, ses cheveux noirs retombaient sur ses épaules, trempés par la pluie. Le froid lui colorait les joues, mais pas assez pour modifier son teint d'albâtre. À son oreille gauche, un anneau lançait des reflets dorés. Un bracelet d'or trop large pendait à son poignet droit. Elle était grande et marchait vite, à longs pas élastiques. Un pull à col roulé blanc enserrait son corps mince. Son jean noir lui collait à la peau.

Il imaginait ce que représentaient une telle puissance, une telle confiance en soi. Il pouvait presque se sentir dans sa peau à elle, profondément conscient de son corps : le goût de la pluie sur les lèvres, le chant et la morsure du vent dans les oreilles, et cette sensation de souplesse, sensuelle, entre les jambes.

Elle l'avait repéré. Il savait qu'elle ne pouvait pas le voir dans la voiture, il avait pourtant senti son regard posé sur lui. Il connaissait ces yeux, si intenses, si verts, comme l'écume de mer dans laquelle il aurait eu envie de se noyer. Elle était venue droit sur lui.

Il savait quoi faire. Rester dans la voiture, attendre, la laisser venir jusqu'à lui. Mais la douleur avait été trop forte. Ses yeux parcourant la rue dans les deux sens pour s'assurer qu'ils étaient seuls, il avait ouvert la portière, l'avait appelée, à peine plus qu'un murmure :

« Rachel. »

Maintenant, à des kilomètres de là, elle courait. Elle essayait de s'échapper. Il tendit le bras, parvint à agripper son pull, mais elle lui fit lâcher prise d'une claque sur la main. Il glissa, se jeta en avant pour lui attraper le poignet. Ses doigts gantés tirèrent d'un coup sec sur son bracelet. Elle se libéra d'une secousse, le bracelet tomba à terre, et elle s'enfuit en courant dans les hautes herbes.

Il la suivait de près. Mais Rachel était aussi rapide et gracieuse qu'une gazelle. Il avait l'impression d'être lourd, ses gros souliers collaient à la boue et aux broussailles, ce qui ralentissait sa course. Elle le distançait. Il cria son nom, la supplia de s'arrêter. Elle devait l'avoir entendu, peut-être avait-elle trébuché sur le sol défoncé. Quand il battit l'air devant lui, à l'aveuglette, il sentit la chair molle de son épaule. Il serra et la fit pivoter vers lui. Leurs corps se heurtèrent. Il l'étreignit plus fort, alors qu'elle se tortillait sous son emprise, sa poitrine se soulevant au rythme de sa respiration. Il sentit l'odeur douce de son souffle.

Elle ne prononça pas un mot.

Il crocheta son pied droit autour de sa cheville pour l'immobiliser, et se serra contre elle. D'une main il tira sur son pull. Il leva son autre poing, celui qui tenait le couteau. Avec la pointe de la lame, il découpa le pull sans la moindre difficulté, il entendit l'étoffe qui cédait. Il continua à le lacérer, jusqu'à le réduire en lambeaux. Ses doigts touchèrent sa peau. Il sentit les seins qui se soulevaient et s'abaissaient, inlassablement, comme des montagnes russes.

Il posa la pointe sur la poitrine, là où devait se trouver le cœur, quelque part en profondeur. À condition qu'elle ait un cœur. Elle se débattit, entra dans son jeu. Un jeu mortel. Il savait qu'elle voulait qu'il le fasse. Ce n'était jamais lui le problème, se rappela-t-il. C'était Rachel, le problème.

Il poussa. Un hoquet franchit les lèvres de la fille. Quelque chose de liquide coula le long de la lame. Il n'en fallait pas plus, ils étaient libres.

PREMIÈRE PARTIE

1

Jonathan Stride avait l'impression d'être un spectre, baigné dans les halos blancs des projecteurs qui éclairaient le pont.

En contrebas, le flot brun boueux affluait dans le canal en lançant des vagues par-dessus les digues de béton, avalant les embruns dans des creux de trois mètres. L'eau jaillissait sous la pression, dans le passage menant de l'agitation du lac au calme du port intérieur. À l'extrémité des digues, où les navires remontaient le canal aussi délicatement qu'un fil dans le chas d'une aiguille, les phares jumeaux projetaient leurs faisceaux giratoires vert et rouge.

Le pont donnait l'impression d'être vivant. Quand des voitures roulaient sur la plate-forme, un vrombissement s'élevait dans l'air, semblable à un bourdonnement de frelons. Le trottoir métallique vibrait sous les pieds. Stride leva les yeux, comme Rachel avait dû le faire, vers les croisillons d'acier qui se dressaient au-dessus de sa tête. Le balancement à peine perceptible le dérangeait, la tête lui tournait.

Il faisait comme toujours : il s'imaginait à la place de la victime, et il essayait de voir le monde à travers ses yeux. Rachel était venue ici, vendredi soir, seule, sur le pont. Après, personne ne savait rien.

Stride regarda le couple d'adolescents qui se trouvait à côté de lui, tapant du pied avec impatience pour lutter contre le froid.

— Où était-elle quand vous l'avez vue ? demanda-t-il.

Le garçon, Kevin, sortit de sa poche une main musculeuse. Il portait au majeur l'énorme chevalière en onyx de son lycée. Il tapota le rebord mouillé de dix centimètres de large.

— Juste ici, inspecteur. Elle était en équilibre sur le rebord. Les bras en croix. On aurait dit un christ.

Il ferma les yeux, leva le menton vers le ciel et écarta les bras, paumes vers le haut.

— Comme ça, vous voyez ?

Stride fronça les sourcils. Octobre avait été infect, avec des vents furieux, les grêlons s'abattant du ciel nocturne comme des balles. Il avait du mal à imaginer quelqu'un en train de grimper sur le rebord du pont, ce soir-là, sans tomber.

Kevin devait avoir lu ses pensées.

— Elle était vraiment gracieuse. On aurait dit une ballerine.

Stride se pencha par-dessus le rebord. Le canal était étroit, et assez profond pour laisser passer les cargos géants aux cales chargées de minerai de fer. Le courant était mauvais, il pouvait vous aspirer et ne plus vous lâcher.

— Et qu'est-ce qu'elle fichait là-dessus ?

Sally, la jeune fille, ouvrit la bouche pour la première fois. Elle parla d'un ton maussade :

— C'était un truc pour en mettre plein la vue, comme tout ce qu'elle faisait. Il fallait toujours qu'elle attire l'attention.

Kevin ouvrit la bouche pour protester, puis il la referma sans avoir rien dit. Stride eut l'impression que c'était un point de discorde habituel entre eux. Il remarqua que Sally avait passé le bras sous celui de Kevin, et qu'elle le tirait un peu vers elle.

— Alors qu'avez-vous fait ?

— Je suis venu sur le pont en courant, dit Kevin. Je l'ai aidée à descendre.

Stride vit les lèvres de Sally esquisser une moue de dépit.

— Parle-moi de Rachel, demanda-t-il à Kevin.

— On a quasiment grandi ensemble. Nos familles habitaient des maisons voisines. Quand sa mère a épousé M. Stoner, ils sont partis s'installer dans les beaux quartiers.

— À quoi ressemble-t-elle ?

— Euh… jolie, je dirais, fit Kevin, nerveusement, en jetant un regard en coin vers Sally.

Celle-ci leva les yeux au ciel.

— C'était une beauté, aucun doute là-dessus ! De longs cheveux noirs. Grande et mince. La totale. Et aussi la plus belle salope qu'on ait jamais vue !

— Sally ! se récria Kevin.

— C'est vrai, et tu le sais parfaitement. Surtout après ce qui s'est passé vendredi…

Sally tourna la tête, sans lâcher le bras de Kevin. Stride vit sa mâchoire se contracter et elle serra les lèvres. Elle avait un visage rond, des boucles châtains qui retombaient en désordre sur ses épaules, effleurant ses joues empourprées. Dans son blue-jean moulant et sa parka rouge, elle était plutôt jolie. Mais personne n'aurait pu dire qu'elle était une beauté. Contrairement à Rachel, donc.

— Et qu'est-ce qui s'est passé, vendredi ? demanda Stride.

Il savait ce que le directeur adjoint Kinnick lui avait dit au téléphone deux heures plus tôt. Rachel n'était pas rentrée chez elle depuis vendredi. Elle avait disparu. Partie. *Exactement comme Kerry.*

— Disons… qu'elle m'a fait du plat, fit Kevin à contrecœur.

— Devant moi ! dit Sally d'un ton cassant. Quelle salope !

Les sourcils de Kevin se rapprochèrent, dessinant une grosse chenille jaune.

— Arrête, ne parle pas d'elle comme ça.

Stride leva la main pour mettre fin à la dispute. Puis il farfouilla sous son manteau de cuir décoloré et sortit le paquet de cigarettes qu'il avait glissé dans la poche de sa chemise de flanelle. Il le contempla avec un air de dégoût mêlé de lassitude, alluma une cigarette, en tira une longue bouffée. La fumée forma un nuage devant ses yeux. Stride sentit ses poumons se contracter. Il jeta le paquet dans le canal. L'emballage rouge tomba en tournoyant, comme une goutte de sang, et le courant le précipita sous le pont.

— Reprenons au début. Kevin, raconte-moi toute l'histoire, en bref et calmement, d'accord ?

Kevin se frotta le crâne jusqu'à ce que ses cheveux blonds se dressent comme des arbres nus en plein hiver. Il redressa ses épaules musclées. Un physique de footballeur.

— Rachel m'a appelé sur mon portable pour me dire que nous devions la retrouver dans Canal Park. Il était à peu près huit heures et demie. Il faisait un temps de chien, et le parc était presque désert. Quand on l'a vue, elle était sur le rebord, en train de faire l'idiote. On a couru vers le pont pour la faire descendre de là.

— Et puis ?

Kevin désigna l'extrémité opposée du pont, vers la péninsule s'étirant comme un doigt maigre, avec le lac Supérieur d'un côté et le port de Duluth de l'autre. Stride y avait passé presque toute sa vie, à regarder les navires chargés de minerai tracer leur chemin vers la mer.

— Nous sommes descendus vers la plage tous les trois, poursuivit Kevin. Nous avons parlé de l'école…

— C'est une lèche-bottes, intervint Sally. Du genre qui en psycho se met à débiter toutes les théories du prof sur les dysfonctionnements familiaux… En anglais elle trouve tous les poèmes du prof géniaux, en maths elle corrige les copies après les cours…

Stride lui jeta un regard glacial pour la faire taire. Sally fit la moue et ramena ses cheveux en arrière avec un air de défi. D'un signe de tête, Stride encouragea Kevin à continuer.

— On a entendu la corne d'un navire. Rachel a dit qu'elle avait envie de faire un peu de rodéo quand le pont se lèverait…

— On aurait dû vous empêcher de le faire, dit Stride.

— Ouais… sauf que Rachel connaît le gardien du pont. Son père et elle, ils sortaient avec lui quand elle était petite.

— Son père ? Graeme Stoner ?

— Non, fit Kevin en secouant la tête. Son vrai père. Tommy.

— Continue.

— Bon, on est revenus vers le pont, mais Sally ne voulait pas y remonter. Elle a continué, côté ville. Je ne voulais pas que Rachel y aille toute seule, alors je suis resté. Et c'est là… bon, c'est là qu'elle a commencé à me tripoter…

— Elle se fichait de toi, fit sèchement Sally.

Kevin haussa les épaules. Stride le regarda qui tirait son col sur son cou épais, puis il croisa le regard du garçon. Kevin n'avait pas l'intention de lui dire exactement ce qui s'était passé sur le pont, mais il était clair qu'il était embarrassé, et un peu excité en y repensant.

— On n'est pas restés là-haut très longtemps. Dix minutes, peut-être. Quand on est redescendus, Sally… elle n'était pas…

— J'étais partie, fit Sally. Je suis rentrée chez moi.

— Je suis vraiment désolé, Sal, bafouilla Kevin.

Il tendit la main pour lui caresser les cheveux, mais Sally se tortilla pour lui échapper.

Avant d'avoir l'occasion d'interrompre cette nouvelle prise de bec, Stride entendit la sonnerie de son portable (une version polyphonique de *Chattahoochee* d'Alan Jackson). Il sortit l'appareil de sa poche, reconnut le numéro de Maggie Bei. Il l'ouvrit d'une pichenette.

— Ouais, Mags ?

— Mauvaise nouvelle, chef. La presse a eu vent de l'affaire. Ça se bouscule au portillon, ici.

— Merde.

Il s'éloigna de quelques pas. Dès qu'il fut hors de portée de voix, il vit que Sally chuchotait à l'oreille de Kevin.

— Est-ce que Bird est là, avec les autres chacals ? demanda-t-il.

— Oh oui ! C'est même lui qui mène la danse.

— Bon Dieu, ne lui parle pas. Ne laisse aucun journaliste approcher les Stoner.

— Pas de problème. On a placé les rubans de protection.

— D'autres bonnes nouvelles ? fit Stride.

— Ils parlent déjà d'une série. Kerry, puis Rachel.

— C'est logique… Moi aussi, j'ai comme une impression de… de déjà-vu. Bon, je suis là dans vingt minutes.

Stride fit claquer son téléphone. Il était impatient, maintenant. Il n'aimait pas la tournure que prenaient les événements. Si la disparition de Rachel faisait la une des médias, cela modifierait totalement la nature de son enquête. Il voulait que la télévision et les journaux montrent le visage de la fille, mais il fallait qu'il contrôle l'histoire, pas le contraire. Et c'était impossible si Bird Finch commençait à poser des questions. Il retourna près du couple.

— Continue, intima-t-il à Kevin.

— Il n'y a pas grand-chose de plus à raconter. Rachel m'a dit qu'elle était fatiguée et qu'elle voulait rentrer chez elle. Je l'ai accompagnée jusqu'à la Coccinelle sanglante, et…

— Jusqu'où ? demanda Stride.

— Pardon. Sa voiture. Une Coccinelle Volkswagen, vous voyez ? Elle l'appelait la Coccinelle sanglante.

— Pourquoi ?

Le visage de Kevin était inexpressif.

— Sans doute parce qu'elle est rouge.

— D'accord. Tu l'as vraiment vue s'en aller ?

— Oui.

— Seule ?

— Bien sûr.

— Et elle t'a dit clairement qu'elle rentrait chez elle ?

— C'est ce qu'elle m'a dit, oui.

— Est-ce qu'il est possible qu'elle t'ait menti ? Qu'elle ait eu un autre rendez-vous ?

Sally eut un rire cruel.

— Bien sûr que c'est possible. Et c'est ce qui a dû se passer.

Stride lui jeta de nouveau un regard noir. Elle baissa les yeux et regarda ses chaussures, ses boucles retombant sur son front.

— Tu sais quelque chose, Sally ? demanda Stride. Tu es allée la voir pour lui dire de se tenir à l'écart de Kevin ?

— Non !

— Alors qui est-elle allée voir, d'après toi ?

— Ça pouvait être n'importe qui, dit Sally. C'était une putain qui…

— Arrête ! s'exclama Kevin.

— Taisez-vous, tous les deux ! aboya Stride. Comment Rachel était-elle habillée, vendredi soir ?

— Un jean noir moulant, fit Sally. Le genre qu'on ne peut pas ôter sans le découper avec un couteau. Et un pull blanc à col roulé.

— Tu n'as rien vu de particulier dans sa voiture, Kevin ? Des bagages ? Un sac à dos ?

— Non, rien du tout.

— Tu as dit à M. Stoner, au téléphone, qu'elle t'avait donné rendez-vous…

Kevin se mordit la lèvre.

— Elle m'a demandé si je voulais sortir avec elle samedi soir. Elle m'a dit de passer la prendre à sept heures, et qu'on sortirait ensemble. Mais elle n'était pas là.

Le garçon avait la gorge serrée. Le visage de Sally était aussi glacé que les eaux du lac.

— Elle se fichait de toi, répéta Sally. Est-ce que c'est elle qui t'a dit de m'appeler samedi et de me mentir ? C'est ce que tu as fait, tu te rappelles ?

Stride savait qu'il ne tirerait plus rien d'eux dans l'immédiat.

— Écoutez bien, vous deux, leur dit-il. Le problème, ce n'est pas de savoir qui a embrassé qui. Une fille a disparu. Une de vos amies. Je dois aller voir ses parents, qui se demandent s'ils la reverront un jour, d'accord ? Alors réfléchissez bien. Est-ce que vous vous rappelez autre chose qui serait arrivé vendredi soir ? Quelque chose que Rachel aurait fait, ou dit ? Quelque chose qui pourrait nous indiquer où elle est allée en partant d'ici, ou qui elle a pu aller voir ?

Kevin ferma les yeux, comme s'il se concentrait.

— Non, inspecteur. Il n'y a rien.

Sally était maussade, et Stride se demanda si elle cachait quelque chose. Mais elle ne parlerait pas.

— Je n'ai aucune idée de ce qui a pu lui arriver, marmonna-t-elle.

— Très bien, fit Stride en hochant la tête. On reste en contact.

Il regarda une dernière fois la surface noire du lac, au-delà de l'étroit canal. Il n'y avait rien à voir. C'était aussi vide, aussi superficiel que ce qu'il ressentait en cet instant. Alors qu'il dépassait les deux jeunes gens en direction du parking, il y pensa de nouveau. La sensation de déjà-vu. C'était un souvenir ignoble.

2

Quatorze mois avaient passé depuis la disparition de Kerry McGrath, par une soirée humide d'août. Stride avait si souvent reconstitué mentalement la dernière soirée de la jeune fille qu'il pouvait presque la voir se dérouler devant lui, comme un film. S'il fermait les yeux, il revoyait Kerry, comme sur la vidéo d'anniversaire qu'il avait visionnée cent fois, taches de rousseur au coin des lèvres, trois petits anneaux d'or serrés à son oreille gauche. Il l'entendait glousser. Depuis tout ce temps, il avait gardé d'elle une image éclatante, comme si elle était encore vivante.

Mais il savait qu'elle était morte. La fille si pétillante, si réelle dans son esprit était maintenant une chose hideuse, aux chairs décomposées, six pieds sous terre, dans un de ces endroits déserts, loin de la ville, où ils n'avaient jamais fouillé. Il voulait simplement savoir pourquoi, et qui lui avait fait cela.

Et maintenant, une autre adolescente. Une autre disparition.

Arrêté à un feu rouge, Stride vit dans la vitre du 4 × 4 se refléter ses yeux brun foncé. « Des yeux de pirate », disait Cindy pour le taquiner. Sombres, vifs, brûlants. Mais ça, c'était avant. Il avait laissé un monstre emporter Kerry, et une autre sorte de monstre lui avait pris Cindy, à la même époque. La tragédie avait éteint la flamme qui brûlait dans ses yeux, l'avait vieilli avant l'heure. Il le voyait sur son visage érodé, imparfait. Son front était couvert d'un entrelacs de rides révélatrices. Ses cheveux noirs parsemés de mèches grises étaient courts mais hirsutes, avec des épis. Il avait quarante et un ans et l'impression d'en avoir cinquante.

Stride lança son Bronco taché de boue sur les nids-de-poule, vers le quartier cossu de l'université, où vivaient Graeme et Emily Stoner. Stride savait ce qui l'attendait. Il était onze heures du soir – une heure où les rues devraient être mortellement calmes, surtout un dimanche. Mais pas ce soir-là. La rue était illuminée par les gyrophares des voitures de la police et la lumière blanche des lampes à arc des équipes de télévision. Des voisins s'attardaient sur leur pelouse, en petits groupes aussi curieux que bavards. Stride entendit la cacophonie des radios de la police.

Des flics en uniforme avaient déployé un cordon de sécurité autour de la maison des Stoner, et maintenaient à distance journalistes et badauds. Stride gara le Bronco en double file, à côté d'une voiture de service. Les reporters s'agglutinèrent autour de lui, lui laissant à peine la place pour ouvrir sa portière. Il secoua la tête et leva la main pour se protéger les yeux, en louchant vers les projecteurs.

— Eh, laissez-moi respirer, d'accord ?

Il força son chemin dans la foule des journalistes, mais un homme se dressa devant lui cn faisant signe à son cadrcur.

— Nous avons un tueur en série en cavale, Stride ? gronda Bird Finch, d'une voix aussi onctueuse et aussi profonde qu'une corne de brume.

Il s'appelait en réalité Jay Finch, mais dans tout le Minnesota il était connu sous le nom de Bird. Ce surnom datait de l'époque où il était une vedette locale du basket-ball. Il animait maintenant un talk-show à sensation sur une chaîne de Minneapolis.

Stride, qui mesurait un peu plus d'un mètre quatre-vingts, devait tendre le cou pour se trouver à la hauteur du visage maussade de Bird : l'homme était un géant de plus de deux mètres. Impeccablement vêtu, il portait un blazer croisé, et ses boutons de manchette brillaient sur les deux centimètres de chemise blanche qui dépassaient de ses manches. Stride vit une chevalière universitaire à l'index de l'énorme patte qui se cramponnait au micro.

— Beau costume, Bird, fit Stride. Vous étiez à l'opéra ?

Il entendit plusieurs reporters ricaner. Bird le regarda de ses yeux de braise. Les projecteurs faisaient luire son crâne chauve et noir.

— Un maniaque tue nos filles dans les rues de la ville, inspecteur. L'année dernière, vous avez promis aux habitants de cette ville que justice serait faite. Nous attendons toujours. Les familles attendent toujours.

— Si vous envisagez de vous présenter aux élections, allez dire ça à quelqu'un d'autre.

Stride dégrafa son insigne de son jean et le leva devant le visage de Bird, agitant l'autre main devant la caméra.

— Maintenant, foutez le camp de mon chemin.

Bird s'écarta à contrecœur. Stride le heurta violemment d'un coup d'épaule en le dépassant. Les exclamations continuaient de retentir derrière lui. La nuée des journalistes se jeta sur ses talons, le suivit sur le trottoir et jusqu'à la limite de la barrière bricolée avec du ruban de police jaune. Stride se glissa dessous et fit signe au flic le plus proche, un type mince de vingt-deux ans avec des cheveux roux frisés. L'agent se dirigea vers lui sur-le-champ.

— Inspecteur ?

Stride se pencha pour lui parler à l'oreille.

— Faites en sorte que ces enfoirés restent le plus loin possible.

— À vos ordres, fit le policier en souriant.

Stride avança au milieu de la pelouse impeccable de Graeme Stoner. Il fit signe à Maggie Bei – le brigadier le plus ancien du bureau qu'il dirigeait. Elle était en train de distribuer des instructions, d'une voix sèche, à une foule d'agents en uniforme. Maggie faisait tout juste un mètre cinquante, même avec ses grandes bottes noires aux talons de cinq centimètres. Tous les autres flics la dominaient, et de loin. Et tous lui obéissaient au doigt et à l'œil.

La maison des Stoner se trouvait au bout d'une voie étroite abritée par des chênes. Les arbres venaient de perdre la plupart de leurs feuilles, qui s'entassaient vaguement sur le sol. Avec ses deux étages, la demeure était un vestige des années vingt, solidement construite en brique et en pin pour résister aux hivers du Minnesota. Un chemin en courbe reliait la rue à une énorme porte d'entrée. Côté est on apercevait, dominant une ravine boisée, un garage séparé pour deux voitures. Une allée menait à une ruelle à l'arrière. Stride remarqua une Coccinelle Volkswagen rouge garée sur l'allée, pas tout à fait devant un des box du garage.

La voiture de Rachel. La Coccinelle sanglante.

— Bienvenue à bord, chef.

Stride se tourna vers Maggie Bei, qui venait de le rejoindre sur la pelouse.

Ses cheveux noir de jais étaient coupés au bol, avec une frange qui retombait à hauteur des sourcils. Elle était minuscule, comme une poupée chinoise. Elle avait un joli visage expressif, des yeux étincelants en amande et un teint légèrement doré. Elle portait une veste de cuir bordeaux sur une chemise blanche de chez Gap et un jean noir qu'elle avait acheté au rayon ados. C'était tout Maggie : à la fois élégante et branchée. Stride, lui, ne dépensait pas beaucoup d'argent pour s'habiller. Il s'obstinait à faire ressemeler régulièrement les bottes de cow-boy qu'il portait depuis qu'il avait quitté l'uniforme pour entrer au bureau des inspecteurs – et cela remontait à loin. Il avait le même jean râpé depuis neuf hivers, et les pièces de monnaie tombaient sur le sol par les trous au fond de ses poches. Sa veste de cuir était elle aussi usée par le temps. On voyait encore l'orifice qu'une balle avait fait dans la manche, juste dans l'axe de la cicatrice qu'il avait sur le haut de son bras musclé.

Stride jeta un coup d'œil panoramique sur les fenêtres de façade de la maison Stoner. À l'intérieur, il vit un homme qui portait un cocktail vers une pièce située à l'arrière. Le verre en cristal refléta la lumière du lustre, comme un miroir dont on se servirait pour envoyer un message.

— Qu'est-ce que nous avons, Mags ?

— Rien que tu ne saches déjà. Rachel Deese, dix-sept ans, en terminale au lycée de Duluth. Le jeune sportif, Kevin, dit qu'il l'a vue vendredi, vers dix heures du soir, alors qu'elle quittait Canal Park. Depuis, rien. Sa voiture est garée dans l'allée, mais personne ne l'a vue arriver chez elle vendredi. Ni repartir, à pied ou avec quelqu'un d'autre. Ça fait deux jours.

Stride hocha la tête. Il contempla un moment la Volkswagen de Rachel. La voiture était entourée de policiers qui la soumettaient à une fouille approfondie. Elle était rouge vif, belle, propre. Ce n'était pas le genre de véhicule qu'une adolescente aurait envie d'abandonner.

— Vérifie tous les distributeurs de billets sur le trajet entre Canal Park et ici. On aura peut-être une bonne surprise avec les bandes de surveillance de vendredi soir. Voyons si elle allait vraiment chez elle, comme le prétend Kevin.

— C'est fait, dit Maggie.

Elle le regarda en haussant un sourcil, comme pour dire : « Tu me prends pour une idiote ? »

Stride sourit. Maggie était le flic le plus intelligent avec lequel il ait jamais travaillé. Ses pensées revinrent à la fille.

— Graeme est son beau-père, c'est ça ? Et son père biologique ? Je crois qu'il s'appelle Tommy…

— Bien essayé. J'y ai pensé, moi aussi. Mais il est mort.

— Personne d'autre n'a disparu ? Un petit copain, par exemple ?

— Aucune disparition signalée. Si elle a fugué, elle est partie toute seule ou avec quelqu'un qui n'est pas d'ici.

— Les gens qui s'enfuient ont besoin d'un moyen de transport, dit Stride.

— Nous vérifions l'aéroport et les autocars, ici et à Superior.

— Les voisins n'ont rien vu ?

— Pour l'instant, rien d'intéressant, répondit Maggie. Nous continuons à interroger les gens.

— Pas de plaintes impliquant la fille ? Harcèlement, viol, ce genre de choses ?

— Guppo a vérifié dans la base de données. Rien qui concerne Rachel. Mais si on remonte plusieurs années en arrière, on tombe sur quelques incidents entre Emily et son premier mari. Le père de Rachel.

— Du genre ?

— Le père buvait pas mal, et il était souvent excité. Une plainte pour violence conjugale, qui n'a jamais abouti. Il battait sa femme, mais pas sa fille.

Stride fronça les sourcils.

— Est-ce qu'on sait si Rachel et Kerry se connaissaient ?

— Le nom de Rachel n'est jamais apparu, l'année dernière, dit Maggie. Mais on va poser la question.

Stride acquiesça d'un air absent. Il se remit une fois de plus dans la peau de Rachel, reconstituant sa dernière nuit, imaginant ce qui avait pu arriver sur le trajet. Supposons qu'elle soit rentrée chez elle, le vendredi. Elle était dans sa voiture, et maintenant la voiture est là. Alors ? Est-ce qu'elle était entrée dans la maison ? Quelqu'un l'attendait ? Est-ce qu'elle était ressortie ? Il neigeait, il faisait froid. Elle aurait dû prendre la voiture. Sauf si quelqu'un était venu la chercher.

— Allons parler aux Stoner, dit Stride.

Il marqua un temps d'arrêt. Il avait pris l'habitude de se fier à l'instinct de Maggie.

— Qu'est-ce que tes tripes te disent, Mags ? Une fugue… ou pire ?

Maggie n'hésita pas :

— Alors que sa voiture est toujours garée devant la maison ? Ça me fait penser à quelque chose de bien pire qu'une fugue. Ça me fait penser à Kerry.

Stride soupira.

— Ouais, fit-il.

3

Stride enfonça le bouton de la sonnette. Il vit une ombre par la vitre couverte de givre et entendit des pas. La porte de chêne sculpté s'ouvrit devant lui. Un homme aussi grand que lui, élégamment vêtu d'un pull en cachemire à col en V, d'une chemise de soirée blanche à col classique et d'un pantalon brun clair au pli impeccable, lui tendit la main. De l'autre, il faisait tournoyer la glace dans son verre.

— Inspecteur Stride, sans doute ?

Il avait la poigne ferme et le sourire facile de l'habitué des cocktails du country club.

— Kyle nous a prévenus de votre arrivée. Je suis Graeme Stoner.

Stride hocha la tête. Il avait compris l'allusion. Kyle n'était autre que Kyle Kinnick, le directeur adjoint de la police de Duluth et le supérieur direct de Stride. Graeme voulait qu'il sache qu'il avait le bras long à l'hôtel de ville.

Des rides discrètes se dessinaient sur le front et au coin des lèvres de Graeme. Stride estima que celui-ci avait plus ou moins le même âge que lui. Ses cheveux chocolat étaient coupés court, à la manière des cadres supérieurs. Il portait des lunettes en argent avec une toute petite monture circulaire. Le visage carré, les traits doux, sans pommettes remarquables ni menton protubérant. Même à cette heure avancée de la soirée, la barbe de Graeme était presque invisible. Stride passa machinalement la main sur son menton rugueux.

Graeme lui posa la main sur l'épaule.

— Allons dans la véranda à l'arrière, dit-il. Je crains que le salon ne soit trop exposé aux regards de la foule.

Stride le suivit. Le salon était plein de canapés délicats et d'antiquités, de meubles en noyer magnifiquement vernis. Graeme désigna un dressoir à fond vitré orné de cristal.

— Je vous sers un verre ? Pas nécessairement alcoolisé.

— Non, je vous remercie.

Graeme s'arrêta au milieu de la pièce. Il avait l'air mal à l'aise.

— Je vous dois des excuses pour ne pas m'être manifesté plus tôt, inspecteur. Quand Kevin est passé, samedi soir, je n'étais absolument pas troublé par l'absence de Rachel. Kevin peut s'exciter très vite quand il est question d'elle, voyez-vous, et j'ai cru qu'il dramatisait inutilement…

— Mais vous avez changé d'avis.

— Cela fait deux jours, maintenant. Et ma femme m'a rappelé, à juste titre, l'histoire de cette autre fille qui avait disparu.

Graeme lui montra le chemin. Ils traversèrent la salle à manger et franchirent des portes-fenêtres menant à une pièce spacieuse chauffée par le feu qui brûlait dans la cheminée de marbre gris. Le sol était recouvert d'un tapis blanc, luxueux et immaculé. Côté nord, la paroi se composait exclusivement de baies vitrées, sauf à l'emplacement des deux portes en verre coloré donnant sur l'arrière du jardin plongé dans l'obscurité. Une rangée de lanternes de cuivre disposées à intervalles réguliers sur chacun des autres murs diffusait une pâle clarté.

À droite du mur du jardin, deux fauteuils à dossier inclinable se faisaient face, de part et d'autre de la cheminée. Une femme se trouvait dans l'un d'eux, un verre de cognac à la main.

Elle fit un signe de tête à Stride, mais ne se leva pas.

— Je suis Emily Stoner, la mère de Rachel, dit-elle doucement.

Emily avait quelques années de moins que Graeme. Ce n'était pas le genre de conquête qu'on exhibe comme un trophée. Stride devina qu'elle avait été très jolie, mais elle paraissait nettement plus que son âge. Elle avait des yeux bleus marqués par les cernes, exagérément maquillés, le regard las. Ses cheveux sombres étaient courts et raides et elle ne les avait pas lavés récemment. Elle portait un simple pull marin et un blue-jean.

Un homme était assis à côté d'elle, sur le seuil de l'âtre, et lui tenait la main gauche. Il avait près de cinquante ans, des cheveux grisonnants qui avaient du mal à dissimuler un crâne un peu dégarni. Il se leva et serra la main de Stride. La sienne était moite. Stride s'essuya discrètement sur son jean.

— Bonsoir, inspecteur. Dayton Tenby. Je suis le pasteur de l'église d'Emily. Elle m'a demandé de rester à ses côtés ce soir.

Graeme Stoner prit une chaise près des baies du jardin.

— Je suis sûr que vous avez des tas de questions à nous poser. Nous vous dirons tout ce que nous savons. Je crains que ce ne soit pas grand-chose. À propos, débarrassons-nous tout de suite des équivoques. Ma femme et moi n'avons absolument rien à voir avec la disparition de Rachel, mais nous comprenons que dans ce genre de situation vous deviez d'abord disculper la famille. Nous coopérerons de notre mieux, naturellement, y compris si nécessaire en nous soumettant au détecteur de mensonge.

Stride était surpris. D'habitude, c'était le plus difficile. Faire comprendre aux parents qu'ils sont suspects.

— Il est vrai que nous aimerions soumettre les membres de la famille au détecteur.

Emily regarda nerveusement son mari.

— Je ne sais pas…

— C'est la routine, ma chérie, dit Graeme. Inspecteur, vous n'avez qu'à envoyer vos questions à Archibald Gale. Il représentera nos intérêts dans cette affaire. Nous pourrons faire cela demain, si vous voulez.

Stride grimaça. Voilà pour la coopération ! Archie Gale était l'avocat le plus craint du nord du Minnesota, et Stride avait eu maintes fois l'occasion, à la barre des témoins, de se frotter à ce vieux bouc suave.

— Vous pensez qu'il est nécessaire d'avoir un avocat ? demanda-t-il, d'une voix un peu plus froide.

— Ne vous méprenez pas, répliqua Graeme, aussi calmement et cordialement qu'auparavant. Nous n'avons rien à cacher. Mais, à notre époque, il serait imprudent de ne pas nous faire assister d'un conseil.

— Est-ce que vous voulez bien me parler maintenant, hors de la présence de Gale ?

— Archie revient de Chicago par avion, ajouta Graeme en souriant. Il n'a accepté qu'à contrecœur que nous repassions les faits en revue sans lui.

À contrecœur… Connaissant Gale, Stride savait que c'était sans doute un euphémisme. Mais il n'allait pas laisser passer sa chance. Il n'aurait sans doute plus jamais l'occasion de leur parler sans qu'un avocat passe le moindre mot aux rayons X.

Stride sortit un carnet de sa poche arrière et ôta le capuchon de son stylo. Juste à sa gauche, il y avait un bureau à cylindre. Il tira le fauteuil pivotant qui se trouvait dessous et s'installa.

— Quand avez-vous vu Rachel pour la dernière fois ?

— Vendredi matin, avant son départ pour l'école.

— Elle a pris son véhicule ?

— Oui. Sa voiture n'était pas là quand je suis revenu, vendredi soir.

— Mais vous ne l'avez pas entendue rentrer pendant la nuit ?

— Non. Je me suis couché à dix heures. J'ai le sommeil profond. Je n'entends jamais rien.

— Qu'avez-vous fait, samedi ?

— J'ai passé la plus grande partie de la journée dans mon bureau. Rien d'inhabituel.

— Madame Stoner, étiez-vous à la maison pendant ce temps-là ?

Emily, qui fixait le feu depuis le début de la conversation, tourna la tête, surprise. Elle avala une longue gorgée de cognac. Stride se demanda combien elle en avait déjà bu.

— Non. Je suis rentrée aujourd'hui, en début d'après-midi.

— Où étiez-vous ?

Il lui fallut un moment pour se concentrer. Puis :

— Je suis revenue de Saint Louis, en voiture. Ma sœur s'est installée là-bas il y a quelques années. Je suis partie samedi matin, mais j'étais trop fatiguée, le soir, pour faire la route jusqu'au bout. J'ai passé la nuit à Minneapolis, et je suis arrivée en ville vers midi.

— Avez-vous parlé à Rachel pendant votre absence ?

Emily secoua la tête.

— Vous n'avez pas du tout appelé ici ?

Elle hésita.

— N… non.

— À quel moment avez-vous commencé à vous inquiéter ?

— Après le retour d'Emily, répondit Graeme. Comme nous n'avions toujours pas de nouvelles de Rachel, nous avons appelé ses amis. Personne ne l'avait vue.

— Qui avez-vous appelé ?

Graeme donna rapidement plusieurs noms que Stride inscrivit dans son carnet.

— Nous avons aussi contacté son école, ajouta Graeme. Et plusieurs bars et restaurants indiqués par ses amis. Personne ne l'avait vue.

— Est-ce qu'elle a un petit ami ? demanda Stride.

Emily repoussa une mèche de cheveux de son visage. Elle parla, d'une voix lasse :

— Rachel a des tas de petits amis. Ils ne durent jamais bien longtemps.

— Elle a des relations sexuelles ?

— Au moins depuis l'âge de treize ans, dit Emily. Un jour, je lui suis tombée dessus alors qu'elle était avec un garçon.

— Mais personne en particulier ?

Emily secoua la tête.

— Avez-vous interrogé des parents ? Des gens chez qui elle aurait pu aller ?

— Nous n'avons pas de parents ici. Les miens sont morts, et Graeme n'est pas d'ici. Nous n'avons plus personne.

Stride écrivit : *Comment ces deux-là se sont-ils retrouvés collés ensemble ?*

— Madame Stoner, quels rapports avez-vous avec votre fille ?

Emily marqua un temps d'arrêt avant de répondre :

— Nous n'avons jamais été très proches. Quand elle était petite, c'était la fille à son papa. Moi, j'étais la vilaine sorcière.

— Ce n'est pas juste, Emily, fit Dayton Tenby.

— Eh bien, moi, je le ressentais comme ça, rétorqua sèchement Emily.

Elle renversa un peu de cognac et tamponna son pull avec ses doigts.

— À la mort de son père, Rachel s'est éloignée encore plus. En épousant Graeme, j'espérais que nous pourrions repartir de zéro, former une famille. Mais plus elle grandissait, plus cela empirait.

— Et vous, monsieur Stoner ? fit Stride. Quelles sont vos relations avec Rachel ?

Graeme haussa les épaules.

— Nous étions assez proches, à l'époque de mon mariage avec Emily. Mais, comme celle-ci vient de vous le dire, Rachel est devenue plus distante par la suite.

— Nous avons essayé de l'approcher, dit Emily. L'année dernière, Graeme lui a offert une voiture. Elle a dû avoir l'impression que nous voulions acheter son amour, et je suppose que c'était le cas. Mais cela n'a servi à rien.

— Est-ce qu'elle avait déjà parlé de s'enfuir ?

— Pas depuis longtemps, dit Emily. Ça doit avoir l'air fou, mais j'ai toujours pensé qu'elle savait qu'elle pouvait nous créer plus de problèmes en restant avec nous et en nous rendant la vie impossible. Que cela lui donnait une sorte de satisfaction cruelle.

— Elle était suicidaire ? demanda Stride.

— Jamais. Rachel ne se serait jamais tuée.

— D'où vous vient cette certitude ?

— Rachel était beaucoup trop imbue d'elle-même. Elle a toujours été effrontée et arrogante. C'est nous qu'elle méprisait. Ou moi.

— Monsieur Stoner, reprit Stride, est-ce qu'il s'est passé quelque chose pendant l'absence de votre femme ? Une dispute, un accrochage, quelque chose comme ça ?

— Non, rien. Elle m'ignorait. Comme d'habitude.

— A-t-elle fait allusion à de nouvelles fréquentations ?

— Non. Mais si elle en avait eu, elle ne m'en aurait rien dit.

— Vous n'avez pas vu de voitures inconnues dans l'allée ? Ou aperçu Rachel en compagnie de quelqu'un que vous ne connaissiez pas ?

Graeme secoua la tête.

— Parlons de votre situation personnelle, monsieur Stoner. Vous travaillez pour la Range Bank, c'est bien cela ?

— Je suis vice-directeur exécutif, responsable des opérations de la banque dans le Minnesota, le Wisconsin, l'Iowa et les deux Dakota.

— Avez-vous reçu des menaces, chez vous ou à votre bureau ? Des coups de fil bizarres ?

— Rien dont je me souvienne.

— Vous ne vous êtes jamais senti en danger ?

— Oh non !

— Est-ce que vos revenus à la banque sont connus ?

Graeme fronça les sourcils.

— Eh bien, je suppose que ce n'est pas un secret. Il s'agit d'informations accessibles au public. Mais ce n'est pas le genre de choses qui font la une des journaux.

— Et vous n'avez jamais eu le moindre contact suggérant que Rachel ait été kidnappée…

— Non, rien de tel.

Stride referma son carnet.

— Je crois que ce sera tout pour le moment. Il faudra que je vous interroge de nouveau, bien entendu, quand l'enquête avancera. Et je serai en relation avec M. Gale.

Emily ouvrit la bouche, puis la referma. Visiblement, elle voulait ajouter quelque chose.

— Oui ? demanda Stride.

— Simplement… eh bien, il y a une raison pour que nous soyons si inquiets. C'est pour cela que j'ai insisté pour que Graeme appelle Kyle.

— Kerry McGrath, murmura Dayton.

— Elle vivait à deux pas d'ici ! s'exclama Emily. Elle allait à la même école que Rachel…

Stride attendit qu'Emily lève les yeux vers lui. Il soutint son regard, avec toute la compassion qu'il put rassembler.

— Je ne vous mentirai pas. Nous allons chercher s'il existe des liens avec la disparition de Kerry. Nous serions négligents si nous ne le faisions pas. Toutefois des similitudes superficielles ne signifient pas qu'il existe un rapport entre les deux disparitions.

Emily renifla bruyamment. Elle hocha la tête, mais les larmes brillaient dans ses yeux.

— Si vous avez la moindre question à me poser, appelez-moi, fit Stride en posant sur le bureau la carte qu'il avait sortie de sa poche.

Dayton Tenby, souriant, se leva de la place qu'il occupait près du feu.

— Je vous raccompagne, fit-il, toujours souriant.

Le pasteur guida Stride à travers les pièces. Dayton était nerveux, un peu efféminé, et semblait intimidé par le luxe de la maison Stoner. Il se déplaçait avec précaution, comme s'il craignait que ses vieux souliers bruns ne laissent des traces sur les tapis. Il ne mesurait pas plus d'un mètre soixante-dix. Il avait un menton étroit, de petits yeux bruns rapprochés, le nez pincé. Stride se dit que c'était un survivant de la vie antérieure d'Emily. AG. Avant Graeme.

En se caressant le menton, Dayton regarda dehors avec curiosité, vers les lumières et la foule.

— Ce sont de vrais vautours, hein ? fit-il.

— Parfois. Mais ils peuvent être utiles.

— Oui, probablement. Je suis heureux que vous soyez venu, inspecteur. Rachel est une jeune fille difficile, mais je serais désolé que quelqu'un lui fasse du mal.

— Depuis quand la connaissez-vous ?

— Depuis qu'elle est toute petite.

Stride hocha la tête. AG, se dit-il.

— Quand a-t-elle commencé à avoir des problèmes ?

— Après la mort de son père, comme Emily l'a dit tout à l'heure, répondit Dayton avec un soupir. Rachel adorait Tommy. Elle n'a pas supporté sa mort, et je crois qu'elle a retourné contre sa mère toute sa colère et son chagrin.

— Quand est-ce arrivé ?

Les lèvres serrées, Dayton réfléchit en contemplant le plafond en voûte.

— Rachel avait huit ans quand il est mort… Il y a donc neuf ans, environ.

— Dites-moi, révérend, que s'est-il passé, à votre avis ? Est-il possible que Rachel soit partie toute seule ? Qu'elle ait fait une fugue ?

Dayton hocha la tête. Il semblait divinement sûr de lui.

— C'est peut-être une manière de prendre mes désirs pour la réalité, mais c'est exactement ce que je crois. Je pense que vous découvrirez, tout compte fait, qu'elle s'est cachée quelque part et qu'elle se fiche bien de nous.

4

Emily vida son cognac et s'arracha à son fauteuil. Quand Dayton revint dans la pièce, elle lui tendit son verre vide.

— Il m'en faut encore un.

Dayton prit le verre et repartit docilement vers le salon pour le lui remplir. Emily le suivit des yeux. Elle s'adressa à son mari, sans le regarder.

— Je m'en veux de n'avoir pas appelé.

— Ça ne fait rien. Comment va Janie ?

— Elle va bien. Je voulais vraiment appeler.

— Je te dis que cela n'a aucune importance.

Emily hocha la tête. Elle se sentait vide.

— Je pensais que tu m'en voudrais.

— Pas du tout.

— Je t'ai manqué ?

D'un geste de la main, Graeme repoussa la question.

— Quelle question idiote ! Tu sais parfaitement que je suis perdu, sans toi. J'ai voulu courir un peu, hier, et je n'ai même pas trouvé mes chaussures de sport.

— Tes chaussures, murmura Emily en secouant la tête.

Dayton réapparut. La dose de cognac semblait plus légère que la précédente. Emily vida le verre d'une seule gorgée, ignorant la brûlure de l'alcool. Elle rendit le verre à Dayton et tourna la tête. Elle s'essuya les yeux, mais c'était trop tard. Elle savait qu'il avait vu ses larmes.

— Elle fait ça pour me punir. C'est un jeu, pour elle.

— Il s'agit peut-être moins de vous que de Tommy. Même après toutes ces années.

— Tommy… dit-elle d'un ton amer.

— C'était son père, Emily, lui rappela Dayton. Elle avait huit ans, et son papa ne pouvait pas avoir tort.

— Oui, tout le monde adorait Tommy. Et moi, j'ai toujours été la salope de service. Personne n'a jamais compris ce qu'il nous a fait.

— Moi, j'ai compris, dit Dayton.

Emily lui prit la main.

— Oui, je sais. Merci. Et merci d'être venu, ce soir. Je crois que si vous n'aviez pas été là, je me serais effondrée.

Graeme se leva.

— Je vous raccompagne, fit-il d'une voix ostensiblement polie. Je vais m'assurer que la presse ne vous importunera pas quand vous sortirez.

Dayton quitta la véranda, écrasé par la stature de Graeme. Emily les suivit des yeux, écouta les bruits de pas disparaître. Elle entendit la foule, dehors, quand la porte s'ouvrit, puis le silence sépulcral qui envahit la maison dès qu'elle se referma.

Elle était seule.

Même en compagnie de Graeme, ces derniers jours, elle se sentait seule.

Il disait ce qu'il fallait, la traitait correctement, la laissait organiser sa vie à sa guise. Mais il n'essayait plus de faire comme s'il existait encore la moindre passion entre eux. Elle se demandait s'il éprouvait encore quelque chose pour elle. Elle avait délibérément omis de téléphoner de Saint Louis. Elle voulait qu'il se fâche, qu'il s'inquiète suffisamment pour l'appeler lui-même. Et s'il l'appelait, si elle lui manquait, s'il l'engueulait, au moins saurait-elle un peu ce qu'il ressentait.

Mais il n'avait pas besoin d'elle. Sauf quand il ne trouvait pas ses chaussures.

Et elle avait appris en rentrant que Rachel était partie. Elle s'y attendait depuis des années. À tout moment elle se demandait quand sa fille s'enfuirait, en lui laissant un message. Parfois, elle l'avait même souhaité. Cela permettrait peut-être de mettre fin à l'hostilité et de ramener un peu de paix dans sa vie. Elle n'avait jamais imaginé combien elle se sentirait abandonnée quand cela arriverait. Quand elle n'aurait rien d'autre à faire que de réfléchir à toutes les occasions manquées, à tout ce qui les avait si longtemps maintenues éloignées l'une de l'autre. Elle avait accepté depuis longtemps le fait que Rachel ne saurait jamais combien elle l'aimait, en dépit des horreurs que sa fille lui lançait depuis tant d'années. Même quand elle essayait de ne plus l'aimer, elle échouait.

Partie.

Et si ce n'était pas une fugue ? Si elle avait fini comme cette autre jeune fille, kidnappée dans la rue ?

— Où es-tu, ma chérie ? fit-elle.

Emily entendit des bruits dans le hall d'entrée quand la porte s'ouvrit. C'était Graeme qui rentrait. Elle ne voulait pas le voir. Elle n'était pas capable de tout assumer, sa désunion avec Graeme et son chagrin pour Rachel. Elle se leva et traversa la cuisine en toute hâte, vers l'escalier du fond. Elle tendit l'oreille alors que Graeme regagnait la véranda. Elle l'imagina, regardant la pièce déserte et constatant son départ. Emily ne s'attendait pas qu'il la suive, et elle ne se trompait pas. Quelques secondes plus tard, elle perçut vaguement le tapotement des touches quand il se mit à travailler sur son ordinateur. Elle monta rapidement l'escalier jusqu'au premier étage.

Elle ne dormirait pas dans leur chambre, cette nuit-là. Cela ne manquerait pas beaucoup à Graeme non plus.

Elle entra dans la chambre de Rachel. Elle sentit des odeurs étrangères – la transpiration des flics qui avaient fouillé dans le bureau et l'armoire de sa fille. En réalité, la chambre tout entière lui était étrangère, car elle y mettait rarement les pieds quand Rachel était à la maison. C'était la forteresse privée de sa fille, et Emily avait moins que quiconque le droit d'y pénétrer.

La pièce était assez austère. Il n'y avait pas de posters sur les murs couverts d'une simple peinture jaune. Les vêtements sales s'entassaient dans un coin, dans et autour d'un panier blanc. Emily vit une pile de livres scolaires, ouverts ou fermés, éparpillés sur le bureau, et des feuilles de papier à lettres pliées, à demi couvertes des griffonnages de Rachel, qui dépassaient des pages. Le lit était soigneusement fait. C'était la seule chose, dans la chambre, que la bonne avait le droit de toucher.

Emily s'allongea sur le lit, les jambes relevées, et les entoura de ses bras. Elle vit la photo, disposée avec amour sur la table de nuit de sa fille. Rachel, dans les bras de son père. Emily tendit la main et coucha le petit cadre pour ne plus l'avoir sous les yeux.

Mais elle ne pouvait pas échapper si facilement au passé. Sur la table de chevet, à côté du radio-réveil, dressé sur ses pattes de derrière, elle vit le cochon rose en peluche avec ses lunettes de soleil de plastique noir. Un souvenir de la foire du Minnesota.

Neuf ans plus tard, Rachel le gardait encore à la tête de son lit.

— Tommy, soupira Emily.

Tommy prit Rachel sur ses épaules. La fillette, qui dominait désormais tout le monde, resta bouche bée devant l'immensité de la foule. Ces gens serrés les uns contre les autres d'un bout de la rue à l'autre, ils étaient des dizaines de milliers. Ils formaient une masse en sueur, se tortillant et cuisant dans l'air chaud et humide de cette soirée de fin août.

— C'est génial, papa ! s'écria-t-elle.

— Je t'avais promis, non ? fit Tommy. Formidable, hein ?

Il leva Rachel haut dans les airs, la fit tournoyer et la posa par terre après une descente en piqué.

— On peut aller aux manèges, maintenant ? chantonna Rachel.

Emily se retint de rire. Elle se dit que c'était sans doute la dernière chose dont Tommy avait envie. Tout au long de la journée, elle avait regardé Tommy et Rachel s'immerger dans la foire. Tommy avait mangé de tout, avalé des tonnes de fromage grillé et de pop-corn, qu'il faisait passer avec de gigantesques gobelets de bière glacée. Il avait mangé des côtelettes de porc, des oignons, du maïs enduit de beurre, des raviolis frits et une quantité incroyable de mini beignets. Les manèges allaient lui retourner l'estomac, façon mixeur géant. Mais Tommy ne refusait jamais rien à Rachel.

Le temps qu'ils atteignent le centre de la kermesse, c'était devenu une tornade de lumière. La tombée de la nuit avait transformé la fête foraine en un pays féerique où tout le monde criait, et les visages reflétaient l'arc-en-ciel de couleurs tombant des manèges qui se déployaient au-dessus des têtes. Rachel voulait tout essayer. Peu importait la vitesse, la hauteur à laquelle elle se trouvait projetée, le nombre de fois qu'elle tournoyait sur elle-même, la tête en bas, les cheveux retombant en cascade. Elle entraîna Tommy sur l'anneau de feu, montant et redescendant en cercles, puis ils essayèrent la balançoire géante, la pieuvre, l'avalanche et le tourbillon. Emily était secrètement ravie de voir que Tommy semblait de plus en plus vert.

Il leur fallut près de deux heures pour parvenir au bout d'une rangée de manèges, puis remonter la suivante. Ils arrivèrent au jeu de base-ball que tenait un bonimenteur minable déguisé en diable, avec un bouton épinglé sur sa veste rouge qui disait « Bienvenue en enfer ». Son sourire révélait deux dents noires. Il invita Tommy à tenter sa chance.

— Cassez trois assiettes, et vous remportez notre gros lot !

— C'est quoi, le gros lot ? demanda Rachel.

Le diable lui montra un ours en peluche géant – très gros, très doux, presque aussi grand qu'elle. La fillette écarquilla les yeux. Avec un regard de convoitise, elle tira le bras de Tommy.

— Tu peux le gagner pour moi, papa ?

— Tu parles, que je peux !

Le diable lui tendit trois balles de base-ball. Tommy en cala deux dans sa main droite, tout en faisant des moulinets avec la gauche.

— Tu es saoul, Tommy, l'avertit Emily. Et tu n'as pas l'air bien du tout…

La première balle fracassa une des assiettes en céramique, dont les morceaux tombèrent au milieu des détritus du stand, et frappa bruyamment la cloison métallique.

— Tu l'as cassée, papa ! Tu l'as cassée !

Tommy lui sourit. Il lança la deuxième balle, et crac, bang, une autre assiette vola en éclats.

— Encore une, papa, et tu gagnes ! cria Rachel.

— Il faudra lui faire une place dans ton lit, à cet ours, ma chérie !

Il se prépara pour le troisième lancer, plia son bras musclé. La foule rassemblée derrière eux se raidit, attendant un autre claquement, espérant voir la troisième assiette exploser.

Au lieu de quoi la balle lui tomba de la main, rebondit sur le comptoir et atterrit sur le sol avec un bruit mou. Le diable se mit à rire. Les gens firent entendre un gémissement déçu. Les genoux de Tommy s'affaissèrent, et il se tint le bras en criant. Il avait le visage déformé, tout rouge.

Emily dit la première chose qui lui traversa l'esprit, et le regretta immédiatement :

— Merde, Tommy, il y a des années que tu n'as pas lancé une balle. Qu'est-ce que tu essaies de prouver ?

Rachel lui jeta un regard furieux. Tommy se mordit la lèvre si fort qu'une goutte de sang perla et lui coula sur le menton. Rachel l'essuya de la main.

— Je suis désolé, ma chérie, dit-il à sa fille.

Derrière le comptoir, le vieil homme ricanait toujours. Il fit un signe de la main.

— N'oubliez pas votre prix !

Il lui tendit un petit cochon en peluche rose, avec des lunettes noires.

Tommy semblait embarrassé en le donnant à Rachel. Mais la fillette prit le cochon comme s'il était encore mieux que le gros lot.

— Je l'aime, papa, dit-elle.

Quand son père se pencha vers elle, elle l'embrassa légèrement sur les lèvres.

Emily eut l'impression de recevoir un coup de poignard au cœur. Elle était jalouse, et elle se détestait pour cela.

— Je crois qu'il est temps de rentrer à la maison, dit-elle.

Mais Rachel avait d'autres projets. Ils s'éloignaient tranquillement du stand, lorsque le Siège éjectable apparut soudain devant eux. Ce manège consistait en une nacelle métallique circulaire chargée de deux passagers hurlant de toutes leurs forces, que l'on projetait en l'air comme un caillou dans un lance-pierre. Un micro fixé dans la nacelle diffusait leurs cris hystériques à travers toute la foire.

— Ouah ! fit Rachel d'une voix étouffée. Tu crois que je peux y aller ?

— Je ne crois pas que ce soit une bonne idée, Rachel, fit Emily. Ton père n'est pas dans son assiette, et tu es trop petite pour ce genre de manège…

— Moi, je ne trouve pas que tu sois si petite, dit Tommy. Et je suis en pleine forme.

— Allons, Tommy, ne fais pas l'idiot.

Tommy adressa un clin d'œil à sa fille.

— Qu'en dis-tu, Rachel ?

Rachel regarda sa mère et se mit à chantonner, de sa voix de petite fille :

— Salope, salope, salope !

Emily était stupéfaite. Elle tira le bras de Tommy et lui murmura à l'oreille :

— C'est toi qui lui as appris à dire ça ? Tu es dingue ?

— Merde, Emily, ce n'est qu'une blague…

— Parfait, allez sur votre putain de manège ! siffla-t-elle, furieuse.

Il feignit d'être choqué :

— Maman a dit un gros mot !

Rachel prit la main de son père, triomphante. Ils se dirigèrent tous les deux vers le manège. Rachel se retourna.

— Va te faire foutre, maman ! s'écria-t-elle, comme si c'était la meilleure blague du monde.

Emily s'avança, la main levée, prête à la frapper. Elle avait tellement envie de la gifler ! Mais elle se retint. Elle se mit à sangloter. Elle les suivit des yeux tandis qu'ils s'éloignaient sans prêter attention à ses larmes. Ils traversèrent la foule, vers l'endroit réservé au public, près du Siège éjectable. Elle ferait ce qu'elle faisait depuis le début : elle les applaudirait. Son mari, qui lui donnait le sentiment de n'être qu'un insecte. Sa fille, à qui il avait appris à la détester.

Alors qu'on attachait Tommy et Rachel dans la nacelle, un projecteur éclaira leurs visages, et Emily les vit très distinctement.

Aussi intrépide que d'habitude, Rachel rayonnait.

Tommy était blafard, la sueur lui coulait sur le front.

Emily comprit soudain avec horreur que son état n'avait rien à voir avec la foire, pas plus qu'avec un muscle froissé. Cela avait plutôt à voir avec son père, mort à trente-sept ans, et avec son grand-père, qui n'avait pas plus de trente ans lorsqu'on l'avait enterré.

« Ne me demande pas de grandir, Emily », lui avait-il dit dans un moment de sobriété.

— Attendez ! s'écria-t-elle.

Personne ne l'entendit.

Toutes les sensations de la soirée devinrent floues. Le vacarme, la musique et les voix lui martelaient le crâne. Autour d'elle, les lumières clignotaient et tournoyaient. Elle sentit la graisse brûlée, une odeur assez puissante pour la faire suffoquer.

— Il a une attaque ! hurla-t-elle de plus belle.

Autour d'elle, les gens riaient. C'était une blague. Elle était bien bonne.

Tchac ! On décrocha le câble. Le Siège éjectable jaillit vers le ciel comme une flèche. Les tours oscillèrent, dans un grand bruit de ferraille. Le micro fixé dans la nacelle renvoyait les cris d'extase de Rachel. Projetée dans les airs en dépit des lois de la gravitation, elle était en proie à une excitation de nature quasi sexuelle. Elle partit d'un fou rire hystérique qui inonda la foule.

Tommy n'émettait pas le moindre son.

La nacelle montait et redescendait sans cesse, bondissant et oscillant comme un diable à ressort ; cela dura trente secondes, une vie entière. Puis Emily perçut les murmures des gens autour d'elle. Elle en vit qui commençaient à les montrer du doigt. Elle entendit la voix de Rachel :

— Papa ?

Emily voyait très nettement son mari, maintenant, il avait la tête penchée de côté, les yeux exorbités, la langue sortie de la bouche. Rachel le vit aussi, et elle se mit à crier :

— Papa ! Réveille-toi, papa !

Emily franchit péniblement la barrière qui maintenait les spectateurs à distance. Les employés du manège parvinrent les premiers à la nacelle. Alors qu'Emily se précipitait vers eux, ils détachèrent les sangles de Rachel, qui s'accrocha à son père en poussant des cris d'orfraie. Ils défirent également les sangles qui retenaient Tommy, lequel glissa simplement du siège et s'écroula sur le sol en un tas informe. Rachel était toujours pendue à son cou.

Emily avait su à cet instant que sa vie avait pris un tournant décisif. Une partie d'elle-même était persuadée que cela la mènerait vers une amélioration. À maints égards, vivre avec Tommy mort était plus facile que vivre avec Tommy vivant. Dans leur couple, c'était elle qui s'était toujours débrouillée pour avoir un emploi régulier et payer les factures. Les dernières années, elle était parvenue à les faire sortir du rouge.

Mais, elle le savait, pour sa fille, Tommy n'était pas mort. Il s'était figé à jamais dans la mémoire de Rachel.

Cela commença le lendemain de la foire. Elles étaient sur la route qui les ramenait à Duluth, plongées dans leur chagrin, silencieuses. Les larmes de Rachel avaient séché et s'étaient transformées avec une rapidité stupéfiante en méchanceté pure. Sur la nationale, la fillette s'était tournée tout à coup vers Emily, le regard glacial, et lui avait dit, avec une ardeur terrifiante :

« C'est ta faute ! »

Emily avait tenté d'expliquer, de lui parler du cœur malade de Tommy. Mais Rachel ne voulait rien entendre.

« Papa a toujours dit que s'il mourait, c'est que toi, tu l'aurais tué ! »

C'est ainsi que la guerre avait commencé.

Allongée sur le lit de Rachel, Emily prit le ridicule petit cochon en peluche.

— Oh, ma petite chérie ! dit-elle. Qu'ai-je fait pour que tu me haïsses à ce point ? Comment pourrai-je faire la paix avec toi ?

5

Stride habitait dans le quartier de Park Point, une avancée de terre courbe entre la pointe sud du lac et les paisibles ports intérieurs de Duluth et de Superior. La péninsule était juste assez large pour abriter une rangée de maisons de part et d'autre de la route. Il n'y avait qu'une façon d'y accéder : par le pont levant au-dessus du canal. Tous les habitants organisaient leur existence en fonction des allées et venues des navires de minerai.

Alors qu'il se dirigeait vers la Pointe à quatre heures du matin, en pilotage automatique – il avait beaucoup de mal à garder les yeux ouverts –, il ne pensait pas du tout au pont. Quand il entendit le son rauque de la cloche, il se dit que son cerveau fatigué lui jouait des tours. Il éteignit la radio, qui diffusait une chanson de Sara Evans, tendit l'oreille. Comprenant qu'on était bel et bien en train de lever le pont, il accéléra, mais il savait que c'était trop tard. Dégoûté, se demandant combien de temps il allait être bloqué là, il s'arrêta devant la rampe et coupa le moteur.

Il descendit de voiture et s'appuya contre la portière, laissant l'air froid l'envahir. Il sortit un paquet de cigarettes de la boîte à gants, en alluma une. Il manquait décidément de volonté. Il s'en fichait. Il fumait, mort de fatigue, en écoutant l'acier gémir alors que le pont s'élevait au-dessus de sa tête. Toute sa vie se résumait à ça. Et c'était ainsi depuis un an, depuis que le cancer avait emporté Cindy. Cette ville où il avait toujours été chez lui, qu'il pensait ne jamais pouvoir quitter, avait commencé à lui sembler différente, plus sombre, plus menaçante. Les choses les plus familières, l'énorme pont levant, l'odeur du lac, lui paraissaient maintenant contaminées par les souvenirs.

Quand il était jeune, Duluth était la ville d'une seule industrie. Elle était la capitale du nord d'un État que l'on appelait non sans raison le Pays du Fer. Une ville où des milliards de boulets de taconite étaient vomis dans les cales de navires géants si lourds qu'ils s'enfonçaient dans les flots en se frayant un passage dans les profonds chenaux du lac Supérieur, vers le nord-est. Une ville misérable, poissarde, peuplée de costauds, mineurs et marins comme son père.

Il ne se rappelait pas que la vie ait été particulièrement agréable à l'époque, mais l'ambiance était encore celle d'une petite ville, et les gens suivaient les hauts et les bas de la mine – vaches grasses, vaches maigres –, ils travaillaient, parfois ils faisaient grève. Pendant neuf mois de l'année, jusqu'à ce que le lac soit pris par les glaces, la ville vivait au rythme de la production du minerai. Les trains allaient et venaient, les bateaux aussi. On levait le pont, on le baissait. Les éléments d'acier brut qui serviraient à construire des gratte-ciel, des autos et des armes dans le monde entier commençaient leur périple dans le sous-sol argileux du nord du

Minnesota, avant de traverser les mers dans les cales des grands cargos.

Quand l'industrie de la taconite déclina, dévastée par la concurrence étrangère, Duluth connut le même sort. Le minerai ne permettait plus de payer les factures. C'est alors que les sages qui dirigeaient la cité se souvinrent de son emplacement sur le lac et décidèrent de faire venir les touristes. La production de minerai devint une attraction touristique en soi, les badauds affluant vers le pont chaque fois qu'un cargo s'avançait sur le canal.

Mais pas ce soir-là. Pas en plein milieu de la nuit. Stride était seul. Il tirait de longues bouffées de sa cigarette en regardant une coque couleur rouille glisser sous le pont. Il aperçut un homme debout sur le quai, seul avec sa cigarette, lui aussi. Il était à peine visible, tout juste une silhouette. Il fit un vague salut à Stride, qui lui adressa un signe de la main en retour. Cet homme, ç'aurait pu être lui, si sa vie s'était déroulée comme il l'avait cru quand il était plus jeune.

Dès que le pont eut retrouvé sa position initiale, Stride remonta dans le Bronco. Pendant la traversée, alors que le sol métallique gémissait sous ses roues, il observa le bateau luminescent qui s'avançait sur le lac. Une partie de lui l'accompagnait. Comme chaque fois qu'un de ces navires s'en allait. C'était une des raisons pour lesquelles il avait décidé de vivre sur la Pointe.

Les habitants de la Pointe formaient une tribu chaleureuse, capable de supporter les touristes, les bourrasques, les tempêtes, les blizzards et la glace pour pouvoir jouir d'une poignée de journées d'été idylliques qui en faisaient l'endroit le plus agréable du monde. Ils partageaient la plage étroite – bande de sable à laquelle l'érosion grignotait quelques centimètres par an, avec ses touffes de madras et ses arbres adultes qui la séparaient des minuscules arrière-cours des maisons. Les dimanches de juillet, Stride sortait souvent une chaise longue, l'installait sur la plage et restait là pendant des heures à suivre les mouvements des voiliers et des cargos.

La plupart des maisons de la Pointe, à l'exception de celles qui avaient été démolies et reconstruites par de riches transfuges des Cités jumelles, étaient vieilles et délabrées, brutalisées et abîmées en permanence par les éléments. Stride donnait à la sienne un coup de pinceau à chaque printemps, choisissant la couleur en fonction des soldes, mais ça tenait rarement au-delà de l'hiver.

Sa maison se trouvait à quatre cents mètres du pont. Elle était petite, un carré d'à peine dix mètres de côté, sa porte d'entrée et ses deux marches exactement au milieu. À droite de la porte, c'était le salon, avec une fenêtre en façade. Il y avait un garage pour une voiture, à gauche de la maison, à l'extrémité d'un petit espace sablonneux qui faisait office d'allée.

Stride remua légèrement sa clé dans la serrure, puis ouvrit la porte d'un coup d'épaule. Il la referma derrière lui. Dans le couloir, il s'appuya contre la porte et ferma les yeux. Il sentait l'odeur du vieux bois et l'arôme persistant des pattes de crabe des neiges qu'il avait fait cuire deux jours plus tôt. Il y avait autre chose. Cindy était partie depuis un an, et son odeur flottait toujours dans la maison. Peut-être simplement parce qu'il avait respiré pendant quinze ans ce mélange de parfum et de savon à base de fleurs, et que son imagination s'en souvenait avec une précision telle qu'il semblait réel. Au début, il avait eu envie de chasser cette odeur de la maison. Il avait ouvert toutes les fenêtres en grand pour que le vent du lac l'en débarrasse. Quand le parfum avait commencé à disparaître, il avait eu peur et il avait fermé la maison hermétiquement, par crainte de le perdre pour de bon.

Il traversa le couloir en trébuchant, presque endormi, vida ses poches sur sa table de nuit. Il ôta sa veste et la laissa tomber par terre. Il se pelotonna sur le lit en désordre. Ses pieds l'élançaient et il ne savait plus s'il avait pensé à envoyer valser ses chaussures. Cela n'avait pas d'importance.

Il ferma les yeux, et elle fut de nouveau là, comme il s'y attendait. Ses rêves étaient moins fréquents durant les dernières semaines, mais ce soir-là ils reviendraient le tourmenter.

Il se trouvait sur une grande route, quelque part en pleine campagne, une route bordée de bouleaux dans les deux sens, sur des kilomètres. De l'autre côté de la chaussée étroite divisée par une ligne jaune, se tenait Kerry McGrath. Elle le regardait, rayonnante, avec un sourire heureux et insouciant. Son visage était luisant de sueur. Elle avait couru, sa poitrine se soulevait au rythme saccadé de sa respiration.

Elle lui fit signe, l'invitant à traverser la route.

— Cindy ! s'écria-t-il.

Le sourire de Kerry s'effaça. Elle fit demi-tour, se mit à courir et disparut entre les arbres. Il essaya de la suivre, descendit à toute vitesse la pente au-delà de l'accotement et pénétra dans la forêt. Il avait les jambes lourdes. Il sentit également un poids dans sa main gauche. Il découvrit qu'il tenait un revolver.

Il entendit un cri, quelque part. Où était-elle ?

Il trébucha le long du sentier, essuya la sueur qui coulait entre ses yeux. Ou bien était-ce la pluie ? De l'eau semblait filtrer à travers les feuilles, transformant en boue le chemin et emmêlant ses cheveux. Il vit une ombre traverser le sentier devant lui – quelque chose de grand et menaçant.

Il essaya de nouveau de crier le nom de Kerry.

— Cindy !

À travers le dédale des arbres, il vit que quelqu'un s'était arrêté, l'attendait.

Ce n'était pas Kerry.

Rachel était là, nue. Elle lui faisait face sur le sentier, les bras levés, en équilibre contre deux bouleaux, les jambes écartées, désinvolte. La pluie crépitait sur son corps, gouttait de ses seins durcis, coulait en filets d'argent sur son ventre et entre ses jambes.

— Vous ne me retrouverez jamais ! cria-t-elle.

Rachel fit demi-tour et s'enfuit en courant, son corps s'enfonçant dans la forêt. Il la vit s'éloigner. Elle était magnifique, et il la regarda s'en aller de plus en plus loin. Puis, comme un peu plus tôt, une ombre menaçante traversa la piste et disparut.

Il leva son revolver. Il appela Rachel.

— Cindy !

Il parvint dans une petite clairière dont le sol était humide et couvert de mousse. Un torrent descendait vers le lac en gargouillant, mais l'eau qui bondissait sur les cailloux était rouge vif. Le bruissement de la forêt se fit plus fort, presque assourdissant, et lui martela le crâne. La pluie tombait à verse, il était trempé.

Il vit Rachel de l'autre côté de la clairière.

— Vous ne me retrouverez jamais ! s'exclama-t-elle.

Il regarda l'image floue, de l'autre côté du torrent. Ce n'était plus Rachel.

C'était Cindy. Elle tendait les mains vers lui.

Il vit l'ombre, de nouveau, qui se mouvait derrière elle. Un monstre.

— Tu n'y arriveras jamais, dit-elle.

Stride était en vrac sur son lit, la tête enfoncée dans l'oreiller. Il était encore à moitié endormi, et prenait peu à peu conscience de ce qui l'entourait. Il entendit un froissement de papier quelque part près de lui, sentit l'odeur du café brûlé.

Il ouvrit un œil. Maggie Bei se trouvait à deux mètres de lui, dans le fauteuil inclinable en cuir, ses jambes courtes repliées, un beignet entamé dans une main, une des tasses ébréchées de Stride dans l'autre. Elle avait ouvert les rideaux à demi, assez pour révéler la vue sur le lac au petit matin.

— Ce café est infect, dit-elle. Il est là depuis quand, dix ans ?

— Quinze.

Il cligna des yeux plusieurs fois, mais ne bougea pas.

— Quelle heure est-il ?

— Six heures du matin.

— On est toujours lundi ?

— J'en ai peur.

Stride grogna. Il avait dormi une heure et demie. Il était évident que Maggie, qui portait le même jean et la même veste de cuir bordeaux que la veille au soir, n'avait pas dormi du tout.

— Je suis à poil ?

— Ouais, fit Maggie en souriant. Beau cul.

Stride décolla sa tête de l'oreiller et se regarda. Il portait lui aussi les mêmes vêtements que la veille.

— J'espère que tu as fait du café pour moi.

Maggie lui montra la table de nuit : un beignet au chocolat était posé sur une serviette en papier, à côté d'une tasse de café fumant. Stride avala un morceau qu'il accompagna d'une gorgée de café. Il passa sa main dans ses cheveux hirsutes. Il acheva le beignet en deux bouchées, entreprit de déboutonner sa chemise. Il défit la ceinture de son jean.

— Ça devient horrible, à partir d'ici, dit-il.

— Ça, je n'en sais rien, répliqua Maggie, qui continuait à manger tranquillement son petit déjeuner.

— Tu voudrais bien savoir.

Stride plaisantait, mais il savait que le terrain était glissant. Il faisait équipe avec elle depuis sept ans. Maggie était une émigrée chinoise, à qui ses interventions tonitruantes à certains meetings, quand elle était étudiante à l'université du Minnesota, interdisaient de rentrer chez elle. Quand Stride l'avait engagée, à la fin de ses études, elle avait prouvé qu'elle était capable d'apprendre vite. En moins d'un an, elle connaissait la loi mieux que lui, et elle faisait la preuve de son intuition en voyant sur les scènes de crime – et les suspects – des détails qui échappaient à la plupart des agents. Stride l'avait gardée à ses côtés depuis lors.

Plus ils travaillaient ensemble, plus Maggie s'épanouissait. Elle devenait plus drôle, plus assurée, toujours prête à rire d'elle-même. Son visage était plus expressif : ce n'était plus le masque sombre des débuts. Elle parla bientôt anglais sans le moindre accent, mais avec un mélange très stimulant d'ironie et de grossièreté.

En cours de route, elle était tombée amoureuse de Stride.

C'était Cindy qui lui avait ouvert les yeux. Elle avait décelé immédiatement les sentiments de Maggie et avait mis Stride en garde : s'il ne faisait pas attention, il lui briserait le cœur comme une porcelaine chinoise.

Après la mort de Cindy, Maggie avait fait sa seule et unique tentative pour le séduire. C'était six mois plus tôt, alors que Stride souffrait plus que jamais de la solitude. Maggie était entrée chez lui, par un matin de printemps glacé, et s'était glissée dans son lit. Il s'était éveillé. Jamais il n'avait vu autant d'amour dans le regard de quelqu'un. C'était tentant, car il avait désespérément besoin d'affection, et Maggie était brûlante et consentante.

Mais il avait repensé à la mise en garde de Cindy – aux petits morceaux de porcelaine chinoise. Le mois dernier, elle l'avait remercié de l'avoir repoussée. Il avait eu raison, lui avait-elle dit. Une liaison n'aurait jamais marché, et aurait détruit leur amitié. Il se demandait si elle y croyait vraiment.

— Comment s'est passée la visite chez les Stoner ? interrogea-t-elle.

Stride passa dans la salle de bains et finit de se déshabiller. Il entra sous la douche, frissonnant tandis que l'eau chauffait lentement. Alors seulement il lui répondit :

— La mère affirme que le suicide est exclu. Qu'en penses-tu ?

— Les mères prétendent toujours que le suicide est exclu. Mais je crois que si cette fille avait eu envie de se flinguer, elle l'aurait fait devant eux, en faisant en sorte qu'il y ait le plus de sang possible sur leurs beaux tapis.

Stride sourit. Maggie avait déjà catalogué Rachel. Celle-ci n'était pas du genre à se cacher pour mourir.

— Et maman et beau-papa ? reprit-elle. Tu connais la règle. La famille d'abord…

— Ils se sont proposés pour le détecteur de mensonge. Mais les questions devront être soumises à Sa Sainteté Archie Gale.

Il entendit le rire de Maggie.

— Merde, je déteste les parents riches ! Ils font venir leur avocat avant d'appeler les flics.

Stride attrapa une serviette, se frotta les cheveux puis la serra assez lâchement autour de sa taille et revint dans la chambre.

— On va devoir faire gaffe, observa-t-il. Graeme m'a fait comprendre qu'il connaissait 2K.

— Ouais, il me l'a dit aussi. Handball toutes les semaines. Je n'imagine pas 2K en train de jouer au handball. Pas sur un terrain réglementaire, en tout cas.

Stride se mit à rire. Le directeur adjoint Kyle Kinnick n'était pas plus grand que Maggie. Le maire lui-même l'appelait parfois le nabot.

— On a trouvé quelque chose sur la vidéo d'un distributeur de billets. Un plan de sa voiture qui démarre en trombe, un peu après dix heures.

— Un point pour Kevin. Elle était seule ?

— On ne voit personne d'autre dans la voiture.

Stride enfila un Dockers brun clair, boutonna une chemise blanche et prit une veste sport bleu marine.

— Allons-y, il me faut encore du café, dit-il.

Maggie le suivit dans la cuisine. Stride ouvrit une fenêtre. L'air matinal sentait l'hiver. Le froid piquait son cou encore mouillé.

— Tu ouvres toujours la fenêtre quand il gèle ? demanda Maggie en frissonnant.

Stride se servit du café et s'assit à la table en bois massif. Il vit le regard qu'elle jeta vers l'évier plein de vaisselle sale. Elle repoussa une pile de journaux et trois jours de prospectus divers pour poser sa tasse sur la table.

— Ça te plaît de vivre comme ça ?

Stride haussa les épaules.

— Quoi ?

— Je n'ai rien dit.

— Continuons. Nous pensons qu'elle est rentrée chez elle, parce qu'elle a été filmée sur le chemin et que sa voiture est garée là où elle doit être.

— Rien de spécial sur la voiture. Nous cherchons les empreintes, mais je ne m'attends pas à découvrir grand-chose.

— Question suivante : Est-ce qu'elle est *entrée* dans la maison ? On a trouvé quelque chose dans sa chambre ?

Maggie secoua la tête.

— Nous savons ce qu'elle portait ce soir-là. On n'a rien trouvé qui corresponde. Nous avons demandé à Emily s'il manquait quelque chose. Elle ne nous a pas été très utile. En tout cas les tiroirs étaient pleins de vêtements, et elle avait des tonnes d'objets personnels dans son bureau. À supposer qu'elle soit partie de son plein gré, elle n'a pas pris beaucoup de bagages. Et elle n'était pas habillée pour courir, non plus. Contrairement à Kerry.

— Pas de journal, par hasard ? Oui, je sais, je rêve.

— En effet, dit Maggie. J'ai jeté un coup d'œil à son ordinateur. Très peu de fichiers personnels. J'ai cherché l'historique de son navigateur, pour voir si elle n'avait pas communiqué avec je ne sais quel dingue sur Internet. Dans sa boîte aux lettres, je n'ai trouvé que des messages relatifs à ses cours, et aucun site louche dans ses favoris. Nous allons le faire expertiser, pour le cas où il y aurait des trucs utilisables.

— Les voisins ?

— Certains se rappellent avoir vu des gens dans la rue, ce soir-là, mais il faisait sombre. Pas beaucoup de visages. Plusieurs personnes ont vu des adolescentes passer devant chez eux, mais aucune ne ressemblait à Rachel. Nous avons un rapport sur une voiture inconnue garée à quatre rues de chez elle. Le témoin ne se rappelle pas bien les détails – sombre, peut-être bleue, ou noire, une quatre portes, peut-être immatriculée dans un autre État. Nous avons demandé aux voisins, à l'endroit où la voiture a été repérée. Personne n'a dit que c'était la sienne, et personne n'a reçu de visiteurs d'un autre État.

— Intéressant, commenta Stride. Sauf qu'il y avait quelques milliers de touristes en ville.

— Exact.

— Quid des autres moyens de quitter la ville ? Plus de chance dans cette direction ?

— Rien. Il n'y a eu aucun vol au départ de Duluth entre dix heures vendredi soir et samedi matin aux aurores. À toutes fins utiles, nous interrogeons ce matin le personnel de l'aéroport. Même chose à la gare Greyhound, ici et côté Wisconsin.

— Elle aurait pu descendre jusqu'à la nationale et faire du stop, suggéra Stride.

— J'y ai pensé. Nous avons faxé sa photo et toutes les infos à la police municipale et à la police de la route dans tout l'État, et dans les États limitrophes. Guppo a créé une page spéciale sur notre site. Nous avons demandé à la police de l'État de surveiller les snacks et les stations-service le long de la nationale inter-États. Les médias sont partout, grâce à Bird Finch. Au moins, on est sûrs qu'ils vont diffuser sa photo dans toute la région.

Stride se dit que le téléphone, au service d'appel, devait sonner en permanence. Pour Kerry McGrath, ils avaient reçu près de deux mille coups de fil de gens qui avaient repéré la jeune fille à peu près partout entre Fresno et La Nouvelle-Orléans. Avec de l'aide dans tout le pays, ils avaient passé toutes les pistes au crible, méthodiquement, et remonté chacune d'elles. Elles avaient toutes mené au même endroit. Nulle part.

— Les dingues ?

— Cinq criminels sexuels de niveau trois en ville. Quelques dizaines de niveaux un et deux. On ira tous les voir.

— Parfait.

Stride avait mal à la tête. Ce n'était pas seulement le manque de sommeil. Plutôt ce sentiment amer de déjà-vu. La disparition. Les recherches. Les indices. Il ne savait pas s'il aurait la force de tout recommencer, de faire face à un autre échec. Cette fois, il lui faudrait traverser l'enfer tout seul. Sans Cindy.

— Chef ? dit Maggie, voyant qu'il recommençait à rêvasser.

Il eut un faible sourire.

— Oui, je suis là. Écoute, si cette fille est partie de son plein gré, elle a dû recevoir de l'aide. Elle a dû parler à quelqu'un. Tu diriges les recherches, aujourd'hui, et tu m'appelles sur mon portable pour me tenir au courant. Moi, je vais à l'école, et j'interroge ses profs et ses copains. Voyons si nous pouvons découvrir ce que cette fille avait dans le crâne.

6

Stride était au lycée depuis deux heures, et il lui fallait une cigarette.

À cause de sa façon de procéder, c'était devenu une habitude coûteuse. Il achetait un paquet, fumait une ou deux cigarettes, puis il s'en voulait et jetait le reste. Dès le lendemain, il ressentait de nouveau le besoin de fumer et achetait un autre paquet.

L'interdiction de fumer s'affichait ostensiblement dans tout le lycée. Au fond du couloir principal, entre deux rangées de casiers du même rouge que les voitures de pompiers, une sortie de secours donnait sur l'arrière de l'école. Après avoir franchi une série de portes, Stride se dirigea vers un terrain de football désert. Il traversa un parking réservé aux professeurs et s'approcha d'un bâtiment que des panneaux désignaient comme un centre technique.

Stride alla jusqu'au coin du bâtiment et contempla le terrain désert où s'amassaient, bizarrement, des dizaines de mouettes. Il sortit de ses poches un briquet et son paquet de cigarettes, qu'il tapota pour en extraire une. Il mit ses mains en coupe pour l'allumer sous le vent. Il dut s'y reprendre à plusieurs fois avant de pouvoir en tirer une longue bouffée. La fumée remplit ses poumons et le réconforta, comme le ferait une vieille amie. Il se détendit lentement. Puis il eut une longue, douloureuse quinte de toux.

— Ça finira par vous tuer, fit une voix derrière lui.

Stride se sentit coupable, comme un élève surpris en train de fumer derrière l'école. Il se retourna et vit une jolie femme blonde, sur les marches métalliques menant à la porte arrière du centre technique. Elle tenait elle aussi une cigarette. Stride lui sourit, comme en reconnaissance de leur vice commun.

— Au moins nous mourrons heureux, dit-il.

Il approcha de quelques pas et s'appuya contre la rampe.

— Je me demande toujours s'il vaut mieux fumer ou sombrer dans l'alcool, dit la femme.

— Pourquoi pas les deux ?

— J'y ai pensé. Mais je ne me suis pas encore vraiment décidée.

Elle devait avoir trente-cinq ans. Elle portait une veste rouge en polaire, fermeture Éclair remontée jusqu'au cou, et un pantalon noir empesé, tout neuf. Elle avait l'air d'une ancienne pom-pom girl, avec un corps mince mais athlétique, des cheveux blonds coupés court, en dégradé. Des yeux bleu pâle, un visage coquin et un nez retroussé. Le froid lui donnait des couleurs.

Stride avait l'impression de la connaître.

— Nous nous sommes rencontrés l'année dernière. Je m'appelle Andrea Jantzik. Je suis professeur dans ce lycée. Kerry McGrath était une de mes élèves. Vous m'avez interrogée pendant l'enquête qui a suivi sa disparition.

— Rachel était aussi une de vos élèves ?

— Je crois qu'elle faisait de la biologie, pas de chimie. Peggy, le professeur de biologie, me parlait d'elle ce matin. Je ne savais pas qui elle était.

Stride sortit de sa poche le bout de papier froissé que le bureau des inscriptions lui avait donné, avec la liste des cours et des notes de Rachel.

— Ce n'est pas vous qui l'aviez en cours d'anglais l'année dernière ?

— Il doit s'agir de Robin Jantzik. Il enseigne l'anglais ici. Enfin, il enseignait... Si vous voulez lui parler, il faudra aller à San Francisco, où il vit avec sa nouvelle femme.

— Votre mari ?

— Ex.

— Je suis désolé, fit Stride. Ça vous aiderait si je vous disais que les hommes sont des salauds ?

Andrea se mit à rire.

— Ça, je le savais déjà.

Elle eut un sourire cynique. Il avait un peu l'impression de se regarder dans un miroir. Il reconnaissait les murs qu'elle avait élevés autour d'elle, parce qu'il avait fait la même chose. Il le voyait aussi sur son visage, en l'examinant de près. Les rides de stress autour des lèvres, le regard vide, le maquillage épais censé rafraîchir son teint. La perte qu'elle avait subie avait laissé des traces, comme cela avait été le cas pour lui.

— C'est à ce moment-là que le tabac a réapparu ? demanda-t-il, un peu au hasard.

— C'est si évident que ça ? fit-elle, surprise.

— J'ai connu le même genre d'épreuves. Il y a un an. Et je me suis remis au tabac.

— Je croyais en avoir perdu l'habitude il y a un an. Mais c'est raté.

— Est-ce que votre mari vous a jamais parlé de Rachel ?

— Non. Il y a beaucoup d'élèves, en cours d'anglais.

— D'autres professeurs, ou des étudiants ? Est-ce que vous connaissez quelqu'un qui aurait pu être proche de Rachel ?

— Vous devriez aller voir Nancy Carver. Elle est conseillère à temps partiel. Elle a beaucoup parlé de Rachel, ce matin, à la cafétéria.

— Comment cela ?

— Elle pensait que les recherches ne serviraient à rien.

— Elle a dit pourquoi ?

Andrea secoua la tête.

— Cette femme aurait été la conseillère de Rachel ? reprit Stride.

— Je ne sais pas. Nancy n'est pas une employée permanente du lycée. Elle enseigne à l'université et passe une partie de son temps libre ici, à s'occuper bénévolement d'élèves en difficulté. Surtout des filles.

— Elle dispose d'un bureau dans l'établissement ?

— C'est plutôt un placard. Au premier étage. Mais je vous préviens, vous vous servez d'un outil que Nancy n'apprécie pas beaucoup.

— Une arme ? fit Stride, perplexe.

— Un pénis.

Stride sourit, Andrea pouffa, puis tous les deux éclatèrent de rire. Ils se regardèrent, amusés par la blague et troublés par cette complicité qu'elle supposait. Le rire lui procurait un sentiment étrange. Il ne se rappelait pas depuis combien de temps il ne s'était pas assez détendu pour voir de l'humour quelque part. Ni depuis quand il n'avait pas partagé cela avec une femme.

— Vous savez au moins dans quoi vous vous engagez, dit Andrea.

— Merci. Vous m'avez été très utile, madame Jantzik.

— Appelez-moi Andrea. À moins que ça ne soit interdit ?

— Non, ce n'est pas interdit. Moi, c'est Jonathan.

— Je trouve que Jon vous va beaucoup mieux.

— Jon, c'est bien aussi.

Stride hésita, sans trop savoir pourquoi. Il avait une envie irrésistible de dire autre chose, de l'inviter à dîner, de lui demander quelle était sa couleur préférée, ou d'écarter doucement la mèche de cheveux blonds qui tombait sur son visage. Un sentiment nouveau le submergea. Peut-être parce qu'il n'avait pas vu pareille lueur depuis presque un an. Il y avait si longtemps qu'il était mort intérieurement qu'il n'était pas sûr de se rappeler ce qu'on ressent quand on s'éveille à la vie.

— Ça va ? lui demanda Andrea.

Elle avait l'air inquiète. Il se dit qu'elle avait aussi un très joli visage.

— Oui, ça va. Merci encore.

Il la laissa là, sur les marches. Le moment était passé. Mais l'était-il vraiment ?

Stride trouva le bureau de Nancy Carver, coincé dans un cagibi presque invisible du couloir. Le cou tendu au-delà du coin du mur, il vit une porte étroite. Le nom de Nancy Carver était gravé sur un morceau de bois fixé à un clou. La porte était couverte de photos et de dépliants qui devaient à coup sûr rendre fous furieux les administrateurs de l'établissement.

Il y avait des articles de magazines sur les dangers de l'homophobie. D'autres articles aux illustrations sans équivoque, découpés avec des ciseaux, dénonçaient l'omniprésence de la pornographie. Il y avait un prospectus de la dernière réunion annuelle de l'Association américaine des lesbiennes universitaires où le nom de Nancy Carver, surligné, figurait dans la liste des orateurs. Il y avait aussi des dizaines de photos de femmes en train de camper dans la nature. Stride reconnut les Black Hills, et des chutes d'eau qui devaient se trouver au Canada. La plupart des photos montraient des adolescentes et des jeunes filles en âge d'être étudiantes. La seule exception, qui apparaissait sur la plupart des clichés, était un petit bout de femme robuste d'une quarantaine d'années, avec des cheveux roux coupés très court et de grandes lunettes noires à monture épaisse. Elle était presque toujours vêtue de la même façon – un pull de laine couleur rouille et un blue-jean délavé.

Stride examina attentivement toutes les filles des photos, mais il ne reconnut ni Rachel ni Kerry. Il en fut vaguement déçu.

Stride s'apprêtait à cogner à la porte quand il entendit de légers bruits à l'intérieur. Il changea d'avis. Sans savoir si la porte était fermée à clé, il tourna la poignée et poussa. Elle alla heurter un mur, laissant un passage d'à peine un mètre de large.

Stride enregistra la scène avant que les deux personnes qui se trouvaient dans la pièce aient eu le temps de réagir. Une adolescente blonde au visage poupin et aux cheveux raides était allongée, les yeux clos, dans un fauteuil inclinable bleu miteux, presque trop grand pour le bureau. Nancy Carver se tenait derrière elle. Ses doigts écartés massaient les joues et le front de la jeune fille. Elle avait les yeux fermés, elle aussi, sous ses lunettes. Quand la porte heurta le mur, les deux femmes ouvrirent les yeux. Les mains de Carver s'éloignèrent vivement du visage de sa compagne, comme si elle s'était brûlée.

La fille qui était installée dans le fauteuil ne regarda pas Stride, mais tendit le cou et se tourna nerveusement vers Carver. Celle-ci jeta à Stride un regard furieux.

— Bon Dieu, où vous croyez-vous, à faire irruption ici sans y être invité ? s'écria-t-elle.

Stride prit son air le plus aimable et le plus contrit.

— Je suis désolé. Il fallait que je vous parle, et j'ignorais que vous aviez de la compagnie.

La jeune fille s'efforça de redresser le dossier du fauteuil, puis se leva. Elle ne croisa pas le regard de Stride.

— Je dois aller en cours. Merci beaucoup, Nancy.

— Aucun problème, Sarah, répondit Carver d'une voix radoucie. Je serai de nouveau ici jeudi.

Sarah prit une pile de livres sur le bureau de Nancy Carver. Elle les colla contre sa poitrine et se serra pour passer devant Stride. Elle disparut dans le couloir sans demander son reste.

Stride ferma la porte. Carver, parfaitement immobile derrière le vieux fauteuil, l'examinait comme elle l'eût fait d'un insecte. À cause de ses lunettes, ses yeux bruns et durs semblaient démesurément grands. Elle était encore plus petite que sur les photos, et beaucoup plus musclée.

— Qu'est-ce que vous voulez ?

— Je m'appelle Jonathan Stride… commença-t-il.

Elle l'interrompit d'un geste impatient.

— Oui, oui, je sais qui vous êtes. Vous êtes de la police, vous enquêtez sur la disparition de Rachel, et vous me faites perdre du temps.

Elle regagna son bureau et s'assit sur une vieille chaise en bois.

— Dites-moi quelque chose que j'ignore.

Stride prit le temps d'examiner le petit cabinet. Le bureau était du modèle classique, bois stratifié et pieds d'aluminium, qu'on voyait dans toutes les écoles. Il était couvert de piles de livres de psychologie aux titres obscurs et de chemises en papier kraft bourrées de documents. Le téléphone était lui-même décoré de petits mémos autocollants. Le siège, le bureau et le fauteuil étaient les seuls meubles de la pièce. L'unique objet fixé au mur était un tableau d'affichage en liège, sur lequel on voyait autant de photos et d'articles de journaux que sur la porte du bureau.

Stride s'assit dans le fauteuil inclinable et prit ses aises. Il sortit son carnet de la poche intérieure de son manteau, chercha un stylo dans plusieurs autres poches, puis s'appuya en soupirant contre le dossier rembourré. Il revint de quelques pages en arrière, parcourant les notes griffonnées en émettant de petits claquements de langue. Il leva enfin les yeux vers Nancy Carver, qui se tenait droite sur sa chaise, une bombe prête à exploser.

— Ma partenaire me dit que je devrais essayer une thérapie, fit Stride d'un ton aimable. Est-ce que tous vos patients ont droit à cette petite séance de massage facial ?

Le visage de Carver aurait pu être gravé dans la pierre.

— Sarah n'est pas une patiente.

— Ah non ? Dommage. Je croyais que vous étiez médecin, mais je me trompe peut-être. Vous êtes kiné ?

— J'ai un doctorat en psychologie, inspecteur. Je suis professeur titulaire à l'université du Minnesota. Mais ici, pour ces jeunes filles, je suis Nancy, tout simplement.

— C'est adorable. Et avec Sarah, tout à l'heure, c'était quoi… un concours de sommeil ?

— Non. Ça ne vous regarde pas, mais Sarah a des insomnies. Je lui montrais certaines techniques de relaxation. C'est tout.

— C'est bien, la relaxation. Ma partenaire me répète tout le temps que je devrais essayer, moi aussi.

— Eh bien, inspecteur, peut-être devrait-elle vous conseiller de ne pas tourner autour du pot. Votre petit jeu est transparent et assommant. Si vous posiez vos questions, maintenant, pour que je puisse me remettre au boulot ?

Pour la première fois, Nancy Carver lui sourit, sans la moindre chaleur.

— Mon petit jeu ? fit-il en souriant de même.

— Oui, votre petit jeu. Voyons qui est capable de décrypter l'autre… C'est mon boulot, rappelez-vous. Alors jouons franc jeu, inspecteur, d'accord ? Sans parler des conclusions policières auxquelles vous êtes parvenu, vous avez déjà pris soin de me jauger comme de la viande sur pied. Vous en avez conclu que je ne suis pas assez sexy pour constituer une grosse perte pour la communauté hétérosexuelle. Mais vous avez noté que je suis athlétique, et vu mon énergie vous vous êtes dit que si vous pouviez m'attirer dans votre lit, je serais peut-être un bon coup. Tout cela vous fait fantasmer sur l'image de moi en train de faire l'amour à d'autres femmes – et vous vous demandez si je saute certaines de ces adolescentes, pendant que j'y suis. Et vous vous dites que si vous êtes assez malin pour activer mon sentiment d'insécurité, je finirai par vous révéler je ne sais quel sombre secret…

— Stupéfiant ! Et vous pourriez me dire qui va gagner le championnat de base-ball ?

Carver eut un autre sourire crispé.

— Je ne me trompe pas, hein ?

— Puisque c'est vous qui en parlez… est-ce que vous avez des relations sexuelles avec certaines de ces adolescentes ?

— Je n'ai aucune relation sexuelle avec des mineures, inspecteur, dit lentement Carver en appuyant sur chaque mot.

— Bonne réponse. Ce n'est pas ce que je vous demandais, mais c'est une bonne réponse. J'aime beaucoup les photos qui se trouvent sur votre porte. Vous semblez partir souvent à la campagne avec des étudiantes…

— J'appelle ça des retraites de formation féministe.

— Est-ce que des mineures y participent ?

— Bien sûr. Avec la permission de leurs parents.

— Je me demandais si Rachel vous avait accompagnée dans une de ces retraites.

— Non, jamais, dit Carver.

— Et Kerry McGrath ?

— Non. Je ne l'ai jamais rencontrée. Est-ce que vous insinuez que je pourrais être impliquée dans leur disparition ?

— Pas du tout. Je cherche simplement à établir des liens.

— Et donc, pourquoi ne pas commencer par une militante lesbienne, hein ?

— Vous lisez dans mon esprit avec une facilité stupéfiante. Est-ce que vous avez jamais conseillé une de ces filles ?

— Je ne conseille personne, ici, inspecteur.

— Puisque vous m'avez convaincu que vous n'étiez pas la kiné de l'établissement, que faites-vous exactement si vous n'êtes pas conseillère ?

— Je suis un mentor. Ou simplement une amie. Je n'ai avec elles aucune relation strictement professionnelle.

— C'est bizarre, non ? Je veux dire, vous avez un doctorat en psychologie, vous êtes professeur titulaire à l'université du Minnesota, et des tas de bouquins de « trucologie » s'entassent sur votre bureau...

— Rien de bizarre là-dedans, inspecteur. En fait, je pourrais même affirmer que vous êtes responsable de ma présence ici.

— Moi ? Comment cela ?

Carver se pencha au-dessus du bureau, les mains jointes, et plongea ses yeux bruns dans les siens.

— Votre incapacité à retrouver Kerry McGrath a provoqué des traumatismes chez un grand nombre d'élèves de cet établissement.

Stride tressaillit.

— Je ne vous suis pas...

— Eh bien, je vais vous expliquer. Quand cette jeune fille a disparu, en août dernier, certaines étudiantes ont commencé à avoir de graves problèmes. Elles sautaient les cours, éclataient en sanglots à tout moment, adoptaient des comportements autodestructeurs. J'ai proposé mes services de conseillère bénévole. Pas au sens professionnel du terme. Plutôt comme quelqu'un qui pourrait se lier avec elles et leur parler de leurs peurs. On mesure l'inquiétude de l'établissement au fait qu'il n'ait pas chicané sur mes opinions politiques ou mes préférences sexuelles, et qu'on m'ait au contraire accueillie à bras ouverts. J'ai découvert que j'aimais mon boulot auprès de ces étudiantes. J'y consacre donc deux après-midi par semaine, et j'ai emmené des petits groupes en retraite. Je ne suis pas leur thérapeute, même si mon expérience en ce domaine est certainement très utile. Je suis avant tout une personne à qui ces jeunes filles peuvent parler.

— Avez-vous eu l'occasion de vous lier d'amitié avec Rachel ?

Il observait son visage, s'attendant à une réaction. Mais il ne vit rien, pas un frémissement, pas la moindre tentative de dissimuler quoi que ce soit, rien que le même regard calme.

— Je la connaissais, fit-elle, impassible.

— A quel point ?

— Je la voyais de temps en temps. Elle ne faisait pas partie des élèves qui venaient me voir régulièrement. Et comme je vous l'ai dit, elle n'a jamais participé à nos retraites.

— Pourquoi venait-elle vous voir ?

Carver marqua un temps d'arrêt. Elle regardait Stride très calmement.

— Je n'ai pas le droit de vous le dire.

— Pourquoi ? fit Stride, agacé. Vous étiez catégorique tout à l'heure sur le fait qu'il ne s'agissait nullement de relations professionnelles. Ce qui signifie que le secret médical ne s'applique pas, n'est-ce pas ?

— Le secret médical dépendrait de la manière dont Rachel percevait nos relations, et jusqu'à quel point elle me considérait comme sa thérapeute. Mais il n'en reste pas moins qu'elle m'a dit certaines choses à la condition qu'elles restent strictement confidentielles. Je ne dois les répéter à personne. Et si le bruit se répandait que je trahis les confidences, inspecteur, mon travail serait voué à l'échec.

— La situation est tout de même différente, non ? Cette jeune fille a disparu. Si elle vous a confié des choses qui peuvent nous aider à la retrouver, vous lui devez de nous en informer.

— Il n'en est rien.

— Docteur Carver, cette jeune fille court peut-être un grave danger...

— Je ne sais absolument rien qui serait susceptible de vous aider à la retrouver, inspecteur. Croyez-moi.

— Vous avez dit à des personnes de l'établissement, aujourd'hui, que nous ne la retrouverions jamais. Pourquoi ? Qu'est-ce qui vous fait affirmer cela ?

— Vous n'avez pas retrouvé Kerry.

— Vous avez des raisons de penser que les deux affaires sont liées ?

— Je n'ai jamais rien suggéré de tel. Je n'ai aucune raison de le croire.

— Pourtant, vous semblez certaine que nous ne retrouverons pas Rachel, répéta Stride.

— Je ne suis pas certaine qu'elle ait envie qu'on la retrouve.

Stride plissa les yeux. Il s'extirpa du fauteuil, se pencha au-dessus du bureau et en agrippa le bord de ses deux mains. Il la surplombait, l'écrasant de toute sa stature.

— Si vous avez des informations, docteur Carver, je veux les connaître. Ne m'obligez pas à aller chercher un mandat d'arrêt.

Carver ne cilla pas. Elle lui jeta un regard meurtrier.

— Allez-y, inspecteur. Vous ne pouvez pas m'arrêter pour mes opinions, et vous ne pouvez me faire avouer ce que je ne sais pas. Je vous l'ai dit, et je vous le répète, j'ignore où se trouve Rachel. J'ignore ce qui lui est arrivé. Je ne dispose d'aucune information qui vous aiderait à la retrouver.

— Mais vous pensez qu'elle est vivante. Vous pensez qu'elle est partie de son plein gré.

— Voici ce que je pense, inspecteur. Dans six mois, Rachel Deese aura dix-huit ans. Ce jour-là, même si vous la retrouvez, vous ne pourrez pas la forcer à revenir.

— Vous ne l'aidez pas en gardant le silence. Si elle s'est enfuie – si elle avait des raisons de s'enfuir –, je dois en être informé. J'ai vu sa mère, je sais qu'elles étaient à couteaux tirés. Mais si Rachel est livrée à elle-même, il se peut qu'elle ait de graves ennuis. Dois-je vous rappeler ce qui se passe pour la plupart des adolescentes qui fuguent ? Combien d'entre elles finissent par se prostituer ? Combien finissent à la rue ?

Pendant un instant, il crut qu'il avait gagné. Il vit le regard de Nancy Carver se troubler. Elle savait qu'il avait raison. Puis son visage se referma, prisonnier d'un masque d'acier.

— Je suis désolée, inspecteur. Je ne sais rien qui puisse vous être utile. Je n'ai rien fait d'autre qu'exprimer une opinion personnelle.

— Ce qui signifie ?

Nancy Carver haussa les épaules.

— Je vous l'ai dit. Vous ne la retrouverez jamais.

7

Heather Hubble tourna à gauche pour quitter la nationale 53 et prit une route non goudronnée, à une quinzaine de kilomètres à l'ouest de Duluth. Sa voiture tanguait et tressautait sur la chaussée défoncée. Sa fille Lissa, six ans, assise sur le siège à côté d'elle, se balançait au rythme des mouvements de l'auto.

C'était un jeudi, en fin d'après-midi. Heather voulait profiter de la lumière déclinante, de l'heure où les ombres s'étirent, pour photographier la vieille grange en ruine qui se trouvait à quelques kilomètres plus au sud. Elle avait attendu que les couleurs de l'automne soient à leur maximum. Les feuilles rouge vif tendaient vers la rouille. Les jaunes, pâles, tiraient sur le vert. La plupart des feuilles étaient déjà tombées et joncheraient le sol autour de la grange. C'était parfait. Le bâtiment était lui-même dans un état de délabrement avancé. Sur les photos, ces impressions se renforceraient mutuellement.

— J'aime bien cette route, maman, dit Lissa en rebondissant sur son siège. Ça remue, et c'est joli.

Le nez pressé contre la vitre, Lissa regardait les arbres. Une pluie continue de feuilles sèches flottait dans l'air.

— C'est encore loin ? demanda-t-elle, impatiente.

— Non, ce n'est plus très loin.

Il y eut un virage, et la grange apparut à la limite de leur champ de vision, sur la gauche. Elle était magnifique et romantique, aux yeux de Heather, alors que ce n'était qu'une ruine abandonnée depuis longtemps. Heather se disait qu'elle ne tiendrait pas jusqu'à l'automne suivant – mais elle se disait la même chose depuis plusieurs années. Elle pensait que le poids de la neige, cette année, enfoncerait ce qui restait du toit. Celui-ci était déjà écroulé en plusieurs endroits, laissant des trous aux bords déchiquetés. La peinture rouge de la grange avait pâli, s'était écaillée et se décollait. Toutes les vitres avaient été cassées par les cailloux lancés par des gamins. La charpente tout entière semblait comme aspirée vers l'intérieur, les murs étaient de guingois, à la limite du déséquilibre. En février, la grange ne serait peut-être plus qu'un amoncellement de poutres brisées recouvert de neige.

Elle emprunta l'allée envahie par les mauvaises herbes. Ce n'était d'ailleurs pas une véritable allée, plutôt un simple chemin, usé au long des années par les pneus de multiples visiteurs. Elle se gara et descendit de voiture. Lissa l'imita sans attendre.

— Je ne suis jamais venue ici, hein, maman ?

— Non, je ne crois pas. Chaque fois que je suis venue, tu étais à l'école.

— Ce n'est pas en très bon état, hein ?

— Non, c'est vrai, fit Heather en riant.

— Je peux aller voir ?

— Bien sûr. Mais n'entre pas dans la grange. Ce n'est pas prudent.

— C'est le genre d'endroit où il pourrait y avoir des fantômes… Tu ne crois pas ?

— Peut-être bien.

— Comment tu connais cet endroit ?

— J'y venais souvent quand j'étais adolescente. Beaucoup d'entre nous y venaient.

— Qu'est-ce que tu venais faire ici ?

— Oh, on venait simplement explorer. Comme toi.

Inutile de lui donner la vraie raison. À l'époque, Heather et des dizaines d'adolescents de Duluth venaient ici pour faire l'amour. C'était le baisodrome le plus couru du comté. Au point que les étudiants faisaient circuler une sorte de formulaire d'inscription secret pour éviter que trop de gens aillent se garer en même temps derrière la grange. C'est là que Heather avait fait l'amour pour la première fois, à l'arrière d'un camion à plate-forme, sous les étoiles.

Elle se demandait si les étudiants utilisaient encore la grange. De nombreuses traces de pneus menaient vers l'arrière du bâtiment. Elle vit aussi les bouteilles de bière qui jonchaient le sol. Si elle y regardait de plus près, elle trouverait sans doute des préservatifs usagés.

Heather se tourna vers sa fille.

— Il ne faut rien ramasser par terre, Lissa.

La petite fit la moue.

— Eh, ce n'est pas drôle, alors !

— Tu peux ramasser des cailloux ou des bâtons, mais pas des choses que les gens ont pu jeter, d'accord ? reprit Heather d'une voix plus douce. Si tu ne sais pas ce que c'est, tu n'y touches pas.

— D'accord, dit Lissa en haussant les épaules.

La mère et la fille se séparèrent. Heather suivit Lissa des yeux tandis que la fillette s'aventurait dans un taillis. Rassurée de voir que tout allait bien du côté de Lissa, Heather se mit en quête du cadre idéal. Elle sillonna le champ en tous sens pour trouver l'angle le plus satisfaisant. Quand elle eut repéré l'endroit qu'elle cherchait, alors qu'elle préparait sa mise en place, elle vit Lissa se précipiter derrière la grange.

— Fais bien attention, là-bas ! cria-t-elle.

Lissa lui répondit quelque chose qu'elle ne comprit pas.

Elle s'agenouilla, regarda dans le viseur de son appareil, vit l'image prendre forme dans le cadre. Derrière elle, le soleil frôlait presque la cime des arbres les plus hauts. Heather sentit son estomac se crisper et ses doigts trembler, comme toujours quand elle était sur le point d'obtenir exactement ce qu'elle cherchait. Elle prit quelques secondes pour vérifier la luminosité et ajuster le temps d'exposition. Enfin prête, elle actionna le déclencheur, encore, et encore, écoutant le ronronnement du moteur qui accompagnait l'avance de la pellicule.

— Maman ! appela Lissa derrière la grange. Viens voir !

— Une minute, ma chérie…

— Regarde, regarde, regarde ! criait Lissa, qui réapparut en courant au coin de la grange.

— Qu'est-ce que tu veux, Lissa ? Maman est occupée !

— Regarde ce que j'ai trouvé ! C'est joli, hein ?

Heather quitta son appareil des yeux, juste le temps de voir que Lissa avait dans la main un bracelet en or.

— Où as-tu trouvé ça, ma chérie ?

— Derrière la grange.

Heather fronça les sourcils.

— Est-ce que je ne t'ai pas dit de ne rien ramasser ? En particulier des choses qui ont appartenu à des gens ?

— Si, évidemment, mais ce n'est pas pareil ! argua Lissa.

— Comment ça, ce n'est pas pareil ?

— Ce n'est pas dangereux, c'est juste un bracelet.

— Oui, et c'est un bracelet qui appartient à quelqu'un, et ce quelqu'un va sans doute venir le chercher. Maintenant, rapporte-le derrière la grange et remets-le où tu l'as trouvé.

— Je ne peux pas le garder ?

Heather soupira. C'était toujours la même chose avec Lissa, quand il s'agissait de bijoux.

— Non, tu ne peux pas le garder. Il appartient à quelqu'un. Va le remettre en place immédiatement.

— Je crois que personne n'en voudra plus, pleurnicha Lissa. Il est tout sale.

— Alors pourquoi tu le veux, toi ?

Lissa n'avait pas de réponse toute prête. Elle réfléchit un instant.

— Je pourrais le nettoyer, dit-elle enfin.

— Alors sa propriétaire pourra le faire aussi. Maintenant, arrête de discuter. Va le remettre là-bas.

Renonçant à lutter, Lissa s'éloigna, mécontente, vers l'arrière de la grange. Heather se concentra de nouveau sur son appareil. Elle regarda dans le viseur.

Parfait.

Derrière la grange, Lissa reposa à contrecœur le bracelet là où elle l'avait trouvé, c'est-à-dire dans une flaque boueuse au bord du champ. Mais ce n'était pas juste. Elle était sûre que personne ne reviendrait jamais le chercher.

— Mais maman l'a dit, murmura-t-elle.

Après avoir remis le bijou à sa place, Lissa reprit son exploration. Elle avait déjà rassemblé une belle collection, y compris plusieurs cailloux intéressants et quelques jolies fleurs bleues, et elle avait fourré le tout dans les poches de son manteau. Elle n'avait pas conscience du temps qui passait. Quand elle leva les yeux et vit que le soleil baissait sous les arbres, il lui sembla qu'il ne s'était écoulé qu'un instant.

C'est alors qu'elle entendit sa mère qui l'appelait :

— Lissa, reviens, il est temps de s'en aller !

Lissa ne se le fit pas dire deux fois. Elle quitta le champ en courant, en direction de la grange. La flaque où était le bracelet se trouvait sur son chemin.

— Lissa ! criait sa mère.

Lissa réfléchit à toute allure. Elle voulait vraiment ce bracelet, et sa propriétaire était plutôt négligente de l'avoir laissé là. En outre, elle pouvait le prendre, le nettoyer, et si la propriétaire le voulait toujours, elle le lui garderait propre et en lieu sûr. Et elle se répéta que cette personne l'avait peut-être simplement jeté là.

Maman ne comprenait pas. Elle n'aimait pas les bijoux, de toute façon.

Très vite, Lissa se pencha et ramassa le bracelet, qu'elle fourra bien au fond de sa poche.

— J'arrive ! cria-t-elle.

Elle refit le tour pour passer devant la grange.

DEUXIÈME PARTIE

8

Bird arpentait les coins obscurs du studio, levant ses jambes comme des échasses au-dessus des câbles déployés sur le sol. Personne ne lui adressait la parole. Tout le monde savait depuis longtemps qu'il ne prononçait pas un mot durant les dernières minutes précédant une émission en direct. Il planait trop haut. Il était pris d'un véritable bouillonnement intérieur. Il s'échauffait mentalement.

Ce soir-là, l'audience allait de nouveau atteindre des sommets.

Après les avoir courtisés pendant les trois semaines qui avaient suivi la disparition de Rachel, il avait fini par obtenir le premier entretien en direct avec Graeme et Emily Stoner. Pour la première fois, ils avaient accepté de parler de la perte de leur fille. Et ils ne seraient pas seuls. Une autre famille déchirée par le chagrin leur tiendrait compagnie sur le plateau : Mike et Barbara McGrath, qui recherchaient en vain, depuis un an, leur fille Kerry. Deux familles seraient assises à côté de lui, se libéreraient de leurs émotions et adresseraient un message à la police.

Un assassin hante la rive nord du lac et enlève des adolescentes dans les rues. Trouvez-le !

Bird s'immobilisa, les bras croisés. Sur le plateau inondé de lumière, Graeme et Emily Stoner étaient installés dans des fauteuils confortables, et deux maquilleuses voletaient autour d'eux en leur tapotant le visage. Il vit les McGrath rejoindre les Stoner. Les deux couples échangèrent des saluts embarrassés.

— Deux minutes, fit une voix dans un haut-parleur au-dessus de leurs têtes.

Bird surgit de la pénombre et traversa le plateau avec la grâce d'un félin. Semblable à une grande tour noire, il dominait ses invités, qui, du fond de leurs fauteuils, levèrent les yeux vers lui. Il sourit, révélant des dents d'une blancheur étincelante contrastant avec le noir de sa peau. Il gratifia chacun d'eux d'une poignée de main qui leur broya les phalanges.

— Je tiens à vous remercier, tous, pour avoir accepté de vous joindre à moi ce soir, leur dit-il de la voix grave et posée qu'il réservait aux victimes. Je sais combien c'est difficile pour chacun de vous. Mais il est très important que tous les habitants de cet État entendent votre histoire. Et, si Dieu le veut, vos voix parviendront peut-être à vos filles, ou à celui ou ceux qui vous les ont prises.

— C'est très aimable à vous, monsieur Finch, dit Barbara.

— Monsieur et madame Stoner, poursuivit-il, je ferai tout ce que je peux pour vous mettre à l'aise. Je ne veux pas que vous pensiez à la caméra. Parlez-moi, tout simplement. Racontez-moi votre histoire.

Bird serra sa grande carcasse dans son fauteuil habituel. Il passa une main sur son crâne rasé et jeta un coup d'œil à son costume pour s'assurer que ses poches, son mouchoir et ses manchettes étaient à leur place. Il s'éclaircit la voix, posa son bras gauche replié sur l'accoudoir.

Il adressa un ultime sourire aimable à ses invités. La lampe rouge s'alluma.

— Bonsoir, mesdames et messieurs. Je suis Jay Finch, et j'ai le privilège d'animer ce soir une émission très spéciale avec deux familles de Duluth, dans le Minnesota. Ces quatre personnes ne s'étaient encore jamais rencontrées, mais elles ont en commun quelque chose qui, chaque jour que Dieu fait, les rapproche un peu plus les unes des autres…

La caméra recula pour révéler la présence des Stoner et des McGrath, assis en face de lui, sur le plateau.

— Il y a quinze mois, Kerry McGrath, la fille de Mike et Barbara McGrath, a disparu dans les rues de Duluth. Il y a exactement trois semaines ce soir, Rachel Deese, fille d'Emily Stoner et belle-fille de son mari Graeme, a connu un sort aussi tragique. Deux adolescentes qui fréquentaient la même école et vivaient à quelques kilomètres l'une de l'autre. Deux disparues. Nous devons tous prier pour qu'elles soient saines et sauves, et nous devons craindre pour leurs vies.

Sa voix se durcit :

— La police ne vous dira pas que ces crimes sont liés. Elle vous dira simplement que les deux enquêtes se poursuivent, même si elle ne donne aucun indice suggérant qu'elle a progressé dans la résolution de ces terribles mystères. En attendant, les familles de Duluth doivent faire face à une nouvelle nuit de sommeil tourmenté. Chaque fois que leur fille prend le chemin de l'école, les parents se demandent si elle rentrera saine et sauve à la maison. Chaque fois que leur fille les quitte pour rendre visite à une de ses amies, ils appellent pour s'assurer qu'elle est bien arrivée. C'est ainsi que fonctionne la peur. C'est le prix de l'ignorance. Car chacun, à Duluth, se pose la même question, et murmure : « Que s'est-il passé ? »

Bird regarda l'objectif de la caméra, comme s'il se trouvait dans le salon de chaque téléspectateur.

— Que s'est-il passé ? Est-ce qu'un tueur en série traque les jeunes femmes de Duluth ? Est-ce que quelqu'un d'autre est en danger ? Est-ce qu'une année s'écoulera de nouveau avant le prochain crime, ou bien l'assassin sera-t-il trop impatient ? Est-il de retour dans nos rues, ce soir, en maraude dans un véhicule isolé, ralentissant chaque fois qu'il croise un passant ?

Les mots fondaient sur sa langue comme des bonbons acidulés. Il percevait la peur comme s'il s'agissait d'un objet tangible, et il savait qu'il l'aidait à se répandre dans l'État tout entier. Mais Bird n'en ressentait aucune culpabilité. Il *fallait* que les gens aient peur.

— Nous ne connaissons pas les réponses à ces questions, poursuivit-il d'une voix douce. Nous ne savons pas ce qui est vraiment arrivé à ces deux jeunes filles, ces deux nuits, à un peu plus d'un an d'intervalle. Dieu sait combien nous désirons que Kerry et Rachel soient toutes deux saines et sauves quelque part, et combien nous espérons les voir rentrer chez elles et retrouver leurs parents dans un avenir proche. En attendant, les citoyens de cet État espèrent que la police leur donnera des réponses. Des réponses qui se font attendre depuis trop longtemps.

Bird se tourna vers Barbara McGrath.

— Maintenant, écoutons ce qu'ont à nous dire les autres victimes de ces crimes. Les familles qui souffrent et qui s'interrogent. Madame McGrath, croyez-vous au fond de votre cœur que Kerry est vivante ?

Emily entendit la femme répondre. Donner la réponse qu'on attendait d'elle. Oui, Kerry était vivante. Elle le sentait au plus profond de son âme. Elle savait que sa fille était là, quelque part. Elle refusait de perdre espoir tant qu'on ne l'aurait pas retrouvée. Puis Barbara McGrath, cette étrangère assise à côté d'elle, se tourna droit vers la caméra et se mit à lui parler, à la supplier :

— Kerry, si tu es là, quelque part, si tu m'entends, je veux que tu saches que nous t'aimons. Il ne se passe pas un jour sans que nous pensions à toi. Nous voulons tellement que tu reviennes avec nous à la maison…

Avec un soupir, elle laissa ses émotions prendre le dessus et cacha son visage dans ses mains. Son mari se pencha vers elle, Barbara laissa sa tête retomber contre son épaule. La main de son époux se nicha dans ses cheveux noirs et les caressa doucement.

Emily les regardait avec un curieux détachement. Elle se sentait si loin d'eux. Elle vit que Graeme les observait, lui aussi, le visage impénétrable, dénué d'émotion. Elle se demanda s'il ressentait la même chose qu'elle. De l'envie. Elle enviait leur douleur, pure, simple, et leur capacité à se donner mutuellement du réconfort et de la force. Elle n'avait rien de tout cela. C'est pourquoi elle avait refusé si longtemps de se prêter à l'interview, car elle savait qu'elle devrait mentir sur tant de choses. Elle devrait dire ce qu'on attendait qu'elle dise, même si elle n'y croyait pas. Elle dirait que Rachel lui manquait, tout en se demandant si c'était vrai. Elle serrerait la main de Graeme pour y chercher un peu de soutien, mais cette étreinte sans vie ne lui procurerait aucune sensation.

La seule personne qui comprenait, qui pouvait l'aider, n'était pas là.

Elle avait l'impression de flotter au-dessus du plateau de télévision, comme un fantôme. Elle entendit Bird Finch s'adresser à elle comme si sa voix venait de l'autre extrémité d'un long tunnel :

— Madame Stoner ? Voulez-vous vous adresser à Rachel ?

Emily fixa la caméra et la lampe rouge qui luisait au-dessus. Elle était paralysée. Comme si elle voyait vraiment Rachel, quelque part dans le reflet sombre que lui renvoyait la lentille, comme si Rachel pouvait la voir, elle aussi. Elle ne comprenait pas ce qu'elle ressentait. L'hostilité avait entretenu si longtemps une douleur intérieure qu'elle ne savait pas encore comment vivre sans elle. Rachel était partie, et avec elle la guerre acharnée qu'elles se livraient. Il était inconcevable qu'elle puisse désirer retrouver cela.

Le désirait-elle ? Ou était-ce vraiment mieux comme cela ?

Il lui était arrivé si souvent de souhaiter que Rachel disparaisse ! Elle fantasmait sur le fait que tout irait mieux dans sa vie quand ce poids aurait disparu. Peut-être pourrait-elle mieux aimer sa fille maintenant qu'elle était partie.

Que s'était-il passé ?

— Madame Stoner ? demanda Bird.

Peut-être devrait-elle leur dire la vérité. S'ils connaissaient le secret, peut-être lui ficheraient-ils la paix. Et la vérité, c'était que Rachel était un vrai démon.

Pendant les années qui avaient suivi la mort de Tommy, Emily avait eu simultanément deux emplois. Accablée de dettes, elle était remontée peu à peu du fond du gouffre où Tommy les avait laissées. De huit heures du matin à cinq heures du soir, elle officiait derrière un guichet de la Range Bank, dans l'agence du centre-ville. À cinq heures, elle sautait dans sa voiture et remontait Miller Hill à toute vitesse. Elle vendait des romans à quatre sous et des magazines pour hommes jusqu'à neuf heures du soir, horaire de fermeture du centre commercial. Elle vivait dans un brouillard perpétuel, abrutie par la tension et le manque de sommeil.

Une seule lueur avait éclairé son existence. Elle avait rapporté à la maison un terrier écossais qu'elle avait sauvé de la fourrière. Après toutes ces années où elle ne rentrait chez elle que pour y trouver le silence ou la froide hostilité de Rachel, il était réconfortant d'entendre les bruits du chien remplir la maison. Initialement, c'était à Rachel qu'elle avait pensé en adoptant le chien. Mais Rachel l'ignora, et c'était Emily qui se chargeait de le sortir dans la cour tous les soirs et lui faisait rapporter le jouet bleu qu'elle lui lançait, inlassablement.

C'est alors qu'elle avait fait une découverte surprenante. Le petit chien blanc, avec ses pattes rasées et son poil hirsute, était parvenu à fissurer son armure. Désormais, elle était impatiente de rentrer chez elle. Le chien lui faisait la fête comme si elle était l'être le plus important du monde. Il dormait sur ses genoux et, la nuit, sur son lit. Le week-end, ils allaient se promener, le chien montrant le chemin, tirant sur sa laisse et entraînant sa maîtresse au long des rues.

Rachel ne proposa aucun nom. Alors Emily l'appela Snowball, Boule-de-Neige. Il était petit, blanc et vif, et sa truffe glacée, quand il la lui collait sur la figure le matin, lui rappelait l'hiver.

Quand elle rentrait chez elle, à demi endormie, un sourire lui venait aux lèvres à la pensée de Snowball. Ce n'est que lorsqu'elle songeait à Rachel que des rides inquiètes réapparaissaient sur son visage, et que le sourire laissait la place à un air las et renfrogné. Dans les premiers temps qui avaient suivi la mort de Tommy, elle avait emmené Rachel chez un psychologue, mais, après quelques séances, sa fille avait refusé d'y retourner. Emily parla à ses professeurs. Elle parla à Dayton, le pasteur. Tout le monde se montra bienveillant, mais personne ne fut capable de toucher Rachel. Le chagrin causé par la mort de Tommy ne s'effacerait jamais. Et son seul réconfort semblait être de punir sa mère à tout jamais.

Ce soir-là, Emily gara la voiture dans l'allée étroite menant à leur petite maison – deux chambres à l'étage et une cour depuis longtemps négligée. L'allée était parcourue de profondes crevasses et la mauvaise herbe poussait entre les pierres.

Emily s'attendait à entendre le trottinement du chien se précipitant pour l'accueillir.

— Snowball ! appela-t-elle.

Emily tendit l'oreille en quête d'un aboiement. Elle se dit que Rachel avait enfermé le terrier dans la cour, derrière la maison.

Elle emprunta le couloir vers la cuisine. Son estomac grondait. Elle sortit du réfrigérateur un récipient en plastique plein de brocolis dont elle croqua quelques têtes. Elle entendit sa fille descendre l'escalier à pas lourds. Rachel la rejoignit dans la cuisine, sans un bonsoir. Elle s'affala sur l'une des chaises et prit un catalogue de Victoria's Secret dans la pile du courrier. Elle tendit la main vers le plat de brocolis et en attrapa un morceau.

— Tu cherches un Wonderbra ? lui demanda Emily en souriant.

Rachel leva les yeux et lui jeta un regard mauvais. Emily était trop fatiguée pour se soucier de ce qu'elle dirait.

Emily colla son nez à la fenêtre de la cour.

— Il commence à faire froid. Tu ne devrais pas laisser Snowball dehors.

Rachel tourna une page de son catalogue.

— Il n'est pas dehors. Il a fichu le camp par-devant, tout à l'heure.

— Fichu le camp ? Comment ça ?

— Quand je suis rentrée, il s'est faufilé entre mes jambes.

L'inquiétude s'empara d'Emily.

— Et tu ne lui as pas couru après ? Il est perdu ? Il faut que je parte à sa recherche !

Rachel leva les yeux de son catalogue et regarda sa mère.

— Il est allé dans la rue. Il a été écrasé par une voiture. Je suis désolée.

Emily s'appuya sur la porte du fond. Elle mit ses deux mains devant sa bouche.

— Le type était vraiment choqué. Je l'ai laissé l'emporter.

Un gouffre immense venait de s'ouvrir dans le ventre d'Emily, qui sentit sa poitrine se soulever. La douleur remonta jusqu'à ses yeux, et elle fut prise de sanglots incontrôlables, les larmes coulant sur ses joues et entre ses doigts. Elle se mordit la langue et sortit de la cuisine en courant. Elle essaya d'emplir ses poumons d'air, mais en pure perte. Elle tituba jusqu'à la porte d'entrée, l'ouvrit brutalement, tomba contre la balustrade de la véranda. Elle remarqua à peine le vent glacé. Laissant la porte ouverte, elle se dirigea vers l'allée en trébuchant, jusqu'au moment où elle sentit que ses jambes l'abandonnaient. Elle s'écroula sur la pierre froide et s'appuya contre la voiture encore chaude. Elle ferma les yeux.

Emily ne savait pas combien de temps elle était restée là, vautrée dans l'allée. Quand elle songea qu'elle devait bouger, la voiture s'était refroidie. Elle aussi. Elle avait les doigts raides. Ses larmes avaient gelé, formant des sillons glacés sur son visage. Elle se dit que ce n'était qu'un chien. Mais cela ne changeait rien. Elle se sentait plus mal que si elle avait appris, en rentrant chez elle, que Rachel s'était fait tuer par un chauffard.

Emily descendit l'allée, sans savoir où elle allait. Dans la rue, elle ne vit aucune trace d'un accident. Elle tomba à genoux, laissa son regard vide divaguer devant elle. Elle était si affolée, et la rue si chichement éclairée qu'elle faillit ne pas voir l'objet minuscule abandonné sur le trottoir d'en face. Il était presque invisible, comme un débris tombé d'une poubelle. Mais quelque chose attira son regard, et elle ne le quitta plus des yeux. Sous les larmes, c'était l'incompréhension qui dominait. Puis cela se transforma en horreur.

Elle savait ce que c'était. Ce n'était pas possible.

Emily dut rassembler toutes ses forces pour se lever. Elle traversa la rue d'un pas hésitant, essayant de ne pas regarder dans le caniveau. Mais elle était incapable d'en détourner les yeux. Elle finit par se retrouver au-dessus de l'objet. Elle secoua la tête, toujours incrédule. Elle se pencha, ramassa cette chose crasseuse, jetée dans la rue, et la tint maladroitement entre ses mains. Elle avait tellement envie de se tromper !

Puis son poing se referma sur la chose.

La douleur s'estompa, laissant place à la fureur. Jamais de sa vie elle n'avait senti une haine aussi fondamentale monter en elle. Ce n'était pas seulement Snowball, non. C'étaient des années de cruauté qui se cristallisaient soudain dans un moment unique. Emily tremblait, emportée par le flot de la colère. Elle serra les dents. Ses lèvres contractées formaient un trait presque invisible.

Elle hurla le nom de sa fille, qui s'acheva dans un gémissement :

— Rachel !

En courant, elle traversa la rue dans l'autre sens, remonta l'allée et se rua dans la maison, claquant la porte derrière elle avec une telle violence que les murs tremblèrent. Elle se fichait de ce que les voisins pouvaient entendre. Elle continuait à brailler le nom de sa fille.

Portée par un désir de meurtre, elle se précipita dans la cuisine, où Rachel feuilletait toujours tranquillement le catalogue de Victoria's Secret. La jeune fille leva les yeux, absolument pas troublée par les hurlements de sa mère. Elle ne prononça pas un mot. Elle attendait, simplement.

— C'est toi qui as fait ça ! cria Emily d'une voix angoissée. Tu l'as fait exprès !

Rachel ne disait toujours rien.

Emily tendit la main et desserra les doigts entre lesquels se trouvait le jouet bleu, tout sale, que Snowball rapportait avec tant de bonheur, autant de fois qu'on le lui demandait.

— Il ne s'est pas échappé, siffla Emily. C'est toi qui l'as fait sortir par-devant. Et tu as jeté son jouet quand tu as entendu une voiture arriver. Tu l'as tué !

— C'est ridicule, dit Rachel.

— Ne prends pas cet air innocent ! explosa Emily. Tu l'as tué ! Espèce de sale petite garce sans cœur, tu as tué mon chien !

Emily s'était contrôlée pendant des années, mais c'était fini. Elle se pencha, prit Rachel à bras-le-corps et la jeta à bas de sa chaise. Elle balança le bras en arrière et frappa violemment sa fille au visage.

— C'est toi qui l'as tué ! hurla-t-elle encore en la frappant plus fort que la première fois. Comment as-tu pu me faire ça ?

Elle la frappa de nouveau.

Et encore. Et encore.

Rachel avait le visage cramoisi, les joues zébrées par la trace des doigts d'Emily. Le sang perlait à ses lèvres. Elle ne ripostait pas. Elle restait là, le regard froid et impassible, sans broncher sous les coups qui se succédaient. Elle supporta le châtiment jusqu'à ce qu'Emily ait enfin épuisé sa rage. Celle-ci recula en chancelant, contempla sa fille, puis se détourna et cacha son visage dans ses mains. Le calme revint soudain dans la pièce.

Emily se frotta les mains l'une contre l'autre. Elle sentait le regard de Rachel fiché dans son dos. Tout à coup, sans un mot, Rachel sortit de la cuisine d'un pas raide. Emily l'entendit monter l'escalier, puis ce fut le fracas métallique de la tuyauterie quand elle fit couler de l'eau dans la salle de bains.

Il y avait une chose au monde qu'Emily s'était promis de ne jamais faire, même si la situation était au plus mal entre elles.

Et elle l'avait faite.

— Madame Stoner ? répétait Bird Finch. Y a-t-il quelque chose que vous avez envie de dire à Rachel ?

Emily fixa la caméra d'un regard sans expression. Les larmes coulaient sur ses joues. Tous les téléspectateurs y virent la preuve du chagrin d'une mère qui faisait face à la pire des douleurs. Celle qu'entraîne la perte d'un enfant. Ils n'avaient pas besoin de connaître la vérité.

— Je crois que je lui dirais… que je suis désolée, lâcha Emily.

9

Ce vendredi soir, Stride était seul dans son cagibi, au sous-sol de l'hôtel de ville. La lampe de bureau chromée dessinait un cercle lumineux sur les dossiers qu'il essayait de lire. Il était retourné à son bureau après les heures de travail pour rattraper son retard dans les tâches administratives, et passer en revue les rapports sur des délits commis durant les semaines qui avaient suivi la disparition de Rachel. Il s'agissait la plupart du temps de simples scènes de ménage, de vols de voitures, de cambriolages de magasins – le genre d'enquêtes qu'il pouvait déléguer aux sept inspecteurs qui travaillaient sous ses ordres. Mais cela représentait un volume total qui le dépassait. Sous les dossiers et les documents, il ne voyait même plus le bois mangé aux vers de son bureau.

Le quartier général de la police, au sous-sol, était calme. Ses hommes étaient rentrés chez eux. Stride aimait cet endroit la nuit, quand il régnait un silence total et que le téléphone ne sonnait pas. Il n'avait rien d'autre à surveiller que le bourdonnement de son bipeur, moustique qui ne manquerait pas de le piquer pour l'alerter si des crimes se perpétraient en ville.

Pendant la journée, il ne passait pas beaucoup de temps dans son bureau. L'équipe n'était pas si nombreuse, et il devait se charger des enquêtes importantes. C'était très bien comme cela. Il aimait être sur le terrain, faire le vrai boulot. Il réservait la partie administrative de son travail pour ses moments perdus, quand on ne risquait pas de le déranger.

De toute façon, la ville n'avait pas les moyens d'entretenir des locaux somptueux. Les panneaux de polystyrène du faux plafond étaient maculés, à cause des innombrables fuites et des tuyaux qui dégouttaient sur son bureau. Le tapis, d'un gris douteux, sentait légèrement le moisi. Le cagibi de Stride était assez grand pour accueillir une chaise pour un visiteur – c'était la seule vraie différence entre le bureau d'un inspecteur et celui d'un brigadier. Contrairement à la plupart des gars de l'équipe, il n'avait jamais pris la peine de personnaliser son espace de travail avec des affiches ou des photos de sa famille. Il n'y avait rien d'autre qu'une vieille photo de Cindy punaisée sur le tableau d'affichage en liège, et elle était à demi recouverte par les communiqués de la Sécurité nationale. C'était un endroit froid et malpropre, et Stride était heureux de le quitter dès qu'il le pouvait.

Il entendit l'ascenseur, au bout du couloir. On s'en servait rarement la nuit. Ça voulait dire que quelqu'un de là-haut descendait vers lui. Quelqu'un qui travaillait dans les vrais bureaux des services municipaux. Quand les portes s'ouvrirent, il reconnut la silhouette miniature de 2K.

— Salut, Jon, fit la voix nasillarde du directeur adjoint Kyle Kinnick.

D'une démarche légère, 2K entra dans le cagibi de Stride. Il fronça les sourcils en voyant la pile de documents posée sur la seule chaise disponible. Stride s'excusa et mit le tas par terre pour que son chef puisse s'asseoir. Kinnick alla droit au but :

— Alors vous pensez qu'elle est morte ?

— On dirait bien, répondit Stride.

Ils n'avaient aucune raison de se dissimuler ce qu'ils savaient parfaitement tous les deux.

— À ce stade, neuf sur dix ne sont pas retrouvées vivantes.

Kinnick tira sur son nœud de cravate. Son costume anthracite flottait sur son corps minuscule. Il avait l'air de sortir d'une réunion du conseil municipal.

— Merde. Le maire est dans ses petits souliers. La presse nationale nous pose des questions. Les médias veulent savoir si on a affaire à un tueur en série, à quelque chose dont ils pourraient faire leurs choux gras…

— Rien ne prouve que ce soit le cas.

— Merde, qu'est-ce qu'une preuve signifie pour ces gens-là ? gazouilla Kinnick.

Il enfonça un doigt dans l'une de ses oreilles, qui battaient de part et d'autre de sa petite tête comme deux feuilles de chou.

Stride sourit. Il se rappelait la parodie du « nabot » à laquelle Maggie s'était livrée lors de la dernière fête de la Saint-Patrick.

— Vous trouvez ça drôle ? demanda Kinnick.

— Non, monsieur, excusez-moi. Inutile de me parler des médias. J'ai tout le temps Bird sur le dos.

Kinnick grogna. Il était bourru avec ses inspecteurs, et c'était une cible facile pour les blagues, mais Stride l'aimait bien. C'était un bureaucrate, pas un flic de terrain, pourtant il défendait farouchement son service devant les fonctionnaires municipaux, et il se faisait un devoir de rencontrer toutes les associations de la ville, des jardins d'enfants au Rotary Club, pour vanter le travail des forces de police. 2K était loyal envers ses hommes, pour Stride c'était le plus important.

— Vous vous rendez compte que nous n'avons pas beaucoup de temps ? demanda Kinnick.

Il agita son mocassin noir vers le bureau encombré de Stride.

— Vous-même, vous travaillez déjà beaucoup trop là-dessus.

Stride n'ignorait pas qu'il était inutile de rappeler au patron que c'était lui qui lui avait ordonné de s'occuper personnellement de l'affaire. Avec 2K, tout relevait de calculs politiques et bureaucratiques. La ville voulait qu'on en finisse, et vite.

— Les truands y mettent du leur, dit Stride. Rien d'important n'exige mon attention.

— Et nous savons tous les deux que nous avons déjà dépassé les limites. Il est peu probable que ça s'éclaircisse. Je vais devoir vous retirer l'affaire, à Maggie et vous. Et confier la barre à Guppo, il peut avancer. Si nous trouvons quelque chose, vous la reprendrez.

— Ça ne servira qu'à fournir des arguments à Bird. C'est trop tôt. Accordez-nous encore quelques semaines. Nous ne voulons pas donner l'impression que nous laissons tomber l'enquête.

— Vous croyez que ça m'amuse ? demanda Kinnick.

Il se gratta le front et se tapota le crâne pour aplatir les cheveux gris qui s'étiraient sur son crâne, d'une de ses grandes oreilles à l'autre.

— Stoner est mon ami. Mais vous n'avancez pas.

— J'ai besoin de trois semaines. Vous l'avez dit vous-même, le maire prend l'affaire au sérieux. Si nous n'avons rien trouvé d'ici là, je suis d'accord, l'affaire est gelée. Guppo pourra prendre la barre. Il a déjà Kerry.

Kinnick soupira, comme s'il s'apprêtait à faire une énorme concession.

— Deux semaines. Et si autre chose nous tombe dessus, je vous récupère au plus vite. Compris ?

— J'apprécie beaucoup. Merci, monsieur.

Sans un mot, le chef repoussa sa chaise et se dirigea vers l'ascenseur. Les portes s'ouvrirent, l'avalèrent immédiatement. Dans un vrombissement, l'appareil le remonta au troisième étage.

Stride reprit son souffle. Il connaissait la musique. 2K n'était pas venu pour lui retirer l'affaire. C'était beaucoup trop tôt. Mais il tenait à ce que Stride sache que les pendules tournaient.

— Qu'est-ce que je dois faire ? demanda Maggie.

Elle contemplait ses trois cartes, qui totalisaient douze points. La carte ouverte du donneur était un six.

Stride coinça sa cigarette dans un cendrier. La fumée alla rejoindre le nuage gris qui flottait sur les tables de black jack. Chaque fois qu'il inspirait, il sentait le goût de la fumée refroidie. Les yeux lui brûlaient à cause de l'absence de ventilation, mais aussi parce qu'il était minuit passé et qu'il était debout depuis plus de dix-huit heures. Il était resté à l'hôtel de ville jusqu'à ce que Maggie l'appelle et menace de venir le chercher pour le traîner de force à l'extérieur.

— Reste comme ça, lui dit-il.

— Mais je ne suis qu'à douze ! Je crois que je devrais prendre une carte…

— Il est probable que le donneur a un dix. Il devra tirer une autre carte, s'il a seize, et il y a toutes les chances pour qu'il passe par-dessus. À mon avis, tu devrais en rester là…

— Je ne crois pas, fit Maggie en se tournant vers le donneur, faites mon bonheur !

Celui-ci fit claquer un roi de cœur sur la table.

— Et merde !

Stride agita une main au-dessus de ses cartes, qui totalisaient quatorze points, signifiant ainsi qu'il n'en voulait pas d'autre. Le donneur retourna sa propre carte cachée d'une chiquenaude – un valet – puis en prit une autre pour son jeu. Un dix.

— Enfoiré ! fit Maggie.

Stride se mit à rire, et le donneur ajouta deux jetons à sa pile.

Ce casino minuscule empestait la transpiration de la centaine de personnes qui s'y entassaient. La plupart portaient de la flanelle à cause de la fraîcheur de la nuit d'hiver, mais étouffaient dans la chaleur des corps et des machines à sous. L'endroit était bruyant et délétère. Les machines y ajoutaient leurs bruits électroniques et le cliquetis des pièces dans les corbeilles. La salle était pleine du bourdonnement des conversations d'où se détachait un cri de temps en temps, quand quelqu'un gagnait le jackpot.

Ils jouaient depuis presque une heure, et Stride avait gagné quarante dollars. Maggie en avait perdu vingt. Il prit deux jetons et les poussa vers le tapis.

— Tu gagnes, lui dit Maggie. Pourquoi tu ne te laisses pas aller ? Plus tu joues, plus tu gagnes. Et toi, tu ne joues que deux dollars le coup, même quand tu es dans une bonne passe !

Elle fit la grimace et imita le bruit de la poule. Elle jeta dix jetons sur la table devant elle.

— Pas de couilles, Stride.

— Facile à dire, pour une nana qui va perdre sa chemise !

— Ne me tente pas, rétorqua-t-elle avec un clin d'œil.

Toute la journée, ils avaient repris les interrogatoires avec les gens qui connaissaient Rachel. La sortie nocturne au casino était une manière d'oublier l'affaire qui les obnubilait depuis trois semaines. Mais ils ne pouvaient y échapper. Le téléviseur suspendu au-dessus du bar diffusait l'entretien avec Bird Finch. Ils n'avaient pas besoin du son. La fureur qu'exprimait la gestuelle de Bird était bien assez désagréable.

— Bird a peut-être raison, fit Maggie à contrecœur. Il s'agit peut-être d'une série.

Stride la regarda du coin de l'œil. Il secoua la tête, pas du tout convaincu.

— Je n'ai pas l'impression que les deux affaires se ressemblent.

— Ah bon ? Ou bien tu ne veux pas qu'elles se ressemblent ? Deux adolescentes qui vivaient à quelques kilomètres de distance ont disparu sans laisser de traces…

— Je trouve que la méthode ne colle pas, dit Stride. On est d'accord sur le fait que Kerry a été victime d'un maniaque venu d'ailleurs, ou bien d'un chauffard qui aurait pris la fuite, hein ?

— Sauf que je ne crois pas beaucoup au chauffard. Dans ce cas-là, il se tire, il ne cache pas le corps. Je crois que quelqu'un l'a enlevée.

— D'accord. C'est aussi mon hypothèse. Mais tu imagines le même type errant dans les rues de Duluth, où des dizaines de gens pourraient le repérer ? Ça ne colle pas. Un étranger chercherait des occasions, comme une fille seule au milieu de nulle part. Il ne va pas aller et venir dans les rues d'un quartier résidentiel. Ce serait beaucoup trop risqué.

Le croupier – il avait de longs cheveux noirs et une moustache qui lui donnait l'air veule – les jaugea avec nervosité. Il croisa le regard de Stride, afficha une expression neutre et continua à distribuer les cartes.

— Alors ce serait une coïncidence ? demanda Maggie.

— Duluth n'est plus une petite ville. Ce genre de saloperies peut arriver. Je parie que le type qui a enlevé Kerry n'est même plus dans l'État. Quant à Rachel… plus j'en entends sur cette affaire, plus j'ai l'impression que l'explication se trouve chez elle.

— Emily et Graeme se sont soumis au détecteur de mensonge, lui rappela Maggie. Et les résultats sont négatifs.

— Je m'en fous, dit Stride. Il y a quelque chose, avec ces trois-là, qui sent mauvais. Emily et Rachel ont l'air de se taper dessus, et Graeme qui se balade au milieu… ? Je veux savoir pourquoi. Je veux savoir ce qui s'est passé.

— Ça pourrait chauffer. Si nous les poussons trop fort sans la moindre preuve, 2K ne va pas être content.

— 2K veut des réponses. Retournons voir le prêtre. Dayton. Quelqu'un doit bien savoir ce qui se passe dans cette maison.

— D'accord. Ça me va.

Maggie agita la main pour demander une carte. Elle but une gorgée avec précaution, évitant la tranche d'ananas et fronçant les sourcils quand la minuscule ombrelle lui heurta le front.

— Salut, inspecteur.

Stride ne savait pas d'où venait la voix. Elle restait en suspens quelque part au milieu du vacarme du casino, et pourtant elle était proche – comme un faible écho musical. Il se retourna vivement.

Une femme le regardait en souriant. Elle portait un manteau de cuir noir qui tombait à mi-cuisse, avec une ceinture serrée à la taille. Le vent avait ébouriffé ses cheveux blonds. Elle avait les joues rouges.

— Andrea, dit-elle. Vous vous souvenez de moi ? À l'école ?

— Bien sûr, fit-il gauchement en sortant de sa transe. Je me souviens. Et c'est Jon, pas « inspecteur ».

Maggie se tourna sur son siège pour les observer. Elle croisa le regard de Stride et, ostensiblement, s'éclaircit la gorge. Stride se rendit compte qu'il ne l'avait pas présentée. Andrea venait de comprendre que Maggie et lui étaient ensemble. Elle recula d'un pas, machinalement, comme quelqu'un qui ne veut pas s'imposer.

— Oh, pardonnez-moi. Andrea, voici ma partenaire, Maggie Bei. Nous avons décidé de faire quelques parties. Histoire de nous détendre un peu après avoir arpenté le trottoir toute la journée. Maggie, je te présente Andrea Jantzik. Elle est prof au lycée.

— Enchantée, dit Maggie d'un ton léger. Vous ne voulez pas vous joindre à nous ? Vous ferez la troisième base. Demandez à Stride de vous apprendre tout ce qu'il sait sur le black jack, c'est-à-dire comment gagner sans s'amuser…

— Oh non, je ne veux pas vous déranger, répondit Andrea en souriant.

— Vous ne nous dérangez pas du tout.

Maggie hésita, décida qu'il fallait être directe.

— Je suis sa partenaire dans le crime. Rien de plus.

— Oh, fit Andrea. Oh…

— En fait, reprit Maggie, je crois que je vais tenter ma chance aux machines à sous. Il y en a une là-bas, le Gros Porc, qui est censée grogner quand on gagne le jackpot. J'adore entendre ça. Prenez ma place.

— Vous êtes sûre ?

Maggie s'était déjà levée. Elle acheva sa boisson en deux gorgées, glissa la petite ombrelle dans sa poche. Elle leur fit un signe de la main.

— Amusez-vous bien, tous les deux. Je t'appelle demain, chef.

Stride hocha la tête, un sourire en coin.

— Merci, Mags.

Maggie lui fit un clin d'œil pendant qu'Andrea s'installait sur la chaise à côté de Stride.

Avant de s'en aller, elle se pencha vers lui et lui chuchota à l'oreille :

— Elle a envie de toi, chef. Ne gâche pas ça.

10

Andrea fit glisser son manteau de cuir et le posa sur le tabouret le plus proche. Elle était sur son trente et un. Sa jupe noire avait du mal à recouvrir ses cuisses. Sous les bas noirs, les jambes étaient musclées, leur galbe magnifique. Elle portait un chemisier de satin rose, qui scintillait sous les lampes du casino. Les deux boutons du haut étaient ouverts, laissant deviner la poitrine qui se gonflait au rythme de sa respiration. Son maquillage était impeccable. Il avait dû lui demander beaucoup de temps, du vermeil brillant des lèvres aux longs cils et au trait délicat d'eye-liner. Son cou s'ornait d'une fine chaîne d'or, et deux saphirs en guise de boucles d'oreilles mettaient ses yeux en valeur.

C'était une vraie tenue de vamp, très aguicheuse. Stride se dit que cela ne lui allait pas. Elle était mal à l'aise. Elle tirait sur sa jupe, essayant en vain de la ramener sur ses jambes. Son sourire était timide et gauche, mal assuré. Elle jouait avec son collier, le retournait entre ses doigts en s'efforçant de ne pas regarder franchement Stride.

Il comprit qu'elle était nerveuse, et qu'elle ne savait pas quoi dire. Lui non plus, d'ailleurs. Il y avait trop longtemps qu'il n'avait pas eu l'occasion d'interpréter le ballet délicat de la séduction avec le sexe opposé. Il essaya de se souvenir comment ça se passait. Mais il avait vécu tant d'années avec Cindy qu'il était incapable de se rappeler quoi que ce soit qui aurait eu l'air sensé. Il n'avait pas eu de rendez-vous amoureux depuis le lycée. Et il songea que rien de ce qu'il avait dit à l'époque n'aurait, aujourd'hui, l'air sensé.

Au bout d'un moment, le donneur toussota, avec un geste vers les cartes.

— Vous jouez ? demanda Stride à Andrea.

— J'ai bien peur que non.

— Vous préférez les machines à sous ?

— À dire vrai, je n'ai jamais joué. Je venais ici de temps en temps avec Robin, ou à l'Ours Noir, mais je me contentais de le regarder. Je n'ai jamais joué moi-même.

Stride vit que le croupier s'impatientait.

— Pourquoi êtes-vous venue ?

Andrea fit un signe de tête vers la rangée de machines à sous la plus proche. Stride aperçut deux femmes qui feignaient de se concentrer sur leur jeu. Mais il était évident qu'elles avaient beaucoup plus envie de les observer. Elles chuchotaient en souriant. Il reconnut l'une d'elles, professeur au lycée.

— Mon comité de soutien, expliqua Andrea. Elles sont venues me rappeler que nous étions vendredi soir, et qu'en qualité de divorcée disponible je devais me montrer en public. Et pour qui a plus de trente ans, cet endroit est ce qui se rapproche le plus d'une boîte de nuit hot, à Duluth.

— Eh bien, je trouve qu'elles ont bien fait, dit Stride.

— Oui. Oui, je trouve aussi.

— Vous voulez jouer ? Je serais ravi de vous aider à perdre un peu d'argent.

— Le bruit me donne mal à la tête.

— Vous voulez que nous allions quelque part ? Je connais un endroit, au bord du lac, où l'on sert les meilleurs margaritas de la ville.

— Et votre partenaire ?

— Mags ? fit Stride en souriant. Elle prendra un taxi.

Stride regarda sa montre. Il était presque une heure et demie du matin. Ils traversèrent Canal Park, toujours encombré par les voitures qui faisaient le siège des parkings des bars et des restaurants. Il prit la rue menant de l'autre côté du pont du canal.

— Je ne connais pas de bons bars sur la Pointe, dit Andrea.

Stride lui lança un regard embarrassé.

— En fait, c'est moi qui sers les meilleurs margaritas. Et j'habite au bord du lac.

— Oh…

Il sentit son hésitation.

— Pardonnez-moi… j'aurais dû vous le préciser. Écoutez, je n'ai aucune mauvaise intention. Vous avez dit que vous détestiez le bruit, et à part celui des vagues, ma véranda est silencieuse. Mais nous pouvons aller ailleurs…

Andrea regardait par la fenêtre.

— Non, ça va. Je suis avec un flic, non ? Si vous devenez un peu trop entreprenant, je pourrai toujours appeler… eh bien, je vous appellerai.

Elle se mit à rire, de nouveau détendue.

— Vous êtes sûre ?

— Oui, je suis sûre. Mais vous avez intérêt à ce que les margaritas soient bons.

Il parvint chez lui, quelques rues après le pont, et tourna dans la bande de sable qui faisait office d'allée. Quand ils descendirent du véhicule, la rue était calme, plongée dans l'obscurité. Un sourire perplexe aux lèvres, Andrea examina la petite maison de Stride et le fouillis de plantes maigrichonnes sur le devant.

— Je n'arrive pas à croire que vous habitiez sur la Pointe, dit-elle.

— Je ne m'imagine nulle part ailleurs. Pourquoi ?

— C'est si rude, ici. Les tempêtes doivent être brutales.

— C'est vrai, admit-il.

— Vous devez être dans la neige jusqu'au cou.

— Les congères montent parfois jusqu'au toit.

— Ça ne vous fait pas peur ? Moi, j'aurais l'impression que le lac va m'engloutir.

Il s'appuya sur le toit de la voiture et la regarda d'un air pensif.

— Je sais que ça a l'air dingue, mais je me dis parfois que les tempêtes, c'est ce que je préfère, ici. Que c'est à cause d'elles que je reste.

— Je ne comprends pas…

Une rafale de vent la fit frissonner.

— Entrons, dit Stride.

Il passa un bras autour de ses épaules pour la réchauffer. Ils se dirigèrent vers la porte. Elle laissa son corps aller contre le sien. Il sentait son épaule à travers son manteau de cuir, les cheveux de la jeune femme caressaient son visage. Il tâtonna un moment à la recherche de sa clé. Andrea croisa les bras pour se protéger du froid.

Il lui montra le chemin et entra derrière elle. Dans le corridor obscur, il faisait chaud. Stride entendit le tic-tac de l'horloge de son grand-père. Ils marquèrent un temps d'arrêt, sans rien dire. C'est alors qu'il remarqua le parfum d'Andrea. Une fragrance douce, comme de l'eau de rose. Il était étrange de sentir le parfum d'une autre femme dans la maison.

— Que vouliez-vous dire, à propos des tempêtes, Jon ?

Stride prit son manteau et le pendit dans le placard. Dans ses vêtements trop légers, elle avait encore froid. Il suspendit son propre manteau et referma le placard. Il s'appuya contre la porte. Andrea le regardait, mais ils étaient à peine plus visibles que des ombres.

— C'est comme si le temps était suspendu, répondit-il enfin. Comme si je pouvais être aspiré à l'intérieur de la tempête et voir quelque chose ou quelqu'un. Certaines fois, je vous jure, j'ai entendu mon père. Une fois, même, j'ai cru l'apercevoir.

— Votre père ?

— Il travaillait sur un cargo de minerai. Il a été emporté par la vague alors qu'il se trouvait sur le pont, lors d'une tempête d'hiver. J'avais quatorze ans.

— Oh, Jon, je suis désolée…

— Vous avez toujours l'air frigorifiée.

— Je crois que c'était stupide de m'habiller ainsi…

— C'est très joli.

Il avait une envie folle de la prendre dans ses bras et de l'embrasser, mais il résista.

— C'est gentil. Mais j'ai froid, en effet.

— Vous voulez que je vous prête un pull et un jean ? Je crains de n'avoir rien de plus à la mode, dans cette maison.

— Oh, ça ira. Il fait chaud, à l'intérieur.

— Sauf que j'allais vous proposer de nous installer dans la véranda, fit-il en souriant.

— Dans la véranda ?

— Elle est fermée, et j'ai deux ou trois bons radiateurs. Mais vous aurez besoin d'une couverture.

— Je vais me geler le cul, Jon.

— Ce serait dommage, parce qu'il est très joli.

Même dans la pénombre, il sut qu'elle rougissait.

Ils passèrent dans la cuisine. Quand Stride alluma la lumière, ils clignèrent des yeux. Consterné, il se rendit alors compte que les trois semaines d'enquête avaient laissé sa maison en proie au chaos. L'évier débordait de vaisselle sale. Le coin repas n'avait pas été nettoyé depuis au moins deux jours. Sans parler des verres et des assiettes incrustées de restes de spaghettis, ni des piles de notes de travail qui jonchaient la table.

— Pas mal, fit Andrea en souriant.

— Oui, excusez-moi. Je n'ai pas l'habitude de recevoir des visiteurs. Sauf Maggie, qui s'en fiche. Elle me prend de haut. Je crois que j'aurais dû y penser avant de vous inviter à venir ici.

— Ne vous inquiétez pas pour ça.

— Mais la véranda est propre, je vous le promets. Je vais chercher une couverture. Vous pourrez vous réchauffer les doigts de pied près du radiateur, vous pelotonner sous la couverture, et je vais vous saouler avec les margaritas les plus forts que vous ayez jamais bus.

— Affaire conclue, dit Andrea.

Quand le pichet de margarita fut à moitié vide, ils remarquaient à peine le froid.

Andrea était enfoncée dans un fauteuil en osier, ses pieds déchaussés dépassant de sous une couverture espagnole multicolore. Un radiateur lui chauffait les orteils. La couverture plissait à hauteur de sa taille. Au-dessus, elle ne portait que son chemiser de soie et la chair de poule était visible sur ses avant-bras. Pendant la première heure, elle avait tenu la couverture remontée jusqu'au menton, puis elle avait fini par la laisser glisser vers le bas.

Elle avait un grand verre à la main. Toutes les deux ou trois minutes, elle léchait un peu de sel sur le bord et avalait une gorgée du breuvage vert. En dépit de la faiblesse de l'éclairage, Stride la voyait nettement, et quelque chose dans le mouvement de sa langue sur le verre était très excitant. Il l'observait depuis son propre siège, à quelques centimètres d'elle.

La véranda était presque totalement plongée dans l'obscurité. La faible lueur tombant des maisons derrière eux formait des ombres. Là où le gel ne recouvrait pas les vitres, ils pouvaient apercevoir le lac perdu dans une nuit d'encre, qu'éclairait seulement la pâleur d'une poignée d'étoiles et d'un croissant de lune. Pendant de longues minutes, ils restèrent allongés côte à côte. Il était tard, mais ils étaient parfaitement éveillés, en harmonie avec les bruits qui les entouraient : le fracas des vagues, le murmure du radiateur, le souffle de leurs respirations. La conversation allait par à-coups, entre de longs moments de silence.

— Vous parlez plutôt calmement de votre divorce. C'est une attitude délibérée ?

— Ouais…

Quelques rigoles apparurent sur les vitres. Stride en voyait la texture, mélange de glace et de neige fondue. Ils entendaient la pluie tambouriner de plus en plus fort sur le toit en bois au-dessus de leurs têtes, et les rafales de vent qui fouettaient la maison. La charpente protestait. Stride attrapa le pichet de margarita et remplit leurs verres.

Andrea fit tournoyer sa glace. Elle sourit tristement.

— J'avais dû rendre visite à ma sœur, Denise, à Miami. Elle venait d'accoucher. À mon retour, j'ai trouvé un message. Il avait besoin de s'isoler un peu, prétendait-il. Pour écrire. Pour retrouver sa « créativité ». Il n'a jamais eu le courage de m'appeler. Pas une seule fois. Juste des cartes postales. De foutues cartes postales, pour que tout le monde les voie. Un jour, j'apprends qu'il est à Yellowstone. Puis à Seattle. Il écrit toujours, et c'est toujours très bon. Mais à un moment ou à un autre, il s'est dit qu'avec moi il ne pouvait plus être lui-même. Que j'étouffais son génie. Alors peut-être qu'il valait mieux qu'on se sépare…

— Merde, chuchota Stride.

— Il aura fallu cinq semaines et dix cartes postales pour que Robin me dise pour de bon que notre mariage était fini, et qu'il avait rencontré une femme à San Francisco. Au dos de la dernière, il y avait une photo de ce bon Dieu de Golden Gate Bridge.

— Je suis désolé.

— Non, ça va. Le pire, ce n'est pas qu'il me manque, c'est que je déteste être seule.

— Ce qui me manque le plus, ce sont les petites choses, murmura Stride. Le matin, j'ai froid. Parfois, quand je me réveille, je me tourne pour me coller contre Cindy, comme autrefois. Elle me reprochait toujours d'avoir les mains froides, elle était comme une bouillotte, elle me réchauffait. Mais elle n'est plus à côté de moi. Alors je suis là, tout seul, en train de geler.

Sa phrase resta en suspens. Il avait conscience que le silence se prolongeait. Andrea ne lui demandait rien, mais il sentait qu'elle voulait en savoir plus. Un peu plus tôt, comme en passant, il avait fait allusion à la mort de Cindy. Il n'était pas entré dans les détails parce qu'il ne voulait pas jeter l'ombre de Cindy sur leur première soirée. Andrea avait réagi, choquée et peinée, mais comme tout le monde elle n'avait aucune idée de ce qu'elle pouvait dire ou faire pour le réconforter.

Le moindre détail – comme le souvenir du moment où il se réchauffait contre elle, au lit – lui donnait envie de tout raconter. Mais il resta obstinément silencieux.

Il neigeait fort, maintenant. Les traînées de glace fondue qui glissaient lentement sur les vitres leur masquaient la vue. Stride jeta un coup d'œil à la table basse à côté du fauteuil. Le pichet de margarita était vide. Il consulta sa montre, mais il faisait trop sombre pour qu'il puisse lire l'heure.

— Vous avez réussi, fit tout à coup Andrea.

— Réussi quoi ?

— Je suis saoule. Merci.

— Pas de quoi.

Andrea le regarda. Ou peut-être le crut-il. Il la voyait à peine.

— Tu veux qu'on baise ? lui demanda-t-elle soudain.

C'était le genre de question qui appelait une réponse immédiate. Même si c'était la première fois que quelqu'un la lui posait depuis la mort de Cindy. Il savait ce qu'un demi-pichet de margarita et son pénis de plus en plus dur lui disaient de faire. Mais il avait encore l'impression de tromper Cindy.

— Oui, j'en ai envie. Mais je suis saoul, et je ne sais pas si je pourrai… euh, si je serai à la hauteur de la situation…

— Tu mens.

— Ouais.

— Tu n'as pas fait l'amour depuis qu'elle est morte.

— C'est vrai.

Andrea s'extirpa du fauteuil en osier. Elle titubait.

— Plutôt duraille, dit-elle.

Stride ne bougeait pas. Il la regarda ôter sa jupe, puis arracher ses bas noirs et sa culotte ornée de fleurs. Elle les jeta sur le côté. C'était une vraie blonde, comme l'indiquait la toison clairsemée nichée entre ses cuisses minces. Elle déboutonna son chemisier avec des doigts maladroits, dégrafa son soutien-gorge. Elle écarta l'étoffe, révélant des petits seins aux mamelons durcis.

Elle se pencha sur lui et baissa d'un coup sec la fermeture Éclair de son jean. Ses doigts se glissèrent dans le pantalon de Stride. Elle découvrit son érection.

— On dirait que tu as décidé d'être à la hauteur.

— Oui, on dirait.

Non sans mal, elle sortit son pénis. Puis, d'un même mouvement, elle passa la jambe par-dessus le fauteuil et se mit à califourchon sur lui. Se servant d'une de ses mains pour s'ouvrir à lui, tenant de l'autre le sexe de Stride, elle se posa sur lui. Gémissant, Stride sentit qu'il s'enfonçait en elle.

— C'est bon ?

— Ouais.

— Bien.

Il caressa ses mamelons du bout des doigts.

— Plus fort, dit-elle.

Il les pinça, puis serra ses seins dans ses grosses mains. Andrea lança un cri rauque et se jeta en avant, l'embrassant, jouant de la langue. Sa croupe se levait et s'abaissait en rythme au-dessus de lui. Stride pressa les doigts sur son sexe et commença à la caresser en de lents mouvements circulaires.

Le porche craqua et gémit. Le fauteuil fit de même, réagissant aux coups de boutoir de leurs poids combinés.

Stride sentit qu'il allait exploser. Andrea l'amena très vite au bord d'un fabuleux orgasme éthylique. Et il lui sembla qu'elle jouissait, elle aussi. La tête d'Andrea retomba en arrière, avec un sourire fou. Stride se pencha en avant et prit un mamelon dans sa bouche. Elle écrasa sa tête contre ses seins. Il suça et mordit le mamelon, et le goût de l'aréole sur sa langue lui fit perdre le contrôle de lui-même. Ses hanches se soulevèrent spasmodiquement. Il jouit, les lèvres serrées sur le sein d'Andrea. Bizarrement, celle-ci éclata de rire.

— Mon Dieu, murmura-t-elle, presque pour elle-même. Et ce salaud qui prétendait que j'étais froide, au lit…

11

— Alors ? demanda Maggie.

Elle fit tomber la neige de ses bottes sur le tapis de sol du 4 × 4 de Stride, puis croisa les bras et le regarda avec l'air d'attendre quelque chose.

— Quoi ? fit Stride, souriant presque malgré lui.

Maggie poussa un cri de triomphe. Elle lui donna un coup sur le bras.

— Je connais ce sourire, dit-elle, rayonnante. C'est le sourire d'un homme qui a eu de la chance la nuit dernière. Je te l'avais dit, non ? J'avais raison ?

— Fiche-moi la paix, Mags…

— Allez, chef, des détails !

— Très bien. Nous sommes restés debout très tard, nous nous sommes saoulés, et nous avons fini au lit. C'était génial. Satisfaite ?

— Non, mais toi, tu es satisfait, c'est clair.

Stride lui jeta un regard irrité, puis tourna pour sortir du parking qui se trouvait devant chez elle. Les pneus dérapaient sur la neige fraîche. Il n'était tombé pendant la nuit que quelques centimètres d'une neige lourde et molle – assez pour que les rues soient dangereuses, mais pas assez pour être obligé de nettoyer l'allée. Stride cligna des yeux.

— Et tu te sens comment ? demanda Maggie.

Stride hésita. Ses doigts se crispèrent sur le volant. Il joua avec la pédale de frein en approchant d'un stop.

— Je me sens coupable, si tu veux savoir.

— Écoute, tu ne trompes pas Cindy. Elle serait furieuse d'apprendre que tu as attendu si longtemps.

— Je sais, admit Stride. C'est ce que j'essaie de me dire. Mais mon cœur n'y croit pas vraiment.

En fait, il avait rêvé de Cindy. En se réveillant, il avait senti pour la première fois depuis un an la chaleur d'un corps à ses côtés, et il avait joui de l'instant, croyant que Cindy était vraiment là. Somnolent, il avait imaginé que la tragédie de l'année précédente n'avait été qu'un cauchemar, et que la vie était toujours normale, exquise. Puis il avait reconnu Andrea, et le chagrin lui avait broyé le cœur. C'était injuste. Andrea était douce et jolie. Son corps nu l'excitait, à demi visible sur la couverture. Mais il avait dû cligner des yeux pour refouler ses larmes.

— C'était la première fois, dit Maggie. Tu es de retour sur le terrain. Plus tu la verras, mieux tu te sentiras.

— Peut-être. Nous ressortons ensemble demain soir.

Maggie lui fit un sourire entendu.

— Ah bon ? Compris, chef. Une fois que tu as dégainé, tu ne peux plus t'empêcher de tirer, hein ?

Stride lui jeta un coup d'œil en coin.

— Tu es vulgaire, Mags. Qui t'a appris ça ?

— Toi.

— Ouais, ouais, ricana Stride.

— Ne t'emballe pas, OK ? fit Maggie. Tu te remets de la mort de Cindy, et Andrea d'un divorce. Vous êtes encore tous les deux sous le coup d'un sérieux échec sentimental…

— Depuis quand tu es spécialiste des relations de couple ? demanda Stride, regrettant d'être ironique.

— Disons simplement que les échecs, ça me connaît, d'accord ?

Stride ne répondit pas. Ils roulèrent en silence.

Ils se rendaient dans le quartier sud de la ville. Après avoir longé le port sur leur gauche, ils traversèrent un labyrinthe de voies ferrées qui sillonnaient les docks en tous sens, entrant et sortant. L'activité économique était quasi nulle dans le quartier, exception faite de quelques bars sans vitrines, magasins d'alcools à emporter et stations-service. Deux kilomètres plus loin, ils se retrouvèrent à la limite de la ville, où une grappe de vieilles maisons s'accrochait à la terre, près de l'autoroute. La plupart dataient d'avant les années quarante, à l'époque où elles constituaient des logements modestes mais confortables pour les ouvriers de la navale. Le temps avait été impitoyable pour ces maisons maintenant presque toutes délabrées, et le quartier attirait comme un aimant une poignée de dealers locaux.

— Le mariage d'Emily avec Graeme lui a valu une belle ascension sociale, dit Maggie. C'est balaise de sa part, d'être parvenue à lui mettre le grappin dessus. Je me demande comment elle s'y est prise.

— Le bon révérend affirme qu'elle était encore canon, il y a quelques années.

— Il a dit cela ?

— Plus ou moins. Mais il est clair qu'Emily et Dayton sont toujours très proches. Et l'on dirait bien qu'il en sait plus que quiconque sur elle et sur Rachel…

— Il nous parlera ? demanda Maggie.

— Il a accepté de nous recevoir. C'est déjà ça.

Stride emprunta une série de rues enneigées qui traversaient le quartier tranquille. Les voitures en stationnement étaient des petites collines blanches, et il fallait zigzaguer dans les rues exiguës.

L'église où officiait Dayton était une tête de pont d'où les habitants du quartier repoussaient la délinquance et le vandalisme. La cour était d'une propreté méticuleuse, aménagée avec des plantes parfaitement taillées, couronnées de neige, disposées avec soin sur la grande pelouse. Il y avait une balançoire et une aire de jeu pour les enfants. L'église elle-même était fraîchement repeinte, et l'encadrement des hautes fenêtres étroites était rouge vif.

Ils se garèrent sur le parking, laissant les premières traces sur la neige vierge. Quand ils descendirent du véhicule, l'air était d'un froid mordant. Ils se dirigèrent vers l'entrée principale de l'église en donnant des coups de pied dans la neige. Il faisait frais dans la grande entrée, l'air chaud remontant vers le haut plafond. Ils se frappèrent les côtes pour se réchauffer et regardèrent autour d'eux. Stride remarqua un tableau d'affichage avec des avis qui parlaient de désintoxication, de prévention des délits sexuels et d'assistance aux couples en instance de divorce. Au centre du tableau se trouvait une affichette « Personnes disparues », où la photo de Rachel était mise en évidence.

— Il y a quelqu'un ? appela Stride.

Il entendit du mouvement, quelque part dans l'église, puis une voix étouffée. Quelques secondes plus tard, Dayton Tenby émergea d'un long couloir et les rejoignit dans l'entrée.

Il portait un pantalon de soirée foncé et un pull de laine rouille aux coudes renforcés par des morceaux de cuir. Il les reçut avec un sourire nerveux. Stride remarqua, comme à leur première rencontre, qu'il avait la main moite et le front couvert de sueur. Il tenait un bloc jaune couvert d'une écriture en pattes de mouche sous le bras et un stylo coincé derrière l'oreille.

— Désolé de ne pas être venu vous accueillir, dit-il. J'étais en train d'écrire mon sermon de demain, et je suis un peu distrait. Allons dans le fond, il fait un peu plus chaud.

Il les précéda le long du couloir. Son appartement était tout petit, fonctionnel et meublé de bois sombre, et un grand portrait du Christ à la peinture à l'huile dominait une cheminée de dimensions modestes. Un feu dispensait dans la pièce une chaleur agréable. Dayton s'installa, bien droit, dans un fauteuil vert rembourré proche de l'âtre et posa son bloc sur la table basse ornementée. Il leur désigna un vieux canapé inconfortable. Maggie y fut tout de suite à l'aise, tandis que Stride se tortillait pour trouver une position qui convienne à sa grande carcasse.

— La première fois que nous nous sommes vus, vous m'avez dit que selon vous Rachel avait fait une fugue. Êtes-vous toujours de cet avis ? demanda Stride.

Dayton fit la moue.

— Même s'agissant de Rachel, cela dure un peu trop longtemps pour être une plaisanterie. Je ne le dirai jamais ainsi aux Stoner, mais jc commence à penser qu'il s'agit peut-être d'autre chose que d'unc blague de gosse.

— Mais vous n'avez aucune idée de ce que ça pourrait être ? lui demanda Maggie.

— Non, je l'ignore. Vous pensez qu'elle a été enlevée ?

— Nous n'excluons aucune hypothèse, dit Stride. Pour le moment, nous essayons d'en apprendre le plus possible sur les relations de Rachel et sur son passé. Nous tentons de dresser son portrait. Et puisque vous la connaissez depuis longtemps, ainsi que sa famille, nous pensions que vous pourriez nous aider…

— Je vois, fit Dayton en hochant la tête.

— Vous semblez réticent, remarqua Maggie.

Dayton croisa les mains sur ses genoux.

— Ce n'est pas de la réticence, inspecteur. J'essaie de déterminer ce que je peux ou ne peux pas vous confier. Il y a des choses que j'ai apprises dans le cadre de mon rôle de directeur de conscience. Elles doivent rester confidentielles, naturellement. Je suis sûr que vous comprenez cela.

— Vous avez été le confident de Rachel ? demanda Stride.

— Brièvement. Il y a longtemps. J'ai beaucoup plus travaillé avec Emily. Pendant des années, nous avons essayé, elle et moi, de résoudre les problèmes de Rachel. Sans beaucoup de succès, je le crains.

— Tout ce que vous pourrez nous dire nous sera utile, lui assura Maggie.

— En fait, j'ai parlé de votre visite à Emily. Je me doutais que ce genre de question pourrait venir sur le tapis. Emily a été très compréhensive et m'a donné l'autorisation d'évoquer librement nos conversations. Je n'ai pas l'autorisation de Rachel, bien sûr. Mais peut-être que dans les circonstances présentes je lui rendrais un bien mauvais service en gardant pour moi ce que je sais. Bien entendu, je dois préciser que Rachel m'a dit très peu de choses capables de jeter une quelconque lueur sur son âme véritable.

— Peut-être pourriez-vous commencer par le commencement, suggéra Stride.

— Oui, en effet. Vous savez, la plupart des problèmes entre Emily et sa fille remontent à l'époque de son premier mariage. Tommy Deese a creusé entre Rachel et Emily un fossé qui n'a fait qu'empirer après sa mort. Je ne l'ai appris que beaucoup plus tard. Je les connaissais parce qu'ils venaient à l'église, mais aucun d'eux n'a fait l'effort de se confier à moi.

— Ils vivaient dans le quartier ? interrogea Maggie.

— Oui. Un peu plus loin, dans la rue.

— Rachel avait beaucoup d'amis ?

Les doigts de Dayton tambourinèrent sur la table basse.

— Elle n'a jamais été très proche de quiconque. Sauf de Kevin, peut-être. Je sais qu'ils étaient bons amis. Il a toujours eu plus ou moins le béguin pour elle, mais c'était à sens unique.

— C'est le Kevin qui était avec elle à Canal Park le dernier soir ? demanda Maggie.

— Oui. La famille de Kevin habite toujours ici. Je ne serais pas étonné qu'il finisse avocat ou vice-président de société, quelque part. Une vraie réussite. Je crains que Rachel ne soit sa seule faiblesse. Apparemment, il a toujours eu envie de la sauver. Mais Rachel n'a jamais eu envie d'être sauvée. Ça ne fait rien, il est bien mieux avec cette jeune fille, Sally, avec qui il sort maintenant. Pardonnez-moi si mes propos vous semblent un peu froids. Ne croyez pas que j'aie le moindre ressentiment à l'égard de Rachel, mais elle n'a jamais été correcte avec Kevin.

— Si je comprends bien, dit Maggie, vous pensez que Kevin n'a rien à voir avec sa disparition.

— Kevin ? fit Dayton, l'air sincèrement choqué. Oh non, non. C'est impossible.

— Parlez-nous d'Emily et de Graeme, demanda Stride. Est-ce que Rachel détestait Graeme ? Est-ce qu'elle en voulait à sa mère d'avoir introduit un homme dans leur vie ?

— On pourrait le croire, n'est-ce pas ? Mais je n'en ai pas l'impression. Ils avaient l'air de s'entendre, en tout cas pendant un certain temps. Je crois que Rachel s'est dit qu'elle pouvait se servir de Graeme contre Emily, exactement comme Tommy l'avait fait avec elle. Monter Graeme et Emily l'un contre l'autre, vous voyez. Et elle a peut-être réussi. Ça n'a pas été un mariage très heureux.

— Comment cela ? questionna Maggie. Disputes ? Adultère ?

Dayton leva la main.

— Pardonnez-moi, mais il faut que je boive un verre d'eau. Je ne peux pas me permettre d'avoir la gorge irritée avant mon sermon. Puis-je vous servir quelque chose ?

Stride et Maggie secouèrent la tête. Dayton s'excusa en souriant et disparut dans une autre pièce. Ils entendirent ses pas sur le plancher, puis le bruit des canalisations quand il ouvrit un robinet. Il revint quelques secondes plus tard, en buvant de petites gorgées dans un gobelet de plastique rouge.

— Excusez-moi, fit-il en se rasseyant, apparemment plus détendu. Où en étions-nous ?

— Emily et Graeme, dit Maggie.

— Oui, c'est cela. Eh bien, je ne pense pas que leur mariage ait été marqué par la violence. Ce serait plutôt le contraire. Pas de passion. Il semble qu'il n'y ait jamais eu beaucoup d'amour entre eux.

— Pourquoi se sont-ils mariés ? demanda Stride.

— Graeme est un homme qui a réussi. Je pense qu'Emily a pu être un peu aveuglée par sa richesse. Quand vous luttez toute votre vie pour joindre les deux bouts, il peut être tentant d'imaginer un monde où vous auriez beaucoup plus de loisirs. Il est possible qu'elle ait décidé de réaliser quelques-uns de ses rêves.

— Et Graeme ? s'enquit Maggie. Je ne veux vexer personne, mais je n'ai pas l'impression qu'Emily soit vraiment le meilleur parti pour un grand manitou de la banque…

Dayton la contempla avec un sourire qu'ils ne lui avaient encore jamais vu, comme si la question l'amusait beaucoup.

— Qui peut dire ce qui vous attire chez quelqu'un d'autre ? Emily est une femme très séduisante. La beauté de Rachel ne vient pas uniquement de son père, quoi qu'en dise Emily. En outre, il arrive souvent que les hommes soient attirés par des femmes qui ont besoin d'être protégées. Ce fut peut-être le cas de Graeme.

Stride se dit que Graeme n'était pas du genre à aimer une femme en quête de protection.

— Comment ont-ils fait connaissance ? demanda-t-il.

— Oh, c'était plutôt gentil, comme le dit Emily.

Dayton parlait soudain d'une voix forte, plus grave. Un peu forcée.

— Graeme travaillait à la banque depuis près d'un an, et j'ai cru comprendre que la plupart des employées le considéraient comme un très bon parti. Belle allure, beaucoup d'assurance, et une excellente situation. Rien qu'on puisse détester, n'est-ce pas ? Mais aucune d'elles ne semblait l'intéresser. Emily m'en avait parlé deux ou trois fois, et elle n'osait espérer qu'il regarderait un jour dans sa direction. Elle n'avait même pas tenté de l'approcher. Elle était l'une des rares qui n'avaient pas essayé. Cela a peut-être joué en sa faveur. Peut-être a-t-il cru qu'elle était la seule insensible à son charme. Un jour, en tout cas, il l'a abordée sur le parking de la banque, après le travail. Il l'a invitée à boire un verre. Apparemment, elle lui avait tapé dans l'œil depuis quelque temps, mais il n'avait pas osé lui parler. C'est drôle, non ? Avec le recul, ça ne lui ressemble pas du tout. Mais on ne peut jamais savoir, n'est-ce pas ?

— Sans doute, dit Stride.

— Il n'a pas fallu longtemps pour qu'il l'épouse, poursuivit Dayton. Ce fut un vrai coup de foudre.

— Et quelques années plus tard, il n'y aurait plus trace de passion ? s'étonna Maggie.

— Cela arrive. Je ne vois que trop souvent cela.

Stride hocha la tête.

— Excusez-moi, mon révérend, mais quelque chose m'échappe. Même si c'est Graeme qui a fait des avances à Emily, il me paraît difficile de croire qu'ils se soient découvert assez de points communs pour plonger dans le mariage. Vous trouverez peut-être ma question un peu cruelle, mais Emily ne lui a-t-elle pas tendu un piège ?

Dayton se mordillait la lèvre, mal à l'aise.

— Je ne comprends pas ce que vous voulez dire.

— Un piège, fit Maggie en souriant. Vous savez, les femmes sont terriblement habiles pour manipuler les hommes, au point de leur faire faire ce dont elles ont envie. Regardez, Stride ici présent pourrait faire n'importe quoi si je le lui demandais. C'est un art.

Dayton eut un sourire nerveux.

— Eh bien… je ne crois pas qu'Emily ait jamais élaboré ce genre de stratégie. Elle était trop éblouie. Comme je vous l'ai dit, l'argent lui a peut-être fait négliger le fait qu'elle n'était pas vraiment amoureuse. Mais je ne crois pas qu'elle ait délibérément trompé Graeme.

— Il faut absolument que nous sachions la vérité, lui dit Stride. Il est clair qu'il y a eu autre chose.

— Oui, je comprends. Mais cela n'a aucun rapport avec Rachel, et je ne vois pas pourquoi il faudrait mettre en évidence ce genre de linge sale…

— S'il nous manque des pièces, dit Maggie, nous n'assemblerons jamais le puzzle. C'est aussi simple que ça.

— Oui, je suppose que vous avez raison.

Dayton essuya son visage moite.

— Alors qu'ils sortaient ensemble depuis quelques semaines, Emily a découvert qu'elle était enceinte. C'est ce qui les a vraiment poussés au mariage.

— Je suis sûr que Graeme était aux anges, murmura Stride.

— Pas vraiment, dit Dayton. Il voulait qu'elle avorte. Elle a refusé. Je crois qu'il aurait bien aimé en finir avec tout cela, mais, dans une ville comme Duluth, un homme dans sa situation ne peut se permettre d'être au centre d'un scandale public. Alors il l'a épousée.

— Et le bébé ? demanda Maggie.

— Fausse couche à six mois. Emily a failli mourir.

— Graeme n'a pas essayé de négocier avec elle un divorce à l'amiable ? interrogea Stride.

— Non. Il semblait s'être résigné au mariage. Et il a dû se dire qu'un divorce lui coûterait horriblement cher. Il a donc tenu parole. Mais ne vous y trompez pas, il n'a jamais fait semblant de s'exécuter de bon cœur. Ce n'était qu'un mariage de convenance. Pendant un certain temps, cela arrangeait aussi Emily. L'amour ne revêt pas la même importance quand on a lutté pendant des années pour s'en sortir.

— Pendant un certain temps ? répéta Maggie.

— Eh bien… l'argent ne guérit pas de la solitude.

— Comment gèrent-ils cela aujourd'hui ? demanda Stride.

— Il vaudrait mieux que vous leur posiez la question, inspecteur.

— Durant toutes ces années, Rachel se trouvait au milieu de cette idylle exemplaire ? ajouta Maggie.

— Tous les trois, dans cette maison, fit Dayton en soupirant. Et pas beaucoup de bonheur à la clé. C'est terrible. C'est pourquoi je suis convaincu que Rachel est partie. Elle avait vraiment beaucoup de choses à fuir.

— Elle vous avait parlé de son intention de s'enfuir ? demanda Stride.

— Non, elle ne s'est jamais fiée à moi. Elle devait considérer que j'étais du côté d'Emily, ce qui faisait de moi un ennemi…

— Et vous ne voyez rien d'autre qui puisse nous éclairer sur sa disparition ? Quelque chose que vous auriez remarqué, ou entendu par hasard ?

— J'ai bien peur que non, dit-il enfin. J'aimerais bien.

Tout le monde se leva. Ils se serrèrent la main, gauchement. Stride sentit que le pasteur était impatient qu'ils s'en aillent. Il les précéda dans le couloir menant vers le hall glacé de l'église.

Quand la porte se referma derrière eux, ils s'arrêtèrent sur le seuil pour boutonner leur manteau et s'envelopper le visage dans leur écharpe. Le vent avait effacé leurs traces de pas sur la neige.

— Qu'en penses-tu ? demanda Maggie.

Stride regarda le soleil froid du coin de l'œil.

— Je pense qu'on a bien mérité une pause.

12

Heather but une gorgée de thé et posa sa tasse de porcelaine ébréchée sur la table, assez loin pour qu'un accident ne se transforme pas en catastrophe. Puis elle prit délicatement les épreuves qu'elle avait développées quelques heures plus tôt dans son sous-sol glacé.

Les premières chutes de neige lui fournissaient toujours l'occasion d'un travail magnifique. Elle avait trouvé une toile d'araignée géante parfaite, tendue entre deux troncs, dans les bois derrière le chalet. Chaque fil diaphane était couvert de cristaux de neige, le tout composant un patchwork fin comme de la dentelle. Elle l'avait très vite photographiée, à l'instant précis où un léger souffle de vent brisait la glace et faisait voltiger la toile d'araignée. Sur une des photos, on la voyait au moment où elle s'ouvrait, tandis que la neige se déchirait doucement.

Heather posa ses lunettes sur la table. La stéréo diffusait la fin d'un concerto de Brahms. Elle ferma les yeux, appréciant les inflexions du piano. Quand la musique se tut, elle sentit tout à coup sa fatigue. Elle avait marché presque toute la journée dans le froid et la neige avec son appareil, jusqu'à ce qu'elle ait les pieds trempés et les doigts gourds. Lissa était restée avec elle tout ce temps-là, mais le froid n'avait aucun effet sur elle. Heather lui répétait inlassablement de se protéger le visage avec son écharpe, mais la petite l'ôtait dès que sa mère regardait ailleurs. De retour à la maison, elles avaient pris ensemble un bain chaud. Mais Heather sentait encore le froid accumulé pendant la journée. Elle était prête à enfiler une longue chemise de nuit de flanelle et à s'enfouir sous une montagne de couvertures.

Elle éteignit la lampe, quitta son fauteuil. La maison était plongée dans l'obscurité. Seul le reflet de la lune sur la neige fraîchement tombée éclairait le salon. Heather traversa le couloir sans bruit, car elle ne voulait pas réveiller Lissa. Comme tous les soirs, elle ouvrit doucement la porte de la chambre de sa fille et jeta un coup d'œil à l'intérieur. Lissa dormait toujours avec une veilleuse allumée. La pièce était peuplée d'ombres. La petite dormait à poings fermés, à plat ventre, la tête enfoncée dans l'oreiller. Elle avait repoussé ses couvertures et était à moitié découverte.

Heather s'approcha d'elle pour remettre les couvertures en place. La nuit promettait d'être froide. Elle s'attarda au chevet de Lissa, contempla son visage calme, sourit en l'entendant murmurer dans son sommeil. Elle se pencha et embrassa sa fille sur le front.

Elle tira la couverture pour lui couvrir les épaules.

Quelque chose tomba du lit et atterrit doucement sur le tapis. Heather baissa les yeux, vit qu'un objet luisait dans l'ombre. Elle se pencha, sans comprendre, et le ramassa. C'était un bracelet en or.

Ce n'était pas elle qui avait acheté cela. Elle ne l'avait jamais vu. Elle fronça les sourcils. Elle se demanda où Lissa l'avait trouvé, surprise que sa fille ne lui en ait pas parlé. Connaissant Lissa, elle devina qu'elle l'avait pris là où elle n'aurait pas dû.

Elle sortit de la chambre en emportant le bracelet.

Heather se rendit dans sa propre chambre. Elle posa le bracelet sur le bureau bancal à cinq tiroirs et le contempla un moment, pensive. Puis elle haussa les épaules et s'en détourna. Elle déboutonna sa chemise écossaise rouge qu'elle jeta dans le panier à linge sale. Elle ne portait pas de soutien-gorge. Elle ôta son jean, garda sa culotte et ses chaussettes, passa rapidement sa chemise de nuit par-dessus sa tête.

Elle tira ses six couvertures et se glissa dessous. Elle alluma la radio, en quête de musique. Mais c'était l'heure du journal. Elle écouta à peine les actualités, beaucoup trop déprimantes. Une ferme avait été détruite par un incendie, au sud de la ville, et une vieille femme y avait trouvé la mort. On n'avait toujours pas retrouvé Rachel, la jeune fille disparue à Duluth. Les Trojans avaient perdu un match important.

Heather regarda le mur couvert de photos encadrées, près de son lit. Elle venait d'y ajouter un des clichés de la grange. Le soleil déclinant qui s'attardait derrière elle, à la cime des arbres, jetait des ombres sur les lézardes du bâtiment. Des feuilles mortes formaient sur le sol un véritable tapis. À l'horizon, le ciel était gris acier. Elle voulait que sa photo donne l'image du délabrement absolu, et elle y était parvenue.

Alors qu'elle contemplait le cliché, la mémoire lui revint enfin.

Elle revit Lissa débouler en courant de derrière la grange, criant qu'elle avait trouvé quelque chose. Concentrée sur son appareil, Heather n'avait pas fait attention. Mais elle se rappelait que Lissa lui avait montré un bracelet en or, et qu'elle lui avait ordonné de le remettre là où elle l'avait trouvé. Et voilà que tout à coup, une quinzaine de jours plus tard, elle découvrait que Lissa cachait un bracelet en or dans son lit !

— Petite vipère, fit-elle à voix haute, irritée.

Elle descendit du lit en soupirant, reprit le bracelet sur le bureau. Il n'était pas très lourd, ni particulièrement coûteux. Heather pensait qu'une lycéenne avait dû le perdre derrière la grange, pendant un rendez-vous galant.

Heather regarda le bracelet. Elle vit les lettres, à l'intérieur :

T ♥ R

T aime R, se dit-elle. Parfait. R devait être une jolie étudiante en deuxième année, et T un joueur de football qui s'imaginait que la bonne méthode pour s'introduire dans le jean d'une fille était de lui offrir un bijou. Heather se mit à rire. Elle posa le bracelet sur sa table de nuit et éteignit la lumière.

Dans l'obscurité, elle essaya de s'endormir. Mais elle était agitée et se retournait sans cesse. Quelques minutes plus tôt, elle était à peine capable de garder les yeux ouverts. Maintenant, elle était bien éveillée. Une suite de pensées confuses lui traversèrent vaguement l'esprit. Le lycée. Des jolies filles qui se laissent peloter derrière la grange. Une vieille femme mourant dans un incendie. Des matchs de football. Des bracelets en or offerts en cadeau. Amours de jeunesse. Désirs de jeunesse.

Des initiales.

Elle les revit mentalement.

Alors elle ouvrit grands les yeux. Elle fixa l'obscurité de la chambre. Sous les couvertures, elle frissonna. Elle chercha l'interrupteur à tâtons, cligna des yeux quand la lumière envahit la pièce.

Elle regarda le bracelet. N'osa pas y toucher.

T aime R, se répéta-t-elle.

R…

13

Stride se tenait sur le chemin de terre, à l'extérieur de la zone des recherches, près de la grange. À cause des allées et venues des voitures de police qui s'étaient succédé toute la journée, la neige tassée formait une traînée grise très glissante. Calé dans ses bottes, il se raidit pour lutter contre les tourbillons du vent. Le froid agissait comme une lame de couteau sur son visage, là où la peau n'était pas couverte par son écharpe. Il avait une casquette rouge enfoncée sur le front et la capuche de sa parka était remontée et serrée sur son cou. D'épais gants de cuir lui protégeaient les mains. Un vent glacé maintenait la température à moins vingt-cinq degrés.

La météo n'était pas de son côté. La chance non plus.

Ils cherchaient depuis midi. Cinq heures plus tard, il faisait déjà presque nuit. Le travail minutieux et éreintant dans le froid ne leur avait apporté pour tout butin que des dizaines de traces de pneus qui se chevauchaient, des morceaux de verre, des seringues usagées, plus un choix ahurissant d'immondices ordinaires. Tout cela rassemblé dans des sacs plastique étiquetés en fonction de l'endroit où chaque objet avait été découvert.

Si l'information fournie par Heather Hubble leur était parvenue deux jours plus tôt, ils auraient pu fouiller beaucoup plus facilement le champ autour de la grange. Au lieu de quoi, les indices, s'il y en avait, se trouvaient maintenant sous dix centimètres de neige. Les hommes fouillaient chaque portion du périmètre. Ils devaient repousser soigneusement la neige poudreuse dans une section déjà examinée. Mais la moindre rafale de vent ramenait la neige à son point de départ. C'était un travail lent, glacial. Ils n'avaient d'autre solution que de procéder centimètre par centimètre, en quête de détails aussi infimes qu'un cheveu coincé sous le manteau neigeux, quelque part dans la terre et les broussailles.

Mais cela ne dérangeait pas vraiment Stride. Le pire était à venir. On prévoyait beaucoup de neige pour le lendemain matin, une tempête qui pouvait ajouter vingt-cinq centimètres sur les bois au nord de la ville. Dans ce cas, ils ne reverraient pas le sol avant avril, et adieu les indices. Ils devaient travailler vite. Stride avait fait venir des projecteurs mobiles qu'on était en train d'installer, pour continuer à passer la zone au peigne fin toute la nuit. Même dans ces conditions, il ne restait pas beaucoup de temps pour faire un travail approfondi.

Et de tous les endroits possibles, il fallait que ce soit la grange !

N'importe où ailleurs dans la région ils n'auraient trouvé que de l'écorce de bouleau et des feuilles mortes. Mais ici… Ils auraient pu être aussi bien sur le parking derrière le lycée. Stride pensait au nombre de couples adolescents qui avaient semé des indices sans rapport avec l'affaire, indices qu'il fallait identifier et classer méticuleusement avant de les rejeter. Guppo continuait d'énumérer sur son talkie-walkie les objets bizarres qu'ils avaient déjà trouvés. Ils avaient commencé près du lieu où la petite Lissa pensait avoir ramassé le bracelet, et s'en éloignaient peu à peu. Ils avaient trouvé un slip de femme – trop grand de quatre tailles pour Rachel –, un appareil dentaire, un bonbon à la cerise, une carte à jouer représentant une blonde nue couronnée censée figurer le roi de pique, et neuf préservatifs.

Stride savait qu'il avait peu de chances de faire le lien avec Rachel. Cela ne l'empêchait pas, en tant que flic, d'être passablement excité. Les Stoner avaient catégoriquement identifié le bracelet comme étant celui de Rachel. Les initiales l'authentifiaient : T ♥ R, « Tommy aime Rachel »… Son père le lui avait offert, des années auparavant.

Kevin avait témoigné, dans sa déclaration initiale, que Rachel portait un bracelet quand il l'avait vue pour la dernière fois, à Canal Park. La présence du bijou près de la grange était le premier indice tangible d'un endroit où elle était allée après sa disparition. Mais la satisfaction professionnelle de Stride devait être tempérée par ce qu'impliquait cette découverte.

En voyant le bracelet, Emily Stoner avait blêmi. Stride savait pourquoi. Depuis le début, elle nourrissait l'espoir que Rachel s'était enfuie, que sa fugue faisait partie d'une farce cruelle. Quand on lui mit le bracelet dans la main, elle perdit à jamais toute espérance.

« Elle ne l'aurait jamais abandonné. Jamais. C'est Tommy qui le lui a donné. Elle le portait en permanence.

Elle le gardait même sous la douche. Elle ne l'ôtait jamais. »

Sous le regard de son mari, elle avait éclaté en sanglots.

« Oh, mon Dieu, elle est morte, murmura-t-elle. Elle est vraiment morte. »

Stride ne fit rien pour entretenir de vains espoirs. Il aurait pu lui dire que le fait d'avoir retrouvé le bracelet ne prouvait rien. Mais la vérité était là, claire pour tout le monde. Pendant des semaines, ils avaient cherché une fille vivante, tenté de dénouer le mystère de sa vie, de trouver les réponses à une énigme.

Désormais, ils chercheraient autre chose. Le cadavre de Rachel.

Stride entendit claquer la portière de la fourgonnette, puis un bruit de pas dans la neige. Il se retourna. Maggie portait un bonnet noir et une paire de protège-oreilles fourrés. Son manteau de laine rouge lui tombait aux chevilles. Elle pataugeait dans la neige avec ses bottes de cuir aux talons de cinq centimètres. Elle n'avait pas d'écharpe, mais sa peau dorée semblait peu affectée par la morsure du vent.

Elle s'arrêta près de Stride, contempla la dizaine de policiers penchés au-dessus du sol avec leurs brosses, leurs talkies-walkies et leurs sacs plastique.

— Tu vas finir par avoir les fesses gelées, fit-elle. Pourquoi tu ne retournes pas dans la fourgonnette ?

— Guppo y est déjà, non ? Je suis plus en sécurité dehors.

Maggie plissa le nez.

— Écoute, je me suis assurée qu'il n'avait pas mangé de légumes crus, et j'ai ouvert la vitre pour être sûre d'avoir de l'air frais…

— Non, merci. De toute façon, je dois me taper le cirque des médias. C'est bientôt le journal du soir.

Stride regarda vers le bout du chemin de terre. Les voitures de police bloquaient la circulation à une cinquantaine de mètres de là, toute la zone était hermétiquement fermée. Au-delà du barrage, il apercevait les feux des projecteurs. Une vingtaine de reporters l'attendaient, frissonnant, râlant, criant pour attirer l'attention. Le vent l'empêchait d'entendre ce qui se disait.

Il regarda sa montre. Cinq heures moins dix. Il leur avait promis une interview en direct pour le début des infos.

— Tu es venu ici quand tu étais jeune ? demanda Maggie.

— Comment ça ?

— Tu sais bien, fit-elle en souriant. La femme qui a trouvé le bracelet a dit que cet endroit avait été pendant des années un vrai baisodrome.

— Si tu veux savoir, j'emmenais mes copines sur des chemins plus sûrs, au bord du lac.

— Alors, qui venait ici ?

— Les filles faciles.

— S'agit-il d'une remarque sexiste ou peux-tu développer ?

— Si un garçon réussissait à convaincre une fille de l'accompagner dans une balade romantique au bord du lac, il avait peut-être une chance d'atteindre la seconde base…

— Rappelle-moi à quoi correspond la seconde base, fit Maggie en se passant la langue sur les dents avec un air taquin. En Chine, on ne joue pas au base-ball. C'est le droit de caresser les seins, ou quoi ?

Stride l'ignora et poursuivit :

— Mais s'il proposait d'aller à la grange et que la fille acceptait, il savait exactement ce qui l'attendait. D'un autre côté, on ne le proposait pas avant de savoir à quel genre de fille on avait affaire. Sinon, on risquait de prendre une baffe…

— Et toi ?

— Je me rappelle avoir fait allusion à la grange, un jour, devant Lori Peterson. Elle m'a jeté son Coca à la figure.

— Bien joué, dit Maggie. Est-ce que tout ça signifie que Rachel était une fille facile ?

Stride se mordilla la lèvre.

— C'est ce que tous prétendent.

— Sauf que nous n'avons pas trouvé un seul garçon qui admette avoir couché avec elle, remarqua Maggie.

— C'est intéressant, ça, hein ? Cela dit, qui aurait envie de se mettre en avant et de se désigner comme suspect, après sa disparition ?

— Tu crois que c'était un rencard ?

— Peut-être. Elle a quitté Kevin juste avant dix heures, en disant qu'elle était fatiguée. Rachel ne me donne pas l'impression d'être le genre de fille qui est fatiguée si tôt un vendredi soir…

— Peut-être qu'elle a vu quelqu'un. Quelqu'un qui est venu la chercher chez elle.

Stride hocha la tête.

— Ils vont à la grange pour tirer un coup. Mais quelque chose va de travers. Ils perdent les pédales. Et le petit copain se retrouve tout à coup avec un cadavre sur les bras.

— On est en train de supposer qu'elle est morte, là, dit Maggie.

— Ah bon ? fit Stride en soupirant.

— Qui est ce mystérieux étranger ? Un autre garçon de l'école ?

— Il faut partir de là, Mags. Il faut recommencer à interroger tout ce qui ressemble de près ou de loin à un petit copain.

Maggie gémit.

— Une journée à interroger des sportifs aux hormones suractivées qui se prennent pour des dons de Dieu avec tout ce qui porte une jupe… Tu me donnes les meilleurs boulots, chef.

— Habille-toi en conséquence, Mags. Tu obtiendras beaucoup plus.

— Génial, murmura-t-elle. Si encore j'avais une vraie poitrine à montrer…

— Tu trouveras bien quelque chose.

Maggie lui donna un coup sur le bras, puis tourna les talons et regagna la fourgonnette, très digne. Stride sourit. Tout en se dirigeant vers la foule des journalistes qui l'attendaient au bout du chemin, il reprit son talkie-walkie et le glissa sous sa capuche.

— Quoi de neuf, Guppo ?

La voix de Guppo gronda dans le récepteur :

— Qu'est-ce que c'est que ce coin de merde, inspecteur ? Hé, on a autant de saloperies dans une seule portion de quadrillage que dans tout un squat de drogués à New York ! Il fallait absolument que vous choisissiez cet endroit comme scène de crime ?

Il entendit un drôle de bruit, puis Maggie qui râlait en fond :

— Guppo, espèce de salaud, il a fallu que tu fasses ça maintenant, alors que je suis dans la fourgonnette depuis cinq secondes !

— Dis-lui d'arrêter de pleurnicher, Guppo, ricana Stride. Demande-lui plutôt ce qu'elle portera demain pour bosser…

Une voix grésilla au loin :

— Va te faire foutre, Stride.

— Guppo, est-ce que nous avons quelque chose qui établit un lien avec Rachel ?

— Ça pourrait être toutes sortes de choses. Ou rien du tout. On n'en saura rien tant que tout ça n'aura pas été analysé. Des tas d'indices de sexe, drogue et rock and roll, mais, sans empreintes digitales ni traces de sang, on doit s'en tenir aux hypothèses…

— Rien qui ressemble aux aveux d'un meurtrier, attachés à une pierre ?

— Pas encore, éructa Guppo. On continue à chercher.

— D'accord.

Stride remit le talkie-walkie dans la poche de son manteau. Il s'approcha des voitures de police et dit quelques mots aux deux flics en uniforme à qui on avait confié la tâche ingrate de maintenir journalistes et curieux à l'écart. Au-delà du ruban jaune de la police, on frisait l'émeute. Un peu comme le soir où Rachel avait disparu. Aveuglé par les projecteurs, Stride plissa les yeux. Le bourdonnement des voix se transforma en clameur.

Il s'adressa à un journaliste de télévision qu'il connaissait :

— Vous pouvez éclairer ?

Le reporter acquiesça.

— Bon, cette équipe, là, va m'éclairer. Les autres, vous évitez de vous servir de vos flashs, d'accord ? Si je vous entends gueuler, je m'en vais. Si vous avez une question, vous levez la main, je vous désigne, et vous posez votre question…

— Depuis quand vous êtes président, Stride ? fit Bird Finch, au premier rang de la foule.

— Écoutez, vous tous, dit Stride en souriant. Bird a posé sa question. Vous pouvez le renvoyer à l'arrière du groupe.

Les reporters firent entendre des rires moqueurs. Plusieurs d'entre eux essayèrent de contourner Bird pour prendre sa place devant le ruban. Mais l'ancien basketteur ne céda pas d'un pouce. Il adressa à Stride un sourire glacé.

Stride sentit la chaleur des projecteurs sur son visage. C'était la première fois depuis le début de la journée que le froid lui accordait un répit. Seuls ses pieds, trempés et hors d'atteinte des projecteurs, étaient encore gelés.

— Vous êtes prêts ? Je ferai une brève déclaration, et vous pourrez poser vos questions.

Il vit les voyants rouges clignoter sur une dizaine de caméras légères. Malgré son interdiction, quelques flashs éclatèrent, aveuglants.

— Voici ce que nous avons. Tôt ce matin, une femme nous a appelés sur la ligne d'urgence. Elle avait trouvé un bracelet qui pouvait être lié à la disparition de Rachel Deese. Nous avons récupéré l'objet. La mère de Rachel l'a positivement identifié : le bijou appartient à sa fille. Nous pensons que Rachel le portait la nuit où elle a disparu. Le témoin affirme avoir découvert le bracelet derrière la grange, ici même. En ce moment, nous quadrillons une zone d'un rayon de cent mètres autour de l'endroit où le bracelet a été trouvé. C'est tout ce que nous avons.

Trois personnes crièrent simultanément leurs questions. Stride les toisa, sans bouger ni répondre. Bird Finch leva la main, de manière très théâtrale. Il mesurait déjà une tête de plus que tous les autres. Le bras en l'air, il évoquait une statue de la Liberté noire.

Finissons-en, se dit Stride.

— Bird ?

— Pensez-vous que Rachel est morte, maintenant ?

Le journaliste appuya juste assez sur le mot « maintenant » pour suggérer que Stride avait été incapable de comprendre ce que tout le monde savait depuis le début.

— Je n'ai aucune envie de spéculer sur ce genre de question, dit Stride.

Avant que quiconque ait eu le temps de lever la main, la seconde question de Bird brisa le silence :

— Mais vous allez chercher un cadavre, maintenant, n'est-ce pas ?

— Nous procédons à un quadrillage systématique, à la recherche d'indices. C'est une tâche délicate, très précise, qui va nous occuper encore pendant des heures. Notre action à venir sera déterminée par ce que nous découvrirons ici, si nous découvrons quelque chose. Mais il nous faudra plusieurs semaines pour mener à leur terme des analyses approfondies.

Une autre main se leva. Bird leur avait montré le chemin, les autres suivaient.

— Quand vous aurez achevé ces recherches, vous les élargirez aux environs, n'est-ce pas ? Est-ce que vous espérez trouver un cadavre ?

— J'espère surtout que nous ne trouverons pas de cadavre, rétorqua sèchement Stride. Mais nous prévoyons d'organiser une battue dans les bois autour de cette zone, en quête de tous les indices que nous pourrions y déceler.

— On prévoit que les chutes de neige vont continuer. Est-ce que cela risque de vous ralentir ?

— Bien sûr, fit Stride. Nous sommes dans le Minnesota. À cette période de l'année, le temps ralentit n'importe quelles recherches.

— Aurez-vous besoin de volontaires pour vous aider dans les recherches ? demanda quelqu'un.

— Toute l'aide qu'on nous proposera sera la bienvenue. On trouvera bientôt sur notre site Internet tous les détails nécessaires sur la manière dont les volontaires pourront nous aider, et sur les endroits où ils devront se présenter. Nous ne voulons pas que les gens aillent traîner d'eux-mêmes dans les bois. Ça ne servirait qu'à compromettre les recherches. Si des gens veulent nous aider, ils doivent nous laisser coordonner leurs efforts.

Des mains se levèrent.

— Avez-vous trouvé autre chose qui prouve que Rachel est venue ici ?

— Pas encore, dit Stride.

Une autre main.

— Avez-vous des suspects ?

— Non.

Bird Finch n'attendit pas qu'on lui redonne la parole.

— Vous êtes sur cette affaire depuis plus de trois semaines et vous n'avez aucun suspect ?

— Jusqu'ici, les indices ne nous ont pas permis de soupçonner une personne en particulier.

— Et les criminels sexuels ? demanda un journaliste de Minneapolis.

— Nous avons interrogé tous les individus possédant des antécédents en matière de violences sexuelles présents dans la région. Mais je tiens à le répéter très clairement : nous ne disposons d'aucun indice établissant un lien entre un individu quelconque et la disparition de Rachel.

Bird, encore :

— Êtes-vous plus tenté maintenant d'établir un lien avec la disparition de Kerry McGrath ? Un crime pour lequel vous semblez n'avoir également aucun suspect ?

— Nous n'avons établi aucun rapport entre les deux affaires. Nous n'excluons aucune hypothèse. Mais nous ne disposons d'aucun indice suggérant que les deux disparitions sont liées.

— Est-ce que ce rebondissement est encourageant et vous permet de penser que vous découvrirez ce qui est arrivé à Rachel ?

Stride ne distinguait pas la femme qui venait de poser cette question. Il ne voyait que son bras levé. Il hésita, puis :

— Oui, c'est encourageant. Nous avons une connexion, maintenant, un lieu qui nous fournira peut-être des réponses. J'aimerais aussi faire un appel à tous les téléspectateurs qui nous regardent. Si vous vous trouviez à proximité de cet endroit, le soir où Rachel a disparu, et si vous avez vu ou entendu quoi que ce soit, appelez-nous. Nous savons que Rachel est venue ici. Il faut que nous sachions comment elle est venue. Il faut que nous sachions ce qui s'est passé.

Il désigna une main levée.

— Combien de temps allez-vous rester ici ? demanda une femme qui travaillait pour un journal de Saint Paul.

— Ça pourrait bien durer toute la nuit, dit Stride.

C'est ce qui arriva.

Dès que les policiers achevaient la fouille d'un quadrant, on apportait au minivan les indices dans leurs sachets. Stride et Maggie les examinaient l'un après l'autre et les classaient dans une série de boîtes en carton. Stride ne vit rien qui suggérât un lien avec Rachel. Mais il savait qu'il aurait pu avoir le nez dessus et ne pas s'en rendre compte. Les analyses du laboratoire leur en diraient peut-être plus.

Stride regarda sa montre. Il était presque quatre heures du matin. Un carton de pizza traînait par terre, dans la fourgonnette. Il ne contenait plus que deux morceaux carrés tout secs. Il se demanda comment ils avaient pu échapper à Guppo. Maggie était assise devant Stride, la tête dodelinant. Elle avait du mal à garder les yeux ouverts. Les coudes posés sur les genoux, elle tenait son visage dans ses mains.

Gelé, épuisé, Stride laissa ses pensées planer vers Andrea. Elle l'avait très bien pris quand il l'avait appelée pour annuler leur rendez-vous, et il n'était pas mécontent d'avoir décelé une pointe de déception dans sa voix. Il était déçu, lui aussi. Il ne savait pas très bien si c'était pour le sexe, ou pour avoir l'occasion de sentir le corps d'une femme près de lui, mais il était impatient de la voir. Andrea était très séduisante. Ce n'était pas comme avec Cindy, bien sûr. Mais rien ne serait jamais comme avec elle. Andrea était différente, et il ne pouvait s'attendre qu'elle se montre à la hauteur d'un fantôme.

Stride sursauta en entendant crépiter le haut-parleur de la fourgonnette. Il se demanda s'il ne s'était pas endormi l'espace de quelques secondes.

— Il commence à neiger, rapporta un des agents qui travaillaient à l'extérieur.

— Bon Dieu, il ne manquait plus que ça !

Il se mit sur ses pieds dans l'espace étroit de la fourgonnette. Il avait des courbatures et son dos l'élançait. En principe, il faisait chaque soir une série d'étirements pour s'assouplir, mais il les négligeait depuis plusieurs jours. Il en payait le prix. Il avait aussi mal au bras, là où il avait reçu une balle, quelques années plus tôt. C'était toujours pire quand le froid s'y mettait.

Il scruta l'extérieur par la vitre couverte de gel. À la lueur des projecteurs, il voyait les énormes flocons descendre doucement vers le sol. Chacun semblait inoffensif. Ensemble, il le savait, il ne leur faudrait pas longtemps pour ensevelir sa scène de crime.

— C'est grave ? demanda doucement Maggie.

— Ouais, assez, fit Stride.

Aucune des trois personnes qui se trouvaient dans la fourgonnette – Stride, Maggie et Guppo – ne pipait mot. On n'entendait plus que le tapotement des doigts de Guppo sur son clavier.

— On aura peut-être de la chance avec un témoin, dit Maggie.

Stride contemplait les ombres de la forêt. Il essayait de se représenter la scène telle qu'elle devait s'être déroulée. Rachel sur le siège du passager. La voiture s'arrêtant derrière la grange. La chance que personne d'autre ne s'y trouve ce soir-là. Comment le bracelet s'était-il retrouvé là ? Ils n'avaient pas fait l'amour dehors, il faisait trop froid. Peut-être étaient-ils simplement descendus du véhicule pour contempler les bois. Puis le garçon avait tenté de la ramener vers la voiture.

Le bracelet avait glissé du poignet de Rachel, ils avaient lutté, et puis… et puis quoi ?

Peut-être les choses avaient-elles commencé à déraper dans la voiture. Rachel avait essayé de s'enfuir. Il l'avait rattrapée. Dans la lutte, le bracelet avait glissé. Il l'avait frappée. Étranglée. Qu'avait-il fait du corps, ensuite ? Il l'avait emporté plus loin dans les bois ? Avait-il pris sa voiture pour aller le cacher ailleurs ?

Le haut-parleur crépita de nouveau :

— Est-ce que quelqu'un se rappelle ce que Rachel portait ce soir-là ? fit un des agents, dehors.

Stride et Maggie se regardèrent.

— Jean noir, pull à col roulé blanc, récita Maggie.

Le haut-parleur resta silencieux. Puis, quelques secondes plus tard :

— Vous avez dit un pull à col roulé blanc ?

— Oui, c'est exactement ce qu'on a dit, rétorqua Stride.

Un autre silence, plus long que le précédent. Et enfin :

— Eh bien… on a peut-être quelque chose.

Le lambeau triangulaire de tissu avait près de quinze centimètres de long. Même s'il était couvert de terre durcie, il était évident qu'il avait été blanc. Sur un des bords, là où le tissu avait été déchiré, une tache rougeâtre imprégnait les fibres.

14

Emily avait l'impression de devenir folle. Elle ne s'était pas sentie à ce point déboussolée depuis cet horrible soir où elle avait frappé Rachel. Elle divaguait, seule, sans espoir d'être secourue.

Elle allait et venait comme une démente, laissant la marque de son passage sur le tapis. Elle se prit le front dans les mains, doigts écartés, le serra comme dans un étau. Ses cheveux négligés retombaient sur son visage. Elle avait les yeux écarquillés, le souffle bruyant. La tête lui tournait. Elle avait une migraine lancinante, comme si une tumeur était en train de se développer.

« J'aimerais vous montrer ce bracelet », avait dit l'inspecteur.

Elle y avait jeté un coup d'œil, puis elle avait hurlé.

Emily n'avait jamais vraiment cru que ce jour arriverait. Elle savait ce que l'autre mère, Barbara McGrath, lui avait raconté lors de l'émission. Combien elle avait peur du jour où les policiers viendraient frapper à sa porte avec un air sombre. Mais Emily n'y avait pas cru. Elle était sûre que Rachel était vivante. Un jour le téléphone sonnerait, et le rire familier et moqueur retentirait au bout du fil.

Elle avait cessé d'y croire dès l'instant où elle avait vu le bracelet. Maintenant, elle savait. Rachel était morte. Quelqu'un l'avait tuée.

C'était comme si on avait fait disparaître le sol sous les pieds d'Emily. Des heures plus tard, elle était toujours rongée par le désespoir.

Les bruits légers de la véranda résonnaient dans son crâne. L'âtre fredonnait, emplissant la pièce d'air chaud. Les branches des spirées, dehors, grinçaient en cognant contre les vitres. Les poutres de la maison craquaient, ployant sous le poids d'un fantôme invisible.

Mais le plus lancinant de tous les bruits, tac, tac, tac, était le tapotement des doigts de Graeme sur le clavier de son ordinateur. Il travaillait à quelques mètres d'elle, inconscient de son calvaire.

Tac, tac, tac.

Elle n'aurait jamais cru qu'ils pourraient tomber si bas, tous les deux. Et le pire, c'est qu'elle savait qu'elle en était totalement responsable.

— Je suis enceinte, dit Emily.

Elle se crispa, attendant sa réponse. Elle était assise sur le canapé de son minuscule salon, les mains serrées gauchement sur ses genoux. Graeme se trouvait en face d'elle, dans le fauteuil matelassé. Il avait un verre à la main. C'était le deuxième depuis le dîner, et elle lui avait déjà fait boire du champagne avec la côtelette qu'elle lui avait préparée au four.

Profitant de ce qu'ils étaient tous deux détendus, elle avait craché le morceau.

— Tu m'avais assuré que tu prenais les précautions nécessaires, dit Graeme.

Elle tressaillit. Ce n'était pas ce qu'elle avait envie d'entendre. Pas d'amour, aucune exaltation. Rien qu'une vague récrimination.

— Je prends la pilule, répondit-elle. Mais aucun moyen n'est infaillible. C'est un accident. La volonté de Dieu.

— Je ne crois pas que nous soyons prêts pour cela, dit Graeme.

— Je crois que personne n'est jamais vraiment prêt pour cela, répliqua-t-elle.

— Ce que je veux dire, c'est ceci : je ne suis pas sûr que nous devrions le garder.

Emily sentit les larmes monter en elle. Elle avait du mal à respirer. Repoussant ses sanglots, elle déclara, d'une voix chevrotante :

— Je ne tuerai pas mon bébé.

Graeme ne dit mot.

— Je ne ferai pas ça, Graeme. Comment peux-tu me le demander ? C'est aussi ton bébé, après tout.

Emily se leva du canapé. Elle contourna la table basse, s'agenouilla devant lui et prit ses mains dans les siennes.

— Tu ne veux pas que nous donnions ensemble un foyer à notre bébé ?

Pendant quelques secondes interminables, il eut l'air ébahi. Il fixait quelque chose derrière elle. Puis il hocha la tête. Un mouvement presque imperceptible. Mais un oui. Emily sentit qu'un grand sourire de bonheur et de soulagement s'affichait sur son visage. Elle lui passa les bras autour du cou et le serra très fort contre elle.

Elle lui couvrit le visage de baisers.

— Marions-nous, dit-elle. Tout de suite. Ce week-end.

Graeme sourit.

— D'accord. Nous remonterons le long de la côte en voiture, et nous chercherons une petite église de campagne. Nous pouvons emmener aussi Rachel.

Un nuage la survola rapidement. Dans l'excitation du moment, elle avait presque oublié sa fille. Mais le nuage passa, lui aussi. Elle se sentait forte, pleine de confiance en elle. C'était la meilleure chose à faire. Pour elle. Pour Graeme. Et même pour Rachel. Peut-être pourraient-ils finalement reconstruire une famille. Une famille qui n'aurait plus jamais de soucis d'argent.

— Oui, faisons cela, dit-elle.

Elle se laissa aller en arrière et commença à déboutonner son chemisier, en regardant les yeux de Graeme qui suivaient le mouvement de ses doigts. Quand elle écarta les pans du vêtement, il tendit les mains et lui pressa les seins.

Le bipeur de Graeme sonna. Son sifflement aigu envahit la pièce. Ils sursautèrent tous les deux. Emily retomba en arrière et se retrouva sur les fesses, les seins débordant de son chemisier. Graeme se cabra, saisit l'appareil à sa ceinture, regarda l'écran.

— Il faut que j'y aille.

Emily se redressa, lissa ses cheveux et arrangea à la hâte son chemisier ouvert. Elle haussa les épaules en souriant.

— Pas de problème.

Elle l'accompagna à la porte et resta là, laissant l'air de la nuit entrer dans la maison, tandis qu'il grimpait dans sa voiture et remontait l'allée en marche arrière. Elle le suivit des yeux jusqu'à ce qu'il disparaisse et attendit encore un instant, jouissant du vent sur son visage.

Elle ferma doucement la porte d'entrée et se dirigea vers la cuisine en fredonnant.

— Tu avais l'air fine, avec les nichons à l'air, fit une voix.

Rachel était assise sur la dernière marche de l'escalier. Ses longues jambes nues se balançaient au-dessus des marches. Elle portait un short moulant et un dos-nu noir qui mettait en valeur sa poitrine généreuse. Ses cheveux noirs étaient mouillés, comme si elle venait de prendre une douche. Sa peau luisait.

— Tu nous espionnais ?

— Graeme m'a vue, répondit Rachel en haussant les épaules. Je n'ai pas voulu interrompre votre grand moment.

Ce soir, Emily ne voulait surtout pas se laisser entraîner dans les petits jeux de sa fille. Elle se dirigea vers la cuisine sans la regarder.

Rachel l'interpella :

— Toujours tes vieux trucs, hein ?

Emily s'immobilisa.

— Qu'est-ce que ça veut dire ?

Avec une grimace, Rachel singea la voix de sa mère :

— « Je prends la pilule, mon chéri. C'est un accident. C'est la volonté de Dieu. »

— Et alors ? répliqua Emily.

— Alors comment tu appelles ça ?

Elle agita un minuscule sac à main et en sortit une plaquette inentamée de pilules vertes.

— C'est bien ta pilule, non ? Qu'est-ce qui s'est passé, maman ? Tu es tombée encore plus bas ?

Emily couvrit sa bouche de ses mains. Elle avait pâli. Elle s'arma de courage, l'esprit tournant à plein régime.

— Tu ne comprends pas…

Rachel pointa un doigt sur sa mère.

— Tu crois ? Tu es une putain manipulatrice, comme je l'ai toujours su. C'est ce que disait papa.

Emily ne répondit pas. Rachel avait raison. Elle avait trompé Graeme. Mais c'était pour une bonne raison. Pour leur bien à toutes les deux. Elle n'essayait pas de le piéger, simplement de lui faire prendre conscience qu'il l'aimait.

— Je suppose que je devrais te remercier, poursuivit Rachel. Est-ce que tu as fait le même coup à papa ? C'est grâce à ça que je suis là ? Tu savais que tu ne pourrais jamais le garder toute seule.

Emily se mordit la lèvre. Elle avait envie de hurler que ce n'était pas vrai. Mais le long silence suffit à convaincre Rachel qu'elle ne se trompait pas.

— Tu deviens prévisible, dit Rachel.

— Tu vas en parler à Graeme ?

C'était inévitable. Elle connaissait la réponse. Rachel ne manquerait pas une telle occasion de planter un couteau dans le cœur de sa mère. Tous ses projets, si soigneusement conçus, tomberaient à l'eau.

Mais Rachel la surprit :

— Pourquoi ferais-je une chose pareille ? demanda-t-elle. C'est la première fois que je me dis que nous avons quelque chose en commun.

Elle tourna les talons et disparut dans sa chambre.

Emily aurait préféré qu'on l'autorise à garder le bracelet. Elle avait à peine eu le temps d'y jeter un coup d'œil dans le sachet en plastique. Juste le temps de voir l'inscription de Tommy. Puis l'inspecteur l'avait fait disparaître. « C'est une pièce à conviction », avait-il dit.

Elle le récupérerait après le procès. S'il y avait un procès. S'ils découvraient ce qui était vraiment arrivé à Rachel.

Emily continuait à faire les cent pas. Elle avait essayé de chasser sa migraine en pressant sa tête entre ses mains, mais ça n'avait fait qu'empirer. La réalité était trop insupportable. Il aurait fallu que quelqu'un la serre contre lui pour la consoler, lui dise que tout irait bien, ou simplement la laisse pleurer dans ses bras. Quand elle s'arrêta, elle regarda son mari et secoua la tête, prise d'une rage muette. Il travaillait sur son ordinateur, comme s'il était seul dans la pièce. Il ignorait ses gémissements, ses pleurs, ses bruits de pas étouffés, alors qu'elle allait et venait sur le tapis.

Tac, tac, tac. Les doigts sur le clavier. Sa fille était morte, et lui, il continuait à jouer avec ses tableaux.

Comment avait-elle pu se tromper à ce point ? Comment avait-elle pu croire qu'elle l'aimait, ou qu'il pourrait jamais l'aimer ?

Le fond des yeux lui brûlait. Elle se demanda une fois de plus comment ils en étaient arrivés là. Rachel était partie, et une seule pensée l'habitait : toute sa vie était vide, à commencer par son mariage. Tout était terminé.

Graeme finit par remarquer son silence. Il se tourna vers elle, et elle le fixa d'un air féroce. Elle avait les yeux fous. Elle ne savait plus que faire de toute cette douleur qui jaillissait d'elle. Une bonde avait sauté. Elle restait là, tremblante.

— Assieds-toi, Emily, dit Graeme.

Marrant comme il disait toujours ce qu'il ne fallait pas. Comme elle haïssait le son de sa voix, maintenant.

Ce débit monotone, chaque mot prononcé sans la moindre accentuation. Elle ne le supportait plus.

— Relax, c'est ça ? siffla-t-elle. Putain, tu vas me dire de me détendre ?

Ils se fixaient. Il avait le regard inexpressif, comme s'il voyait à travers elle. Il était patient, agréable. Un étranger.

— Je sais ce que tu ressens, lui dit-il comme s'il s'adressait à une enfant hystérique.

Emily se prit le front à deux mains. Elle ferma les yeux, grimaça. Les larmes coulaient sur son visage.

— Tu ne sais pas ce que je ressens, parce que toi, tu n'es pas foutu de ressentir quoi que ce soit ! Tu te contentes d'être là, dans ton fauteuil, et tu me souris, et tu fais comme si nous étions un couple uni. Et pendant tout ce temps-là, tu ne ressens rien du tout pour moi.

— Tu es tout simplement irrationnelle.

— Irrationnelle ?

Elle fermait les poings, puis les ouvrait.

— Bon Dieu, mais pourquoi donc ? Qu'est-ce qui pourrait me rendre irrationnelle ?

Il ne répondit pas. Elle secouait la tête, incrédule.

— Elle est morte. Tu comprends ça ? Elle est vraiment morte.

— Ils ont trouvé son bracelet. Rien de plus. Ça ne veut peut-être rien dire du tout.

— Ça veut tout dire, fit Emily. Rachel n'est plus avec moi. Je me demande si elle l'a jamais été. Et tu n'es pas avec moi non plus, hein ? Tu ne l'as jamais été.

— Emily, je t'en prie…

— Tu me pries de quoi, Graeme ? Tu me pries de m'en aller ? Tu me pries de ne pas t'cnnuyer avec mes petits problèmes ?

Il ne répondit pas.

— Pourquoi m'as-tu épousée ? murmura Emily. Tu aurais pu me donner de l'argent. Personne n'aurait jamais su que l'enfant était de toi. J'aurais quitté la ville, si tu me l'avais demandé. Pourquoi m'épouser si tu ne ressentais rien pour moi ?

Graeme haussa les épaules.

— Est-ce que tu m'as laissé le choix ?

Emily l'entendait à peine. Mais il avait raison. C'était sa faute à elle. C'était elle la coupable.

— J'aurais dû me faire avorter. Ça aurait été beaucoup plus facile, une simple formalité, aspirer la vie qui était en moi. Plus facile que de perdre le bébé des mois plus tard, dans un flot de sang. Ça aurait tout arrangé, hein, Graeme ? Tu n'aurais pas eu besoin de m'épouser. Pas besoin d'épouser qui que ce soit. Tu pourrais être heureux, entre tes petits tableaux sur ton ordinateur et les filles du téléphone rose…

Graeme lui jeta un regard perçant. Cette fois, elle avait touché une corde sensible. Il la fixait. Il avait même l'air d'avoir un peu peur. Excellent.

— Tu ne te doutais pas que j'étais au courant, hein ? Je t'ai suivi en bas, un jour. Je t'ai vu, à genoux, en train de te branler en haletant au téléphone. Je t'ai entendu dire à cette fille à quel point tu avais envie de la sauter. C'est meilleur, hein ? Meilleur que de devoir faire semblant d'aimer ça quand tu me baises !

Emily regardait le plafond.

— Vous auriez tous mieux fait de rester loin de moi, Graeme. Toi, Tommy, Rachel. Je n'ai rien fait d'autre que de foutre votre vie en l'air. Si seulement j'avais avorté ! Si seulement j'avais avorté aussi la première fois…

Elle se laissa tomber à genoux, puis à quatre pattes sur le tapis blanc luxueux. Elle se mit à frapper le sol à coups de poing, encore et encore, puis roula sur le dos, plia les genoux, les serra entre ses bras.

— Dieu savait ce qu'Il faisait, hein ? Il n'a pas voulu que j'aie un autre enfant. Regarde le fichu merdier que j'ai fait avec le premier !

Elle vit Graeme au-dessus d'elle, agenouillé. Il avait l'air inquiet. Mais c'était mensonger, comme tout ce qui constituait leur existence.

— Ne me touche pas. Ne me touche pas ! Ne fais pas semblant, d'accord ? Ne fais pas semblant !

— Si tu montais à l'étage, Emily ? Prends un cachet. Ça t'aidera à dormir. La journée a été terrible, et tu n'as pas toute ta tête.

Elle gisait sur le tapis. Elle avait épuisé son énergie, sa colère. Elle avait épuisé toutes ses ressources. Ils avaient gagné, tous autant qu'ils étaient. Tommy, Rachel, et maintenant Graeme. Elle se battait depuis si longtemps… Mais ça ne valait pas sa douleur et sa détresse.

Elle pouvait presque les voir, dressés au-dessus d'elle.

Tommy, à côté de Graeme.

Rachel, près de la porte, petite fille.

Graeme, toujours à genoux à ses côtés.

— Prends un cachet, répéta-t-il.

Ce n'était pas un rêve. Il avait vraiment dit cela.

Emily sourit. Il avait raison, bien entendu. Parce que Graeme avait toujours raison, il était toujours sensé. C'était le moment de monter à l'étage. Elle savait qu'il ne la suivrait pas. C'était le moment de dormir. Si elle dormait, elle pourrait tout oublier. Les oublier, tous. Elle se mit péniblement sur ses pieds et passa près de

Graeme, assez près pour le frôler. Dans son imagination, Tommy et Rachel étaient toujours là. Elle entendait l'écho de leurs rires.

— Ça va, fit-elle. Tu as gagné.

Prends un cachet, se dit-elle.

C'était exactement ce qu'elle allait faire.

15

— Vous devez avoir froid, fit le barman en jetant un coup d'œil, par-dessus le bar, aux jambes nues de Maggie.

Sa jupe de cuir noir lui remontait à mi-cuisse, et quand elle s'asseyait, elle devait serrer les jambes pour éviter au monde entier d'apercevoir sa culotte rose clair. Son manteau de laine rouge était posé sur le tabouret à côté du sien. Elle portait un corsage de soie sans manches bordeaux.

Et elle avait froid, en effet.

— Qu'est-ce que ce sera ? Un thé bien chaud ? demanda le barman en souriant.

Maggie lui rendit son sourire et commanda une grande chope de bière pression.

Le barman posa la bière devant elle.

— Qu'est-ce que vous faites, vous êtes mannequin, ou quoi ?

Maggie se mit à rire.

— Elle est bien bonne. Vraiment. En fait, je suis flic.

— Ouais, je vois ça, fit le barman.

Maggic tendit le bras et souleva le revers du manteau rouge. L'insigne qui y était épinglé renvoya un reflet vers le barman. Celui-ci leva les mains, comme s'il se rendait.

— C'est bon, bien joué. Est-ce qu'on ne dit pas que les flics n'ont pas le droit de boire quand ils sont en service ?

— Qui a dit que j'étais en service ? demanda Maggie.

En fait, elle était encore en service, mais il fallait vraiment qu'elle boive un verre.

Elle sirota lentement sa bière. C'était lundi soir et le bar était à demi désert. Toute la journée, elle avait dû affronter des regards d'adolescents concupiscents, sans parler des insinuations. Et tout cela n'avait servi à rien. *Nada*. Que dalle. Elle n'avait pas trouvé un seul garçon prêt à admettre que lui ou un autre avait baisé Rachel derrière la fameuse grange. Ils avaient tous beaucoup à dire quand Maggie croisait ou décroisait fortuitement les jambes, mais ils la bouclaient dès qu'ils entendaient le nom de Rachel. Personne ne voulait se peindre une cible sur la poitrine pour faire plaisir à la police.

Elle vit un adolescent nerveux se diriger vers elle.

— Madame Bei ? fit Kevin Lowry.

Elle le jaugea d'un coup d'œil rapide. C'était un garçon costaud, lourd et fort, aux cheveux blonds pratiquement rasés. Il portait la tenue élémentaire des serveurs du restaurant : un jean noir et un tee-shirt rouge qui avait du mal à contenir son torse puissant. Kevin ne faisait pas exception : il regarda rapidement Maggie de haut en bas, s'arrêta sur ses jambes.

Ils choisirent une petite table au coin du bar, à l'écart de la fumée et du bruit. Maggie emporta sa bière avec elle. Elle lui demanda s'il voulait un soda, mais il secoua la tête. Maggie se détendit et se pencha vers lui, les coudes posés sur la table. Kevin s'assit devant elle, mal à l'aise.

— Je ne mords pas, dit-elle avec un sourire chaleureux.

— Comment va Mme Stoner ? demanda-t-il doucement.

— Elle était entre la vie et la mort. Mais si j'en crois les dernières nouvelles de l'hôpital, elle va s'en sortir.

— Je me fais du souci pour elle. Elle en voit de dures.

— À cause de Rachel ?

Kevin haussa les épaules.

— Les parents et les enfants ont toujours des problèmes.

— Il semble qu'ils en aient eu plus que leur part, dit Maggie.

L'ombre d'un sourire.

— Peut-être, fit Kevin.

— Pourquoi a-t-elle pris ces cachets, à ton avis ?

— Je pense qu'elle n'en pouvait plus, dit Kevin.

— De quoi ?

— De tout.

Maggie attendit que Kevin lève les yeux vers elle.

— On m'a dit que tu étais proche de Rachel. Que Rachel serait allée beaucoup mieux si elle était sortie avec toi, mais qu'elle ne t'a jamais vraiment apprécié à ta juste valeur. Cela doit être frustrant.

— Rachel, ça a toujours été… une sorte de fantasme. Je n'ai jamais vraiment espéré qu'il se passerait quelque chose.

— Et le dernier soir ? fit brusquement Maggie. Tu as déclaré que Rachel t'avait fait des avances.

— Ça ne voulait rien dire. Elle peut être cruelle quand elle fait des choses pareilles.

— Tu crois qu'elle a pu retrouver quelqu'un d'autre ce soir-là ? Un autre garçon ?

— Peut-être. Rachel sortait beaucoup. Mais nous n'en parlions pas.

Maggie hocha la tête.

— C'est drôle. J'ai discuté avec des dizaines de garçons au lycée, aujourd'hui. À les en croire, aucun d'entre eux ne serait sorti avec Rachel…

— Vous parlez d'une surprise, dit Kevin. Ils ont tous peur. Ils savent ce que vous avez trouvé près de la grange.

— Alors ils mentent.

— Bien sûr, fit Kevin d'un ton amer. Je parie qu'elle est sortie avec tous ces mecs.

— Et toi ?

— Je vous ai déjà dit que non.

— Sauf ce soir-là, insista Maggie. C'est plutôt bizarre, tu ne trouves pas ? Elle te fait des avances, et le soir même elle disparaît…

Immédiatement, elle vit l'angoisse apparaître dans ses yeux.

— Comment cela ?

— Tu as dit que Rachel t'avait donné rendez-vous pour samedi soir. Mais quand tu es arrivé chez elle, elle était partie.

Kevin acquiesça.

— Tu es sûr que le rendez-vous, ce n'était pas le vendredi soir ? Tu n'as pas prévu d'aller chez elle un peu plus tard ?

— Non ! s'écria Kevin.

— Tu n'y es pas allé ?

— Non, je n'y suis pas allé. Je suis rentré chez moi. La police a parlé à mes parents. Vous savez ce qui s'est passé.

Maggie sourit.

— Je connais des tas de jeunes gens qui n'ont aucun mal à se glisser dehors à l'insu de leurs parents. Écoute, si Rachel avait eu envie de disparaître, tu l'aurais aidée, non ? Tu aurais fait tout ce qu'elle t'aurait demandé… Je me trompe ?

Kevin se mordit la lèvre, garda le silence. Il jeta un regard circulaire, comme s'il cherchait une porte de sortie.

— C'est ce qui s'est passé ? Tu l'as aidée à s'enfuir ?

— Non, répéta Kevin.

— Est-ce que tu y es allé plus tard ? Est-ce qu'elle avait un autre rendez-vous ? Ça t'aurait fichu en boule, hein ? Écoute, Kevin, je peux comprendre ça. Cette fille, tu l'aimes depuis toujours. C'est ton fantasme. Et voilà qu'elle se moque de toi. Ça a dû te rendre dingue.

Kevin secoua la tête, l'air féroce.

— Non ? Tu n'es pas allé l'attendre ? Pour essayer de la convaincre qu'elle perdait son temps avec tous ces autres types ? Ils ne la méritaient pas. C'est toi qu'il lui fallait. Mais elle t'a repoussé.

Kevin était furieux, maintenant.

— Je ne l'ai pas vue ! Je ne suis pas allé chez elle.

— Tu dois admettre que tu avais de bonnes raisons de le faire.

— Ça suffit comme ça, fit Kevin.

— Peut-être êtes-vous allés faire un tour, tous les deux. Juste pour bavarder. Peut-être que vous vous êtes retrouvés à la grange. Peut être que la conversation a mal tourné, finalement.

— C'est faux, fit Kevin, les poings serrés.

— Nous avons trouvé du sang et des préservatifs sur les lieux, Kevin. Qu'est-ce qu'on trouvera, d'après toi, grâce aux analyses d'ADN ?

Kevin se leva. Il tremblait de rage.

— Vous trouverez que ce n'est pas le mien ! Parce que je n'étais pas là-bas !

Maggie se leva à son tour. Elle lui toucha doucement le bras, mais il s'écarta d'un mouvement brusque. Elle essaya de l'amadouer pour qu'il accepte de la regarder :

— Assieds-toi, Kevin. Je sais que tu n'y étais pas. Mais la plupart du temps, je ne suis sûre de rien… tant que je n'ai pas un peu poussé les gens. Ceux qui sont coupables ne ripostent pas. S'il te plaît. Assieds-toi.

— Rachel est la dernière personne au monde à qui je pourrais faire du mal !

— Je sais. Mais on dirait bien que quelqu'un lui en a fait, du mal. Si tu n'es pas allé chez Rachel, qui d'autre a pu s'y rendre ?

— Vous ne croyez pas que je vous l'aurais dit si je le savais ?

— Tu ne te rappelles rien de ce que Rachel aurait dit ? Tu n'as pas entendu des bruits, à l'école ? Cette grange est un endroit populaire, non ? Difficile de croire qu'il n'y a pas d'histoires qui circulent à son sujet.

— Oh, c'est sûr que tout le monde est au courant, pour la grange. Des tas de gens en parlent. Mais qui sait ce qui est vrai et ce qui n'est que des conneries de vestiaire, vous voyez ce que je veux dire ?

— Mais tu es certain qu'elle y est allée, dit Maggie.

— Je n'en suis pas certain. Mais je ne peux pas croire qu'elle n'y soit jamais allée.

— Pourquoi ?

Kevin écarta les bras, exaspéré.

— Elle parlait tout le temps de faire l'amour !

— Est-ce que c'étaient simplement des vantardises ? Ou le faisait-elle vraiment ?

— Je n'en sais rien. Elle n'a jamais cité de noms.

Du coin de l'œil, Maggie aperçut l'adolescente un peu ronde aux cheveux châtains qui se tenait à la porte du bar. Elle avait les mains sur les hanches et elle passait les tables en revue, tel un vélociraptor. Quand elle aperçut Kevin, un sourire éclaira son visage. Puis elle vit Maggie, jaugea sa tenue d'un coup d'œil et fronça les sourcils. Elle se dirigea vers eux.

— Salut, Kevin, dit-elle d'une voix forte.

Il leva les yeux vers elle, surpris.

— Sally !

Il se redressa vivement et l'embrassa sur les lèvres.

— Je suis venue avec mes parents pour dîner, reprit Sally. Paula m'a dit que tu étais là. Elle avait l'air furieuse.

Elle ajouta brusquement :

— Qui c'est ?

— Mme Bei. Elle est de la police.

— La police ?

Maggie se leva et lui tendit une main que Sally serra mollement.

— Nous avons déjà parlé à la police, tous les deux…

— Je sais. Kevin me disait qu'il ne connaissait aucun des petits amis de Rachel. Nous pensons que quelqu'un est peut-être allé chez elle après qu'elle vous a quittés. Vous voyez qui cela pourrait être, Sally ?

— Je crois que personne n'était spécial, pour Rachel. Elle se servait des gens, et elle les rejetait quand elle en avait fini avec eux.

— C'est peut-être la meilleure façon de se faire des ennemis, dit Maggie. Vous vous rappelez si quelqu'un se serait entiché d'elle ? Vous l'avez entendue se plaindre de quelqu'un qui l'aurait harcelée ?

— Se plaindre ? fit Sally. Certainement pas.

— Bon, oublions Rachel une minute. Et les autres filles, à l'école ? Elles parlent parfois des garçons qui leur en font voir ?

Kevin se gratta le menton. Il regarda Sally.

— Et Tom Nickel ? Rappelle-toi, Karin disait qu'il passait son temps à lui envoyer des messages horribles. Un vrai con.

— C'était il y a deux ans, fit Sally en haussant les épaules. Il a eu son diplôme l'année dernière.

— Il est entré à l'UMD, rétorqua Kevin. Il est toujours dans le coin.

— Sans doute.

Maggie nota le nom dans son calepin.

— Vous pensez à quelqu'un d'autre ?

— La plupart des garçons de l'école sont débiles, dit Sally. C'est pour ça que j'ai de la chance…

Elle prit Kevin par la taille et il lui embrassa les cheveux.

— Et des filles qui auraient passé de sales moments à la grange ? demanda Maggie.

Nous y sommes, pensa-t-elle.

Cela ne dura qu'une fraction de seconde. Maggie vit passer une lueur dans les yeux de Sally. Son attitude changea du tout au tout, la calme arrogance laissant place à la peur. Puis cela disparut, aussi vite. Sally embrassa Kevin, sans un regard pour Maggie. Quand elle se tourna de nouveau vers elle, elle avait un masque sur le visage.

— Je ne traîne pas avec les filles qui vont à la grange.

— Je comprends, fit Maggie en hochant la tête.

— Kevin ! cria quelqu'un à la porte du bar.

Une femme dans la cinquantaine, l'air excédée, agitait une pile de menus en regardant dans leur direction.

— J'ai besoin de toi maintenant, tu entends ? Tout de suite !

Kevin se tourna vers Maggie.

— Autre chose ? Il faut que j'y aille.

Maggie secoua la tête. Kevin embrassa Sally une dernière fois et sortit de la pièce en toute hâte. Sally s'apprêta à le suivre, mais Maggie la retint doucement par le bras.

— Tu peux m'accorder une minute, Sally ?

Avec une moue renfrognée, Sally prit le siège que Kevin venait de quitter. Maggie but une gorgée de bière, les yeux fixés sur elle. La jeune fille l'observait nerveusement. Maggie reposa sa chope et mit la main sur celle de Sally, aussitôt gênée, effrayée même. La fille de tout à l'heure, jalouse et agressive, avait disparu.

— Tu as quelque chose à me dire ? demanda doucement Maggie.

— Je ne comprends pas, fit Sally en feignant la surprise. À quel sujet ?

— Allons, Sally. Kevin n'est plus là. Tes parents ne nous entendent pas. On est entre filles. Tu peux me le dire.

— Je ne sais pas de quoi vous parlez.

Maggie lui serra la main très fort.

— Il t'est arrivé quelque chose. Quand j'ai mentionné la grange, tu as pratiquement tourné de l'œil. Tu y es allée, hein ? Écoute, je ne suis pas là pour te juger. Mais si tu y es allée, et si quelqu'un a abusé de toi, il faut que je le sache.

— Ce n'est pas ça, fit Sally en secouant la tête.

— Tu n'as pas besoin de te chercher des excuses. Je suis une femme, moi aussi. Je sais comment les hommes se conduisent, parfois.

— Je ne veux attirer d'ennuis à personne. Je n'ai jamais pensé que c'était important. Je veux dire, j'avais quasiment oublié cette histoire. Même quand j'ai appris qu'on avait retrouvé le bracelet de Rachel à la grange… je n'ai pas pensé qu'il pouvait y avoir un rapport.

— Dis-moi ce qui s'est passé, la pressa Maggie.

Sally soupira.

— Je ne l'ai jamais dit à Kevin. Je ne l'ai jamais dit à personne.

— Pas de problème. Tu peux me le dire, à moi. Je peux t'aider, tu comprends.

Elle voyait les émotions mêlées sur le visage de la jeune fille.

— Vous croyez vraiment que ça pourrait être important ? demanda Sally. C'est tellement dingue…

Maggie avait envie de lui arracher les mots de la bouche. Elle lui caressa la main, patiemment, et attendit.

La lèvre inférieure de Sally tremblait. La jeune fille se décida tout d'un coup :

— Il y a six mois environ, je faisais du vélo à la campagne, au nord de la ville. Je fais ça parfois, j'y vais en voiture, je me gare et je peux circuler sur les petites routes. Comme il n'y a jamais personne le dimanche matin, je me disais qu'il n'y avait pas de problème.

Maggie se pencha vers elle. Bon Dieu, ce n'était pas un petit copain. C'était un dingue. Merde, merde et merde ! Elle pensa à Kerry McGrath, et elle essaya de faire passer le message par son regard. *C'était stupide, ma petite.*

— Et alors ?

— Ma chaîne a sauté. Quelqu'un m'a dépannée.

— Quelqu'un ?

Sally acquiesça.

— Je n'ai pas eu peur, parce que je le connaissais.

— Tu es montée dans sa voiture de ton plein gré ?

— Ouais. La mienne se trouvait à plusieurs kilomètres.

— Est-ce qu'il a essayé de te faire quelque chose ?

Sally hésita.

— Si on veut… En fait, non, pas vraiment. Mais il s'est arrêté à la grange.

Un signal d'alarme retentit dans la tête de Maggie. Elle avait la chair de poule, comme à chaque fois qu'une affaire démarrait pour de bon. Enfin, ils allaient avoir des réponses.

— Que s'est-il passé, Sally ?

Cette dernière avait la gorge serrée. Elle baissa les yeux sur ses mains, qu'elle avait croisées sur ses genoux. Elle paraissait très jeune, tout à coup. C'est toujours la même chose, se dit Maggie, ces ados feignent d'être adultes et mûrs, et dès que vous grattez la surface, ils redeviennent des enfants.

— On parlait, c'est tout. Il m'a dit que j'étais jolie… Que ma tenue était vraiment sexy, que j'avais de l'allure. Il avait l'air un peu trop… un peu trop sérieux, sans doute. Au début, c'était innocent, puis c'est devenu plus inquiétant.

Maggie hocha la tête.

— Qu'est-ce qui s'est passé, ensuite ?

— On approchait de la route qui mène à la grange. Il m'a demandé si j'y étais déjà allée. Je lui ai dit que non. Il me taquinait. Il disait qu'on devrait aller voir si quelqu'un était en train de faire l'amour. Puis il a tourné. Il s'est dirigé vers la grange. Je commençais à flipper.

— Tu as dit quelque chose ?

— J'avais trop peur.

— Alors il t'a emmenée à la grange.

— Oui. Il s'est garé derrière. J'étais prête à partir en courant. Mais il n'a rien tenté. Il continuait simplement à parler. De tout et de rien, vous savez. Comme s'il se demandait s'il devait essayer quelque chose.

— Tu as eu peur qu'il te viole ? demanda Maggie.

— Je ne sais pas trop ce que j'ai pensé. Je veux dire, c'était trop bizarre.

— Mais il ne s'est rien passé.

— Une autre voiture s'est garée derrière nous. Alors il a démarré. Comme s'il ne voulait pas qu'on le reconnaisse, vous voyez ? Sur le chemin du retour, il m'a à peine adressé la parole. Il m'a ramenée à ma voiture. C'est tout.

— Il ne s'est vraiment rien passé entre vous ?

Sally secoua la tête.

— Non. Je vous l'ai expliqué, j'étais sûre qu'il allait essayer quelque chose. Mais, après coup, je me suis dit que j'étais idiote.

Maggie lui prit la main.

— Il faut que tu me dises qui c'était.

— Je sais, fit Sally. J'ai pensé à aller vous voir plus tôt, mais… j'ai cru que ce n'était pas si important. Sans doute m'étais-je persuadée que j'étais folle. Il n'avait pas vraiment de mauvaises intentions.

— Et maintenant tu as changé d'avis…

— Je ne sais pas. Je ne sais vraiment pas.

— Je comprends, dit Maggie. Est-ce que quelqu'un vous a vus ensemble ? Est-ce que tu as reconnu la voiture qui est arrivée derrière vous ?

— Nous sommes partis trop vite.

— Dis-le-moi maintenant, Sally. Je ne le laisserai pas te faire du mal. Dis-moi qui c'était.

Sally se pencha, murmura un nom à son oreille.

Maggie sortit immédiatement son portable de la poche de son manteau et composa le numéro de Stride.

16

En quittant l'hôtel de ville, le lundi soir, Stride s'arrêta à l'hôpital, mais on l'informa qu'Emily Stoner était sortie une heure plus tôt, accompagnée par Dayton Tenby. Sa tentative de suicide ne l'avait pas du tout surpris. Il savait que c'était le moment le plus dangereux – quand un parent ou un conjoint découvre la vérité, après avoir espéré un miracle pendant des semaines ou des mois. La réalité, qui frappe comme un boulet, est parfois trop difficile à supporter.

Il décida de ne pas aller chez les Stoner ce soir-là. Il n'avait rien de nouveau à leur dire, et les médecins avaient sans doute ordonné à Emily de rester au lit. Il avait déjà parlé à Graeme au téléphone de la découverte importante qu'on avait faite à la grange – un lambeau de tissu ensanglanté qui était peut-être lié à Rachel.

Il reprit la route pour rentrer chez lui.

Les rues étaient couvertes de neige fondue. Des flocons étaient tombés toute la journée, s'entassant dans les rues et les bois autour de la ville. Les recherches se poursuivaient autour de la grange avec une lenteur mortelle. Les hommes de Stride travaillaient avec des glaçons dans la moustache, le froid s'infiltrait à travers le cuir de leurs bottes. Ils creusaient, grattaient et maudissaient la neige. Par ailleurs, ils avaient entamé d'autres recherches, plus sombres. Avec l'aide d'un groupe de volontaires venus des environs, ils avaient commencé à battre les bois autour de la grange, en quête du corps de Rachel. Ils sondaient la neige avec des bâtons de ski, creusaient dès qu'ils heurtaient un objet inhabituel. Par talkie-walkie, ils informaient Guppo – qui se trouvait dans la fourgonnette – de leur progression.

Stride avait peu d'espoir de découvrir quoi que ce soit. L'immensité des bois au nord de la ville jouait en faveur des assassins, offrant des milliers de kilomètres carrés de forêt où l'on pouvait cacher des cadavres par dizaines. La plupart du temps, les victimes disparaissaient, et ça s'arrêtait là. Comme Kerry McGrath. Elles étaient là, quelque part, enterrées ou simplement jetées à l'écart des chemins balisés, cibles faciles pour les animaux sauvages qui viendraient profaner leurs cadavres. Stride frissonna en pensant que Rachel avait pu subir le même sort. Mais l'étendue du territoire et l'épaisseur de la neige lui faisaient douter qu'ils trouveraient autre chose que ce morceau de tissu blanc pour prouver qu'elle était morte.

Il sortit son téléphone portable. Il déplia l'antenne et remarqua que la batterie était presque à plat. Il avait oublié celle de rechange dans son bureau. Mais il ne tarderait plus à rentrer chez lui, de toute façon. Il composa le numéro de sa messagerie.

Maggie avait déposé le premier message vers deux heures de l'après-midi. Il était bref et aimable. « Tu m'emmerdes, chef ! » Il se mit à rire. Il imaginait comment s'étaient passés ses interrogatoires au lycée.

Le deuxième message avait été laissé par le labo, une heure auparavant. La tache sur le tissu était bien du sang humain appartenant au groupe AB, celui de Rachel. Les résultats des tests ADN viendraient plus tard.

Le dernier message datait de huit heures du soir, c'est-à-dire à peine cinq minutes plus tôt. Il pensait que ce devait être de nouveau Maggie, pour son rapport de fin de journée. Mais ce n'était pas le cas.

« Salut, Jon, fit une voix douce mais nerveuse. C'est Andrea. Je ne m'attendais pas vraiment à ce que tu sois là. J'avais sans doute envie d'entendre ta voix sur le répondeur. Ça a sûrement l'air idiot. Et ça aura l'air un peu plus idiot encore si je te dis que tu me manques. Mais c'est la vérité. On dirait que tu m'as fait une fichue impression... Bon, en tout cas je suis encore à l'école. J'ai une pile d'interrogations écrites à corriger et je suis restée au labo. Mais j'ai beaucoup pensé à nous. Surtout à vendredi soir. Je sais que tu n'es pas maître de ton temps, mais j'espère qu'on pourra se revoir le plus vite possible. J'aimerais vraiment. Bon, d'accord, je me suis comportée comme une idiote, mais rien de nouveau à ça, hein ? Allez, appelle-moi. Bye, Jon. »

Au carrefour suivant, il prit la route qui montait vers le lycée. Il s'arrêta sur le parking, où il trouva une place proche du bâtiment. En marchant à grands pas sur le ciment qui avait reçu plusieurs centimètres de neige depuis le dernier passage du chasse-neige, il enfonça ses mains dans les poches de son manteau et cligna des yeux pour se protéger des flocons.

La porte de l'école était fermée. Stride cogna bruyamment sur la vitre, mais personne n'était là pour l'entendre. Il jura. Il colla son visage sur le verre glacé, s'efforçant de voir à l'intérieur. Rien.

Il sortit son téléphone mais cette fois sa batterie était complètement à plat. Il jura de nouveau. Progressant difficilement sur l'herbe couverte de neige, il contourna l'immeuble. Il était à deux pas de la porte de derrière, lorsqu'il vit Andrea émerger d'une classe, tout au bout du couloir. Elle portait un survêtement gris qui mettait ses longues jambes en valeur, des chaussures de sport et un pull bleu ample à col en V. Elle ne le remarqua pas tout de suite. Elle se dirigea vers un distributeur de boissons, glissa une pièce dans une fente et prit un Coca light dont elle but une gorgée.

Stride frappa à la porte.

Andrea s'immobilisa. Quand elle le vit, son visage s'éclaira. Elle courut dans sa direction en renversant son Coca et éclata de rire lorsqu'un geyser aspergea le sol. Elle posa sa canette par terre, s'essuya les mains sur son survêtement et se précipita vers la porte. Elle ouvrit, attrapa Stride par la main et le tira à l'intérieur. Dès qu'elle eut claqué la porte pour empêcher le vent d'entrer, ses doigts collants saisirent Stride par le cou, elle l'attira vers elle et l'embrassa passionnément. D'abord il fut trop surpris pour réagir. Puis il la prit dans ses bras et ils échangèrent un long baiser.

— Je suis tellement contente que tu sois venu. J'ai presque fini. Entre, on pourra bavarder, après quoi on ira dîner et boire un verre.

— Ça me semble pas mal, dit Stride.

Elle passa un bras autour de sa taille, et ils se dirigèrent vers le labo de chimie.

— Ça ne me prendra pas plus d'une demi-heure. Ce sont des questions à choix multiples. Je n'ai pas besoin de réfléchir pour vérifier les réponses.

— Comment ils s'en sortent ? demanda Stride.

— Oh, j'ai vu mieux. D'une année à l'autre, ils ont de plus en plus de mal à se concentrer. Il est difficile de maintenir leur intérêt éveillé.

— Je dois avouer que les sciences n'ont jamais été mon point fort.

— Ah bon ? J'aurais cru qu'un inspecteur de police apprécierait les détails médico-légaux, la résolution des mystères scientifiques, ce genre de choses.

En disant cela, elle avait commencé à corriger une copie, barrant les erreurs d'un trait de stylo rouge.

— Je laisse les techniciens du labo se charger de l'analyse scientifique, répondit Stride. Moi, j'essaie de comprendre l'art du possible.

— Ce qui signifie ?

— Ça signifie que la plupart des actions humaines laissent des traces. On se déplace. On mange, on achète de l'essence, on va aux toilettes, on passe la nuit quelque part. On laisse derrière soi des fragments de peau, des poils, des traces de doigt, des sécrétions. Il est toujours possible de remonter la piste, à condition de pouvoir examiner les choses que tout le monde laisse derrière soi, et de trouver la personne que l'on cherche.

Andrea sourit.

— Que tu le veuilles ou non, Jon, tout cela relève du processus scientifique. Tu n'as sans doute pas dormi pendant tous tes cours.

— Je n'aurais sûrement pas dormi pendant les tiens, dit-il.

Elle rougit, se concentra de nouveau sur ses corrections. Ils restèrent silencieux pendant un moment. Il n'y avait pas d'autre bruit que le crissement du marqueur d'Andrea sur le papier, et le froissement des feuilles quand elle prenait une nouvelle copie. Stride laissa son regard vagabonder dans la salle de classe, puis se remit à contempler Andrea. Elle baissait la tête et repoussait nerveusement, de ses doigts fins, ses cheveux blonds derrière ses oreilles. Il apercevait les plis du sourire au bord de ses lèvres, tels des croissants de lune. Elle avait remonté les manches de son pull et il voyait ses avant-bras fuselés, minces mais musclés.

Sentant son regard posé sur elle, elle leva les yeux. Leurs regards se croisèrent, mais ils ne dirent rien.

Il se demanda ce qu'elle voyait quand elle le regardait. Parce que Cindy le lui avait souvent dit, il savait que les femmes le trouvaient séduisant, mais il n'avait jamais compris pourquoi. Il n'avait pas des traits lisses et parfaits, plutôt l'air d'un marin qui aurait plissé les yeux dans trop de tempêtes. Comme son père. À chaque fois qu'il allait chez le coiffeur, il voyait un peu plus de cheveux gris sur le sol. Ses articulations craquaient et lui faisaient mal, et sa blessure par balle était plus douloureuse que quand il avait été touché, huit ans plus tôt. Il vieillissait, aucun doute là-dessus. Mais quelque chose dans le regard franc d'Andrea effaçait les années.

Elle se laissa aller en arrière sur sa chaise, les mains devant la bouche, sans cesser de le fixer.

— Je suis un peu gênée, dit-elle doucement.

— Pourquoi ? fit Stride, étonné.

Andrea se mit à rire, puis elle le regarda avec un tout petit sourire.

— J'espère que tu ne t'imagines pas que je passe mon temps à ramasser des hommes dans les casinos pour coucher avec eux…

— Oh, fit Stride. Pardonne-moi. Je n'aurais pas dû te laisser faire. Tu étais saoule. Ce n'était pas juste.

— Nous étions saouls tous les deux. Et nous en avions envie tous les deux. Surtout moi. Tu n'as absolument rien à te reprocher. Mais le lendemain, j'ai eu peur. Je me suis dit que j'avais commis une énorme erreur.

— Non, pas du tout.

— Tu veux entendre une chose terrible ? Je t'en ai un peu voulu quand tu m'as dit que tu avais perdu ta femme.

Stride lui jeta un regard bizarre.

— Je ne comprends pas.

— Cindy est morte, et tu ne pouvais rien y faire. Ce n'était pas ta faute. Au moins, rien ne t'empêche d'être bien dans ta peau. C'est cela que Robin m'a pris.

— Ce n'est pas ta faute. C'est la sienne. Ce type est un fils de pute égoïste.

— Je sais. Mais il me manque toujours. Tu dois me prendre pour une idiote.

— Bienvenue au club, répondit Stride. Et si nous allions dîner ? Je crève de faim. Le Briar Patch fait des chateaubriands qui fondent dans la bouche. Et il y a de la bière glacée.

Andrea hocha la tête.

— Ça me ferait du bien. Je crois que j'en ai assez fait pour aujourd'hui. Je vais mettre ces devoirs sous clé dans la salle des profs, et on pourra filer.

Ils sortirent dans le couloir désert. Ils entendirent des sons éloignés, peut-être le bruit sourd d'un ballon de basket, mais Stride ne vit personne. Les lumières étaient faibles et indistinctes, et la nuit, dehors, semblait les contempler par les fenêtres, telle une sombre créature géante.

Ils prirent l'escalier jusqu'au premier étage et se retrouvèrent dans un autre couloir, aussi peu éclairé et désert que le précédent. Andrea ouvrit la porte en face des marches et alluma. La pièce était bondée de tables métalliques, de classeurs et de rayonnages chargés de livres de chimie, physique et biologie. Elle se dirigea vers le bureau le plus proche de la fenêtre, ouvrit le tiroir du bas et y laissa tomber son paquet de copies. Stride vit la photo d'un homme, fixée au mur, près du bureau. Il pensa que ce devait être l'ex-mari.

— Voilà qui est fait, dit-elle.

Ils éteignirent la lumière et Andrea ferma la porte à clé derrière elle.

Tandis qu'ils se dirigeaient vers l'escalier, Stride aperçut une lueur venant d'un bureau au bout du couloir.

Andrea le vit hésiter.

— Qu'est-ce qui se passe ?

— Probablement rien, fit Stride.

Mais il était inquiet. Le sixième sens qu'il avait développé avec les années lui signalait que quelque chose clochait.

— Cette lumière, là-bas, ce n'est pas le bureau de Nancy Carver ?

— Si, on dirait.

Stride plissa les yeux.

— Tu vas peut-être trouver cela bizarre, Andrea, mais… Écoute, attends-moi ici, d'accord ? Je veux vérifier quelque chose.

— Bon, vas-y.

Andrea s'appuya contre le mur pour patienter. Stride s'engagea dans le couloir, vers le rayon lumineux. Il constata qu'il ne s'était pas trompé : la porte du bureau de Nancy Carver était entrebâillée. Il guetta, les sens en éveil, mais n'entendit aucun bruit à l'intérieur.

Il toussa ostensiblement.

Il s'attendait à provoquer une réaction chez la personne qui se trouvait là. Le couloir resta silencieux.

Il s'approcha doucement de la porte, assez près pour jeter un coup d'œil à l'intérieur et apercevoir une partie du placard qui servait de bureau. Il ne vit rien d'autre qu'un coin de la table, ainsi que l'épaule et le bras d'une femme. Elle semblait assise dans son fauteuil, immobile.

— Hello ?

La femme ne bougeait pas. Stride s'avança légèrement vers l'entrée du bureau et ouvrit la porte en grand. Elle grinça et alla cogner contre le mur. Il s'approcha encore, se dressa dans l'entrée.

Nancy Carver était assise, immobile, derrière son bureau. Quand il entra, elle leva vers lui ses yeux caves, cerclés de rouge. La passion et la colère qui habitaient son regard la seule fois où il l'avait vue avaient disparu. Elle avait les traits tirés. Ses cheveux roux étaient emmêlés. Elle regarda à travers lui, comme s'il n'était pas là.

Stride était tellement stupéfié par son aspect qu'il ne remarqua pas tout de suite le revolver posé devant elle sur le bureau, à quelques centimètres de ses doigts.

— Qu'est-ce que c'est que ça, bon Dieu ? s'écria-t-il en faisant un bond pour saisir l'arme.

Il s'attendait qu'elle la prenne avant lui et la pointe sur elle-même, ou sur lui. Nancy Carver ne bougea pas. Elle se contenta de le regarder fixement, tandis qu'il renversait le revolver dans sa paume, éjectant les balles, qui roulèrent sur le sol.

Stride s'appuya contre le mur, le souffle court. Il balançait l'arme entre ses doigts.

— Est-ce que vous allez m'expliquer ce qui se passe, bordel ?

Il n'ajouta pas : « Et pourquoi deux femmes qui ont connu Rachel essaient de se suicider ? » Car, il en était persuadé, c'était ce que Nancy Carver avait eu l'intention de faire.

Elle secoua la tête d'un air absent.

— J'aurais pu l'arrêter, murmura-t-elle.

— Arrêter qui ? demanda Stride, penché au-dessus du bureau.

Elle leva les yeux vers lui.

— Je croyais qu'elle s'était enfuie…

Stride ne dit mot.

Des larmes coulèrent sur les joues de Nancy Carver.

— Mais elle est morte. Et j'aurais pu arrêter ce type. J'étais au courant de tout.

— Il faut que j'y aille, dit Stride à Andrea.

Ils étaient assis dans son 4 × 4, derrière l'école, à côté de la voiture d'Andrea. La radio diffusait en sourdine une chanson de Patty Loveless.

— On se voit demain ?

— Je ne peux rien te promettre.

— Et si tu dormais chez moi, demain ? Peu importe à quelle heure tu viendrais. C'était si bon de dormir à tes côtés, vendredi. Tu étais là, c'était suffisant pour que je me sente bien.

— Ça pourrait être très tard. Je ne sais vraiment pas à quelle heure je rentrerai, et je ne serai sans doute pas d'excellente compagnie.

— Je laisserai une lampe allumée, dit-elle en souriant.

Andrea ouvrit la portière du 4 × 4. Quand elle descendit, un peu de neige tomba du toit, parsemant ses cheveux de taches blanches. Elle lui envoya un baiser, claqua la portière et courut vers sa voiture. Il la regarda monter, puis aperçut la lueur du briquet quand elle alluma une cigarette. Sa voiture démarra au quart de tour. Elle lui fit un signe de la main en s'éloignant.

Stride rentra chez lui. Il roula dans les rues désertes et glissantes avec moins d'attention qu'il n'aurait fallu. Deux fois il s'attarda à un carrefour sans se rendre compte que le feu passait au vert, ses yeux fixant le vide par les vitres zébrées. Ses essuie-glaces grinçaient à un rythme régulier, presque hypnotique.

« J'étais au courant de tout. »

En repensant à Nancy Carver, il essaya de réprimer sa colère à l'idée qu'elle aurait pu confirmer leurs soupçons des semaines plus tôt. Peut-être auraient-ils pu faire quelque chose. Ils auraient été beaucoup plus près, en tout cas.

Et si Emily Stoner était morte sans le savoir ? Une fois de plus, il se demanda si elle avait soupçonné quelque chose, durant tout ce temps.

Par moments, il avait l'impression que tout cela n'était qu'un jeu, un puzzle qu'ils devraient reconstituer. Parfois aussi, il détestait savoir tout ce qu'il savait de la face sombre de l'âme humaine.

Stride traversa le pont qui menait à la Pointe. Il parcourut les deux pâtés de maisons qui le séparaient de chez lui et s'arrêta dans l'allée. La voiture de Maggie était garée dans la rue. Il vit de la lumière dans la maison. Elle devait l'attendre. Cela lui ferait gagner un coup de fil. Il allait avoir besoin d'elle cette nuit. Une longue soirée les attendait au bureau, à l'hôtel de ville. Il entra dans la maison.

Maggie était dans la cuisine, les pieds posés sur une chaise. Elle mangeait un sandwich au fromage grillé en lisant le journal.

— Tu ne réponds pas aux messages sur ton foutu téléphone, lui dit-elle gentiment.

— La batterie est à plat. Désolé.

— Je t'attends depuis plus d'une heure.

— Tu as de la chance que je sois rentré seul, dit-il.

Il se demandait comment lui faire comprendre qu'elle allait devoir être discrète, dorénavant, et cesser de considérer sa maison comme sa résidence secondaire. Il se disait qu'Andrea aurait du mal à comprendre leur relation.

Il regarda la jupe de Maggie, relevée quasiment jusqu'à la taille.

— Tu es sexy, dit-il.

— Je suis gelée, répondit-elle. Et c'est ta faute.

— Si tu as tiré quelque chose des garçons, ça valait le coup, non ?

— Rien des garçons, fit Maggie en souriant. Mais il s'avère qu'on allait dans la bonne direction depuis le début. La famille d'abord.

Stride s'assit devant elle.

— Graeme ?

Elle acquiesça.

— Sally a craché le morceau. On dirait que Graeme l'a emmenée faire un tour à la grange, l'été dernier.

— Il l'a violée ?

— Non, ils ont été dérangés. Mais elle a bien cru qu'elle allait y passer.

— Il y a autre chose, ajouta Stride. Écoute bien. Rachel a dit à Nancy Carver qu'elle couchait avec Graeme. Elle prétend que c'est arrivé plusieurs fois, jusqu'à ce qu'elle décide de le repousser. Mais Graeme en voulait encore.

— Sans blague ? fit Maggie en ouvrant de grands yeux. Tu crois qu'Emily s'en doute ?

— Je parie qu'elle s'en doute, mais qu'elle ne se l'avouera jamais.

— Graeme est culotté, dit Maggie. Tout ce qui le concerne semble net, jusqu'au détecteur de mensonge. Il va être difficile de l'épingler.

— Tu sais ce que je pense ? Je pense qu'il courait après Rachel depuis le début. Et Rachel s'est sans doute dit que se faire sauter par Graeme serait la meilleure façon de se venger de sa mère. Ces deux-là étaient vraiment faits pour s'entendre !

— Sauf que nous ne pouvons pas le prouver.

— Nous avons le témoignage de Carver. C'est déjà ça.

— Des ouï-dire, fit Maggie. On ne pourra jamais s'en servir au tribunal.

Stride hocha la tête.

— Je sais. Mais c'est suffisant pour obtenir un mandat.

17

Tandis qu'ils se préparaient pour la perquisition, Stride fit promettre le silence à son équipe, mais cela ne servit à rien. À l'instant précis où les voitures de police s'arrêtaient devant la maison des Stoner, Bird Finch prenait l'antenne. Il étala le passé de Graeme Stoner, qu'il dépeignit comme un Dr Jekyll qui aurait séduit sa belle-fille adolescente et fini par la tuer. Dégoûté, Stride éteignit son autoradio.

Maggie, à côté de lui, secoua la tête.

— Merde, mais comment a-t-il fait ? Personne n'est au courant.

— Allons-y.

Suivis d'une foule de flics en uniforme, ils descendirent de voiture et remontèrent la longue allée menant à la porte d'entrée. Stride fit signe à l'un d'eux.

— Tout le monde est au courant, lui dit-il. Attendez-vous à ce que les journalistes débarquent en masse. Je ne veux pas qu'ils s'approchent de la maison, d'accord ? Mettez autant de ruban qu'il faudra, et maintenez-les à distance. Je ne veux pas non plus de voisins curieux.

Le policier hocha la tête et se dirigea vers l'une des voitures, après avoir fait signe de le suivre à trois de ses collègues.

Stride se pencha vers Maggie.

— Il faut surveiller la perquisition, chuchota-t-il. Je veux que tout se fasse dans les règles, et devant témoin. Pas de conneries. Il est possible qu'on doive inculper ce type, et Archie Gale se trouve déjà sûrement dans son coin du ring. Tu peux parier qu'il va s'efforcer d'anticiper tous nos gestes.

— Ça, chef, dit Maggie, tu peux compter dessus.

Stride n'eut pas besoin de sonner. Alors qu'il montait les marches, Graeme Stoner ouvrit la porte en grand. Stride vit une colère froide luire dans ses yeux gris.

— Bonjour, inspecteur. Je vois que vous êtes venu avec quelques amis.

— Monsieur Stoner, nous avons un mandat nous autorisant à perquisitionner ces lieux, dans le cadre de l'enquête sur la disparition et le meurtre éventuel de Rachel Deese.

— C'est bien ce qu'il me semblait. Est-ce que le lynchage médiatique d'un suspect contre lequel vous n'avez pas la moindre preuve fait partie de la procédure policière classique ? Mon téléphone ne cesse de sonner depuis que Bird Finch a diffusé son petit reportage, tout à l'heure. J'ai appelé Kyle personnellement pour protester.

Stride haussa les épaules. Les relations que Graeme entretenait avec l'hôtel de ville ne lui seraient guère utiles en l'occurrence.

— Je resterai à vos côtés pendant que mes hommes procéderont à la perquisition.

Graeme tourna les talons et traversa le salon sans regarder derrière lui. Stride le suivit, tandis que Maggie rassemblait les policiers dans l'entrée et leur distribuait ses instructions. Guppo et son équipe se chargeraient du sous-sol. Elle-même dirigerait les opérations à l'étage. Ils s'occuperaient ensuite du rez-de-chaussée, de l'extérieur et des véhicules.

— Et on travaille dans les règles, leur dit-elle, répétant l'avertissement de Stride. Toujours par deux. Tout ce qu'on trouve doit être photographié, placé dans un sachet, étiqueté. Compris ?

Tous ces flics robustes qui mesuraient quarante centimètres de plus que leur collègue asiatique acquiescèrent docilement et se mirent au travail. Leurs souliers firent un bruit d'enfer quand ils se dispersèrent dans les escaliers, vers le haut ou vers le bas.

Dans la véranda, Stride sentit le froid, quasi palpable, existant entre les deux personnes qui se trouvaient là. Emily Stoner était assise dans un fauteuil devant la cheminée – au même endroit que la première fois. Elle avait le teint blême et paraissait fragile. Son corps semblait s'être recroquevillé, sa peau pendait mollement sur ses os. Ses cheveux tombaient devant son visage. En quelques semaines, elle avait vieilli de plusieurs années.

Emily ne bougea pas, ne dit pas un mot, mais elle suivait des yeux Graeme, qui vint s'asseoir dans le fauteuil en face d'elle. Stride avait toujours perçu la tension qui régnait entre eux, mais cette fois c'était différent. Emily avait entendu les nouvelles, comme tout le monde. Stride savait à quoi elle pensait : l'homme qui était installé à quelques centimètres d'elle, très calme, l'homme qui avait partagé son lit pendant cinq ans, était peut-être un monstre.

C'était surtout le comportement de Graeme qui étonnait Stride.

Il avait eu affaire maintes fois à des criminels, dans ces instants qui suivent la découverte de la vérité. La plupart protestaient de leur innocence, niant parfois l'évidence. D'autres restaient silencieux. D'autres encore s'effondraient et avouaient, soulageant leur âme du fardeau de la culpabilité. Mais personne n'avait jamais été aussi calme et aussi sûr de lui que Graeme Stoner. L'homme était furieux, mais il se contrôlait parfaitement. Et il avait toujours son air détaché, amusé, comme si tout ce qui se passait n'était rien d'autre qu'une attraction de fête foraine.

Stride ne savait comment déchiffrer ce comportement. En général, il pensait être capable de décider de l'innocence ou de la culpabilité d'un homme en fouillant son regard, en cherchant la vérité sur son visage. Celui de Graeme était un masque.

— Vous savez sans doute que vous êtes en train de détruire ma réputation dans cette ville, lui dit Graeme d'un ton résolu. J'espère que la municipalité aura les moyens de payer les dommages et intérêts, le jour où je vous attaquerai.

Stride l'ignora. Il se tourna vers Emily Stoner.

— Je vous prie d'accepter mes excuses, madame Stoner. S'il existait un moyen de faire en sorte que les choses soient plus faciles pour vous, je l'aurais utilisé. Je sais ce que vous avez subi.

Emily hocha la tête sans rien dire. Elle fixait toujours son mari, sans doute pour la même raison que

Stride : elle cherchait la vérité. Le visage de Graeme était impénétrable.

— Monsieur Stoner, fit Stride, je dois vous lire vos droits…

Graeme haussa un sourcil interrogateur.

— Vous m'arrêtez ?

— Non, mais vous êtes un suspect dans cette enquête. Je veux être sûr, avant d'aller plus avant, que vous connaissez vos droits.

Stride débita rapidement les formules imposées par la loi, tandis que Graeme fronçait les sourcils d'un air dégoûté.

— Étant entendu que vous n'êtes pas obligé de me parler, voulez-vous répondre à quelques questions, même en l'absence de M. Gale ?

— Je n'ai rien à cacher.

Stride était surpris. Les suspects riches ne parlent jamais. Mais il n'allait pas cracher dans la soupe.

— Les fuites vers les médias, dans cette affaire, sont tout à fait regrettables, monsieur Stoner. Je vous prie de nous en excuser. J'ignore comment elles ont pu se produire.

Stride ne voulait pas se lancer trop vite dans les questions brutales, et risquer que Stoner se rende compte qu'il avait intérêt à garder le silence. Il préférait prendre son temps pour aborder les détails sordides. Mais quelque chose dans les yeux de Graeme lui disait que ce dernier était parfaitement conscient de sa stratégie.

— Je suggère que vous cherchiez comment c'est arrivé, inspecteur.

Stride opina.

— Mais vous comprenez, j'en suis sûr, que nous avons découvert certains détails qui soulèvent quelques questions. Nous aimerions connaître votre version. C'est pourquoi je suis ici.

— Je vous écoute.

— Est-ce que vous couchiez avec Rachel ?

Un silence pesant envahit la pièce. Emily semblait retenir son souffle, dans l'attente de la réponse de son mari. Stride vit Graeme serrer les dents, et la colère réapparut sur son visage. Aucune trace de culpabilité. Seulement du mépris. Il était si convaincant que Stride se demanda un instant s'il ne faisait pas fausse route. Ou bien Stoner était-il un comédien de génie ?

— Cette question est insultante, inspecteur. La réponse est non. Jamais. Je n'ai jamais couché avec ma belle-fille. Cela n'est jamais arrivé.

— Rachel a affirmé le contraire, dit Stride.

— Je ne peux pas croire ça, rétorqua Graeme. Elle n'était peut-être pas dans les meilleurs termes avec sa mère et moi, mais j'ai du mal à croire qu'elle ait pu proférer un mensonge aussi ignoble.

— Elle a affirmé à Nancy Carver, sa conseillère au lycée, que vous avez commencé à coucher avec elle peu de temps après votre mariage.

Stride entendit Emily hoqueter. Graeme regarda sa femme, puis revint à Stride.

— Carver ? Ça ne m'étonne pas. Cette petite pute adore se mêler de ce qui ne la regarde pas. Savez-vous qu'elle m'a pratiquement convoqué pour m'interroger ? Mais elle n'avait jamais osé faire des accusations de ce genre. Je pense que c'est sur elle que vous devriez enquêter, Stride. Il est évident que cette femme est lesbienne. Si je me rappelle bien, j'ai même appelé l'école pour protester.

Stride inscrivit quelques mots dans son carnet. Il vérifierait si une plainte avait été déposée contre Nancy Carver.

— Pourquoi Rachel aurait-elle inventé pareille histoire ?

— Je ne crois pas qu'elle l'ait fait. C'est sans doute une invention de Carver.

— Rachel en a parlé à quelqu'un d'autre, mentit Stride.

Cette fois, il vit l'hésitation dans le regard de Graeme. Mais cela ne dura qu'une fraction de seconde.

— J'ai du mal à vous croire. Mais si c'est le cas, la seule explication qui me vienne, c'est qu'elle avait des problèmes. Cette fille fantasmait peut-être sur moi ? Ou peut-être essayait-elle d'enfoncer un coin entre sa mère et moi… qui sait ?

— Mais vous n'avez jamais couché avec elle ?

— Je vous l'ai déjà dit. Non.

— Vous ne l'avez jamais touchée, vous n'avez jamais eu avec elle le moindre contact sexuel ?

— Bien sûr que non, fit sèchement Graeme.

— Et elle ne vous a jamais touché ?

— Je ne suis pas Bill Clinton, inspecteur. Pas de sexe, ça veut dire : pas de sexe.

Stride hocha la tête. Un déni absolu serait utile à l'accusation, s'ils pouvaient prouver que Graeme et Rachel avaient eu des rapports sexuels. Mais il savait que c'était un « si » important. Il doutait que Stoner prenne le risque de nier avec une telle véhémence s'il existait un moyen de prouver qu'ils avaient couché ensemble.

— Connaissez-vous une amie de Rachel nommée Sally Lindner ? demanda Stride.

Graeme fronça les sourcils.

— Je crois, oui. Elle sort avec ce garçon… Kevin, si je me rappelle bien. Pourquoi ?

— L'avez-vous jamais emmenée dans votre fourgonnette ?

— Je ne m'en souviens pas… Peut-être.

— Peut-être ?

Graeme se gratta le menton.

— Je l'ai peut-être bien ramenée à sa voiture, un jour. Son vélo était cassé. C'était il y a plusieurs mois, et sincèrement je ne suis même pas sûr de me rappeler si c'était bien elle.

— Où l'avez-vous embarquée ?

— Oh, quelque part au nord de la ville, il me semble. J'étais allé dans l'une de nos agences, là-bas.

— Et où l'avez-vous déposée ?

— Je vous l'ai dit : à sa voiture.

— Vous vous êtes arrêté quelque part ?

— Pas que je me souvienne, dit Graeme.

— Elle affirme que vous l'avez emmenée à la grange.

— À la grange ? Non, certainement pas. Je l'ai fait monter et je l'ai déposée à sa voiture. Rien d'autre, lieutenant.

— Ce n'est pas vrai ? demanda Stride. Vous n'y êtes jamais allé avec elle ?

— Non, en aucun cas, dit Graeme d'un ton ferme.

— Pourquoi Sally prétend-elle le contraire ?

— Bon Dieu, comment le saurais-je, inspecteur ? fit Graeme en soupirant. Rachel l'a peut-être incitée à le faire.

— Rachel ? répéta Stride. Pour quelle raison Rachel aurait-elle fait cela ?

— C'est une fille compliquée, répondit Graeme.

Maggie pointa un classeur en chêne à trois tiroirs.

— Commence ici. Je m'occupe du bureau.

L'autre flic, un grand échalas de vingt-cinq ans qui avait encore de l'acné, hocha la tête, sans cesser de mâcher bruyamment son chewing-gum. Un dénommé Pete, un bleu qui était entré dans la police quelques mois plus tôt, après avoir travaillé plusieurs années dans une boîte privée de sécurité. Maggie aimait son assurance un peu insolente, mais il avait encore beaucoup à apprendre. Pete avait commis une erreur. Il avait soufflé une bulle de chewing-gum et l'avait fait éclater avec son doigt protégé par le gant. Maggie avait failli l'étrangler, au nom de la règle qui interdit de contaminer les scènes de crime. En outre, le bruit l'énervait prodigieusement.

Pete cessa de faire des bulles, mais il continua à mâcher son chewing-gum, juste pour l'agacer. Exactement le genre de chose qu'elle aurait faite à sa place. Ça lui plaisait.

Ils se trouvaient dans le bureau de Graeme Stoner, à l'étage. Graeme maintenait la pièce dans un ordre impeccable. Il y avait un clavier et un écran d'ordinateur sur le gros bureau de chêne fait sur mesure, une petite bibliothèque où les livres étaient classés par sujet, et deux rangées de CD. Maggie y jeta un coup d'œil. La première série reflétait les goûts musicaux de Graeme, qui allaient jusqu'aux graves symphonies de Mahler. L'autre comprenait des boîtiers portant la mention « confidentiel » et le logo de la banque où travaillait Graeme.

— On demandera à Guppo de passer en revue tous les CD et le disque dur de l'ordinateur, dit-elle. Assure-toi qu'on n'en oublie pas et qu'ils sont bien étiquetés.

Pete grogna. Ses mains gantées fouillèrent le premier tiroir du classeur.

Maggie inspecta la pièce, en s'imprégnant des goûts du propriétaire. Les murs étaient couverts d'un papier peint au motif bleu foncé, avec des mouchetures dorées assorties au jaune paille de la moquette. Plusieurs aquarelles originales étaient accrochées aux murs. Aux yeux profanes de Maggie, elles avaient l'air d'être l'œuvre de professionnels, et aussi d'être très chères. Le mobilier comportait, outre le bureau et un fauteuil de cuir sophistiqué, le classeur, des rayonnages sur mesure occupant un mur entier et remplis de livres reliés, un fauteuil rembourré et l'ottomane assortie. Une fine lampe de cuivre surmontée d'un globe se trouvait sur un coin du bureau.

La pièce était cossue mais stérile, pleine d'argent mais dépourvue de personnalité. On pouvait dire la même chose de la chambre à coucher : le genre d'espace si élégant qu'il est difficile d'imaginer que des gens puissent y vivre. Maggie et Pete passèrent près de deux heures dans la chambre et la salle de bains, examinant tous les tiroirs en quête de secrets. Ils trouvèrent peu de choses. Les pièces étaient aussi intéressantes par ce qui manquait que par ce qu'on y trouvait. Aucun contraceptif. Pas d'accessoires érotiques. Pas de cassettes porno. Elle se demandait depuis quand Graeme et Emily n'avaient pas fait l'amour.

Cela n'avait pas vraiment d'importance. Le problème, c'était de découvrir si Graeme et *Rachel* avaient fait l'amour. Mais ils n'avaient rien trouvé dans ces pièces qui fût à même de prouver les accusations de Nancy Carver. Et Maggie savait, pour avoir fouillé la chambre de Rachel au lendemain de sa disparition, qu'elle n'avait pas laissé derrière elle la moindre preuve matérielle d'une liaison incestueuse.

Maggie frissonna. Elle essaya d'imaginer Rachel seule avec Graeme dans cette maison. Est-ce que ça se passait dans la chambre ? Dans sa chambre à elle ? Par terre, dans la salle de bains ? Est-ce qu'il la prenait à la missionnaire, ou lui demandait-il de le chevaucher ? Est-ce qu'il la prenait en levrette ? Est-ce qu'il l'obligeait à s'agenouiller devant lui et à le sucer ?

Des preuves. C'était le plus embêtant. Tant que Rachel ne réapparaîtrait pas pour le contredire, Graeme pouvait continuer à nier leur liaison, parce qu'il ne restait pas grand-chose pour prouver que deux personnes avaient couché ensemble. Rien d'autre que ce que Rachel avait dit aux gens. Ce qui, au tribunal, ne valait rien.

— Qu'y a-t-il dans le classeur, Pete ?

Le flic haussa les épaules.

— Des déclarations fiscales. Des certificats de garantie. Ce type gardait tout.

— Vérifie tous les dossiers, et empile les déclarations dans les boîtes. Il faudra qu'on en fasse des copies.

Maggie se concentra sur le bureau. Elle prit tous les livres qui s'y trouvaient, les feuilleta et les retourna. Elle ouvrit les tiroirs l'un après l'autre, les examina sous toutes les coutures et en vérifia le fond, à genoux, pour s'assurer que rien n'était collé dessous.

Elle alluma l'ordinateur. Elle n'avait pas le temps d'analyser en détail le contenu du disque dur – c'était le boulot de Guppo –, mais elle voulait au moins jeter un coup d'œil aux mails et aux sites Internet que Graeme avait visités récemment. Pour éviter de modifier un indice sans le vouloir, elle commença par imprimer la liste des répertoires avec le détail de tous les fichiers du disque dur. Elle brancha un graveur Zip sur un des ports USB de l'ordinateur et copia le contenu du disque dur de Graeme. Quand elle eut fini, elle connecta le graveur à son propre portable et fit apparaître la copie du disque de Graeme.

Elle ouvrit Internet Explorer et constata que l'historique des sites avait été effacé. La liste des favoris était vide, elle aussi.

— Intéressant, commenta-t-elle à voix haute. On dirait bien que Graeme a fait le ménage derrière lui.

— Hein ? fit Pete.

— Aucun site marqué. Il est pourtant à la tête du service des transactions en ligne, à sa banque. Tu trouves ça logique ? Il ne veut pas qu'on sache où il a surfé.

Maggie chargea Outlook. Le logiciel de courrier électronique avait été nettoyé. Rien dans la boîte de réception, rien dans la boîte d'envoi, rien dans les messages enregistrés. Comme si Graeme n'avait jamais envoyé le moindre mail via cet ordinateur. Maggie savait que c'était impossible.

Quelque chose clochait. Elle se demanda si Graeme avait une adresse électronique chez un fournisseur grand public comme Yahoo ou Hotmail, ce qui lui aurait permis d'envoyer et de recevoir des mails sans laisser de traces sur son ordinateur. Ce serait beaucoup plus difficile à trouver.

Son talkie-walkie grésilla.

— Ouais ?

C'était Guppo.

— On a terminé le sous-sol.

— Trouvé quelque chose ?

— Absolument nickel. Même les outils de jardinage brillent comme s'ils étaient neufs. Je ne crois pas qu'il y passe beaucoup de temps.

— Merde, fit Maggie.

Même s'ils étaient incapables de prouver que Rachel et Graeme couchaient ensemble, elle avait espéré qu'ils trouveraient des preuves du meurtre lui-même. Mais il était peu probable, vu les indices découverts près de la grange, qu'il l'ait tuée dans la maison. Il était plus logique qu'ils soient allés à la grange. Il s'était passé quelque chose entre eux, là-bas. Quelque chose qui avait abouti à la mort de Rachel.

— Guppo… Terry et toi, passez la fourgonnette de Stoner au peigne fin. Examinez le moindre centimètre carré, soulevez les tapis de sol, passez l'appareil aux UV pour chercher les résidus sanguins. Cheveux. Fibres. Sperme. Empreintes digitales. Tout. Je veux savoir si Rachel est montée dans ce véhicule.

— Compris.

La voix de Terry retentit à son tour dans le talkie-walkie :

— Bon Dieu, Maggie, tu veux m'enfermer dans une fourgonnette avec Guppo ? C'était assez dur comme ça dans le sous-sol…

Maggie se mit à rire.

— Hé, j'ai vécu ça à la grange, Terry, alors n'attends pas beaucoup de compassion de ma part. Terminé.

Elle raccrocha le talkie-walkie à sa ceinture.

— J'attaque la bibliothèque, dit-elle en toisant d'un air dégoûté le mur couvert de livres.

— L'ordinateur est net ? demanda Pete.

— Ouais, au moins à première vue. On dirait que Graeme l'a nettoyé. Guppo fera un examen plus approfondi.

— Et les images ? Les fichiers gif, jpeg, ce genre de choses. Il garde peut-être des photos cochonnes, ou des trucs classés X…

Maggie acquiesça.

— Ça vaut le coup de regarder.

Elle chercha sur le disque Zip. Elle commença par une recherche globale en composant *rachel*, pour le cas où un fichier porterait le nom de la jeune fille. Elle se dit que ce serait trop facile. Elle avait raison. La requête ne donna aucun résultat. Elle essaya ensuite les documents dont le nom commençait par un R. Cette fois, les réponses étaient beaucoup trop nombreuses. Elle chercha *sexe*, puis *cul*, puis *porno*. Sans résultat.

Elle eut une autre idée. Elle limita sa recherche aux fichiers créés ou consultés dans un créneau de deux semaines avant ou après la disparition de Rachel.

Elle n'obtint qu'une poignée de réponses. Elle fit défiler la liste sur l'écran, lentement, écartant les fichiers système, ouvrant tout ce qui ressemblait à un texte ou à un tableau. La plupart des fichiers semblaient être en rapport avec le travail de Graeme, avec des tonnes d'informations sur des transactions en ligne, des fonds d'investissement et des bilans d'agence. Elle éplucha les fichiers un par un, les rayant mentalement de sa liste, tout en doutant que cette recherche soit plus utile que les autres. Graeme était trop malin.

Puis elle le repéra.

Fargo4qtr.gif. Une image. Un fichier créé deux jours avant la disparition de Rachel.

Le nom évoquait un fichier comptable (agence Fargo, quatrième trimestre), mais ce n'était pas le bon dossier. Et elle n'avait vu aucun document gif dans les fichiers de travail de Graeme. Elle amena le curseur sur le nom du fichier, hésita un instant avant de l'ouvrir. Elle retint son souffle. Puis elle cliqua légèrement sur la souris et regarda l'écran se vider de son contenu. L'ordinateur semblait mettre une éternité pour charger cette image. Mais Maggie savait que le disque dur ne tournait que depuis quelques secondes. Puis l'écran se rafraîchit, et une photo apparut, plein cadre, en couleur.

— Oh, mon Dieu ! souffla-t-elle.

Elle sentit que Pete, curieux, se tournait vers elle. Puis il vit l'écran, par-dessus l'épaule de Maggie. Il expira violemment.

— Oh, merde ! fit-il.

C'était l'une des photos les plus stupéfiantes que Maggie ait jamais vues. Elle se considérait comme une hétérosexuelle pure et dure. Cela ne l'empêcha pas de se passer machinalement la langue sur les lèvres. Son regard était attiré par les yeux de Rachel comme par un aimant.

Rachel était nue. Elle se trouvait quelque part dans la nature : derrière elle, un peu flous, des arbres. La pluie recouvrait sa peau nue, des filets d'eau argentée inondant son corps. On voyait les gouttes sur ses seins, la pluie qui ruisselait sur son sexe humide avant de couler sur le sol. Elle avait les genoux pliés, une main entre les jambes et deux doigts, invisibles, dans son sexe. L'autre main tenait son sein droit, assez haut pour effleurer le mamelon. Rachel avait la bouche grande ouverte de plaisir, ses yeux verts étincelants fixaient l'objectif.

Maggie s'aperçut que Pete se tenait à côté d'elle et qu'il haletait presque.

— Bon Dieu, dit-il, j'espère que cette fille n'est pas morte. Je donnerais cher pour la sauter !

— Ferme-la, fit Maggie d'un ton aigre.

Elle lança l'impression du fichier. La photo sortit lentement, une ligne après l'autre, et l'image de l'adolescente en train de se masturber dans les bois apparut sur la feuille de papier.

— Fils de pute, murmura Maggie.

La véranda était silencieuse. Emily et Graeme étaient assis dans les fauteuils en vis-à-vis. Emily contemplait le vide d'un regard sans expression, immobile, les mains croisées sur ses genoux. Graeme étudiait un dossier, ses lunettes en demi-lune sur le nez, ignorant ostensiblement Stride. Quand celui-ci s'était trouvé à court de questions, Graeme s'était simplement remis au travail, comme si rien de ce qui se passait ne le concernait vraiment.

Stride savait que ce calme apparent n'était qu'affectation, en partie au moins. Car les insinuations à elles seules suffiraient à détruire sa réputation. Qu'il le veuille ou non, Graeme Stoner était fini à Duluth. Et il le savait. La seule question était de savoir s'il échapperait à la justice, s'il serait bientôt libre de partir ailleurs, ou s'ils découvriraient ce dont ils avaient besoin pour le faire enfermer, pour très longtemps peut-être.

Le petit jeu de l'attente se prolongeait depuis des heures. Il entendit Guppo et Terry remonter l'escalier d'un pas lourd et quitter la maison. Il se dit que Maggie leur avait donné l'ordre de fouiller la fourgonnette. Il avait éteint son talkie-walkie pour éviter que les Stoner ne les entendent.

Il contempla le visage de Graeme. Il savait que celui-ci sentait son regard posé sur lui, même s'il était occupé à tourner les pages de son dossier. Le banquier ne broncha pas. Il serait intéressant de voir Dan Erickson batailler au tribunal pour l'envoyer derrière les barreaux. En supposant que l'affaire aboutisse un jour au tribunal.

Puis Stride entendit les pas de Maggie. Elle entra dans la pièce, une feuille de papier à la main. Cette fois, Graeme leva les yeux. Il avait l'air curieux, voire légèrement nerveux.

— Jette un coup d'œil là-dessus, murmura Maggie à l'oreille de Stride.

Stride regarda la photo et cligna des yeux en voyant la fille nue. Il dut faire un effort pour se rappeler qu'il s'agissait de l'adolescente disparue et présumée morte.

Il redressa la tête, croisa le regard de Graeme. Il avait enfin l'avantage sur ce salaud arrogant.

— Dites-moi, monsieur Stoner, est-ce que vous possédez un appareil photo numérique ?

— Bien sûr, fit Graeme en hochant la tête.

— Nous allons devoir l'emporter, fit Stride. Reconnaissez-vous cette photo ?

Il tendit le cliché à Graeme. Le masque de ce dernier se lézarda, et Stride remarqua que sa main tremblait en essayant de tenir la photo devant lui. Emily vit la photo. Elle pressa sa main contre sa bouche pour étouffer un cri.

— Où avez-vous trouvé ça ? fit Graeme en s'efforçant de contrôler sa voix.

— Dans l'ordinateur qui est dans votre bureau, répondit Stride.

— Je ne sais pas du tout comment cette photo est arrivée là. Je ne l'ai jamais vue.

— Vraiment ? Ce n'est pas vous qui l'avez prise ?

— Non. Bien sûr que non. Je viens de vous dire que j'ignorais qu'elle se trouvait dans l'ordinateur. Rachel a dû l'y mettre. Pour me faire marcher.

— Pour vous faire marcher ? fit Stride en haussant les sourcils. Drôle de façon de faire marcher les gens. Vous ignorez où et quand cette photo a été prise ?

— Absolument !

Maggie le contemplait froidement.

— Le fichier a été introduit dans votre ordinateur deux jours avant la disparition de Rachel.

— Deux jours ? demanda Graeme.

— Une sacrée coïncidence, ajouta Stride.

— Eh bien, je vous l'ai dit, Rachel a dû l'y introduire. C'était peut-être sa manière de nous faire un au revoir excentrique avant de s'enfuir…

Stride se pencha vers lui.

— Sauf qu'elle ne s'est pas enfuie, n'est-ce pas, monsieur Stoner ? Vous êtes allé avec elle à la grange, ce soir-là. Vous y alliez pour faire l'amour avec elle, comme vous le faisiez depuis des années. Est-ce qu'elle a refusé, cette fois-là ? Est-ce qu'elle a essayé de fuir ?

Est-ce qu'elle vous a menacé de tout raconter à votre femme ?

— Graeme... implora Emily. Je t'en supplie, dis-moi que rien de tout cela n'est vrai.

Il soupira et regarda sa femme.

— Bien sûr que ce n'est pas vrai.

— Nous savons que Rachel s'est rendue à la grange ce soir-là, monsieur Stoner. Nous savons qu'elle est rentrée chez vous, et que vous étiez seul dans la maison. Voulez-vous nous dire ce qui s'est passé ensuite ?

— Je ne l'ai pas entendue rentrer, répondit Graeme. Je crois que je ne vous dirai rien de plus avant l'arrivée de M. Gale.

Il avait l'air hébété. Stride était content de voir que Stoner était capable de se tromper, après tout, qu'il était capable de commettre des erreurs, de laisser des indices, et de ne pas savoir comment réagir lorsque ses mensonges étaient découverts.

— Continue à chercher, Mags.

Maggie s'apprêtait à remonter au premier, lorsque son talkie-walkie se mit à brailler. Tout le monde entendit la voix de Guppo :

— Maggie, Stride ? Vous pouvez venir ? Il y a des traces de sang sous le tapis de sol, à l'arrière, et sur un couteau qu'on a trouvé dans une boîte à outils !

Maggie s'empressa de couper le son, mais c'était trop tard.

Emily se mit à hurler.

Stride et Maggie la regardèrent, comprenant la douleur terrible qui la déchirait.

Elle bondit de son fauteuil, livide. Elle se tourna vers Graeme et lui jeta un regard horrifié. Celui-ci se rassit avec un curieux sourire arrogant, comme un chat qui a avalé un canari. Emily s'effondra à genoux.

Stride s'élança, prêt à la rattraper si elle perdait connaissance.

Emily se pencha en avant en gémissant et vomit sur le somptueux tapis blanc.

TROISIÈME PARTIE

18

Le club Kitchi Gammi, que tout le monde appelait le Kitch, était l'illustration de la façon dont Duluth entendait égaler l'élégance des clubs de la Nouvelle-Angleterre. C'était un immeuble de quatre étages en briques rouges, avec de minuscules jardins bien entretenus qui s'épanouissaient au printemps, de grands pignons et un porche majestueux. Le club était fier des bibliothèques confortables qui se trouvaient dans les étages, meublées d'antiquités en merisier et de fauteuils confortables. Il se glorifiait également de ce que les dernières nouvelles de Minneapolis et de New York soient mises à la disposition de ses membres, tout au long de la journée, sur les tables basses aux pieds en pattes de lion. C'était l'endroit où les hommes politiques et les investisseurs pouvaient diriger les affaires de la ville tout en buvant du cognac.

Per, le portier du Kitch, était un Norvégien tout ratatiné, d'un peu plus de quatre-vingts ans, qui travaillait au club bien avant la naissance de la plupart de ses membres les plus jeunes. Il se redressa en apercevant un homme se diriger vers l'entrée du club. Le nouveau venu, pour le moins imposant, sifflait une chanson de

Sinatra comme à chaque fois que Per le voyait, depuis trente ans qu'ils se connaissaient. Proche de la soixantaine, il était presque aussi large que grand, mais il marchait d'un pas énergique. Ses cheveux gris bouclés étaient impeccablement coupés et remontaient nettement au-dessus de son front. Il avait le visage large et coloré, des yeux bleus au regard perçant, des lunettes minuscules qui lui donnaient l'air d'un hibou, un bouc poivre et sel. Il portait un costume trois-pièces rayé anthracite, avec une chemise blanche et des boutons de manchette en or. Une fleur était fichée dans sa boutonnière. En montant les marches, il laissa dans son sillage l'odeur de son eau de Cologne.

— Bonsoir, maître Gale, fit Per en lui ouvrant la porte.

— Per, c'est un plaisir de vous voir, comme toujours, répondit Archibald Gale d'une voix grondante. Quelle remarquable journée de printemps, n'est-ce pas ?

— Oh, pour ça, maître… J'ai entendu dire que vous étiez encore sur une grosse affaire ?

— C'est vrai, Per, c'est vrai.

— Eh bien, je dis toujours que personne n'est meilleur que vous.

— Je souhaite que les jurés vous entendent, Per, répliqua Gale.

Il donna une tape affectueuse sur l'épaule du vieil homme et entra dans le hall sombre du club. La porte – panneaux de chêne massif et verre coloré – se referma doucement derrière lui. Sa montre lui indiqua qu'il était cinq heures moins le quart. Il lui restait un quart d'heure avant son rendez-vous avec Dan Erickson. Gale aimait arriver tôt, s'installer dans l'une des bibliothèques avec un pur malt, à attendre sa proie.

Bien qu'il fût l'un des avocats criminels les plus éminents de l'État, on disait que Gale gagnait la plupart de ses procès au Kitch, en démoralisant l'avocat adverse autour du verre de l'amitié. Ses allusions innocentes et ses cruelles insinuations perturbaient tellement les procureurs que ces derniers finissaient par douter de leur stratégie et s'emmêlaient dans la déclaration d'intention qu'ils prononçaient devant le tribunal. La réputation de Gale en matière de guerre psychologique était si forte que les procureurs commençaient à décliner son invitation à bavarder au Kitch le soir précédant l'ouverture d'un procès.

Mais Daniel avait un ego trop développé pour décliner l'invitation. C'était plus drôle ainsi. Gale avait eu affaire à de nombreux procureurs ambitieux au cours des années, et il adorait entamer leur arrogance. Daniel était plus impitoyable que la plupart d'entre eux. Au départ, quand Trygg Stengard, le précédent procureur du comté, avait engagé Daniel, Gale avait mis en garde son vieil ami et adversaire à propos de son nouveau bras droit. Mais Stengard, contrairement à Gale, était un politicien et il avait un faible pour l'ambition pure.

« Je compte sur vous pour lui secouer les puces, à ce gosse, Archie. Quelques bons coups de pied au cul lui feront le plus grand bien. »

C'est exactement ce que Gale avait fait. Il n'avait pas été surpris de découvrir que Daniel était affable et efficace au tribunal, et il avait vraiment fait un excellent travail après la mort de Stengard. Il avait aussi perdu deux affaires importantes face à Archibald Gale.

Le procès de Graeme Stoner serait la revanche de Daniel… ou un troisième échec humiliant.

Gale savait que Daniel était confiant, et qu'il avait de bonnes raisons de l'être. Même en l'absence de cadavre, les preuves matérielles suffiraient à monter les jurés contre son client, qui réussissait à avoir l'air encore plus arrogant que le procureur. Et si Daniel parvenait à les convaincre que l'accusé sautait sa belle-fille, Gale aurait beaucoup de mal à empêcher Stoner de passer le reste de ses jours en prison.

Mais Gale aimait relever les défis. Et il gardait quelques atouts dans sa manche.

Gale sauta dans le vieil ascenseur, qui s'affaissa sous son poids. En temps normal, il préférait prendre l'escalier pour entretenir sa forme, mais il ne voulait pas risquer d'apparaître essoufflé à une réunion de veille de procès. Quand l'ascenseur s'immobilisa en gémissant, Gale se dirigea vers la grande bibliothèque Ojibwe, dont les trois fenêtres à double vitrage donnaient sur le lac. Margaret émergea de la cuisine attenante. Il se pencha joyeusement pour l'embrasser sur la joue. La vieille femme gloussa, rougissante.

— Votre verre d'Oban vous attend sur la table basse, maître.

— Margaret, vous êtes trop bonne pour moi. Fuyons ensemble, voulez-vous ?

Margaret émit un autre gloussement.

— Savez-vous ce que M. Erickson boira ?

— Faites en sorte qu'un verre de gin Bombay avec beaucoup de glace soit prêt quand il arrivera. Mettez-le sur mon compte. J'imagine qu'il en voudra un autre assez vite.

Margaret sourit, comme s'ils partageaient un petit secret, et disparut dans la cuisine.

Gale prit ses aises. Il regarda par la fenêtre pendant une ou deux minutes, l'air pensif, jeta un coup d'œil aux titres du *Star Tribune*, qu'il avait déjà lu. Puis il s'enfonça dans un canapé datant des années 1920 et entreprit de chauffer son Oban dans sa paume. Il était calme. Comme toujours avant un procès. D'autres avocats devenaient nerveux et agités. Gale, lui, était plus concentré que jamais. Il sentait que son pouls ralentissait, et son cerveau se consacrait exclusivement à ce qui l'attendait.

Cinq minutes plus tard, Dan Erickson fit irruption dans la bibliothèque. Il avait à la main un double Bombay, qu'il tournait en faisant s'entrechoquer les glaçons. Quelques gouttes de gin passèrent par-dessus le bord du verre et tombèrent sur le tapis.

— Bonjour, Daniel, lança Gale. Mon Dieu, comme vous avez l'air nerveux !

Dan s'immobilisa, souriant.

— Au contraire. Je suis impatient de commencer. Vous m'avez battu, la dernière fois, Archie.

— La fois d'avant également, si je me rappelle bien, fit Gale d'un ton enjoué.

— Eh bien, pas cette fois.

Dan restait debout. Il se mit à aller et venir entre les fenêtres et la cheminée. Il portait un costume bleu marine et des souliers noirs étincelants. Ses cheveux blonds étaient, comme toujours, soigneusement laqués. Dan n'était pas très grand, mais il était bel homme et élégant, et Gale le soupçonnait d'avoir passé plusieurs semaines dans une cabine de bronzage pour faire impression sur les jurés.

— Ah bon ? La juge Kassel s'est pourtant rangée de mon côté, déjà, pour les motions importantes, dit Gale.

Dan haussa les épaules. Il prit une petite figurine de porcelaine sur le rebord de la cheminée, l'examina à la lumière du lustre et la reposa.

— Le témoignage de Carver était basé sur des ouï-dire. Je savais que nous ne pourrions pas nous en servir.

— C'est ce que vous dites. Mais vous aurez plus de mal à mettre Rachel dans le lit de Graeme, non ?

— Oh, nous avons tout ce qu'il faut pour ça, rétorqua Dan. Votre client est un malade, Archie. Vous ne vous faites pas que des amis, dans notre communauté, en assurant sa défense.

Gale plongea le nez dans son verre de scotch, dont il avala une toute petite gorgée.

— J'ai déjà reçu les mails d'insulte et les menaces de mort habituels. Quelle ironie, vous ne trouvez pas ? Des gens qui veulent me tuer parce que je défends un prétendu assassin…

— Vous n'êtes pas vraiment du côté du bien, cette fois, Archie.

Dan se tenait devant la fenêtre, les yeux fixés sur London Road encombrée par la circulation du lundi après-midi. Il revint au centre de la pièce.

— Asseyez-vous, vous me donnez le tournis, fit Gale.

Dan eut un sourire. Ses doigts pianotaient sur ses poches.

— Attendez, Archie. Attendez, vous verrez.

— Vous avez l'air sûr de vous.

— Parce que je tiens Stoner. Je le sais. Et vous le savez.

— Oh, à votre place, j'interrogerais un peu plus sérieusement certains de mes témoins. Vous pourriez découvrir qu'ils ont d'autres histoires à raconter.

Une légère inquiétude passa sur le visage de Dan. Mais cela ne dura pas, et il lui fit un grand sourire.

— Merde, vous êtes un vieux renard. Vous mentez presque aussi bien que moi.

— Venant de vous, c'est un sacré compliment. Mais je ne mens pas. Considérez cela comme une marque de courtoisie professionnelle.

— Ouais, c'est ça... Écoutez, vous pouvez faire des pieds et des mains, mais cette fois vous ne vous en sortirez pas. Votre seule chance aurait été que l'affaire soit renvoyée dans une autre juridiction, mais là, vous avez perdu. Bon Dieu, je n'ai pas besoin de m'inquiéter de l'interdiction de faire venir à la barre Nancy Carver pour témoigner que Rachel lui a dit qu'elle dormait avec beau-papa. Tous les jurés le savent déjà. Mais on ne me le fera jamais admettre hors de cette pièce.

— C'est vrai, reconnut Gale en soupirant. J'ai été déçu, pour le changement de juridiction. À mon avis, la juge Kassel sait parfaitement que le procès aurait dû être renvoyé ailleurs, mais elle tenait à le présider. Elle est un peu comme vous.

Dan se pencha, plongea les doigts dans un bol de cristal et en sortit une poignée d'amuse-gueule. Il les examina, trouva une noix du Brésil, la fourra dans sa bouche.

— Vous avez raison, là-dessus, dit-il en faisant craquer la noix sous ses dents. En fait, il faut que vous sachiez que j'ai couché avec Catharine.

Gale, surpris, leva les sourcils. Il tendit le bras au-dessus de la table basse pour reprendre son Oban.

— Vous avez couché avec la juge ? Est-ce que ce n'est pas payer un peu cher pour gagner un procès ?

— C'était il y a plusieurs années. Elle n'était pas encore juge, et je n'étais pas procureur du comté.

— Mais elle était déjà *mariée*, si ma mémoire est bonne.

Dan haussa les épaules. Il prit une noix de cajou dans le tas qu'il avait dans la main. Il la mangea bruyamment, sans répondre.

— Je pourrais demander un autre magistrat, poursuivit Gale.

— Oui, mais vous n'en ferez rien.

— Vous en êtes sûr ?

Dan opina du bonnet.

— Vous aurez encore l'occasion de plaider devant Catharine, et je crois que vous n'avez pas envie d'être celui qui aura étendu son linge sale en public. En outre, vous savez que ça pourrait être pire. Elle assurera à Stoner un procès équitable. Bien plus qu'il ne le mérite.

— Et si j'en crois votre réputation, Daniel, votre liaison avec elle pourrait tourner à mon avantage, rétorqua Gale avec flegme.

— En aucun cas, fit Dan.

— Ah bon ? Pourquoi m'en parler, alors ? demanda Gale d'une voix innocente.

— Vous le savez parfaitement, Archie. Désormais vous ne pourrez pas dire que vous l'ignoriez. Je vous donne un motif pour la récuser, et vous ne le faites pas. Si vous aviez découvert cette liaison après la condamnation de Stoner, vous auriez pu exiger la révision du procès.

— C'est juste, concéda Gale. Sauf que Stoner ne sera jamais condamné.

— Allons, Archie. À votre place, je plaiderais coupable. Nous avons le sang de Rachel dans sa fourgonnette, sur son couteau de chasse et sur le lieu du crime… L'ADN correspond parfaitement. Vous ne triompherez pas du Dr Yee sur la question des preuves scientifiques. Personne n'y est jamais parvenu.

Gale haussa les épaules. Il s'était frotté à maintes reprises au Dr Yee.

— C'est vrai, si Doc Yee dit que c'est le sang de la fille, eh bien, c'est le sang de la fille.

— Mettez côte à côte la preuve que c'est le sang de Rachel et celles d'une liaison incestueuse, ajouta Dan. En outre, il n'a pas d'alibi, et c'est un riche et arrogant fils de pute. Les jurés vont le détester.

Gale secoua la tête. Il vida son verre et se leva de son fauteuil en grognant. Il caressa son bouc.

— Croyez-moi, Daniel. Vous avez choisi la mauvaise affaire pour en faire un cirque public.

— Ce qui veut dire ?

— Ce qui veut dire que vous et Bird Finch et tous les autres dans les médias avez déjà déclaré mon client coupable, mais que ce verdict ne compte pas. Quand j'en aurai fini avec les jurés, il ne leur faudra pas une heure pour l'acquitter.

Dan était cramoisi.

— Oh, parce que le grand Archibald Gale le défend ?

— Parce que vous n'avez pas de dossier. Vous n'avez même pas de cadavre. Vous savez très bien que vous avez peu de chances, sans cadavre, d'obtenir une condamnation pour meurtre.

— Cela n'a pas constitué un obstacle avec le grand jury, remarqua Dan.

— Nous parlons d'un vrai jury, Daniel.

— Je prends le risque. Les jurés ne vont pas donner gain de cause à Graeme Stoner sous prétexte qu'il y a trop d'endroits où cacher un cadavre. Vous pouvez y aller avec vos écrans de fumée, Archie. Dieu sait que vous êtes bon pour ça. Mais les jurés tireront les bonnes conclusions quand je leur montrerai quel genre d'homme est ce Stoner.

Gale s'approcha de Dan, qu'il dominait de sa stature, et posa une main replète sur l'épaule du jeune homme.

— Écoutez, je n'ai pas envie de vous humilier au tribunal. Pourquoi ne pas régler cette affaire entre nous ? Laissez tomber l'accusation. Dites que vous n'avez pas assez d'éléments, que vous attendez d'avoir des preuves concluantes pour être sûr de ne pas risquer le non-lieu. Stoner quittera la ville. Ici, il est fini, de toute façon. Et tout le monde oubliera cette histoire.

Dan avala la dernière noix du Brésil et se frotta les mains pour en ôter le sel. Il adressa à Gale un regard furieux, agitant un doigt devant son visage.

— Ne croyez pas que vous pouvez m'intimider. Stoner est fini ? Exact. Il passera le restant de ses jours en prison. C'est un assassin, et je vais le faire enfermer.

— Vous êtes si sûr de sa culpabilité ?

— Allons, Archie, grogna Dan. Nous sommes entre nous. Ne me dites pas que vous le croyez innocent !

Gale haussa les épaules, sans répondre.

— Je crois que nous n'avons plus rien à nous dire, fit Dan. Je vous verrai au tribunal.

— Oui, en effet, répondit Gale en se rengorgeant une fois de plus. Mais vous ne direz pas que je ne vous avais pas prévenu.

19

Gale prit la ruelle vers le sud, évitant la foule qui s'amassait sur Superior Street en ce début de soirée. Sa corpulence ne l'empêchait pas de se déplacer à un rythme vif, d'une démarche athlétique. Quand il fut en vue de la forme circulaire de l'hôtel Radisson, un peu plus loin, il tourna et remonta la rue. En approchant de l'hôtel, il jeta un coup d'œil sur les gens qui l'entouraient. Il traversa le hall d'un pas désinvolte et se dirigea vers les ascenseurs.

C'était toujours le moment le plus risqué. Gale avait une silhouette reconnaissable, et il craignait chaque fois que des reporters du journal de Duluth, dont les bureaux se trouvaient non loin de là, ne traînent autour d'un verre au bar de l'hôtel. Il prit l'ascenseur jusqu'au sixième, descendit trois étages par l'escalier et reprit un ascenseur qui le mena au dixième. Il examina les lieux avec précaution. Puis il alla au bout du couloir et frappa cinq coups à la porte d'une des suites.

Il vit une ombre passer devant le judas.

Graeme Stoner ouvrit la porte.

— C'est toujours un plaisir de vous voir, maître !

Graeme s'écarta pour le laisser entrer, puis verrouilla la porte derrière lui.

— Bird Finch est persuadé que vous êtes toujours à Minneapolis, lui dit Gale.

— Très bien. Sans cela, l'hôtel serait en état de siège.

Gale avait obtenu la mise en liberté sous caution de Stoner, mais celui-ci ne pouvait pas rentrer chez lui. La publicité qui entourait son arrestation le mettait en danger et, même sain et sauf, il n'était plus le bienvenu dans sa propre maison. Emily avait demandé le divorce. La banque l'avait licencié, et Gale l'avait aidé à obtenir une indemnité élevée en échange d'un départ discret.

— Que nous dit Danny Erickson, aujourd'hui ? demanda Graeme.

— Très sûr de lui, comme d'habitude. Il veut vous enterrer, Graeme. Mais ne vous inquiétez pas, il n'y a rien de personnel là-dedans.

— Voilà bien notre Danny Boy. Vous savez que nous avons eu plusieurs fois l'occasion de dîner ensemble. Je le considérais comme un ami. Mais avec Danny, l'amitié ne vaut que tant qu'elle est utile. Je vous offre un verre ?

Gale secoua la tête.

— J'espère que vous ne m'en voudrez pas si je me sers, dit Graeme.

Il chercha sous le bar et se versa un verre de cognac, avant de s'installer dans un fauteuil confortable près de la fenêtre. À l'approche du crépuscule, le ciel était devenu bleu foncé. Graeme portait une chemise de golf bordeaux et un pantalon brun clair. L'écran de son ordinateur portable luisait sur le bureau, non loin de lui. Gale lui avait demandé comment il passait le temps. Graeme lui avait avoué qu'en l'espace de cinq mois il avait accru de près de vingt pour cent la valeur de ses avoirs en Bourse. Pour lui, c'étaient presque des vacances.

Gale était resté debout. Il observait son client. Même quand il l'avait appelé, le jour de la perquisition, Graeme Stoner n'avait exprimé aucune émotion, affirmant calmement son innocence, s'excusant même auprès de Gale d'avoir parlé à la police en son absence. Mais il répétait qu'il était innocent et qu'il n'avait rien à cacher.

Gale hésitait. Pour la défense, cela ne faisait aucune différence, bien entendu. Mais l'avocat, poussé par une curiosité morbide, ne pouvait se retenir de se demander où était la vérité. Il avait croisé beaucoup de menteurs dans sa vie, et il se vantait de pouvoir les percer à jour immédiatement. Avec Graeme, c'était différent. Ou bien cet homme était sincère, ou bien c'était l'un des menteurs les plus doués qu'il ait jamais rencontrés. Malheureusement, Gale avait toujours constaté que plus le menteur était habile, puis il y avait de chances qu'il soit coupable des accusations portées contre lui.

Ce qui ne l'empêcherait pas de convaincre les jurés du contraire.

Quoi qu'il en soit, il aurait payé pour en savoir plus.

Gale devait admettre que l'accusation disposait de présomptions irréfutables. Les preuves découvertes dans la fourgonnette et près de la grange désignaient directement Graeme, même si rien de précis ne le liait à ces deux endroits. Et bien que l'accusation fût incapable de prouver – à sa connaissance en tout cas – que Graeme et Rachel avaient couché ensemble, elle disposait d'indices susceptibles d'influencer un jury de Scandinaves flegmatiques qui n'approuvaient ni le sexe au téléphone ni les filles de dix-sept ans aux mœurs légères. La vérité ? Gale l'ignorait, tout simplement. Il n'aurait aucun mal à pointer les insuffisances du dossier de l'accusation. Et il avait d'autres suspects sous le coude, dont les jurés croiraient facilement qu'ils étaient impliqués dans la disparition de Rachel. Mais rien de tout cela ne blanchissait Graeme à ses yeux.

Le fait est qu'il ne savait pas. Et ça le mettait vaguement mal à l'aise. Défendre des coupables ne lui posait aucun problème, et il adorait défendre des innocents. Mais se trouver entre les deux, c'était une expérience nouvelle pour lui.

Graeme le regardait en souriant. Comme s'il lisait dans ses pensées.

— Vous vous dites que vous dansez avec le diable, maître ?

Gale s'assit en face de lui.

— Votre âme intéresse un tout autre jury, Graeme. Il vaut mieux s'inquiéter de celui qui sera choisi demain.

— Touché. Eh bien, qu'avez-vous appris de Danny ? Avez-vous fait craquer ce pauvre garçon ?

Gale haussa les épaules.

— Il n'a pas de cadavre, mais son dossier est assez solide. Et Daniel est bon devant un jury.

— Moins bon que vous, fit Graeme.

— C'est vrai, admit Gale. Vous avez raison.

— C'est pour cette confiance que je vous paie. Mais dites-moi franchement. Comment ça se présente ? Ne me ménagez pas.

— Très bien, répondit Gale. Les preuves matérielles sont au cœur de l'affaire. Elles sont fortes. Et la publicité autour de votre nom a été si haineuse que la plupart des jurés sont sans doute influencés, quoi qu'ils en disent durant les sélections. Je crains que la plupart d'entre eux ne soient tout prêts à croire que vous êtes un salaud de pervers…

— Alors que faisons-nous ?

— Daniel sait que les preuves les conduiront au bord du gouffre, et il fera en sorte qu'ils traversent le pont et passent de l'autre côté. Moi, je veux qu'ils regardent longuement sous leurs pieds, pour en conclure que le pont n'est pas assez solide.

— Belle métaphore, dit Graeme. J'imagine que ce n'est pas tout.

Gale acquiesça.

— Il y a aussi la théorie du croque-mitaine…

— J'ai toujours eu un faible pour elle.

— Vous avez raison. Il ne suffira pas de semer le doute sur votre culpabilité. Je dois pouvoir convaincre les jurés qu'il existe d'autres possibilités crédibles. Si vous êtes le seul suspect plausible, ils vous condamneront, même si les preuves sont boiteuses.

Graeme finit son cognac et s'en servit un autre.

— Mais vous m'avez assuré que nous avions des alternatives.

— Je le crois, fit Gale en hochant la tête.

En fait, Gale se disait que n'importe laquelle des personnes qu'il avait l'intention de noircir pouvait être réellement coupable. Mais quelque chose, dans le sourire décontracté de Graeme, le mettait mal à l'aise. Il n'aimait pas cet homme.

— Vous ne me dites pas ce que vous avez découvert, reprit Graeme. Il me semble que ce n'est pas juste.

— Moins on en sait, parfois, mieux ça vaut.

— Alors répondez-moi franchement. Est-ce que je serai libre, dans quelques semaines, de partir pour le Colorado ? Ou devrai-je aller m'installer pour le restant de mes jours dans un hôtel beaucoup moins confortable que celui-ci ?

Gale considéra son client.

— Je ne suis pas un parieur, Graeme. J'ignore si vous êtes innocent ou non, et à vrai dire c'est le cadet de mes soucis. Mais le fait est qu'il est difficile de prouver qu'un meurtre a été commis, si l'on ne dispose pas d'un cadavre. Et dans cette affaire, je ne crois pas que les preuves indirectes suffiront. Je crois que vous vous en sortirez.

— Même si les jurés me considèrent comme un salaud de pervers ? fit Graeme en souriant.

— Nous pouvons surmonter cela.

Graeme hocha la tête, satisfait.

— Je suis ravi de l'entendre. Mais, à mon avis, une personne au moins sera déçue.

— Qui cela ? demanda Gale en se disant que ce serait le cas de tout un tas de gens.

— Rachel.

— Alors vous pensez qu'elle est vivante…

— J'en suis sûr.

— Et les preuves dans la fourgonnette ? La grange ?

— Elles ont été délibérément placées là.

— Pour vous piéger.

— Exactement.

Gale plissa les yeux.

— Pourquoi Rachel ferait-elle une chose pareille ?

— C'est une fille compliquée.

Une fois de plus, Gale mesura à quel point il détestait ce sourire. À chaque fois qu'il commençait à se convaincre que son client était innocent, le sourire réapparaissait, et dans ses yeux cette lueur mauvaise.

— Pourquoi en êtes-vous si sûr ? Est-ce que quelqu'un d'autre n'aurait pas pu la tuer et vous piéger ?

— Il y a un doute raisonnable, alors je vous réponds par l'affirmative.

— Mais vous n'y croyez pas.

Graeme secoua la tête.

— Tout cela ne serait qu'une mise en scène concoctée par Rachel ? Toutes ces preuves auraient été forgées pour vous envoyer en prison ?

— C'est ce que je pense, dit Graeme.

Gale hésita.

— Vous savez, il y a une chose qui pourrait ruiner notre affaire et vous envoyer en prison…

— Oh ? Et quoi donc, maître ?

— Si Daniel parvient à convaincre les jurés que vous sautiez vraiment cette fille.

— Il est difficile de prouver quelque chose qui n'est jamais arrivé, dit Graeme.

Son visage était plongé dans la pénombre. Gale ne voyait que ses yeux, qui ne cillaient pas. La voix de Graeme exprimait la même sincérité onctueuse que d'habitude, et sa gestuelle était parfaitement rodée. Il n'y avait aucun signe visible de mauvaise foi, aucun de ces indices qu'il avait appris à repérer et à exploiter. Mais Gale prit conscience que cette fois il n'en croyait pas un mot. Pas un seul.

Son client était coupable.

Il en fut presque soulagé. Maintenant, il pouvait le défendre.

— J'espère que c'est vrai, dit Gale. Si vous avez couché avec elle et si Daniel le prouve, vous êtes foutu.

Graeme sourit.

20

Le port de Two Harbors était à peine visible : tout au plus une longue traînée étroite qui coupait la ligne des arbres. Derrière eux et au-dessus, le ciel était bleu et clair. Mais Stride voyait des nuages noirs s'amonceler à l'horizon. Ils grossissaient comme une tumeur dans le ciel et se dirigeaient vers le bateau. Le vent fouettait la surface du lac, formant une houle bouillonnante qui jetait le yacht d'un côté et de l'autre comme un jouet en plastique dans une baignoire. Stride mit les gaz. Le moteur moulina pour résister à la vague, et l'allure du bateau augmenta à peine. Le grain les rattraperait avant qu'ils aient le temps de rentrer.

Il se sentait un peu idiot de s'être ainsi laissé piéger. Le temps magnifique, ce dimanche-là, avait été trop tentant, et Guppo avait proposé de lui prêter son sport cruiser de neuf mètres, un bijou qu'il avait hérité de son oncle. Stride avait fini par persuader Andrea de l'accompagner. Ils faisaient beaucoup de sorties ensemble. Ils allaient au théâtre et au concert, ou ils dînaient avec des couples de professeurs. Andrea adorait présenter Stride aux femmes qui l'avaient soutenue pendant son divorce. Mais ils ne faisaient pas les choses simples que Stride affectionnait, comme naviguer sur le lac. Il voulait que ces choses reprennent leur place dans sa vie.

L'après-midi avait été un désastre. Même sous le chaud soleil printanier, le lac était glacial, et le vent se faufilait sous leurs manteaux de demi-saison. Stride avait mis une ligne à l'eau pour avoir le plaisir de sentir les rafales tirer sur sa canne. Andrea avait vomi, indisposée par l'incessant mouvement du bateau sur la houle. Ils avaient passé deux heures dans la cabine, blottis sous des couvertures, sans prononcer un mot – sauf lorsque Stride s'excusait auprès d'Andrea, qui lui adressait en réponse un faible sourire. Ils avaient sorti de la glacière une bouteille de vin qu'ils n'avaient même pas ouverte et un repas de pique-nique auquel ils avaient à peine touché.

Il lui avait proposé de la ramener à terre. Pour la première fois de la journée, le visage d'Andrea s'était éclairé.

Et maintenant, le bateau filait droit sur la tempête. Ça pouvait difficilement être pire. Stride aurait préféré qu'elle reste dans la cabine, qu'elle ne voie pas les horribles nuages noirs qui fonçaient vers eux.

Stride essaya de prendre un peu de vitesse, mais le moteur faisait déjà de son mieux pour résister à la vague. En fait, il aurait dû ralentir pour être capable de garder le cap. Il tenta de placer le bateau face à la houle et au vent, mais les rafales changeaient de direction en permanence. Stride se rembrunit en voyant que les nuages rattrapaient le soleil à l'ouest, projetant des ombres sur l'eau. Il eut l'impression que l'air s'était refroidi d'un seul coup. Il portait des gants et une veste de cuir, et une casquette de base-ball des Twins enfoncée sur le crâne. Mais il avait les oreilles à vif, les joues rouges et insensibles.

Il sentit deux mains autour de sa taille. Andrea appuya sa tête contre son dos. Elle se glissa à côté de lui et il se pencha pour l'embrasser. Elle lui sourit, mais elle était pâle et elle avait les lèvres glacées. Quand elle regarda la côte, vers la tempête qui approchait, la peur lui fit écarquiller les yeux. Elle se tourna vers Stride, et il fit comme si tout allait bien.

— Combien de temps nous faut-il pour rentrer ?

Il haussa les épaules.

— Une heure, peut-être.

Andrea jeta un regard inquiet sur la tempête.

— Ça ne me dit rien qui vaille.

— Ne t'inquiète pas, on va simplement se mouiller un peu. Pourquoi tu ne vas pas attendre en bas ?

Andrea ne voulait pas entendre la vérité. Elle voulait qu'il la réconforte, qu'il la rassure. Cindy l'aurait regardé dans les yeux, elle aurait lu en lui et elle l'aurait interrogé jusqu'à ce qu'il lui dise ce qu'il avait sur le cœur.

La vérité, c'est qu'il était bel et bien nerveux. L'angoisse formait une boule au fond de son estomac. Il était inquiet à cause de la tempête, parce qu'il n'avait pas navigué depuis un an et qu'il s'était un peu rouillé. Il était inquiet à cause du procès qui s'ouvrait pour de bon le lendemain – le jury était enfin constitué, à l'issue de deux semaines d'auditions interminables.

Et il était inquiet à propos d'Andrea.

Il ne savait pas s'ils allaient en tâtonnant vers l'amour, ou s'ils se servaient simplement l'un de l'autre pour faire reculer leurs douleurs respectives.

Leur vie sexuelle s'était refroidie. Les premières semaines, ils avaient fait preuve d'audace, évacuant des mois de passion refoulée. Andrea lui avait assuré qu'il était un amant merveilleux, attentionné, et que c'était génial de le sentir en elle. Mais ils ne faisaient plus l'amour que de temps en temps. Andrea le laissait prendre l'initiative, et elle se montrait bizarrement détachée. Elle l'embrassait, elle le laissait lui faire l'amour, elle jouissait même, mais sans jamais s'abandonner comme au début. Stride commençait à comprendre – bien qu'il fût hors de question qu'il le dise à voix haute – pourquoi Robin trouvait qu'elle était froide. Elle semblait avoir peur de se laisser aller. Ou bien elle avait peur, tout court.

Il continuait à se demander s'il réagissait comme il fallait, s'il ressentait ce qu'il devait ressentir. Questions stupides. Le plus important, c'était que le chagrin avait laissé la place à quelque chose qu'il pouvait gérer. Et il y avait quelque chose de bien meilleur, dans sa vie, maintenant. Il aimait sentir le corps d'Andrea contre le sien. Il aimait qu'elle se sente mieux grâce à lui. Il avait envie d'être avec elle.

Il la regarda. Il vit la nervosité dans ses yeux, mais même alors il lut le désir qu'il lui inspirait. Dès qu'ils étaient ensemble, ce désir était là. Il avait envie de s'y noyer.

— Tu penses au procès, hein ? lui demanda-t-elle.

Ce n'était pas le cas, mais il était plus commode d'acquiescer.

— Qu'est-ce que Dan pense des jurés ?

— Le jury est aussi bon qu'on peut le souhaiter, dit Stride. Dan croit en ses chances de gagner.

— Tu n'as pas l'air convaincu.

Stride haussa les épaules.

— J'aurais préféré qu'on ait plus de preuves directes. Mais Stoner est malin.

— Je ne comprends pas. Vous avez trouvé le sang de Rachel dans la fourgonnette et sur le lieu du crime. Ça ne suffit pas ?

— Avec certains avocats, peut-être. Mais j'ai déjà croisé le fer avec Archie Gale. Il serait capable de convaincre les jurés que c'est moi qui ai tué la fille, fit-il en grimaçant.

— Est-ce qu'il va crier au complot ? Essayer de prouver que c'est vous qui avez imaginé les indices ?

— Non, rien de tel. Ça ne marcherait pas. Je pense qu'il ne contestera même pas les tests ADN. Le Dr Yee est trop bon pour ça. Mais nous n'avons pas de cadavre, et personne ne peut affirmer qu'il a vu Graeme et Rachel ensemble le soir où elle a disparu. Nous n'avons même pas de témoin capable de prouver qu'ils couchaient ensemble, puisque le témoignage de Nancy Carver a été rejeté.

— Tu es sûr qu'il est coupable ?

— Il m'est arrivé de me tromper. Mais tout désigne Graeme. Simplement, je ne suis pas sûr qu'on puisse le prouver. Et je déteste l'idée que ce salaud pourrait s'en sortir après avoir commis un meurtre, simplement parce qu'il est plus intelligent et plus riche que nous. J'ai un mauvais pressentiment, voilà tout. Comme s'il manquait une pièce du puzzle. Et si je me dis ça, Dieu sait que Gale y pensera aussi. Et il pourrait la trouver, lui.

— Qu'est-ce qui vous manque ?

— Je ne sais pas. J'ai l'impression que ça tient debout, mais je ne peux pas m'empêcher de penser que nous ignorons une partie de l'histoire.

Il contempla le ciel. Les nuages les avaient presque rattrapés, et le ciel était si sombre qu'il faisait presque nuit. Les vagues grondaient, jaillissaient par-dessus la proue, et ils étaient trempés par les embruns glacés. Le bateau roula brutalement, fut soulevé hors de l'eau et retomba sur le flot avec une violente secousse. Andrea perdit l'équilibre et s'accrocha au bras de Stride. Celui-ci diminua les gaz jusqu'à ce que le cruiser soit presque stable.

La tempête fondit sur eux avec bien plus de violence que ce à quoi Stride s'attendait. Ils étaient noyés dans des trombes de pluie que le vent mettait à l'horizontale, avec une telle brutalité qu'ils avaient l'impression d'être piqués par des milliers de guêpes. Stride était aveuglé. Il essayait de plisser les yeux, mais cela ne servait à rien. L'horizon avait disparu. La seule réalité était la masse noire qui les enveloppait et la pluie tourbillonnante.

Il enfonça le bouton qui déroulait l'ancre. Il voulait être certain qu'ils ne chavireraient pas. Le bateau tournait sur lui-même et dansait au sommet des vagues. Même avec l'ancre larguée, il gîta tellement à bâbord que Stride crut qu'il allait se retourner, et il dut agripper la main courante en cuivre pour éviter d'être lui-même projeté par-dessus bord. Le bateau se redressa et vira brusquement. Stride essaya de le maintenir face à la houle, mais en vain. Ils risquaient à tout moment d'être précipités dans le lac.

Une seule pensée parvenait à son cerveau : si le bateau sombrait, il valait mieux qu'il se noie. Sinon, Guppo le tuerait.

Le bateau ne sombra pas.

Il se rendit compte tout à coup que les vagues étaient moins hautes. La pluie diminua d'intensité, ce qui lui permit d'apercevoir au-dessus de lui un morceau de ciel légèrement plus clair. L'embarcation roulait et tanguait toujours dans les creux, mais le moteur luttait de nouveau et parvenait à le maintenir sur le bon cap. Quelques secondes plus tard, la pluie cessa tout à fait. Les nuages commencèrent à se déliter et un carré de ciel apparut. Le vent tomba d'un coup, comme si la tempête avait aspiré toute l'énergie présente dans l'atmosphère.

Stride voyait de nouveau la terre. Il consulta sa montre. La tempête avait duré moins de vingt minutes.

Andrea n'avait pas dû rouvrir les yeux de tout ce temps. Et elle ne l'avait pas lâché.

— C'est fini, murmura-t-il. Regarde !

Hésitante, elle contempla le ciel serein puis, derrière eux, la tempête qui disparaissait au loin au-dessus du lac. Quand elle détacha ses doigts de la ceinture de Stride, ses jambes la lâchèrent et elle glissa. Stride la rattrapa.

— Si tu descendais dans la cabine ? Va t'allonger. On sera bientôt à terre.

Elle sourit faiblement.

— Il est indéniable que tu sais t'y prendre pour impressionner une femme, Jon.

— Ça ne se reproduira plus.

Andrea s'étira, à la manière des chats, pour dénouer ses muscles courbaturés.

— J'ai mal partout.

Elle le regarda, lui caressa la joue.

— Ça va ?

— Ouais, ça va.

— On dirait que quelque chose te tracasse.

Il haussa les épaules.

— C'est ce procès… Cela me fait toujours le même effet.

Andrea n'avait pas l'air convaincue.

— C'est moi ?

Il lâcha la barre et prit le visage d'Andrea entre ses mains. Son regard plongea dans ses yeux apeurés et il l'embrassa sur la joue.

— Tu es ce qui m'est arrivé de mieux, et depuis longtemps.

C'était la vérité.

— Je ne sais pas, Jon. Est-ce que deux personnes meurtries peuvent s'en sortir ensemble ?

— Comment pourrions-nous jamais guérir, sinon ?

Andrea lui prit la main et le regarda, intensément.

— Je t'aime, Jon.

Stride attendit peut-être une fraction de seconde de trop, avant de répondre :

— Je t'aime, moi aussi.

21

Quand ils eurent enfin rallié Duluth, Stride décida de passer la nuit chez Andrea, comme il le faisait déjà plusieurs fois par semaine. Ils ne dormaient jamais à la Pointe. Il avait dû admettre que le matelas de plumes d'Andrea était plus confortable que celui qu'il utilisait depuis douze ans, et que sa cafetière faisait un café qu'on pouvait avaler sans avoir à le mâcher. Parfois tout de même, la solitude rustique de sa maison lui manquait. Il regrettait le contact des planchers glacés sous ses pieds, le matin, qu'il préférait aux épais tapis d'Andrea. Le bruit et l'odeur du lac, qu'il apercevait au loin, par la fenêtre de la chambre d'Andrea, lui manquaient tout autant.

Il s'endormit facilement ce soir-là, la tête d'Andrea nichée sur son épaule. Au milieu de la nuit, il fit un cauchemar. Il était de nouveau à bord du bateau, et Andrea s'accrochait à lui. Mais cette fois il ne parvint pas à la retenir et elle tomba à l'eau. Il eut à peine le temps de l'entendre hurler avant que le lac ne l'engloutisse. Il se réveilla, haletant, les yeux écarquillés. Soulagé, il vit qu'elle dormait paisiblement à côté de lui.

Mais son rêve avait été si intense qu'il ne réussit pas à retrouver le sommeil.

Parfaitement éveillé maintenant, il réfléchissait au procès.

Dan débordait de confiance en soi. Mais Stride avait vu pendant trop d'années Archibald Gale sortir des lapins de son chapeau. En outre, il avait l'impression d'avoir négligé quelque chose, comme s'il passait à côté d'un fait qui aurait dû le rassurer. Il voulait que Graeme soit condamné. S'il existait un élément qui puisse conclure l'affaire, il voulait désespérément trouver ce que c'était.

Le même sentiment l'avait hanté dans nombre d'affaires. Il en voulait toujours plus. Mais, comme Maggie le lui avait rappelé, le puzzle d'un crime était fait de très nombreuses pièces. Ils en avaient trouvé autant qu'ils avaient pu, et ils devraient compter sur le procureur pour les assembler.

Dan était satisfait du jury. Il avait fait appel aux services d'un expert et ils avaient fini par aboutir à ce que ce dernier décrivait comme le « mélange idéal, capable d'être réceptif à l'histoire circonstanciée de la culpabilité de Graeme Stoner », y compris l'hypothèse d'une liaison avec Rachel. Huit femmes, quatre hommes. Quatre des femmes étaient mariées, avec des enfants âgés de quatre à vingt ans. Deux autres étaient divorcées, les deux dernières étaient jeunes et célibataires. Un des hommes était veuf et grand-père, un autre célibataire et homosexuel, le troisième marié sans enfants, le dernier étudiant.

Grâce aux conseils de l'expert, Dan était parvenu à éviter la présence dans le jury d'un homme marié d'une quarantaine d'années et père d'une adolescente. En d'autres termes, de quelqu'un qui aurait eu trop de points communs avec Graeme.

Après la sélection définitive des jurés, le vendredi précédent, Dan avait invité Stride à fêter l'événement autour d'une bière. Il avait passé deux heures à ratiociner sur Gale, qui s'était montré étonnamment peu combatif pendant les auditions des jurés. La seule victoire de la défense avait été de faire consentir à la juge Kassel que les jurés soient isolés pendant toute la durée du procès – à l'abri de l'inévitable artillerie lourde déployée par les médias.

Stride but avec Dan, mais il était préoccupé. Si le jury était si favorable à l'accusation, pourquoi Gale l'avait-il accepté ? L'avocat, dont chacun savait qu'il n'était pas avare, n'avait même pas engagé son propre expert.

Pourquoi ?

Dan avait balayé ses inquiétudes :

« Il vous fait croire à ses entourloupes. Gale ne fait pas de miracles, Jon. Il s'est planté, tout simplement. Il croyait qu'il pourrait contrôler la sélection des jurés, et on l'a enterré. Point final. »

Stride était tout sauf convaincu.

Il se laissa glisser du lit, le plus doucement possible pour ne pas réveiller Andrea. Nu comme un ver, il se dirigea vers la fenêtre. La ville était illuminée par des milliers de lueurs scintillantes, avec en arrière-plan la surface noire du lac. Stride ouvrit la fenêtre, sans faire de bruit. Andrea n'aimait pas dormir avec la fenêtre ouverte. Stride, lui, avait l'habitude de le faire jusqu'au milieu de l'hiver, et il avait du mal à la supporter fermée.

L'air nocturne était frais et doux.

Il n'avait pas été honnête avec lui-même, quant à l'importance que cette affaire revêtait pour lui. C'était la raison pour laquelle il aurait aimé avoir plus de preuves. Il voulait être absolument certain que Graeme ne glisserait pas entre les doigts de la justice. Comme si, après avoir échoué avec Cindy, après avoir échoué avec Kerry, il ne pourrait supporter d'échouer avec Rachel.

Stride resta là pendant presque une demi-heure, les yeux fixés sur l'horizon, laissant la brise caresser sa peau nue. Quand Andrea commença à s'agiter, il ferma la fenêtre et se faufila sous les draps. Il remua, se retourna, finit par sombrer dans le sommeil.

C'était une matinée superbe, aussi parfaite qu'on pouvait l'espérer à Duluth, avec un soleil éblouissant, un ciel bleu immaculé et une brise légère venue du lac. En approchant du palais de justice, Stride mit ses lunettes de soleil, espérant qu'il pourrait traverser la foule et se glisser dans l'immeuble sans être alpagué par la presse.

Le palais de justice donnait sur la Première Avenue, au fond d'un cul-de-sac appelé Priley Drive. Une allée circulaire contournait un grand jardin lui-même encerclé par le palais de justice, l'hôtel de ville et le bâtiment fédéral. En temps normal, c'était un endroit paisible où il pouvait déjeuner, loin de son bureau en sous-sol, sur un banc entre une fontaine bouillonnante et un parterre de tulipes, sous le drapeau américain au sommet de son mât géant.

Mais pas ce jour-là.

La foule encombrait l'allée pavée et débordait dans la rue obstruée par les fourgonnettes des chaînes de télévision. Les cameramen filmaient les reporters sous les angles les plus variés, sans jamais oublier de placer dans le cadre le palais de justice, un immeuble de grès brun de quatre étages pris d'assaut par les curieux, les manifestants et les autres journalistes. La circulation, bloquée sur plusieurs pâtés de maisons, n'avançait pas. Stride aperçut plusieurs de ses hommes en haut des marches du palais de justice, qui empêchaient la foule d'entrer dans l'immeuble. Une grappe de reporters se tenaient sur les marches, micros et caméras tendus vers Dan Erickson, qui répondait d'une voix forte à leurs questions.

Le tumulte était à son comble. Les automobilistes mécontents faisaient hurler leurs klaxons. Stride entendait le vacarme des postes de radio et de télévision portatifs. Plusieurs dizaines de femmes psalmodiaient des slogans et agitaient des banderoles antipornographie. La presse avait fait des gorges chaudes du goût de Graeme Stoner pour les magazines pornos. Les croisées de la morale avaient décidé que sa liaison avec Rachel et la violence qui en avait découlé constituaient pour elles comme un formidable cri de ralliement.

Un véritable chaos. L'affaire Stoner était la plus importante que Duluth ait connue depuis des années, et personne n'aurait voulu manquer cela.

Stride plongea tranquillement dans la foule. Il s'excusait poliment en traçant son chemin au milieu de la cohue. Quand il voyait des journalistes, il tournait la tête, espérant n'être qu'un visage parmi des centaines d'autres. Les gens qui le connaissaient l'avaient rarement vu en costume. Ce matin-là, il aurait pu être un cadre administratif s'apprêtant à payer son ticket de parking. Laissant la foule derrière lui, il parvint entier devant le palais de justice. Il entra dans le hall et gravit quatre à quatre l'escalier de marbre. Il y avait autour de lui des allées et venues continuelles de gens qui montaient et descendaient. Au troisième étage, légèrement essoufflé, il prit le couloir menant à la salle d'audience. Il marqua une pause, le temps de jeter un coup d'œil par la fenêtre, vers la foule excitée.

Archibald Gale arrivait. Les membres des médias convergèrent vers lui.

Deux agents en uniforme gardaient les grandes portes de chêne du tribunal. Ils reconnurent Stride et le laissèrent passer. Tout le monde devait présenter son badge du palais de justice, ou un des laissez-passer si convoités qu'on avait accordés par tirage au sort. Une poignée de journalistes étaient également autorisés à entrer, mais sans caméras. La juge Kassel ne voulait pas plus de désordre dans son tribunal qu'il n'y en avait déjà.

La salle d'audience elle-même était ancienne et imposante. Il y avait là de longs bancs réservés au public et des rampes de bois sombre, finement sculptées. Les places du public étaient en grande partie occupées. Stride aperçut Emily Stoner, au premier rang, derrière la table de l'accusation. Elle avait les yeux fixés sur la table de la défense, encore inoccupée, comme si Graeme s'y tenait déjà. Un rictus amer se lisait sur son visage.

Stride se glissa à côté d'elle. Emily baissa les yeux, sans un mot.

Dan Erickson se trouvait juste devant lui. Il chuchotait à l'oreille de son assistante, une jolie blonde prénommée Jodie. Stride se dit que Dan couchait avec elle, même s'il ne l'avait jamais avoué. Il se pencha en avant et lui toucha l'épaule. Dan s'interrompit, tourna la tête vers lui et leva un pouce pour signifier que tout allait bien. Stride vit les doigts de Dan pianoter comme s'ils étaient pris d'un tic nerveux, la partie inférieure de son corps tremblait sous la table. Dan était tendu, pour le moins.

— Vous avez l'air dans votre élément, Dan, fit Stride.

— Prêt à affronter la tempête, répondit Dan en riant.

Il se retourna et reprit sa conversation avec Jodie. Stride vit sa main droite frôler l'épaule de son assistante. Puis elle s'abaissa rapidement et pressa la cuisse de la jeune femme. Oui, il couchait avec elle.

Quelqu'un chuchota à l'oreille de Stride :

— Ce type est un porc.

Maggie s'était faufilée silencieusement dans la rangée, à côté de lui. Elle jeta à Dan, qui lui tournait le dos, un regard glacé. Après sa tentative avortée avec Stride un an plus tôt, elle avait eu une brève aventure avec Dan. Leur liaison avait connu une fin lamentable, le jour où il s'était avéré qu'il avait simultanément deux autres maîtresses. Le regard de Maggie exprimait nettement son refus de lui pardonner.

— Mais il est mignon, fit-il.

Il n'avait pu résister. Maggie fronça les sourcils.

— Tu es un porc, toi aussi.

— Oink oink !

— Comment va le professeur ?

— J'ai failli nous tuer tous les deux, sur le lac, hier après-midi. À part ça, ça va.

— Elle est allée de son plein gré avec toi à bord d'un bateau ? fit-elle, pince-sans-rire.

— Très drôle. Ne dis rien à Guppo. Il a failli perdre son bateau et son patron d'un seul coup.

— Un patron, ça se remplace. Pour le bateau, il aurait poursuivi tes héritiers.

Une rumeur déferla sur la salle d'audience. Certains tendirent le cou pour regarder Archibald Gale faire son entrée avec le panache d'une vedette de cinéma. Il portait un costume trois-pièces bleu marine parfaitement coupé, comme à son habitude, un mouchoir plié en triangle dépassant de sa poche. Ses petites lunettes dorées étincelaient.

Stride était toujours étonné, en voyant Gale, de la légèreté avec laquelle un homme aussi grand et aussi imposant pouvait se déplacer. On avait l'impression qu'il glissait. Il s'arrêta pour distribuer quelques poignées de main en se dirigeant vers la barre, et passa la porte battante. Il posa son mince attaché-case bordeaux sur la table de la défense et se pencha vers Dan, pour lui chuchoter quelques mots à l'oreille. Stride suivit les mouvements de ses lèvres et comprit ce qu'il murmurait au procureur :

— Vous ne pourrez pas dire que je ne vous avais pas prévenu, Daniel.

Dès qu'il vit que Gale était arrivé, l'huissier ouvrit une porte latérale, et un garde en uniforme fit entrer Graeme Stoner dans la salle d'audience. Aussi impeccable que son avocat, Graeme avait l'attitude que Stride lui avait toujours connue : il était détendu, sûr de lui, le regard légèrement amusé. Il ne cilla pas en apercevant sa femme, laquelle serait bientôt son ex-femme. Il se contenta de lui sourire, s'assit et se lança dans une conversation étouffée avec Archibald Gale.

Emily, au contraire, ne pouvait détacher son regard de Graeme. Comme si elle avait vu un fantôme qu'elle haïssait de toute son âme.

À neuf heures précises, l'huissier leur demanda de se lever. La juge Catharine Kassel, quarante ans, dont la robe noire dissimulait la silhouette mince, entra dans la salle. Elle avait été nommée deux ans plus tôt, et le magazine *Droit et Politique* l'avait baptisée « le juge le plus sexy du Minnesota ». Avec ses cheveux blonds impeccables et son élégant visage ovale, elle était à la hauteur de sa réputation. Cela dit, la plupart des avocats la craignaient. Ses yeux gris très doux pouvaient, dans son tribunal, se transformer en glace.

Après s'être assise, la juge Kassel jeta un regard méfiant sur l'assistance.

— Je voudrais vous rappeler à tous, déclara-t-elle d'une voix sans réplique, que je ne tolérerai aucune démonstration d'aucune sorte durant ce procès. Considérez qu'il s'agit d'un principe absolu de tolérance zéro. Quiconque l'enfreindra sera escorté à la porte sur-le-champ et ne sera plus autorisé à mettre les pieds dans ce tribunal. J'espère avoir été assez claire.

Un silence absolu s'était abattu sur la salle d'audience. La juge Kassel eut un sourire radieux.

— Je vois que nous nous comprenons.

Elle fit un geste en direction de l'huissier.

On introduisit les jurés, qui s'installèrent, embarrassés, en contemplant avec inquiétude la foule de visages présents dans la salle. La juge Kassel leur souhaita la bienvenue d'un ton amical pour les mettre à l'aise. Ils allaient passer plusieurs jours au Holiday Inn du centre-ville, séparés de leurs amis et de leurs familles. Ils semblaient pressés d'en finir.

La juge leur accorda une minute pour prendre place, avant de procéder aux préliminaires.

Puis elle invita Dan Erickson à prononcer sa déclaration d'intention.

Dan prit son temps. Il croisa le regard de chacun des jurés.

Il leva un agrandissement d'une photo de classe de Rachel, où l'on remarquait ses longs cheveux noirs luisants et son sourire énigmatique. Il regarda la photo, puis la tint délicatement entre ses mains, face aux jurés.

— Voici Rachel Deese. Elle est belle. Une jolie fille de dix-sept ans qui a toute la vie devant elle. Malheureusement, Rachel a disparu, un mois après avoir posé pour cette photo. Certaines preuves, que nous avons trouvées dans les semaines qui ont suivi, nous ont menés à une conclusion tragique. Cette belle jeune fille a été assassinée.

Dan regarda ses pieds et secoua tristement la tête.

— J'aimerais vous faciliter la tâche. J'aimerais que quelqu'un ait été là, ce vendredi soir d'octobre, quelqu'un d'autre que Rachel et l'homme qui l'a tuée, quelqu'un qui se présenterait aujourd'hui à la barre des témoins pour nous dire ce qui s'est passé. Mais, comme vous le savez, la plupart des meurtres ne sont pas perpétrés en public. Le meurtre est une ignoble affaire privée.

Il se tourna pour contempler Graeme Stoner, et les jurés purent suivre son regard.

— Mais si les meurtriers protègent leurs petits secrets, comment faire pour les condamner ? Souvent, et ce sera le cas dans cette affaire, nous avançons ce qu'on appelle des « preuves indirectes ». Des faits qui, considérés dans leur ensemble, vous conduisent à une conclusion inéluctable sur les actes d'un accusé et sur sa culpabilité. Je vais vous donner un exemple. On découvre le cadavre d'un homme, poignardé, chez lui. Personne n'a assisté au crime. Personne n'a vu l'assassin. Il n'existe aucune preuve directe. Mais nous découvrons les empreintes digitales d'un autre homme sur l'arme du crime. Nous découvrons que cet homme en voulait à la victime. Nous découvrons qu'il n'a aucun alibi pour la nuit du crime. Nous trouvons sur ses chaussures des traces de sang, lequel correspond à celui de la victime. Il s'agit d'un ensemble de preuves indirectes nous indiquant la solution de ce crime.

Dan marqua un temps d'arrêt, observant les visages des jurés pour être sûr qu'ils avaient compris.

— Dans ce procès, vous verrez des preuves indirectes accablantes concernant le meurtre de Rachel Deese. Vous serez convaincus, au-delà du doute raisonnable, que Graeme Stoner, l'homme assis là-bas derrière la table de la défense, a tué cette belle jeune fille et fait disparaître son corps…

« Qui est cet homme ? poursuivit Erickson en désignant Stoner d'un doigt osseux. Au cours de ce procès, nous arracherons le masque dont il s'est affublé pour tromper le monde entier. Nous vous montrerons quelqu'un de très différent. Quelqu'un qui conserve dans son ordinateur une photo de sa belle-fille nue. Quelqu'un qui fantasme sur des rapports sexuels avec des adolescentes. Quelqu'un qui garde un sombre secret sur les relations qu'il entretenait avec Rachel. Il avait une liaison avec elle.

Il marqua de nouveau une pause afin de permettre aux jurés de méditer cette affirmation. Il leur laissa le temps de contempler Graeme et de se demander ce que cachait son air impassible. Peu importait que Graeme soit vêtu d'un costume coûteux, comme celui qu'il portait tous les jours pour travailler à la banque. Dan voulait que les jurés considèrent ce costume comme un masque dissimulant un esprit malade.

— Et Rachel ? reprit-il. Je serai honnête avec vous. J'ignore où se trouve son corps. Une seule personne le sait, et elle est assise devant vous, à la table de la défense. Vous vous demanderez peut-être comment nous pouvons affirmer qu'un meurtre a été commis, si nous ne sommes pas capables de vous montrer un cadavre. La défense essaiera de vous expliquer qu'en l'absence de cadavre rien ne vous empêche de croire que Rachel est toujours vivante.

Dan secoua la tête.

— Est-ce possible ? Eh bien, je suppose qu'il est possible qu'Elvis Presley soit toujours vivant. Mais vous n'êtes pas ici pour décider de ce qui est possible. Vous êtes ici pour décider des faits, au-delà du doute raisonnable. Alors, il vous faut vous rappeler ceci. Quand vous verrez les preuves matérielles que nous avons rassemblées, vous saurez que la seule conclusion sensée est que Rachel a été assassinée, et que son corps est dissimulé quelque part dans l'immensité sauvage du nord du Minnesota. Il est triste de penser que personne, peut-être, ne le trouvera jamais. C'est une terrible et tragique réalité. Mais notre ignorance de ce que le meurtrier a fait du corps de Rachel ne change rien à la réalité. Rachel est morte. Nous saurons vous en convaincre…

« Pour vous, nous allons remonter sa piste. Nous vous présenterons une bande vidéo de cette jeune fille rentrant chez elle en voiture, un certain vendredi soir. Elle est vivante. Elle sourit. Elle vient de prendre rendez-vous pour le lendemain soir avec un garçon. Et pourtant, personne ne la reverra. Nous montrerons un lambeau du pull qu'elle portait ce soir-là – un pull qu'elle avait acheté quelques jours plus tôt –, un lambeau taché de son sang, découvert dans un bois, à quelques kilomètres au nord de la ville. Puis un bracelet, trouvé par terre, un bracelet qu'elle chérissait plus que tout. Nous ne saurons rien de ce qu'elle est devenue.

Erickson jeta un regard méprisant à Graeme Stoner, puis se retourna vivement vers les jurés.

— Et qu'est-ce qui relie ces deux scènes ? La fille dans la voiture, vivante et heureuse, et le tissu ensanglanté qu'on retrouvera à des kilomètres de là ? Eh bien, Rachel est rentrée chez elle ce soir-là, et Graeme Stoner était seul à la maison. La mère de Rachel n'était pas en ville. Et la fourgonnette de Graeme Stoner était garée dans l'allée devant la maison, verrouillée. Dans ce véhicule, vous trouverez les preuves qui font le lien entre les scènes. Le sang de Rachel. Une empreinte digitale sanglante de Rachel sur la lame d'un couteau. Encore des fibres du pull à col roulé qu'elle portait ce soir-là. Et les empreintes de Graeme Stoner sur le même couteau.

« Voilà ce que je vous démontrerai au cours de ce procès. Des faits. Des preuves. Du sang et des fibres qui ne mentent pas. Mon travail est de disposer les faits devant vous, de vous montrer ce que nous avons découvert.

« Cela dit, la défense doit faire un travail tout à fait différent. Elle doit vous convaincre de fermer les yeux sur les faits, ou trouver des explications incroyablement improbables à ces faits. M. Gale, ici présent, est un homme de spectacle, un peu comme ces prestidigitateurs qui se produisent sur les scènes de Las Vegas. Les prestidigitateurs sont très forts. Ils sont capables d'aveugler leur public en faisant léviter une jolie fille devant leurs yeux. En fait, un bon prestidigitateur peut être si convaincant que vous seriez prêts à croire que la fille est vraiment en train de planer au-dessus de la scène. Mais vous savez parfaitement, et je le sais aussi, qu'il ne s'agit que d'un truc. D'une illusion.

Il regarda fixement chacun des jurés, l'air soudain grave.

— Ne vous laissez pas berner. Ne vous laissez pas convaincre de renoncer à votre bon sens. M. Gale va vous faire ses tours de passe-passe habituels, mais je veux que vous considériez les preuves physiques dans cette affaire. Et vous verrez qu'elles vous conduiront à une explication, et à une seule. Durant cette terrible nuit, cette nuit où Rachel a disparu, l'obsession de Graeme Stoner à l'égard de sa belle-fille a franchi la frontière qui le séparait de la violence et du meurtre. Nous ne saurons peut-être jamais ce qui s'est passé entre eux, ni pourquoi. Mais une relation incestueuse est infectée par le mal, et elle peut exploser à tout moment. Personne, sans doute, n'était là pour voir comment la violence a éclaté. Mais c'est ce qui s'est passé. C'est ce que les preuves vous démontreront. C'est ce qui s'est passé.

Archibald Gale se leva. Il ôta ses lunettes, qu'il posa soigneusement sur la table de la défense. Il regarda Graeme Stoner, sourit, puis se tourna vers les jurés. Il s'approcha avec nonchalance, tapotant ses poches l'une après l'autre comme s'il cherchait quelque chose.

— J'espérais vous surprendre en sortant un lapin de ma poche, mais il semble que j'aie oublié mes accessoires de magie au Caesar's Palace…

L'assistance, y compris plusieurs jurés, fit entendre quelques gloussements. Les yeux de Gale pétillèrent.

Il frotta sa barbiche grise, puis passa lentement la salle en revue, opérant presque un tour complet pour revenir sur les jurés. Gale avait un don pour créer le suspense. Ce n'étaient pas les faits en soi qui avaient de l'importance. Le plus important, c'était de savoir qui proposerait aux jurés l'histoire la plus convaincante. Sa stature imposante et son talent pour la dramatisation faisaient de Gale un acteur-né.

— Combien de fois suis-je venu dans ce tribunal, depuis quelques dizaines d'années ? commença-t-il d'une voix douce. Des procès très médiatisés ont eu lieu ici. Mais je ne me rappelle pas y avoir vu une telle foule, ni une affaire suscitant un intérêt aussi intense. Et pourquoi donc, d'après vous ?

Il laissa les jurés réfléchir un instant. Puis :

— Parce que nous avons ici une véritable énigme. Tout le monde veut connaître la fin. Une jeune fille a disparu. Que lui est-il arrivé ? Est-ce que quelqu'un lui a fait subir des violences ou s'est-elle enfuie, comme le font chaque année des dizaines de milliers d'adolescents mal dans leur peau ? S'il lui est arrivé quelque chose, sait-on ce que c'est ? Et pourquoi ? Etait-ce vraiment la faute de son beau-père, comme le prétend l'accusation ? Ou d'unc autrc pcrsonne dans la vie de Rachel, quelqu'un ayant des raisons de lui en vouloir et d'être jaloux, quelqu'un qui aurait laissé ses émotions et la violence prendre le dessus ? Ou bien encore un brutal tueur en série, toujours en liberté dans notre ville, qui aurait réclamé une nouvelle victime ?

Gale hocha la tête, pensif.

— J'aimerais vous promettre que lorsque nous en aurons fini ici, vous saurez ce qui est arrivé à Rachel. Mais vous ne le saurez pas. Parce que nous, nous ne le savons pas. Graeme Stoner ne le sait pas. Pas plus que M. Erickson. Quand ce sera fini, vous n'aurez plus que des questions et des doutes. Mais ça ne fait rien. Peut-être aurez-vous envie de chercher vous-mêmes la vérité, mais ce n'est pas votre travail, dans ce tribunal, de décider comment finit une affaire criminelle.

Il pencha la tête.

— Oui, je sais ce que vous pensez. Nous y revoilà. Le prestidigitateur. N'est-ce pas contre cela que le procureur vous a mis en garde ? Selon lui je m'efforcerais de retourner ses gentils petits faits pour vous entraîner dans une improbable fantaisie. Eh bien, non, je ne vous demande pas de me croire sur parole. La différence entre nous, c'est que M. Erickson a l'intention de vous montrer *certains* faits, tandis que je m'assurerai que vous les connaîtrez *tous*. Et quand vous les aurez vus, vous saurez que Graeme Stoner est innocent de l'accusation de meurtre, et vous enverrez un message à la police : vous lui direz de reprendre son enquête pour découvrir ce qui est réellement arrivé à cette étrange et malheureuse jeune fille.

Gale se pencha en avant et s'agrippa à la rampe du box des jurés.

— M. Erickson prétend que vous devez tenir compte des preuves. C'est également mon avis. Je veux que vous examiniez soigneusement les preuves, afin de comprendre ce que l'accusation ne vous dit pas.

« Elle ne vous dira pas que Graeme se trouvait avec Rachel dans sa fourgonnette, le soir où elle a disparu. Parce qu'il n'en existe aucune preuve.

« Elle ne vous dira pas que la fourgonnette des Stoner était près de la grange le soir où Rachel a disparu, parce qu'elle n'en possède aucune preuve.

« Elle ne vous dira pas qu'elle sait que Rachel est morte. Parce qu'elle n'en sait rien.

« Elle ne vous dira pas qu'elle peut prouver que Graeme Stoner couchait avec sa belle-fille. Parce qu'elle en est incapable.

« Par contre, l'accusation voudra que vous fassiez travailler votre imagination. Elle vous donnera des petits faits sans rapport les uns avec les autres et les reliera pour essayer de vous faire admettre ce qu'elle sera incapable de prouver. Il n'existe aucune preuve, directe ou indirecte. C'est de la fiction. De la pure spéculation.

Stride sentit ses tripes se liquéfier. Bang, bang, bang ! Gale s'acharnait sur les points faibles de leur dossier. Il avait raison, bien sûr. Ils ne pouvaient rien prouver. Tout ce qu'ils pouvaient faire, c'était présenter les éléments du puzzle en espérant que les jurés seraient assez malins pour les assembler.

— Mais ce n'est pas tout, disait encore Gale. Vous verrez aussi que l'accusation, dans son zèle à formuler une solution ingénieuse à notre énigme, a délibérément dédaigné un certain nombre d'hypothèses. Je crains que M. Erickson ne soit le genre de mécanicien qui se retrouve avec des pièces en trop lorsqu'il remonte un moteur, et qui en conclut qu'elles ne doivent pas être très utiles…

Il fit un clin d'œil aux jurés, puis sourit en direction d'Erickson.

— Passons donc en revue quelques-unes de ces pièces « inutiles »… Une autre adolescente, Kerry McGrath, qui habitait à quelques kilomètres de chez Rachel et qui fréquentait le même établissement scolaire, a disparu un an avant cette dernière. Elle non plus n'a jamais été retrouvée. Les circonstances de sa disparition sont remarquablement semblables à celles de la disparition de Rachel. La police sait parfaitement que Graeme Stoner n'a rien à voir dans la disparition de Kerry McGrath. Et pourtant, elle a purement et simplement décidé d'ignorer la tragique hypothèse selon laquelle un tueur en série pourrait traquer les jeunes filles de cette ville…

« Pièce inutile. Le soir où elle a disparu, Rachel se conduisait bizarrement. Pourquoi ? Savait-elle quelque chose que nous ignorons ? Devait-elle rencontrer quelqu'un ? Se préparait-elle à s'enfuir ?

« Pièce inutile. Qui se trouvait avec Rachel le soir de sa disparition ? Qui avait des raisons de se réjouir de sa disparition définitive ?

« Pièce inutile. Pour quelles raisons Rachel était-elle malheureuse ? Ses relations avec son beau-père ? Non. Plutôt les relations exécrables, amères, *violentes* avec sa mère. Rappelez-vous ce mot. Violentes. »

Stride regarda Emily. Une larme roula sur sa joue. Elle baissa les yeux, pleurant en silence.

— Des questions et des doutes, poursuivait Gale. Vous en aurez beaucoup, à la fin du procès. Mais il est une question qui ne se posera pas, sur laquelle vous n'aurez aucun doute : la décision que vous prendrez. Vous déciderez que mon client est innocent du crime dont il est injustement accusé.

Gale soutint pendant de longues secondes le regard des jurés. Puis il retourna s'asseoir, très théâtral, à la table de la défense.

Stride observa les visages des jurés. Les deux équipes en lice partaient à égalité de chances au moment de commencer le match.

Au batteur de jouer.

22

Stride prit place à la barre des témoins. Il l'avait déjà fait des centaines de fois, et le siège lui était familier, comme s'il s'était adapté à la forme de son corps. Il s'efforça de croiser le regard des jurés.

Les jurés de Duluth faisaient confiance à la police. Il le vit dans leurs yeux. Ce n'était pas un jury comme on en voit dans les grandes métropoles urbaines, où les citoyens ont l'impression que la police peut être leur ennemie. Ils examinaient son visage taillé à la serpe, ses cheveux grisonnants et sa carrure de costaud, et ils sentaient qu'ils pouvaient se fier à lui.

Dan le présenta et l'invita à décrire son expérience professionnelle, les années passées dans la police, ses compétences en matière d'homicides et de scènes de crime. Lorsque les jurés surent à qui ils avaient affaire, Dan commença à parler de Rachel. Stride raconta comment il avait été informé de la disparition de la jeune fille. Chronologiquement, il leur expliqua comment il était parvenu à reconstituer les faits à partir de la dernière soirée de Rachel.

Il parla de la bande vidéo de la banque, où l'on voyait passer la voiture de Rachel un peu après vingt-deux heures. Dan la fit projeter dans la salle d'audience, pour le bénéfice des jurés. Puis il leur montra une photo agrandie, avec beaucoup de grain, de la jeune fille qui se trouvait au volant. Malgré la mauvaise qualité de l'image, tout le monde vit qu'il s'agissait bien de Rachel. Elle souriait. Elle avait l'air heureuse.

C'était là la dernière image connue de Rachel Deese, comme Dan ne manqua pas de le rappeler aux jurés.

— Quel vêtement porte Rachel sur cette photographie, inspecteur ?

— Un pull à col roulé blanc.

Dan regagna la table de l'accusation et produisit une pièce à conviction – un reçu proprement étiqueté dans un sachet en plastique.

— Pouvez-vous identifier ceci ?

— C'est un reçu. Il était dans un sac du magasin Gap, par terre, dans la chambre de Rachel. Nous l'avons trouvé lors de notre enquête préliminaire.

— Quel est l'achat correspondant à ce reçu ?

— Il s'agit d'un vêtement acheté le dimanche précédant la disparition de Rachel. Un pull à col roulé blanc, de la marque Gap.

— Avez-vous trouvé un pull à col roulé blanc lorsque vous avez fouillé la chambre de Rachel ?

— Non.

Dan hocha la tête, pensif.

— Pouvez-vous nous dire, inspecteur, comment vous et vos hommes avez mené les recherches afin de retrouver Rachel ?

— Nous avons organisé immédiatement des recherches exhaustives à l'échelle de l'État et de la région. Mes hommes ont interrogé tous les voisins dans un rayon de douze pâtés de maisons autour de chez les

Stoner. Nous avons enquêté à la gare routière, à l'aéroport et auprès des compagnies de taxis, à Duluth et Superior. Dans tout l'État, la police a vérifié toutes les stations-service et les boutiques sur les routes principales, distribué des photos de Rachel et interrogé les employés. Nous avons diffusé un avis sur notre site Internet et faxé des informations à la police dans tout le pays. Ces efforts ont généré des centaines de pistes, qui ont été méthodiquement analysées par nos agents et nos collègues d'autres États. Nous disposions d'excellentes photographies de Rachel pour les montrer aux témoins. Nous avons mené des milliers d'interrogatoires. Et nous n'avons reçu aucun témoignage fiable de quelqu'un qui aurait vu Rachel après son passage devant la caméra vidéo de la banque. Pas un seul. Nulle part.

— Quelle conclusion en avez-vous tirée ? demanda Dan.

— Nous avons commencé à repousser l'hypothèse de la fugue. Personne n'avait vu Rachel vivante depuis ce fameux vendredi soir. En outre, depuis le début, nous doutions qu'elle ait pu s'enfuir en laissant sa voiture chez elle. Il nous semblait hautement improbable qu'une adolescente possédant une voiture abandonne son seul moyen de se déplacer. Et comme je l'ai dit, nous avons couvert tous les transports publics, sans trouver la moindre preuve qu'elle ait pu les utiliser.

— Avez-vous envisagé la possibilité qu'elle ait été enlevée par un inconnu ?

Stride acquiesça.

— Nous avons interrogé tous les délinquants sexuels connus dans un rayon de cent cinquante kilomètres autour de la ville. Nous avons enquêté sur tous ceux qui étaient incapables de nous fournir un alibi pour le vendredi soir. Nous n'avons trouvé aucun indice de leur présence à proximité de Duluth. Personne n'a reconnu leurs photos ou leurs voitures dans le quartier où habitait Rachel.

— Y a-t-il dans cette affaire d'autres éléments qui excluraient, d'après votre expérience, un kidnapping perpétré par un étranger ? demanda Dan.

— Oui. Théoriquement, les enlèvements commis par des étrangers se produisent dans des zones rurales ou isolées. Sur les routes de campagne, par exemple. Il est très rare qu'une fille soit enlevée dans une rue proche de chez elle. Les prédateurs sexuels ne veulent pas prendre le risque d'être identifiés parce qu'ils ont attendu dans un quartier peuplé, ou parce qu'ils ont kidnappé quelqu'un là où ses cris ou sa résistance risqueraient d'attirer l'attention des voisins. Ils commettent plutôt leurs crimes en fonction de l'occasion. Une route isolée. Une victime désignée par le hasard. Puisque nous savons que Rachel était rentrée chez elle ce soir-là – sa voiture était garée devant la maison –, nous savons qu'elle se trouvait dans un quartier fréquenté.

Dan regagna la table du ministère public et s'accorda un moment pour boire un peu d'eau. Il ne voulait pas presser le jury. Les informations que Stride lui apportait formaient un ensemble complexe, et il était essentiel que les jurés suivent la chaîne des indices et des conclusions.

— Avez-vous trouvé d'autres preuves de ce qui est arrivé à Rachel ? demanda-t-il.

— Oui.

Stride raconta comment une information fournie par Heather Hubble avait abouti à la découverte du bracelet, et aux recherches menées près de la grange.

— Ces recherches vous ont-elles permis de relever d'autres indices de la présence de Rachel en ces lieux ?

— Oui. Nous avons découvert un lambeau de tissu blanc montrant des taches sombres. Les analyses ont prouvé qu'il s'agissait de taches de sang.

De nouveau, Dan produisit la pièce à conviction et la montra aux jurés.

— Pourquoi cette découverte est-elle importante ?

— Nous pensons que Rachel portait le pull à col roulé blanc qu'elle avait acheté le week-end précédant sa disparition. Le tissu correspondait aux caractéristiques générales de ce pull. Nous l'avons envoyé au BCA, à Minneapolis, pour analyse.

Dan ne posa plus de questions sur le pull à col roulé. Juste après Stride, le Dr Yee (Doc Yee, comme on l'appelait dans les milieux juridiques du Minnesota) viendrait à la barre des témoins pour ajouter au puzzle les pièces fournies par le légiste. Yee aurait comparé le bout de tissu à un autre pull à col roulé de la même marque, pour en conclure qu'il correspondait au modèle du pull à col roulé que portait Rachel. Et les analyses d'ADN prouvaient que les taches de sang correspondaient à celui de Rachel.

— À partir de là, inspecteur, est-ce qu'on pourrait dire que la nature de votre enquête a changé ?

— Oui. Nous avons conclu que Rachel était morte, et nous nous sommes mis à la recherche de son corps.

— Mais vous n'avez pas trouvé de cadavre, n'est-ce pas ?

— Non. Nous avons cherché dans un rayon de plusieurs kilomètres autour de la grange. La police et les groupes de volontaires ont passé la zone au peigne fin, mètre par mètre. Malheureusement, il y a beaucoup d'endroits, là-bas, où il est possible de dissimuler un cadavre.

— Et pourtant, vous êtes absolument convaincu que Rachel est morte ?

— Objection ! s'exclama Gale. Le témoin ne dispose d'aucune information lui permettant de savoir si cette jeune fille est morte ou vivante.

Dan secoua la tête.

— Je demande à l'inspecteur de nous faire part de ses conclusions, sur la base de son expérience dans le domaine de l'enquête criminelle. Il est un expert en la matière.

La juge Kassel fit la moue.

— J'autorise la question. Que le témoin y réponde.

— Oui, je crois que Rachel est morte, dit Stride. C'est la seule explication raisonnable des indices dont nous disposons.

— Revenons en arrière, inspecteur. Outre ce morceau de tissu ensanglanté, avez-vous trouvé d'autres preuves sur la scène du crime ?

Gale se leva de nouveau.

— Votre Honneur, l'accusation qualifie le lieu en question de scène du crime, sans avoir apporté la preuve définitive qu'un crime y a été commis.

La juge Kassel hocha la tête.

— Il a raison, maître Erickson.

— Avez-vous trouvé autre chose, reprit Dan, imperturbable, à proximité de l'endroit où vous avez découvert le morceau de tissu ?

— Oui, fit Stride. Il y avait de nombreuses traces de pas en partie recouvertes, sur le sol terreux derrière la grange, là où l'on se gare en général. Nous n'avons rien trouvé qui puisse nous être utile. Mais, à moins d'un mètre de l'endroit où gisait le morceau de tissu, nous avons relevé plusieurs empreintes partielles d'une chaussure de sport, pointure 44. Nous avons trouvé également des empreintes d'une autre chaussure de sport, pointure 38.

Dan présenta aux jurés les photos des empreintes en question, puis des reconstitutions des dessins de semelles.

— Avez-vous identifié le modèle de chaussure associé aux empreintes de pointure 44 ?

— Oui, le dessin est caractéristique. Les empreintes ont été faites par des chaussures Adidas, modèle 954300. Elles sont disponibles dans trois points de vente dans la zone de Duluth.

Dan prit un morceau de papier sur la table de l'accusation et le présenta comme pièce à conviction.

— Pouvez-vous nous dire ce qu'est ce document, inspecteur ?

— C'est une copie d'un chèque émis par Graeme Stoner, daté de quatre mois avant la disparition de Rachel. Il est libellé au nom d'un magasin, le Pied Sportif, pour un montant de quatre-vingt-cinq dollars.

— Combien de points de vente ce magasin possède-t-il à Duluth ?

— Un seul. Il se trouve dans le centre commercial de Miller Hill.

— Ce magasin vend-il le modèle de chaussure Adidas qui correspond aux empreintes ?

— Oui. À l'époque où ce chèque a été émis, le prix de vente était de quatre-vingt-cinq dollars.

— Dites-moi, inspecteur, avez-vous trouvé une paire de chaussures Adidas quand vous avez fouillé le domicile de M. Stoner ?

— Non.

— Aucune chaussure de sport ?

— Nous avons trouvé une paire de Nike d'acquisition récente. Elles avaient à peine servi.

Dan produisit la copie d'un autre chèque émis par Graeme Stoner.

— Parlez-nous de ce chèque, je vous prie.

— Il est également libellé au nom du Pied Sportif, cette fois pour un montant de soixante-dix-huit dollars. Il est daté du week-end qui a suivi la disparition de Rachel. Soixante-dix-huit dollars est le prix de vente de la paire de Nike que nous avons trouvée dans la chambre de M. Stoner.

— Il a acheté une paire de chaussures de sport quatre mois après l'achat de la première ?

— Exact, dit Stride.

— Quelle est la pointure des Nike que vous avez trouvées ? demanda Dan.

— Du 44. La même pointure que les empreintes près de la grange.

— Une dernière question à propos de pieds, inspecteur. Connaissez-vous la pointure de Rachel ?

— Du 38. La même pointure que les autres empreintes relevées près de la grange.

Dan prit le temps de regarder chacun des jurés, s'assurant qu'ils comprenaient la signification de ce que Stride venait de dire. Celui-ci vit dans leurs regards l'impact de son témoignage. Pas plus que lui ils n'aimaient les coïncidences.

— Dans le cours de votre enquête, inspecteur, avez-vous obtenu un mandat de perquisition pour la maison des Stoner ? interrogea Dan.

— Oui.

— Dites-nous ce que cette perquisition vous a permis de découvrir.

— Nous avons découvert un premier indice important sur le disque dur de l'ordinateur qui était dans le bureau de M. Stoner. C'était une photo de Rachel.

Dan produisit un agrandissement de la photo. Il la tenait avec précaution, comme si c'était son bien le plus précieux. Il la fit reconnaître comme pièce à conviction, puis la montra à Stride sans que les jurés la voient.

— S'agit-il de cette photographie ?

— Oui, acquiesça Stride.

Dan s'approcha du banc du jury. Lentement, il fit tourner la photo pour que tous ses membres puissent la voir. Plusieurs d'entre eux en eurent le souffle coupé. Stride vit que les quatre hommes présents dans le jury se penchaient machinalement en avant. Il était impossible de ne pas réagir sexuellement à l'image de la jeune fille sur la photo.

— Avez-vous trouvé, dans le cadre de votre perquisition, d'autres indices de nature sexuelle ?

— Oui. Dans un tiroir à double fond d'un classeur, également dans son bureau, nous avons découvert plusieurs magazines pornographiques. Il y avait des exemplaires de *Candy Girls*, de *Jail Bait* et de *Lollypop Pussy*.

Dan ne quittait pas les jurés des yeux.

— De quelle sorte de magazines s'agit-il ? demanda-t-il à Stride sans le regarder.

— On y trouve des photos explicites de modèles féminins mis en scène pour ressembler à des adolescentes.

Dan retourna à la table du ministère public en emportant la photo de Rachel. Stride et lui s'étaient demandé s'ils devaient laisser la photo en évidence sur un chevalet, à l'intention des jurés, jusqu'à la fin de son témoignage. Mais ils avaient décidé que le cliché empêcherait les hommes, sinon les femmes, de se concentrer.

Dan produisit les exemplaires des magazines trouvés chez Graeme. Il les tendit un par un aux jurés, qui les feuilletèrent. Le dégoût s'afficha sur les visages. Dan leur accorda quelques minutes pour passer en revue les photos très explicites – assez de temps pour se faire une idée de leur nature perverse, mais pas assez pour être blasé. Après avoir récupéré les magazines, il prit une feuille de papier dans sa pile de pièces à conviction.

Il la tendit à Stride.

— Pouvez-vous me décrire ce document ?

— C'est une liste d'appels téléphoniques passés depuis la maison des Stoner. Elle nous a été communiquée par la compagnie du téléphone.

— Que montre-t-elle ?

— On y relève à intervalles réguliers des appels à un certain nombre de services téléphoniques érotiques. Ils apparaissent en moyenne deux ou trois fois par mois, pendant plus d'un an. Les appels s'adressent à des services téléphoniques qui mettent l'accent sur la sexualité adolescente. En un mot, ces services permettent aux gens qui les appellent de s'imaginer qu'ils font l'amour à de très jeunes filles.

— Merci, inspecteur. Revenons à votre perquisition de la maison Stoner. Avez-vous fouillé une fourgonnette appartenant à M. Stoner ?

— Oui. Elle était parquée dans le garage séparé, sur le côté de la maison. Elle se trouvait au même endroit à chacune de nos visites à la résidence Stoner.

— Lors de la fouille, ce véhicule était fermé à clé ?

— Oui. M. Stoner nous en a donné une clé.

— Qu'avez-vous découvert en fouillant cette fourgonnette ?

— Nous avons examiné très soigneusement le tapis de sol de l'arrière. Nous avons remarqué plusieurs petites taches de ce qui s'est révélé être du sang. Nous avons aussi relevé des fibres blanches qui correspondaient à la matière composant le pull à col roulé de Rachel. Tous ces échantillons ont été envoyés au BCA.

Le Dr Yee viendrait bientôt établir le lien à l'intention des jurés : les fibres correspondaient à la marque de pull à col roulé que portait Rachel le soir où elle avait disparu, ainsi qu'au tissu trouvé près de la grange. Les taches découvertes dans la fourgonnette et sur le couteau correspondaient également au sang de Rachel.

— Vous avez trouvé les taches de sang et les fibres à l'arrière du véhicule fermé à clé de Graeme Stoner ? répéta Dan.

— C'est exact.

— Avez-vous trouvé autre chose dans cette fourgonnette ?

— Dans une boîte à outils, un couteau de chasse de vingt centimètres.

Dan alla à sa table. Quand il se retourna vers Stride, il brandissait le couteau d'un geste menaçant.

— S'agit-il du couteau que vous avez découvert ?

— Oui.

Dan approcha le couteau pour le montrer aux jurés. Il le tournait en tous sens, de sorte que la lumière des plafonniers se reflétait sur la lame.

— Avez-vous relevé des indices sur le couteau ? demanda-t-il.

— Nous avons relevé des traces de sang sur la lame. Ainsi que deux empreintes digitales correspondant au pouce et au majeur de Rachel.

— Ces empreintes digitales se trouvaient sur le manche du couteau ?

— Non. Elles se trouvaient sur la lame.

Dan regarda derrière lui, perplexe.

— Sur la lame ?

— Oui. Les empreintes digitales de Rachel se trouvaient sur la lame du couteau, vers le haut, ce qui indique une position défensive…

— Objection ! aboya Gale.

— Accordée, ordonna la juge Kassel.

— Pouvez-vous nous montrer comment les empreintes digitales et le sang sont parvenus sur cette lame, inspecteur ?

Dan s'approcha de la barre des témoins et tendit le couteau à Stride.

Avec précaution, ce dernier retourna le couteau, la lame étant parallèle à sa paume. Puis il replia les doigts sur le couteau.

— Comme ceci, dit-il.

Il rendit le couteau à Dan.

— Je vois, fit celui-ci. Donc, supposons que je me jette sur vous, comme ceci…

En une fraction de seconde, Dan se pencha au-dessus du box des témoins et dirigea le couteau vers le visage de Stride. Celui-ci réagit immédiatement, en feignant d'arrêter le couteau avec sa main. Sa paume et ses doigts se trouvaient dans la même position que celle qu'il venait de montrer aux jurés.

Gale se leva, furieux.

— Nous sommes au théâtre, Votre Honneur ? Rachel aurait pu ramasser le couteau tombé par terre. Le petit psychodrame de M. Erickson est trompeur et non pertinent.

La juge Kassel acquiesça et regarda Erickson d'un air sévère.

— Objection accordée. Je demande instamment aux jurés de ne pas tenir compte du numéro auquel viennent de se livrer le procureur et son témoin. Maître Erickson, je ne veux plus de ce genre d'idiotie dans mon tribunal, est-ce bien clair ?

— C'est clair, répondit Dan.

Mais les jurés avaient reçu le message.

— Une dernière chose, inspecteur. Avez-vous relevé d'autres empreintes digitales sur le couteau ?

— Oui. Sur le manche, nous avons relevé les empreintes de l'accusé.

— Pas d'autres empreintes ?

— Non, fit Stride.

— Merci, inspecteur. Plus de questions.

23

— Bonjour, inspecteur, commença Gale.

Derrière la table de la défense, l'avocat s'était levé. Il contemplait Stride, le regard empreint de tristesse.

— Je ne crois pas que nos chemins se soient croisés depuis le décès de votre femme, inspecteur. Je vous présente mes condoléances.

Stride ne répondit pas. Gale n'avait aucun scrupule. Cette formule aimable dissimulait un message à l'intention des jurés. Peut-être le chagrin obscurcissait-il le jugement du détective, suggérait l'avocat. Peut-être négligeait-il certaines choses, du fait de sa peine…

— Rachel n'est pas la première adolescente qui a disparu dans notre région, n'est-ce pas ? demanda Gale.

— Non, fit Stride.

L'avocat ôta ses lunettes et en glissa négligemment une branche entre ses lèvres. Il regarda Stride du coin de l'œil.

— Une autre adolescente, une jeune fille nommée Kerry McGrath, a disparu un peu plus d'un an avant Rachel, c'est exact ?

— C'est exact, dit Stride.

— Elle avait le même âge que Rachel.
— Oui.
— Elle fréquentait le même établissement scolaire.
— Oui.
— Elle vivait à quelques kilomètres de chez Rachel ?
— Oui.
Gale secoua la tête.
— Voilà qui est remarquable, n'est-ce pas, inspecteur ? Diriez-vous qu'il s'agit d'une coïncidence ?
Il regarda le jury d'un air consterné, comme pour dire : « Comment croire ce type ? Il est aveugle ou quoi ? »
— Nous n'avons trouvé aucun indice suggérant que les deux affaires étaient liées.
— Vous avez pourtant décidé qu'elles présentaient suffisamment de similitudes pour chercher des indices impliquant M. Stoner dans la disparition de Kerry. Est-ce que je me trompe ?
Stride haussa les épaules.
— Nous avons comparé toutes les preuves matérielles que nous avons réunies dans ces deux affaires. C'est une procédure standard.
— Et le fait est que vous n'avez pas trouvé la moindre preuve tendant à incriminer mon client dans la disparition de Kerry.
— C'est exact, admit Stride.
Gale hocha la tête.
— Pas de sang ?
— Non.
— Pas de fibres textiles ?
— Non.
— En fait, la disparition de Kerry McGrath n'est toujours pas résolue, n'est-ce pas ?

— Non.

Gale écarta les bras, ses lunettes se balançant entre les doigts de sa main gauche.

— Ainsi, deux adolescentes ont disparu. Est-ce qu'il n'est pas envisageable, inspecteur, qu'un malade mental, un étranger à notre ville, n'importe lequel de ces dizaines de criminels sexuels condamnés qui vivent dans le nord de l'État, ait enlevé Kerry McGrath et Rachel Deese ? Que ces deux jeunes filles aient été victimes d'un tueur en série ? N'est-ce pas là une théorie plausible ?

Stride secoua la tête.

— Non. Ce n'est pas ce que les preuves suggèrent.

— Ah, les preuves, rétorqua Gale qui regarda les jurés en souriant. Nous y viendrons dans un moment. Mais considérons le problème d'un autre point de vue, inspecteur. Vous n'êtes pas certain de la mort de Kerry McGrath, n'est-ce pas ?

— Non.

— Et pourtant vous êtes sûr que Rachel est morte.

Stride opina du chef.

— Nous avons trouvé des preuves supplémentaires allant dans ce sens.

— Une ou deux gouttes de sang. Un morceau de tissu.

— C'était le sang de Rachel. Le pull de Rachel.

Gale se frotta la barbe, l'air pensif.

— Y avait-il assez de sang pour suggérer que quelqu'un avait saigné à mort ?

— Non.

— Y avait-il assez de sang pour prouver qu'un crime, quel qu'il soit, avait été commis ?

— Je doute que Rachel se soit coupée en se rasant, fit Stride en fixant calmement l'avocat.

— Mais vous n'êtes sûr de rien, n'est-ce pas ? Elle aurait pu mettre la main dans la boîte à outils, se couper avec le couteau et laisser du sang sur le tapis et sur ses vêtements. Est-ce que c'est possible ?

— Seulement si l'on sort les indices de leur contexte. Nous avons aussi trouvé du sang et des fibres près de la grange.

— Mais pas assez, une fois encore, pour prouver que quelqu'un était mort, n'est-ce pas ? C'est bien cela ?

— Au contraire. Je pense que c'est précisément la conclusion qui s'impose.

Gale haussa un épais sourcil gris.

— C'est vous qui le dites. Savez-vous, inspecteur, combien d'adolescents s'enfuient de chez eux chaque année ?

— Des milliers.

— Des *dizaines* de milliers. Rachel n'était pas heureuse, n'est-ce pas ?

— Non.

— En fait, Rachel correspond au profil classique de la plupart des fugueurs, n'est-ce pas ? demanda Gale.

— Je dois dire que non. Les fugueurs ne laissent pas le genre d'indices que nous avons trouvés. Son sang. Des lambeaux du pull qu'elle portait ce soir-là.

— Et si elle ne voulait pas qu'on parte à sa recherche ? questionna Gale.

Stride perdit brièvement son sang-froid. Il hésita.

— Comment ça ?

— Eh bien, si elle avait pris sa voiture, comme vous le suggérez, tout le monde aurait compris qu'elle avait fugué, n'est-ce pas ? Vous auriez lancé des recherches dans tout le pays. Mais supposons que Rachel ait eu envie de disparaître, et qu'elle n'ait pas souhaité que cette famille qu'elle hait ou une police trop curieuse se lancent sur sa piste. Est-ce qu'elle n'aurait pas pu se couper le doigt et semer quelques preuves matérielles suggérant qu'elle avait connu une fin tragique ?

Stride secoua la tête.

— Non, ce n'est pas logique. Si elle avait simulé sa mort, elle aurait fait en sorte que les indices soient évidents. Nous avons engagé des recherches dans tout le pays. Nous avons mené une enquête approfondie. Elle n'aurait pas pu savoir que nous finirions par tomber sur les indices dans la fourgonnette. Et certainement pas sur ceux de la grange.

Gale se redressa, fixa Stride, puis les jurés.

— Et pourtant, nous sommes ici... Parlons de la grange, inspecteur, reprit-il. Voilà un endroit où les élèves du lycée vont faire tout ce que leurs parents ne veulent pas qu'ils fassent à la maison. On peut le dire comme cela ?

— Plus ou moins.

— Avez-vous une idée du nombre d'adolescents qui s'y rendent chaque semaine ?

— Non.

— Très bien. Alors savez-vous combien de fois on a appelé la police, l'année dernière, au sujet de cette grange ?

Stride secoua la tête.

— Je l'ignore.

— Seriez-vous étonné si je vous disais trente-sept fois ?

— Non.

— Et si je vous disais que cet endroit a été mentionné dans huit affaires de viol durant ces cinq dernières années ?

Sa voix, si douce d'habitude, se durcit. Ses yeux n'étaient plus que deux minuscules points bleu azur.

— C'est possible.

— C'est un fait, inspecteur. C'est un lieu dangereux, non ?

— Peut-être, reconnut Stride.

— Des adolescents violent d'autres adolescents, et la police n'a pas l'air d'y mettre bon ordre…

— La police y fait régulièrement des descentes, dit Stride. Les gosses y reviennent toujours.

— C'est exact, inspecteur. Des gosses. C'est un endroit où des gosses vont faire des bêtises. Est-ce que le fait d'y trouver des preuves de la présence de Rachel ne vous a pas amené à penser qu'un autre adolescent pourrait être impliqué dans sa disparition ?

— Nous avons suivi cette piste, dit Stride. Mais nous y avons renoncé.

— Cela avait été votre première hypothèse, n'est-ce pas ? Vous avez envoyé quelqu'un au lycée, après la découverte du bracelet, pour interroger certains garçons. N'est-ce pas, inspecteur ?

— C'est exact, répondit Stride.

Gale hocha la tête. Il mâchouilla un peu une branche de ses lunettes, but une longue gorgée de Coca. Il se tamponna les lèvres avec son mouchoir, s'essuya le front. Puis, soudain :

— Quelle est votre pointure, inspecteur ?

Ce type est fort, se dit Stride. Il se demanda comment Gale avait découvert cela.

— Je chausse du 44.

— Je vois. Il n'est donc pas impossible que les empreintes, près de la grange, soient les vôtres ?

— Objection ! fit Dan Erickson.

La juge Kassel secoua la tête.

— Rejetée.

— Je ne possède aucune paire de chaussures correspondant aux traces relevées près de la grange. Graeme Stoner, par contre, en a acheté une paire semblable quatre mois avant la disparition de Rachel. Et elles ont disparu.

— Savez-vous combien de paires de ce modèle, en pointure 44, ont été vendues dans le Minnesota l'année dernière ?

— Non, admit Stride.

— Plus de deux cents. Est-ce que n'importe lequel de ces acheteurs aurait pu laisser les empreintes à la grange ?

— Oui. Mais aucun d'eux n'est le beau-père de Rachel. Et ils ne sont pas propriétaires d'une fourgonnette où l'on a trouvé le sang de Rachel.

— À part ces traces de pas, qui auraient pu être laissées par plusieurs centaines de personnes, vous n'avez aucune preuve de la présence de mon client à la grange ce fameux vendredi soir, n'est-ce pas ?

— Non.

— En fait, vous ne savez pas de *quand* datent ces traces de pas ?

— Non.

Gale fit une pause pour donner un peu de temps aux jurés.

— Et la fourgonnette, inspecteur ? Vous vous vantez d'avoir trouvé les empreintes digitales de mon client sur le couteau découvert dans sa boîte à outils…

— C'est exact.

Gale haussa les épaules.

— Mais la fourgonnette et le couteau lui appartiennent. Est-il extraordinaire d'y relever ses empreintes ?

— Si quelqu'un d'autre avait manipulé le couteau et décidé de le nettoyer, il ne resterait plus aucune empreinte, remarqua Stride.

— Sauf si cette autre personne portait des gants. N'est-ce pas vrai ?

— C'est possible. Mais cela aurait probablement laissé d'autres empreintes, ce qui n'a pas été le cas.

— Rachel aurait-elle pu laisser délibérément des indices sur le couteau, en sachant que les empreintes digitales de Graeme s'y trouvaient aussi ?

— Nous n'en avons aucune preuve.

— Et nous n'avons aucune preuve du contraire. Mais concentrons-nous encore un peu sur cette fourgonnette. Aucun témoin n'a vu Graeme Stoner au volant de ce véhicule ce vendredi soir, n'est-ce pas ?

— Non.

— Nous ignorons donc si la fourgonnette est allée quelque part cette nuit-là ?

— Je ne suis pas d'accord. Les fibres de tissu que nous avons découvertes dans la fourgonnette sont identiques à celles que nous avons trouvées près de la grange. C'est près de la grange, également, qu'on a retrouvé le bracelet de Rachel. Le vendredi soir, Rachel portait le bracelet et le pull à col roulé. Reliez les pointillés, maître.

Gale eut un sourire. Stride vit qu'une brève lueur s'allumait dans les yeux de l'avocat, comme s'il appréciait la boutade. Un point pour l'axe du bien.

Mais Gale n'avait pas terminé.

— Si quelqu'un a emmené Rachel dans la fourgonnette, inspecteur, comment savez-vous que c'était Graeme Stoner ?

— C'était sa fourgonnette. Elle était fermée à clé.

— Oh, elle était fermée à clé. Je vois. Donc personne d'autre n'aurait pu la prendre.

— Pas sans faire un contact électrique avec les câbles. De plus, si vous pensez que quelqu'un d'autre a pris la fourgonnette, il faut admettre que l'individu en question a utilisé son propre véhicule pour se rendre chez Rachel. Il est ridicule d'imaginer qu'un meurtrier pourrait garer sa voiture dans la rue, kidnapper une jeune fille, voler *une autre voiture* pour aller à la grange, et revenir chercher la sienne…

— Sauf si le tueur est venu à pied, dit Gale.

— Et pourquoi pas en avion ? rétorqua Stride.

Il y eut des rires du côté du jury. La juge Kassel fronça les sourcils et regarda sévèrement Stride.

Gale attendit que les rires cessent.

— Sauf erreur, demanda-t-il d'une voix douce, vous avez pris des photos, dans la maison des Stoner, après la disparition de Rachel ?

— C'est la procédure normale.

Il se demandait où Gale voulait en venir.

Ce dernier prit une photographie sur la table de la défense. Il la posa sur un chevalet devant Stride, de sorte que les jurés puissent la voir.

— S'agit-il de l'agrandissement d'un détail d'une de ces photos ?

Stride regarda rapidement le cliché.

— Oui, en effet.

— Nous voyons une table, dans le vestibule des Stoner, juste à côté de la porte d'entrée, c'est bien cela ?

— C'est bien cela.

Gale prit un stylo Arrow en or dans la poche de sa veste et s'en servit pour désigner, au milieu de la photo, un objet posé sur la table.

— Pouvez-vous nous dire ce que vous voyez ici, inspecteur ?

Stride reconnut l'objet.

— C'est un cendrier en cristal.

Maintenant, il savait où l'avocat voulait en venir.

— Qu'est-ce qui se trouve dans le cendrier, inspecteur ?

— Un trousseau de clés.

— Il s'agit du trousseau de M. Stoner, avec les clés de sa voiture et celles de la maison, c'est bien cela ?

— Oui, je crois.

— Les clés de la fourgonnette. Dans un cendrier, sur une table près de la porte d'entrée.

— Oui, répéta Stride.

— Ce qui veut dire qu'il suffisait à n'importe qui de franchir cette porte pour tendre la main et prendre ces clés. Et disposer de la fourgonnette. Et emmener Rachel.

Stride secoua la tête.

— Non, ce n'est pas une conclusion logique pour les preuves dont nous disposons. D'après cette hypothèse, l'assassin savait que Rachel était chez elle, il est venu à pied, il portait des gants, il savait que les clés seraient là, et il avait des chaussures de la même pointure que celles de Graeme Stoner. Ça ressemble fort à un de vos tours de prestidigitation, maître.

— Ça suffit, inspecteur ! fit sèchement la juge Kassel.

Stride s'excusa. Mais il avait momentanément fait avorter les théories de Gale. Il espérait simplement que les jurés ne perdraient pas pied dans la jungle des hypothèses extravagantes que l'avocat déployait devant eux.

Gale fit un grand sourire à la juge Kassel. Tout en tapotant les cheveux gris au sommet de son crâne, il se tourna vers Stride.

— Bien, inspecteur. Examinons maintenant cette prétendue liaison que M. Stoner aurait entretenue avec sa belle-fille. Vous ne disposez d'aucune preuve matérielle pour soutenir cette idée aberrante, n'est-ce pas ? Vous n'avez pas trouvé de sperme ? Pas de sécrétions vaginales ?

— Je suis sûr qu'ils lavaient leur linge.

— Pas de témoins ?

— Ce n'est pas le genre de choses qu'on a l'habitude de faire en public, dit Stride avec un léger sourire.

Gale ne souriait plus.

— Je vais prendre cela pour un « non », inspecteur. Vous passez aussi beaucoup de temps à vous inquiéter des fantasmes sexuels de M. Stoner. Il montre quelques faiblesses pour une certaine pornographie de mauvais goût… En d'autres termes, c'est un homme. Mais les publications que vous avez découvertes chez lui ne sont pas illégales, n'est-ce pas ?

— Non.

— Il s'agit de magazines que l'on trouve en vente libre dans la grand-rue de Duluth, il me semble ?

— Oui… je crois.

Gale agita la liste des communications téléphoniques que Dan avait présentée au tribunal comme pièce à conviction.

— Quant à ces appels au téléphone rose… Dites-moi, inspecteur, ne le prenez pas mal, mais… un homme qui aurait des relations sexuelles avec des adolescentes aurait-il besoin de payer cinq dollars la minute pour faire semblant au téléphone ?

— Ces appels prouvent son goût pour les mineures.

— Ces numéros que M. Stoner appelait de temps en temps… Savez-vous combien d'habitants de Duluth les ont appelés durant ces six derniers mois ?

— Non.

— Eh bien, je vais vous l'apprendre : presque deux cents. Y compris deux ou trois hommes qui, sauf erreur, appartiennent aux forces de police. Les avez-vous tous interrogés comme suspects ?

— Non, nous ne l'avons pas fait.

Gale hocha la tête.

— Bien sûr que non. Parce que nous savons, vous et moi, que ces conversations téléphoniques relèvent du fantasme et n'ont rien à voir avec la manière dont un individu se comporte dans la réalité. D'accord ?

— Cela dépend du contexte. Et de l'individu.

— Mais vous ne connaissez pas le contexte pour ces gens, n'est-ce pas ?

— Non.

— Non, vous ne le connaissez pas. En fait, la seule preuve qui pourrait suggérer une quelconque relation sexuelle entre Rachel Deese et mon client, c'est cette photographie étonnante que vous avez trouvée chez lui, dans un ordinateur. Exact ?

— Cette photographie est extrêmement suggestive, dit Stride.

— À maints égards, en effet, répliqua Gale. Mais vous n'avez aucune preuve que M. Stoner ait jamais vu cette photo, n'est-ce pas ?

— Elle se trouvait dans son ordinateur.

— Certes. Mais Rachel avait accès à cet ordinateur, n'est-ce pas ? Est-ce qu'elle n'aurait pas pu la copier, à n'importe quel moment, sur le disque dur de M. Stoner ?

— Encore une fois, rien ne suggère qu'elle aurait pu le faire.

Gale agita dédaigneusement son énorme main.

— Mais rien ne prouve le contraire, n'est-ce pas ? Qui sait ce qui passe par la tête des jeunes filles ? Elle a peut-être voulu lui faire une mauvaise blague. Elle a peut-être cherché à le mettre dans l'embarras. Elle a peut-être essayé de provoquer une dispute entre sa mère et son beau-père. Vous n'en savez rien, n'est-ce pas ?

— Non, répondit Stride.

— Dites-moi, inspecteur, quand cette photo a-t-elle été chargée dans l'ordinateur de M. Stoner ?

— Les données de l'ordinateur indiquent qu'elle a été chargée le samedi précédant la disparition de Rachel.

— Et à quelle date la photo a-t-elle été « ouverte » pour la dernière fois sur cet ordinateur ? demanda Gale.

Stride hésita. Puis :

— Le même jour.

Gale se cabra, l'air incrédule. Il contempla Stride, stupéfait. Il connaissait parfaitement la date indiquée sur le fichier, puisque les pièces à conviction lui avaient été communiquées au préalable. Mais il devait donner l'impression aux jurés qu'il apprenait la nouvelle en même temps qu'eux.

Il reprit la photo agrandie et l'exhiba devant les jurés, en laissant largement le temps à chacun d'eux de s'imprégner du pouvoir érotique de Rachel.

— Le même jour ? Vous nous dites que cet homme est obsédé par sa belle-fille, inspecteur. Qu'il entretient avec elle une liaison aussi torride qu'interdite par la loi. Il charge cette photo incroyable dans son ordinateur… et *il ne la regarde jamais* ?

Gale agita la main devant son front, comme pour se rafraîchir.

— Mon Dieu, inspecteur, si cette photo se trouvait dans mon ordinateur, je vous jure que mon travail n'avancerait pas beaucoup…

Dan Erickson se leva d'un bond.

— Objection !

Gale leva les mains, comme s'il se rendait.

— Je retire, je retire.

Puis il regarda Stride avec un sourire cruel.

— Soyons réaliste, inspecteur. Cette photo à couper le souffle se trouve dans l'ordinateur de M. Stoner, et pendant des semaines il ne prend même pas la peine de l'ouvrir ? C'est peut-être lui qui l'a mise là. Peut-être possède-t-il une force de caractère incroyable. Mais l'explication la plus logique n'est-elle pas plutôt… *qu'il ignorait la présence de la photo dans son ordinateur ?*

24

Au deuxième jour d'audience, le premier témoin que Dan appela à la barre fut Emily Stoner.

Ses cheveux sombres étaient coupés très court, au carré. Sous l'épais maquillage, sa peau semblait lisse et rose. Elle portait un soupçon de rouge à lèvres pâle, un collier de perles et des boucles d'oreilles assorties. Sa robe bleu marine au col bordé de blanc était visiblement neuve et mettait son corps en valeur. En la regardant, Stride eut une idée de ce à quoi Emily avait pu ressembler, quelques années plus tôt. Le seul signe révélateur de son âge réel, c'était son regard. Comme la veille, elle ne pouvait dissimuler son épuisement et son désespoir.

Emily se faufila vers l'allée. Elle se dirigea vers le box réservé aux témoins, en faisant claquer ses talons sur le sol de marbre. On lui fit prêter serment. Elle ne regarda pas Graeme, et Stride remarqua que celui-ci l'ignorait. Gale le releva aussi et donna un coup de coude discret à son client pour qu'il la regarde. C'était sa femme. Il l'avait d'ores et déjà perdue, à cause des accusations mensongères dont il était l'objet, et il devait montrer son chagrin.

Emily s'installa dans le fauteuil des témoins. Elle jeta un regard rapide sur les jurés, puis détourna nerveusement les yeux. Elle avait les mains croisées sur les genoux. C'était une femme séduisante et sympathique, mais Stride lui trouvait l'air instable. Les événements des derniers mois l'avaient fragilisée. Stride commençait à se dire que la seule raison qui l'avait retenue de tenter à nouveau de se suicider était l'espoir, en témoignant contre Graeme, qu'elle réussirait à le faire envoyer en prison.

— Madame Stoner, commença Dan, je sais combien c'est difficile pour vous…

Emily inspira à fond, gonflant sa poitrine, et ferma brièvement les yeux. Elle se redressa, s'armant de courage pour témoigner. Elle avait l'air concentrée, résolue.

— Je vais bien, dit-elle.

— Comment avez-vous fait la connaissance de Graeme Stoner ? demanda Dan.

— J'étais employée à la Range Bank. Il est entré à la banque en tant que cadre. Il venait de New York. Il était célibataire, séduisant et riche, et toutes les femmes, au bureau, étaient folles de lui. Moi la première.

— Il a manifesté de l'intérêt à votre égard ?

— Non. Pas tout de suite. Il passait devant moi sans me regarder, comme si je n'existais pas. Il faisait la même chose avec toutes les femmes. Il les ignorait.

— Et puis ? demanda Dan.

— Eh bien… Un jour, Rachel est venue à la banque. Elle portait un dos-nu moulant et un short. Je l'ai grondée à ce sujet, et nous nous sommes disputées dans le couloir. Graeme nous a vues toutes les deux, mais il n'a rien dit. Un peu plus tard, le même jour, il m'a invitée à dîner.

Dan saisit l'occasion d'intervenir, d'une voix forte :

— Graeme vous a approchée précisément le jour où il a vu Rachel avec vous, à la banque ?

— Oui.

— Alors qu'il vous ignorait depuis plusieurs mois ?

— Oui.

— Est-ce qu'il avait déjà aperçu Rachel avec vous ?

— Je ne vois pas comment. Elle ne venait presque jamais à la banque.

— Bien. Alors vous avez commencé à sortir ensemble, tous les deux. Comment Rachel a-t-elle réagi en voyant un autre homme entrer dans votre vie ?

— Elle se montrait amicale. Elle flirtait avec lui.

— Et puis Graeme vous a épousée. Avez-vous remarqué, après votre mariage, quoi que ce soit de particulier dans leurs relations ?

— Ils faisaient des choses ensemble, juste tous les deux. Ils allaient faire des photos dans les bois, par exemple, et ils restaient partis pendant des heures. Graeme lui offrait des cadeaux. Des vêtements, des CD…

— Quel était votre sentiment à ce sujet ?

— Au début, je me disais que c'était très bien. Je me réjouissais d'avoir de nouveau une famille. Mais j'ai commencé à m'inquiéter en voyant que Graeme passait de plus en plus de temps avec ma fille et de moins en moins avec moi. Il devenait distant, très froid. Comme s'il mettait un terme à nos relations. J'ignorais pourquoi.

Dan regarda longuement les jurés, avant de reprendre d'une voix posée :

— Madame Stoner, avez-vous jamais eu la moindre raison de penser que votre mari avait des relations sexuelles avec votre fille ?

La colère fit briller les yeux d'Emily.

— Les signes étaient là, sous mes yeux. Mais j'étais aveugle. Je ne voulais pas y croire. En y repensant, pourtant, je peux pointer des choses qui auraient dû m'alerter.

— Par exemple ?

— Un jour, je rangeais mes courses à l'arrière de la fourgonnette. C'était un lundi. La veille, Graeme et Rachel étaient allés en excursion. Dans le véhicule, j'ai trouvé une culotte appartenant à Rachel.

— Qu'avez-vous fait ? demanda Dan.

— J'ai interrogé Graeme. Il m'a répondu que ma fille avait glissé en traversant un ruisseau et qu'elle était tombée à l'eau. Tous ses vêtements étaient trempés.

— Vous en avez parlé à Rachel ?

— Non. J'ai lavé et rangé la culotte.

— Qu'avez-vous remarqué d'autre ? interrogea Dan.

— Une autre fois, je les ai vus s'embrasser. J'étais déjà couchée, quand je les ai entendus monter l'escalier. Rachel gloussait sottement. La lumière était allumée dans le couloir. Je l'ai entendue lui dire bonsoir, et je l'ai vue le prendre par le cou et l'embrasser. Ce n'était pas un baiser entre parents…

— Vous en avez parlé à Graeme ou à Rachel ?

— Non. J'ai fait semblant de dormir. J'étais incapable d'affronter la situation.

Dan attendit un instant pour que le récit d'Emily ait le temps de faire son effet.

— Est-ce que ces relations entre Graeme et Rachel se sont prolongées ?

Emily secoua la tête.

— Non. Quelque chose a changé. Il y a deux ans, à la fin de l'été, l'attitude de Rachel vis-à-vis de Graeme s'est totalement modifiée. Elle est devenue très froide, indifférente. J'étais surprise, parce que je n'avais rien remarqué qui aurait pu provoquer cela. Pas de disputes, ni de scènes. Mais elle lui a tourné le dos, aussi brusquement que si quelqu'un avait appuyé sur un bouton. Graeme a essayé de la reconquérir. C'était presque pathétique. Il lui a acheté une voiture neuve. Ça n'a rien changé. À partir de cette époque, Rachel s'est mise à le traiter exactement comme elle le faisait avec moi. En ennemi.

— Objection ! lança Gale d'un ton sec.

— Accordée, fit la juge Kassel.

— Pourquoi n'avez-vous rien dit de tout cela à la police quand Rachel a disparu, madame Stoner ? demanda Dan.

— J'ai essayé de me convaincre qu'il était impossible que Graeme soit compromis dans sa disparition. Je me faisais des illusions, comme si tout ce que j'avais remarqué n'avait aucune signification. Sans doute était-ce trop humiliant de penser que quelque chose d'aussi horrible avait pu se passer sous mon nez sans que j'en voie rien.

Gale objecta à nouveau, et la juge lui donna encore raison. Mais Dan avait dit ce qu'il avait à dire. Il était prêt à conclure :

— Nous savons que vous aviez avec votre fille des relations difficiles. Après tout ce qui s'est passé entre vous, est-ce que vous l'aimez encore ?

La passion éclaira soudain le visage d'Emily. C'était peut-être la première fois que Stride voyait de la vie dans ses yeux fatigués.

— Bien sûr ! Je l'aimais de toute mon âme. Ça n'a pas changé. Je sais combien elle a souffert, et j'aurais dû faire quelque chose pour me rapprocher d'elle. Je n'ai jamais pu. J'étais déchirée. Cela restera à jamais le plus grand regret de ma vie : avoir été incapable de trouver un moyen de combler le fossé qui nous séparait.

— Merci, madame Stoner, fit Dan en souriant.

25

Stride croyait que Gale prendrait des gants avec la mère de la victime. Il se trompait. L'avocat ne montra pas la moindre compassion.

— Le fait est, madame Stoner, que vous entreteniez avec votre fille des relations déplorables, n'est-ce pas ?

— Je dirais qu'elles n'étaient pas très bonnes…

— Pas très bonnes ? grogna Gale. Rachel affirmait souvent qu'elle vous détestait, n'est-ce pas ?

— Eh bien… oui, elle le disait, parfois.

— Elle vous traitait souvent de salope, renchérit Gale.

— De temps en temps.

— Elle détruisait des objets vous appartenant, des choses personnelles, juste pour le plaisir.

— Parfois.

— Elle commettait des actes abjects, uniquement dans le but de vous faire du mal.

Emily hocha la tête.

— C'est vrai.

Elle ajouta, comme si elle lançait un missile :

— Comme coucher avec mon mari.

— Ou s'enfuir, en laissant votre vie et votre mariage en ruine ? demanda Gale.

— Non, elle n'a pas fait cela.

Gale agita ses bras imposants.

— Comment le savez-vous ? Est-ce qu'elle n'était pas assez brillante et assez sournoise pour avoir mis tout cela en scène ?

— Objection ! s'écria Dan.

— Je retire la question, fit Gale en haussant les épaules. Madame Stoner, de votre propre aveu, vous n'avez parlé à personne de ces prétendus soupçons avant que la police ne vous informe que votre mari était suspect, n'est-ce pas ?

— J'étais en déni de la réalité, dit Emily.

— En déni de la réalité ? La vérité, c'est que vous ne pensiez pas vraiment qu'ils avaient une liaison, n'est-ce pas ?

— Pas à l'époque, non.

— Et la seule raison qui vous le fait croire maintenant, c'est que cela semble coller avec le petit scénario monté par M. Erickson, n'est-ce pas ?

— Non. Ce n'est pas vrai.

— Non ? demanda Gale, la voix dégoulinante d'incrédulité. Vous ne nous avez jamais parlé d'autre chose que de Rachel et vous, n'est-ce pas ? Pas de Graeme. Seulement de Rachel qui se moquait de vous. Qui vous tourmentait. Qui essayait de vous blesser.

— C'était difficile.

— Si difficile qu'un jour vous avez battu votre fille ?

Emily se crispa. Elle se recroquevilla, les yeux fixés sur ses genoux.

— Oui, murmura-t-elle.

— Parlez plus fort ! Vous étiez furieuse, et vous lui avez infligé une véritable raclée, n'est-ce pas vrai ?

— Cela n'est arrivé qu'une fois.

Gale secoua la tête.

— Oh, ainsi vous n'avez frappé votre fille qu'une seule fois… C'est parfait comme ça !

— Non ! J'en suis désolée !

— Votre fille vous a provoquée jusqu'à ce que vous la brutalisiez sauvagement, c'est cela ?

Dan se leva.

— Maître Gale harcèle le témoin, Votre Honneur.

La juge hocha la tête.

— Cela suffit, maître Gale.

Gale changea de stratégie :

— Si elle vous poussait assez loin, vous le referiez, non ?

— Non.

Gale baissa la voix. Il reprit, avec un calme féroce :

— N'est-ce pas vous, en fait, qui aviez un motif pour tuer Rachel ?

Emily écarquilla les yeux.

— Non !

— Non ? Alors qu'elle vous humiliait depuis des années ?

— Jamais je ne lui aurais fait du mal !

— Vous venez d'admettre que vous l'avez fait.

— C'était il y a longtemps, plaida Emily. C'est arrivé une fois, et ça ne s'est jamais reproduit.

— Non ? demanda Gale. Est-ce que vous n'avez pas fini par régler vos comptes avec elle, une fois pour toutes, ce dernier week-end ?

— Non… non, bien sûr que non ! Je n'étais même pas là…

— Et où étiez-vous ?

— Chez ma sœur, à Saint Louis.

— Le vendredi soir ? La nuit où Rachel a disparu ?

— Oui.

Une alarme retentit soudain dans le crâne de Stride.

— Mais pas le samedi, fit Gale. Vous n'étiez pas à Saint Louis le samedi soir, n'est-ce pas ?

Emily secoua la tête.

— Non. Je me suis arrêtée dans un hôtel des Cités jumelles. J'étais épuisée. J'avais conduit toute la journée.

— Où vous êtes-vous arrêtée ?

Emily hésita.

— Je ne me rappelle pas. Quelque part à Bloomington…

— Est-il possible qu'il s'agisse de l'hôtel Airport Lakes ?

— Je ne me rappelle pas. Peut-être.

Gale prit un morceau de papier sur la table de la défense.

— Est-ce que ceci n'est pas la copie du reçu que vous a délivré l'hôtel Airport Lakes, à Bloomington, pour le week-end en question ?

— Oui, en effet, fit Emily en pâlissant.

— Eh bien, nous avons un problème, non ? dit Gale en fronçant les sourcils.

Emily ne répondit pas. Gale leva la feuille de papier.

— Car ce document prouve que vous êtes arrivée le vendredi soir, pas le samedi soir, n'est-ce pas ?

— Saloperie de fils de pute, murmura Stride.

Maggie se pencha vers lui.

— Bon Dieu, sa sœur l'a couverte, chuchota-t-elle. Elle a juré qu'Emily était avec elle, le vendredi soir.

À la barre des témoins, Emily n'avait toujours pas répondu. Gale écarta les bras en agitant le reçu dans sa main gauche.

— Eh bien, madame Stoner ?

— Ce doit être une erreur, fit Emily d'une voix spectrale.

— Une erreur ? répéta Gale d'une voix méprisante. On vous aurait fait payer deux nuits, et vous n'auriez rien remarqué ? Faut-il faire venir à la barre le réceptionniste qui vous a inscrite ?

Emily jeta autour d'elle des regards frénétiques, en quête d'un soutien. Stride eut l'impression qu'elle regardait une personne en particulier. L'homme assis à quelques mètres d'elle, sur le banc. Dayton Tenby.

Stride vit la panique passer dans les yeux du pasteur.

Emily s'effondra.

— Eh bien oui, j'y étais le vendredi soir. J'ai fait des achats au centre commercial, le Mall of America, le samedi. Graeme n'aurait pas été content, c'est pourquoi j'ai menti. Je n'avais pas l'impression que c'était très grave.

— Comme c'est commode ! fit Gale. Mais le fait est que vous auriez pu faire facilement l'aller et retour à Duluth, dans la nuit de vendredi, n'est-ce pas ?

— Non, je ne l'ai pas fait, insista Emily.

— Vous vous inscrivez à l'hôtel, vous prenez la route vers le nord. Vous seriez arrivée juste un peu après dix heures, non ? Juste au moment où Rachel rentrait à la maison ?

— Non. Ça ne s'est pas passé comme ça.

— Non ? reprit Gale en souriant. Dites-nous, madame Stoner, qu'est-ce que Rachel a fait ce soir-là ? Qu'est-ce qu'elle a dit ? Ça a été la goutte qui a fait déborder le vase ?

— Non, non, non.

Dayton Tenby se pencha en avant, et Stride le vit murmurer furieusement à l'oreille de Dan.

— Vous étiez au courant, pour la grange, n'est-ce pas ? insista Gale.

Emily ne répondit pas.

— Il me faut une réponse : oui ou non. Est-ce que vous saviez ce qui se passait à la grange, et où elle se trouvait ?

— Oui.

— Vous y étiez déjà allée, vous-même, n'est-ce pas ?

— Pas depuis des années.

— Mais vous y étiez allée ? Vous saviez ce qui s'y passait ?

— Oui, fit-elle d'une voix qui n'était plus que l'écho d'elle-même.

— Vous aviez un vrai motif de tuer Rachel, et vous en avez eu l'occasion, n'est-ce pas ? Vous aviez plusieurs épisodes violents à votre actif, toutes les deux. Elle vous traitait comme une moins que rien, nous le savons tous.

Emily le regarda fixement.

— Je n'ai pas tué ma fille.

— Vous avez menti à la police. Vous avez menti à votre mari. Vous avez menti au jury. Comment savoir si vous ne mentez pas maintenant ?

Emily avait le visage baigné de larmes.

— Je ne mens pas.

Gale haussa les épaules.

— Je vous remercie, madame Stoner. Plus de questions.

Dan se leva pour le contre-interrogatoire.

— Madame Stoner, pouvez-vous nous dire encore une fois ce que vous avez fait ce vendredi soir, quand vous prétendiez être chez votre sœur ?

— J'ai fait du shopping, répéta Emily.

Dan croisa le regard hésitant d'Emily. Sa voix s'adoucit.

— Vous ne pouvez plus vous cacher. Le moment est venu de dire la vérité. Maintenant, je vous en prie, dites-la-nous. Où étiez-vous, le vendredi soir ?

Stride vit Emily adresser à Dayton un regard consterné. Le pasteur hocha légèrement la tête. Emily inspira à fond et se tourna vers le jury. Elle semblait avoir recouvré son calme.

— Je me trouvais à l'hôtel, à Bloomington. J'avais une liaison. Je ne voulais pas que mon mari le sache, ni aucun autre membre de notre communauté.

Dan hocha la tête.

— Dites-nous qui est l'homme que vous avez rejoint à Minneapolis.

— C'était… je veux dire, je voyais Dayton. Dayton Tenby. Il est mon pasteur depuis des années.

Les mots se pressaient sur ses lèvres.

— Nous ne nous sommes pas retrouvés avec l'intention de coucher ensemble. Il était à Minneapolis pour une conférence. Je voulais lui parler, alors je suis rentrée plus tôt que prévu. Nous avons dîné, et puis… eh bien, une chose en amenant une autre… Nous avons passé le week-end ensemble. C'était magnifique. Mais je me sentais coupable, j'avais honte, et je ne voulais pas compromettre la carrière de Dayton. Même si c'était entièrement ma faute, je savais qu'il pouvait en souffrir.

— Vous étiez avec lui durant tout ce temps ? demanda Dan.

— Oui.

— Avez-vous eu l'occasion de vous éclipser pour faire je ne sais quel mystérieux aller et retour à Duluth ?

Emily secoua la tête.

— Bien sûr que non. C'est ridicule. La seule personne qui se trouvait à la maison avec Rachel, ce soir-là, c'était Graeme.

26

— J'ai regardé les infos, ce soir, dit Andrea en avalant une longue gorgée de chardonnay, qu'ils buvaient comme de la bière glacée. Tu sais comment ils sont, tous ces experts, toujours en train de distribuer des bons et des mauvais points. Mais cette fois j'ai eu l'impression qu'ils ne savaient pas qui allait gagner. Bird lui-même n'a pas l'air de savoir dans quel sens il doit prendre ce procès.

— Content d'apprendre que quelque chose peut lui clouer le bec, dit Stride.

— Qu'en pense Dan ?

— Il pense que nous gagnerons.

— Et que pense Gale, à ton avis ?

— Je pense qu'il pense qu'il va gagner.

— Alors, qui va gagner ?

— Nous, je crois, fit Stride en riant. Mais là, je fais preuve d'optimisme.

Andrea, qui était déjà un peu plus que légèrement saoule, secoua la tête.

— Optimiste ? Toi ? Je ne crois pas.

— C'est encore mieux. Alors nous allons vraiment gagner.

— Maggie est du même avis ?

— Maggie ? Maggie déteste tellement Dan Erickson qu'elle serait contente que Stoner soit acquitté, rien que pour voir Dan prendre une gamelle. Mais elle envisage plutôt ça comme un match nul, pour le moment, et elle a sans doute raison.

Andrea resta un instant silencieuse. Puis :

— Je crois que Maggie ne m'aime pas beaucoup.

Stride haussa les épaules.

— Je t'ai dit ce qu'il en était, pour Maggie. Elle traverse simplement sa phase « jalousie ». C'est son problème, pas le tien.

— Elle croit que je ne te conviens pas.

— Elle te l'a dit ?

— Non, fit Andrea. Les femmes sentent ce genre de choses.

— Eh bien, occupons-nous de nous-mêmes, et Maggie pourra s'occuper de Maggie. D'accord ?

Andrea hocha la tête. Elle vida son verre, puis versa le fond de la bouteille dans leurs deux verres, non sans en faire tomber quelques gouttes sur la table basse. Elle les essuya avec le doigt, le lécha.

Stride était assis en face d'elle, dans le salon. La fenêtre panoramique, devant le canapé, leur offrait une vue superbe de la ville, en contrebas, et du lac qui s'assombrissait au crépuscule. Il s'était changé et avait passé un polo vert à manches courtes et un vieux jean. Andrea toucha l'épaisse cicatrice qu'il avait au bras.

— Tu ne m'as jamais parlé de cette balle, dit-elle.

— C'était il y a des années.

— Alors raconte-moi, le pressa Andrea.

— Une tentative de suicide. Mais j'ai mal visé.

— Jo-na-than… dit-elle, exaspérée, en espaçant les syllabes. Tu ne peux pas laisser ton humour noir de côté, de temps en temps ?

— D'accord, fit-il en souriant. C'était un accident de chasse.

— Ah ?

— Ouais, je chassais, et ma proie s'est retournée contre moi.

— Tu es impossible. Allez, je veux vraiment savoir. Dis-moi, s'il te plaît.

Stride soupira. C'était un épisode de sa vie sur lequel il n'aimait pas revenir. Il avait passé un an à essayer de l'oublier, avec l'aide de Cindy et d'un analyste.

— Il y a quelques années, je me suis retrouvé au milieu d'une scène de ménage. Nous possédions un chalet, à l'ouest d'Ely, et le couple qui habitait à côté… eh bien, le mari a pété les plombs. C'était un excellent ami à moi. Nous étions proches. Un gars fragile. Un ancien combattant. Il avait perdu son boulot et la boule au même moment. Un soir, sa femme m'appelle et m'explique qu'il agite un flingue dans tous les sens, et qu'il menace de la tuer et de tuer les gosses. Je le connaissais, je savais qu'il en était capable. Mais je n'ai pas demandé de renforts, parce que je me disais que c'était la meilleure manière pour que des tas de gens se fassent descendre, lui compris. J'ai préféré aller lui parler.

— Qu'est-ce qui s'est passé ?

— Dès que je suis entré, il a pointé son revolver sur moi, un six-coups chargé jusqu'à la gueule. Le plus gros flingue qu'on ait jamais vu, là, juste sous mon nez. Il n'avait pas envie de parler, apparemment. Bon, je lui ai tout de même parlé. Je suis parvenu à lui faire entendre raison, en tout cas c'est ce que je croyais. Je l'ai persuadé de laisser sortir les gosses. Quelques minutes plus tard, je l'ai persuadé de laisser sortir sa femme, même si elle ne voulait pas partir. Il ne restait plus que lui et moi. Je pensais vraiment que j'étais sorti de l'auberge. Mon seul souci était de m'assurer qu'il n'allait pas se suicider. Mais je l'avais sous-estimé. Il a pointé le flingue sur sa tête, et j'ai gueulé. J'ai foncé sur lui, les mains en avant, pour l'arrêter. Il a juste tourné l'arme vers ma poitrine, et il a appuyé sur la détente, comme ça, sans prévenir. Je me suis jeté sur le côté. La balle m'a traversé l'épaule et le choc m'a envoyé à terre. Comme je n'étais plus capable de l'en empêcher, il a mis le canon de son arme dans sa bouche et s'est fait sauter le crâne.

Andrea lui caressa le visage.

— Je ne sais pas quoi dire…

— Tu vois ce qui se passe quand tu me fais boire ? fit-il. Je commence à raconter des histoires qui te font de la peine.

— C'est ma faute. J'ai insisté. Mais je suis contente que tu me l'aies dit.

— Bon, on n'en parle plus, d'accord ? Tu veux ouvrir une autre bouteille ?

— Je dois aller à l'école demain, tu te souviens ? Je ne crois pas que mes élèves seraient ravis de me voir avec la gueule de bois…

— Comment se fait-il que nous ne soyons jamais sortis ensemble, au lycée ? demanda-t-il.

Il fallait qu'il ait bu plusieurs verres de vin pour poser ce genre de question.

— Sans doute parce que tu étais diplômé avant même que j'entre en première année.

— Ah ouais. Je parie que tu ne m'aurais même pas accordé un regard.

Andrea secoua la tête.

— Je t'en aurais sûrement accordé plusieurs...

— Non, je ne crois pas, fit Stride. J'étais un de ces garçons solitaires, raides et mélancoliques. Et toi... toi, tu étais pom-pom girl, je parie, et dans toutes les associations, avec des tas de petits copains.

Andrea sourit.

— Pom-pom girl, oui. Association des étudiants en sciences, oui. Petits copains, non.

— Allons...

— Non, sérieusement ! On m'invitait tout le temps, mais ça n'allait pas plus loin que le premier rendez-vous.

Elle souleva ses seins.

— Dès qu'ils avaient compris qu'ils ne mettraient pas les mains là-dessus, je ne présentais plus aucun intérêt.

— C'est ce qui s'appelle souffler les bougies sans avoir le droit de goûter au gâteau, fit Stride en souriant.

— Jonathan ! Évite ce genre de conneries macho. Je suis sûre qu'à la fac tu étais un parfait gentleman.

— Ça n'existe pas, les gentlemen de seize ans, fit-il en riant.

— En tout cas, tu as eu de la chance. Au lycée, tu as trouvé l'âme sœur. Tu as rencontré Cindy pendant ta dernière année, c'est ça ?

— Oui.

— Aussi simple que ça, hein ? demanda-t-elle.

Stride eut un sourire nostalgique.

— Oui, aussi simple que ça. J'étais accro. Le coup de foudre. Ça a vraiment été rapide.

Elle se blottit tout contre lui sur le canapé, lui prit le bras. Son chat, qui dormait sur les genoux de Stride, leva les yeux, vexé d'avoir été dérangé.

— C'était comment, avec Cindy ? interrogea-t-elle doucement.

Stride regardait loin devant lui, là où il pouvait encore voir mentalement l'image de Cindy. Le temps passant, elle avait perdu de sa netteté. Ce n'était plus un gros plan. Plutôt un plan général, de plus en plus lointain.

— Elle m'a empêché d'être un solitaire. Elle me taquinait, perçait mes défenses. Et c'était l'être le plus inspiré que j'aie jamais rencontré. Pas au sens religieux, non, c'est autre chose. Elle m'a aidé à voir sous un nouveau jour les choses que j'aimais, le lac, les bois. Une fois que j'avais vu quelque chose à travers son regard, ce n'était plus pareil. C'était mieux.

Le chat s'était rendormi, peu impressionné par ses souvenirs. Stride regarda Andrea, toujours blottie contre son épaule.

Elle pleurait.

Le lendemain matin, Dan appela Kevin Lowry à la barre des témoins.

Kevin était le témoin idéal : un adolescent costaud, très soigné, qui semblait un peu emprunté avec sa chemise blanche et sa cravate. Il se tortilla pour introduire sa grande carcasse dans le box des témoins. Il lançait des regards nerveux vers le tribunal. Il croisa celui d'Emily Stoner, à qui il adressa un petit sourire de soutien. Emily n'eut aucune réaction.

Dan retraça rapidement l'origine des relations de Kevin avec Rachel, avant d'en venir à Graeme :

— Kevin, un témoin a déclaré que les rapports de Rachel avec Graeme avaient brusquement changé. Ils étaient proches, et tout à coup ils ont cessé de l'être. Avez-vous eu l'occasion de vous en rendre compte ?

Kevin acquiesça.

— Oh oui ! Un moment important. Il y a deux ans environ, Rachel a fait volte-face. Elle ne voulait plus s'approcher de M. Stoner. Elle m'a dit qu'elle le détestait.

— Elle vous a expliqué pourquoi ?

— Non. Je lui ai posé la question, un jour, et elle m'a dit… eh bien, elle l'a méchamment insulté.

— Quels mots a-t-elle employés, Kevin ?

Kevin était mal à l'aise.

— Elle… elle l'a traité de foutu pervers.

— Avez-vous eu l'occasion d'observer l'attitude de M. Stoner à cette époque-là ?

— Quand je les voyais ensemble, il était très gentil avec elle. Comme d'habitude. Je ne sais pas… comme s'il en rajoutait. À la rentrée, M. Stoner lui a offert une nouvelle voiture.

Stride fronça les sourcils. Quelque chose le tracassait, à propos de cette voiture. Ça le travaillait depuis le début, en fait. Mais les enquêteurs l'avaient fouillée de fond en comble, sans rien trouver.

— Est-ce que Rachel était heureuse de recevoir ce cadeau ?

Kevin secoua la tête.

— Non. Je veux dire, elle l'aimait beaucoup. Elle avait toujours détesté conduire le vieux tacot de sa mère. Mais la nouvelle voiture… elle en parlait toujours avec ironie. Elle disait que M. Stoner avait été obligé de la lui acheter, qu'il n'avait pas eu le choix.

— Est-ce qu'elle vous a dit ce que cela signifiait ?

— Non.

— S'agit-il de la voiture qu'elle conduisait le soir où vous l'avez vue pour la dernière fois ?

— Oui.

— Bien, Kevin. Parlons maintenant de ce fameux soir. Dites-nous ce qui s'est passé.

Kevin relata les événements qui s'étaient déroulés à Canal Park avec Rachel et Sally, dans les mêmes termes que lorsqu'il avait parlé à Stride.

— Essayez de décrire l'état d'esprit de Rachel. Comment l'avez-vous trouvée ?

— Normale. Heureuse. Pas fâchée, ni rien.

— C'était donc une soirée comme les autres ?

— Oui, bien sûr.

— Et le lendemain, Kevin ?

— Elle m'a demandé si je voulais sortir avec elle le samedi soir. Mais quand je suis allé chez elle, elle avait disparu.

— Vous avez parlé à l'accusé ?

— Oui. Je lui ai dit que j'avais rendez-vous avec Rachel. Il m'a répondu qu'il ne savait pas où elle était. Qu'il ne l'avait pas vue de la journée.

— Où se trouvait la voiture de Rachel ?

— Elle était garée devant la maison. Je ne comprenais pas où elle avait pu aller sans sa voiture.

Dan hocha la tête.

— Est-ce que vous l'avez dit à M. Stoner ?

— Bien sûr. Je lui ai dit que c'était très bizarre. Ça ne ressemblait pas du tout à Rachel. Je lui ai demandé si on ne devrait pas prévenir quelqu'un.

— Qu'a-t-il répondu ?

Kevin jeta un regard furieux à Graeme.

— Il m'a dit non, qu'il n'y avait aucune raison de s'inquiéter. Que Rachel se moquait sans doute de moi, comme elle le faisait avec tout le monde.

— Quand Rachel vous a donné rendez-vous, la veille, elle avait l'air de se moquer de vous ?

— Non, elle était sérieuse. Nous devions sortir ensemble.

— Quand Rachel vous a quitté, ce soir-là, qu'est-ce qu'elle vous a dit ?

— Elle m'a dit qu'elle rentrait chez elle. Elle était fatiguée.

— Elle vous a parlé d'un autre endroit, elle vous a dit qu'elle allait retrouver quelqu'un d'autre ?

— Non.

— Est-ce qu'elle avait l'air fâchée, angoissée, affolée ?

— Non.

— Alors, encore une fois, à votre avis, c'était une soirée comme les autres.

— C'est cela, fit Kevin en hochant la tête.

— Merci, Kevin.

Gale se leva.

— Kevin, vous avez dit que c'était une soirée comme les autres. C'est bien cela ? insista-t-il d'une voix ostensiblement incrédule.

— Exact.

— Bien. Voyons… vous avez dit que lorsque vous avez vu Rachel, elle se trouvait sur le rebord du pont.

— Oui.

— Il y avait du vent, et il pleuvait.

Kevin acquiesça :

— Il faisait un temps de chien.

— Ainsi, Rachel était debout sur un rebord très étroit, au-dessus de l'eau glacée, et il y avait beaucoup de vent ? C'est bien cela ?

— C'est exact.

— Elle aurait pu se tuer, non ?

— Sans doute.

Gale haussa les sourcils.

— Sans doute ? Kevin, vous étiez terrifié, non ? Vous avez couru pour la sauver.

— Oui, c'est vrai.

— À votre connaissance, demanda Gale, il lui était déjà arrivé de grimper sur le pont de cette façon ?

— Non.

— Pourquoi a-t-elle risqué sa vie, ce soir-là plutôt qu'un autre ?

— Je n'en sais rien.

— Vous avez dit que Rachel vous avait fait des avances explicites, ce soir-là ?

— Oui.

— En présence de votre petite amie ?

— Sally était trop loin pour entendre, à ce moment-là.

— Mais elle pouvait vous voir, n'est-ce pas ?

— Je suppose.

— Rachel avait-elle déjà fait cela auparavant ?

— Non, fit Kevin en secouant la tête.

— Ainsi, cette nuit-là, pour la première et la dernière fois, elle fait des propositions à son plus vieil ami, un garçon qu'elle connaît depuis toujours ?

— Oui, fit Kevin d'une voix presque inaudible.

— Je vois. Parlons du rendez-vous. C'était la première fois qu'elle vous proposait de sortir avec elle ?

Kevin acquiesça :

— Oui.

— Vraiment la première fois, depuis que vous vous connaissez ?

— Oui.

— Ainsi, si je comprends bien, cette nuit-là entre toutes, Rachel décide pour la première fois de vous inviter à sortir avec elle…

— C'est exact.

Gale eut un sourire.

— Eh bien, en fait, il n'y avait vraiment rien d'ordinaire, ce soir-là, vous ne pensez pas ?

Kevin hésita.

— Peut-être.

— Pourquoi Rachel se comportait-elle si bizarrement ?

— Je ne sais pas.

— Parfait, Kevin, dit Gale. Passons à autre chose. Vous connaissiez Kerry McGrath, n'est-ce pas ? La fille qui a disparu, il y a deux ans ?

— Objection !

Dan avait quasiment hurlé.

— La question de la défense est hors de propos et sort du champ de l'interrogatoire direct !

La juge Kassel donna un coup de marteau. Stride eut l'impression qu'elle aimait ça. Elle regarda Dan avec impatience.

— Calmez-vous, maître Erickson !

Puis elle se tourna vers Gale. Elle serrait sa jolie mâchoire, mais son regard montrait qu'elle était intriguée.

— Maître Gale, j'espère que vous avez une bonne raison de poser cette question. Parce que, en dépit de l'éclat de l'avocat de la défense, je serais tentée d'accepter son objection.

Gale savait qu'il avait piqué sa curiosité. Et celle des jurés.

— J'espère que la cour m'autorisera à poursuivre un peu sur ce thème, Votre Honneur. Je voudrais explorer certains faits qui joueront un rôle de première importance dans la défense de mon client. Les témoins de l'accusation ont affirmé qu'il n'existait aucun lien entre la disparition de Kerry et celle de Rachel. Je souhaite démontrer la fausseté de ces conclusions, ce qui est certainement pertinent. En outre, M. Erickson a ouvert une porte en explorant les relations personnelles du témoin avec Rachel. J'ai donc le droit de savoir s'il a eu des relations personnelles avec une autre jeune fille qui a disparu dans des circonstances similaires.

Kassel fit la moue. Cela ressemblait presque à un sourire. Stride se demandait si elle savourait le drame qui se jouait, ou si elle savourait la possibilité que Gale dispose d'un atout caché qui lui permettrait de mettre Dan dans l'embarras.

— Nous vous y autorisons, maître Gale, mais brièvement. Très brièvement.

— Merci, Votre Honneur.

Dans le silence qui suivit, le tribunal tout entier concentra son attention sur Kevin, qui se tortillait dans le box des témoins. Gale répéta sa question.

— Oui, bien sûr, je la connaissais, répondit Kevin. Nous étions dans la même classe.

— Êtes-vous jamais sortis ensemble, tous les deux ?

— Non.

— L'avez-vous invitée à sortir avec vous, et dans ce cas vous a-t-elle éconduit ?

— Non, murmura Kevin.

— Votre Honneur ? implora Dan.

— Maître Gale ? fit la juge Kassel. L'indulgence de la cour a des limites.

Gale lança très vite la question suivante :

— Vous a-t-elle invité à sortir avec elle ?

Dan se leva pour objecter de nouveau, mais, avant qu'il ait eu le temps d'ouvrir la bouche, Kevin lâcha, dans un soupir :

— Oui.

Dan se laissa doucement retomber sur son siège. Les jurés et le public présent dans la salle étaient cloués sur place. La juge Kassel posa son marteau et s'enfonça dans son fauteuil.

— Quand Kerry vous a-t-elle invité à sortir avec elle ? demanda Gale.

— Une semaine avant sa disparition.

Un murmure parcourut le tribunal.

Stride jeta un coup d'œil à Maggie. Elle lui rendit son regard, embarrassée. Ils avaient décortiqué l'affaire McGrath, et le nom de Kevin n'avait jamais été prononcé. Il n'existait aucune preuve que les deux jeunes gens soient jamais sortis ensemble. Un instant plus tard, ils comprirent.

— Vous avez accepté ? demanda Gale.

— Non, fit Kevin en secouant la tête. Je lui ai dit que je sortais avec Sally.

— Vous n'êtes donc jamais sortis ensemble ?

— Non.

— Comment Kerry a-t-elle pris votre refus ? interrogea Gale.

— Elle a bien réagi. Elle a répondu qu'on pourrait remettre ça à une autre fois…

Gale hocha la tête.

— Et Sally ? Comment a-t-elle réagi à l'idée qu'une autre fille vous invite à sortir avec elle, exactement comme Rachel cette fameuse nuit ?

— Elle était furieuse. Je lui ai dit que ce n'était rien du tout. Nous n'en avons plus reparlé.

— Et une semaine plus tard, Kerry disparaissait… Exactement comme Rachel.

Kevin déglutit.

— Oui.

— Vous n'avez pas beaucoup de chance avec les filles qui veulent sortir avec vous, n'est-ce pas, Kevin ?

Dan cria de nouveau pour objecter. Cette fois, Kassel dirigea sa colère contre Gale, acceptant l'objection et invitant les jurés à ne pas tenir compte de la question. Gale leva les bras en signe de reddition.

— Plus de questions, Kevin, fit-il doucement.

Avant que Kevin ait eu le temps de se lever, Dan avait bondi.

— Contre-interrogatoire, Votre Honneur ?

La juge Kassel opina.

— Allez-y.

— Kevin, veuillez dire au tribunal où vous vous trouviez le soir où Kerry McGrath a disparu.

— À cette époque, j'étais en Floride. Je visitais Disney World avec mes parents.

— Et le soir où Rachel a disparu, qu'avez-vous fait après qu'elle vous a laissé dans Canal Park ?

— Je suis rentré chez moi.

— Vous avez vu vos parents ?

Kevin acquiesça.

— Nous avons regardé un film à la télévision, en famille, jusqu'après minuit.

— Merci, Kevin.

— Qu'est-ce que c'est que cette histoire ? demanda Dan en croquant dans son sandwich. Qu'est-ce qu'il veut prouver ? Et c'est quoi, cette phrase : « Un moment vital pour la défense » ?

Stride jouait avec une coupure de journal, qu'il pliait et dépliait.

— C'est évident, non ? Il va essayer de décrire Sally comme une tueuse en série jalouse. Du genre : « Toutes celles qui touchent à mon copain, je les zigouille. »

— Mais vous m'avez dit que cela ne menait nulle part, fit Dan. Qu'elle avait un alibi.

Stride acquiesça.

— Elle en a un. Je ne sais pas où il croit aller avec ça. Mais il pense pouvoir embrouiller les jurés, c'est évident.

— Si je ne fais pas témoigner Sally, nous ne pourrons pas dire que Graeme est allé à la grange. Et Gale la fera venir lui-même à la barre, ce qui donnera l'impression que nous essayons de cacher quelque chose. Ce qui signifie qu'elle sera de toute façon à la barre dans une demi-heure. Alors dites-moi, est-ce qu'il est possible que cette fille ait fait le coup ? Est-ce que je dois m'inquiéter ?

Maggie secoua la tête.

— Certainement pas. Je lui ai parlé. C'est très probablement une petite garce jalouse des filles qui parlent à Kevin, mais je ne la vois pas les enlever dans la rue pour les assassiner. Et elle ne nous menait pas en bateau à propos de Graeme et de la grange. C'est moi qui l'ai interrogée. Elle disait la vérité.

— Alors pourquoi Gale a-t-il l'air de penser qu'elle est son atout maître ? fit Dan. Est-ce que nous savons où se trouvait Sally quand Kerry a disparu ?

— Non, répondit Stride. Son nom n'est apparu nulle part.

— Nous savons qu'elle n'était pas avec Kevin, remarqua Maggie d'un air entendu. Ça ressort clairement de votre contre-interrogatoire. Il était en Floride.

Stride intervint avant que Dan ne pète un câble :

— Elle n'a pas fait le coup, Dan. Mais je veux bien parier que Gale a déjà vérifié, et que Sally n'a pas d'alibi pour cette nuit-là. Ou bien elle ne se rappelle pas où elle était. Bon Dieu, cela fait presque deux ans ! Donnons-lui une chance. Elle a convaincu Maggie. Elle convaincra les jurés.

Dan claqua le couvercle de son attaché-case et jeta un regard malveillant à Maggie.

— Parfait. Nous ne modifions pas notre stratégie. Nous ignorons l'affaire Kerry McGrath. À vue de nez, je dirais que nous menons encore aux points. Si les jurés se retiraient maintenant pour délibérer, ils y réfléchiraient peut-être un moment, mais ils le condamneraient. Mais si Gale trouve le moyen de les embrouiller avec un autre faux suspect, il pourrait les amener à croire au doute raisonnable. Je voudrais qu'une chose soit claire. Si nous perdons cette affaire, je vous promets que vous vous retrouverez tous les deux à gratter la merde de pigeon sur les statues des jardins publics pendant au moins dix ans. Alors bon Dieu, il reste à souhaiter que vous m'avez donné assez de matière pour foutre ce maniaque derrière les barreaux !

Stride et Maggie se regardèrent. Ils pensaient la même chose. Où Gale veut-il en venir ?

Et aussi : Qu'est-ce qui nous a échappé ?

27

Jerry Gull n'en pouvait plus. Il fallait vraiment qu'il y aille. Vite. Et un long trajet sur une route déserte le séparait encore de Duluth.

Il avait sifflé du café pendant les quatre heures qu'avait duré le séminaire à Hibbing, puis il avait quitté l'hôtel en toute hâte sans s'arrêter aux toilettes. Jerry avait une phobie des toilettes publiques, et il s'arrangeait en général pour n'utiliser que celles de son bureau et celles de son appartement. Normalement, il aurait dû tenir le coup entre Hibbing et chez lui. Mais il avait perdu une heure sur le chemin du retour, car il devait passer prendre Brunswick.

Brunswick était le chien de sa petite amie Arlene, un terre-neuve qui pesait plus lourd que lui. Quand il s'étirait, il était même sans doute plus grand que lui.

Arlene avait été mariée brièvement. Après son divorce, son ex-mari avait obtenu la garde de Brunswick dans sa petite ferme près de Hibbing. Jerry n'avait jamais rencontré Brunswick. Sa dernière erreur avait été de parler à Arlene de son séminaire. Elle lui avait arraché la promesse de faire un saut chez l'ex-mari pour y prendre le chien, afin qu'il puisse passer un week-end prolongé avec elle chez sa sœur, au sud de Duluth.

Voilà pourquoi cette espèce d'élan noir grand comme le Canada se retrouvait sur le siège arrière de sa Toyota Corolla.

Presque immédiatement, l'effet du café avait commencé à se faire sentir. Jerry essayait de ne pas y penser, simplement de rouler le plus vite possible. Il aurait pu s'arrêter à un snack, sur la route, mais il y avait sa phobie des toilettes publiques, et il n'était même pas sûr de pouvoir descendre de voiture sans laisser Brunswick s'échapper.

Quand il commença à se tortiller sur son siège en serrant les cuisses, il se trouvait au milieu des bois, loin de toute agglomération. En outre, le chien aggravait sérieusement la situation. Jerry sentait son odeur, l'animal lui soufflant dans le cou une haleine chaude et fétide. Le chien produisait au moins trois litres de salive au kilomètre, dont une grande partie sur l'épaule de son costume bleu. Il frottait affectueusement sa gueule dégoulinante sur la joue de Jerry et refusait obstinément de le laisser en paix.

Jerry se rendit compte que la voiture était trop petite pour lui, sa vessie et Brunswick.

Il inspecta le bas-côté. Cinq cents mètres plus loin, comme par miracle, il trouva exactement ce qu'il lui fallait : un chemin de terre qui s'enfonçait dans la forêt en zigzaguant, au milieu de nulle part. Le genre d'endroit où il n'y avait jamais personne, sauf, de temps en temps, un fermier ou un chasseur prenant un raccourci pour rejoindre une route parallèle.

Jerry tourna et s'engagea dans le chemin. La Corolla faisait des bonds, tandis que les babines de Brunswick se balançaient, hors de tout contrôle, projetant de la salive à travers la voiture. Il en tomba même sur les lunettes de Jerry, qui les essuya du revers de la main avec un grognement dégoûté. Il parcourut ainsi près de deux kilomètres sur le chemin de terre avant de trouver un coin où la forêt de bouleaux fournissait un épais rideau, et où il n'y avait pas le moindre signe d'une activité humaine.

Le corps de Jerry n'était plus que torrents, fleuves, chutes d'eau, toutes les variétés possibles d'eau courante. Il n'était pas sûr de tenir le coup.

Il ouvrit sa portière à la volée et se rua littéralement hors de la voiture. Il fonça droit sur le bas-côté, sur sa gauche, tout en actionnant frénétiquement sa fermeture Éclair. Ses doigts gourds cherchèrent son pénis, le manquèrent, et il eut toutes les peines du monde à l'extraire de son caleçon. Il y parvint enfin, aux anges, juste à temps. Les vannes s'ouvrirent. Sa lance d'incendie à la main, il arrosa voluptueusement le fourré devant lui.

Jerry était tellement soulagé qu'il en avait les larmes aux yeux.

Il en avait presque fini lorsqu'un projectile gros et lourd le frappa par-derrière et le fit tomber. Il tournoya et atterrit sur le dos – sur le sol fraîchement détrempé –, mais son pénis poursuivait son œuvre, aspergeant son pantalon, sa chemise, sa cravate et son visage comme un arroseur automatique hors de contrôle. Jerry hurla, tellement pris dans l'horreur du moment qu'il avait à peine pris conscience que le coupable n'était autre que Brunswick. À la vitesse d'un missile, le chien disparut dans la forêt.

— Brunswick ! hurla-t-il, déchargeant une partie de sa rage.

Il se releva, regarda ses vêtements maculés. Il n'en croyait pas ses yeux. Un pur cauchemar. Le pire, c'était qu'il avait sans doute perdu le chien à tout jamais, et Arlene ne le lui pardonnerait pas. L'idée lui vint de remonter en voiture, de s'enfuir et de ne jamais rentrer chez lui.

Woof !

Quelque part au loin, il entendit un aboiement sourd. Brunswick n'était pas parti pour de bon. D'après le son, il devait se trouver à plusieurs centaines de mètres, au plus profond de la forêt. Jerry l'appela de nouveau, puis attendit, espérant entendre le martèlement des pattes quand le chien reviendrait vers lui.

Il n'eut pas cette chance.

Woof !

Avec un soupir, Jerry se mit en route. Il appelait Brunswick et le chien lui répondait, à intervalles réguliers. Jerry était mouillé, sale, il puait. La terre était détrempée, les branches des arbres s'accrochaient à ses vêtements et à sa peau. Ses chaussures étaient pleines de boue. Par-dessus le marché, il se mit à pleuvoir.

— Brunswick ! cria-t-il une fois de plus.

Il commençait à perdre patience.

Woof !

Jerry se tourna dans la direction du dernier aboiement, en plissant les yeux pour voir entre les bouleaux. Cette fois, il aperçut un animal noir, museau au sol, qui creusait frénétiquement la terre molle.

— Enfin !

Il s'approcha doucement du chien. Il ne voulait pas lui faire peur et devoir se remettre à lui courir après.

Absorbé par sa tâche, Brunswick semblait ne pas avoir remarqué sa présence. Le chien avait trouvé quelque chose qui méritait apparemment toute son attention, et il grattait le sol avec enthousiasme au milieu d'une clairière minuscule, enfonçant entièrement son énorme tête dans le trou qu'il était en train de creuser.

Jerry se baissa et, non sans hésiter, le saisit par le collier.

— Espèce de sale bête, dit-il en caressant le poil noir emmêlé.

Brunswick avait enfin compris que Jerry se trouvait à côté de lui. Il leva la tête, satisfait, les babines dégoulinantes de salive. Le terre-neuve tenait un objet long et blanc dans son énorme mâchoire.

— Alors, Brunswick, qu'est-ce qui nous vaut tout ce cirque ?

Il tendit la main pour prendre la chose de la gueule du chien. Après avoir vaguement résisté, Brunswick la lui abandonna.

Jerry contempla ce qu'il avait dans la main. Il lui fallut quelques secondes pour comprendre ce que c'était. Il lâcha l'objet aussitôt.

Soudain pris de terreur, il regarda dans le trou pour se faire une idée plus précise de ce que le chien avait mis au jour.

— Oh, merde ! s'exclama-t-il.

28

À la barre des témoins, Sally semblait très jeune. Elle était sagement vêtue d'un pull blanc en coton et d'une jupe bleue. Le pull était assez large pour ne pas mettre sa poitrine en valeur. Ses cheveux tirés en arrière étaient attachés très serré derrière la tête. Elle avait le teint rose, sans maquillage. À l'exception d'une montre en or, elle ne portait aucun bijou.

Stride la regarda. Se pouvait-il qu'il se soit trompé ? Il laissait l'ombre du doute le survoler, envisageant l'hypothèse aberrante qu'ils se soient tous mépris dans cette affaire. Sally était jalouse et possessive. Était-il possible qu'elle ait franchi la ligne qui mène au crime ?

Deux fois ?

Non, il ne pouvait pas le croire.

— Sally, commença Dan, j'aimerais que vous fassiez part aux jurés d'un incident que vous avez vécu l'été dernier. Pouvez-vous nous raconter cela ?

Sally acquiesça. Elle avait l'air sérieuse, posée.

— C'était un dimanche matin, en juillet. J'étais allée au nord de la ville en voiture. J'ai quitté la nationale pour prendre une route de campagne. Je me suis garée, et je suis partie à vélo.

— Combien de temps avez-vous roulé ? demanda Dan.

— Une demi-heure, peut-être. J'écoutais de la musique sur mon iPod, et je ne faisais pas vraiment attention au temps qui passait. Et puis j'ai cassé ma chaîne. Je me trouvais sans doute à une vingtaine de kilomètres de ma voiture. Alors j'ai fait demi-tour, et je suis repartie à pied en poussant mon vélo.

— Avez-vous fait tout le chemin jusqu'à votre voiture ?

— Non. Une fourgonnette m'a dépassée. Elle s'est arrêtée, et le conducteur a klaxonné. C'était le beau-père de Rachel. Graeme Stoner.

— Vous connaissiez bien M. Stoner ?

— Oh, on se connaissait assez pour bavarder. J'étais allée plusieurs fois chez Rachel avec mon ami, Kevin.

— Continuez, Sally.

— Il m'a proposé de me ramener, avec mon vélo, jusqu'à ma voiture.

— Vous avez accepté ?

— Oui. J'étais fatiguée. J'étais contente qu'on me propose de me reconduire à ma voiture. Je suis donc montée dans la fourgonnette. Mais on est restés sur place pendant quelques minutes. Il ne faisait rien pour démarrer. C'était assez malsain. Il m'a posé un tas de questions. Des choses personnelles.

— Dites-nous ce qu'il vous a demandé.

Sally hésita. Puis :

— Il m'a dit qu'il me voyait souvent avec Kevin. Il m'a demandé s'il était mon petit ami.

— Qu'avez-vous répondu ?

— Je lui ai dit que oui, Kevin était mon ami. Puis il m'a demandé, avec un drôle de sourire, si Kevin et moi nous prenions nos précautions.

— Que voulait-il dire, selon vous ?

Gale se leva.

— Objection, Votre Honneur. En supposant que cette conversation ait eu lieu, le témoin n'est pas censé lire dans les pensées des gens.

— Accordée, fit la juge Kassel. Mais la prochaine fois, maître, épargnez-moi vos commentaires.

Gale se rassit, un petit sourire aux lèvres.

— Vous étiez mal à l'aise ? reprit Dan.

— Eh bien… non, pas au début. Mais ça commençait à s'éterniser. On devait être là depuis cinq bonnes minutes, et lui, il continuait à me poser des questions. Je me suis mise à faire des allusions. J'ai dit qu'il faudrait y aller. Qu'il fallait que je rentre en ville. Il a fini par démarrer, et nous sommes repartis. Mais il roulait très lentement. J'ai jeté un coup d'œil au compteur : il allait à soixante. Sur ces routes, d'habitude, tout le monde roule à quatre-vingts, quatre-vingt-dix…

— M. Stoner vous parlait toujours, en conduisant ?

— Oui. Il m'a dit que j'étais très mignonne. Qu'il aimait mes cheveux. Que j'avais une jolie peau. Pendant tout ce temps, il me regardait. Mais pas vraiment mon visage, vous voyez ?

— Dites-nous ce qu'il regardait, Sally.

Elle jeta un coup d'œil nerveux vers les jurés.

— Il fixait mes seins. Il ne cessait pas de les regarder. J'ai essayé de croiser les bras, mais c'était ridicule. Je me suis tortillée dans une position telle qu'il ait… moins de choses à voir.

— Dites-nous comment vous vous sentiez.

— Très mal à l'aise.

— Lui avez-vous dit quelque chose ?

Sally secoua la tête.

— Non. Je voulais simplement récupérer ma voiture et m'en aller au plus vite.

— Que s'est-il passé ensuite ? reprit Dan.

— Il m'a demandé si j'étais déjà allée à la grange.

Un murmure parcourut le tribunal. La juge Kassel donna un coup de marteau pour ramener le silence. Les jurés étaient suspendus aux lèvres de Sally.

— Poursuivez, Sally, fit Dan.

— Il m'a dit qu'il avait entendu parler d'un vrai baisodrome, tout près de là, et qu'il se demandait si j'y étais déjà allée avec Kevin.

— Que lui avez-vous répondu ?

— Je lui ai dit non. Il avait l'air vraiment surpris. Il pensait que je plaisantais. Mais c'est vrai, je n'y étais jamais allée.

— Où vous trouviez-vous à ce moment-là ?

— Nous nous trouvions à un carrefour. Je savais que la grange n'était pas loin. Tout le monde sait où elle est. Il a arrêté la fourgonnette au carrefour.

Dan se pencha en avant.

— Juste pour que ce soit bien clair, Sally… S'agit-il de la grange où l'on a découvert des indices de la présence de Rachel… son bracelet, des traces de sang ?

— Oui. C'est bien cet endroit-là.

— Que s'est-il passé ensuite ?

— Il m'a demandé si la grange se trouvait bien un peu plus bas sur cette route. Je lui ai dit : « Oui, je crois. » Il avait une lueur dans les yeux… comme s'il cssayait de flirter avec moi. Il m'a demandé si à mon avis il y avait quelqu'un, à ce moment-là, en train de faire l'amour.

— Que lui avez-vous répondu ?

— Que je n'en savais rien. Je lui ai dit que nous devrions vraiment rentrer.

— Est-ce qu'il a fait ce que vous lui demandiez ?

— Non, fit Sally avec une grimace. Il m'a dit qu'on devrait aller voir. Il était très insistant. Il a pris la direction de la grange. J'avais vraiment peur.

— Que pensiez-vous qu'il allait se passer ?

— Objection ! aboya Gale. Appel à interprétation.

— Je demande au témoin de me faire part de sa propre perception des choses, Votre Honneur, pas de ce que l'accusé avait en tête.

— J'autorise la question, fit la juge Kassel après une hésitation. Répondez, je vous prie.

— Je ne sais pas vraiment à quoi je pensais. J'étais tellement paniquée ! Vu la manière dont il me parlait, j'avais l'impression qu'il me draguait. Comme s'il avait l'intention d'essayer quelque chose…

— Il vous a emmenée à la grange ?

— Oui. Il s'est garé derrière. J'étais prête à filer, vous comprenez ? Il me faisait peur. L'endroit était désert, et il continuait à me reluquer. Et à répéter que j'étais vraiment mignonne.

— Il vous a touchée ?

— Non. C'est-à-dire… il n'en a pas eu le temps. Nous étions là depuis une ou deux minutes quand une autre voiture s'est arrêtée derrière nous. Je n'ai jamais été aussi soulagée de ma vie.

— Qu'a fait M. Stoner ?

— Il a foutu le camp.

Elle hésita.

— Excusez-moi. Mais c'est exactement ce qu'il a fait. Dès que l'autre voiture est arrivée, il a enfoncé l'accélérateur, et nous sommes partis.

— Est-ce qu'il vous a dit autre chose ?

Sally secoua la tête.

— Non, c'est à peine s'il a prononcé un mot. Il a rejoint la grand-route. Cette fois, il roulait à cent à l'heure. Il nous a fallu à peine quelques minutes pour retrouver ma voiture. Il m'a déposée, et c'est tout. J'étais contente d'être sortie de là.

— Avez-vous parlé à quelqu'un de cet incident ? demanda Dan.

— Non. Pas à l'époque, en tout cas. J'étais gênée, et je me sentais un peu stupide. J'ai essayé de me persuader que j'avais mal compris ce qui s'était passé. Mais c'est arrivé exactement comme je vous l'ai raconté.

— Ce sera tout, Sally. Je vous remercie.

Dan se tourna vers Gale.

— Le témoin est à vous.

Maintenant, le feu d'artifice va commencer, se dit Stride.

Il se pencha pour chuchoter quelque chose à Maggie. Elle n'était plus là.

29

Gale ôta ses lunettes de lecture, les fourra dans sa poche de poitrine et regarda Sally avec un sourire paternel.

— Ce ne sera pas long, Sally. Je n'ai que quelques questions à vous poser.

Conneries, se dit Stride.

— Vous faisiez du vélo sur les routes de campagne à plusieurs kilomètres de la ville, c'est bien cela ? demanda Gale. Vous n'aviez pas peur ?

— Non, répondit Sally. J'y allais au moins une fois par mois.

Gale fronça les sourcils.

— Pourtant, une fille de votre lycée avait été enlevée quelques mois plus tôt, alors qu'elle faisait son jogging sur une route de campagne. Cela ne vous inquiétait pas ?

— Objection ! aboya Dan. Ce que le témoin pensait ou ne pensait pas est hors de propos.

— Pour que les jurés sachent si cet incident a vraiment eu lieu, ils doivent en connaître le contexte, Votre Honneur, dit Gale.

La juge Kassel hocha la tête.

— Objection rejetée. Que le témoin réponde à la question.

Sally haussa les épaules.

— Je suppose que cela aurait dû m'inquiéter. Mais je n'y pensais pas vraiment.

— Vous n'aviez pas peur que celui qui avait enlevé Kerry puisse vous enlever, vous aussi ?

— Objection ! coupa Dan. Question et réponse.

— Accordée.

— Très bien. Sally, vous prétendez que M. Stoner vous a fait monter dans sa voiture alors que vous rameniez votre vélo à la main, n'est-ce pas ? demanda Gale.

— Oui.

— Et l'incident vous a vivement traumatisée.

— Oui.

Gale marqua un temps d'arrêt. Puis :

— Mais vous n'en avez parlé à personne ?

— Non. Pas à l'époque.

— À personne ? Pas même à vos parents ? Ni à Kevin ? Ni à l'un de vos professeurs ?

— Non. J'avais peur. Et je me disais que je réagissais peut-être de manière excessive.

— Que vous réagissiez de manière excessive... En d'autres termes, vous commenciez à vous dire que vous en aviez tiré des conclusions erronées, c'est cela ?

Sally hésita.

— Je n'étais pas sûre. J'étais contente que ce soit fini, en tout cas.

— Vous n'avez parlé à personne de ce prétendu incident, avant quc la police ne vous interroge, c'est exact ?

— C'est exact.

— Mais ce n'était pas la première fois qu'on vous interrogeait, n'est-ce pas ?

— Non.

— En fait, la police vous a questionnée plusieurs fois avant que vous ne commenciez à raconter cette histoire ? Ce n'est pas vrai ?

— Je vous l'ai dit, fit Sally, j'avais peur.

— Oui ou non, Sally, s'il vous plaît.

— Oui.

Elle ajouta à toute vitesse, avant que Gale ait le temps de l'arrêter :

— Ce n'est qu'en entendant parler des indices que la police avait trouvés à la grange que j'ai compris que ça pouvait être important.

— Et avant cela, il ne vous était pas venu à l'esprit d'en parler ? fit Gale en soupirant.

— Pas vraiment, non.

Gale changea de direction :

— Vous êtes amoureuse de notre précédent témoin, Kevin, n'est-ce pas ?

Dan se leva.

— La question est hors de propos et sort du champ de l'examen des faits, Votre Honneur.

— Je l'autorise, dit la juge.

Sally était trop heureuse de répondre.

— Oui, fit-elle d'un ton assuré. Nous sommes très proches.

— C'est un joli garçon, reprit Gale. Je parie qu'il arrive que d'autres filles lui courent après.

— Kevin m'aime.

— Il ne regarde jamais les autres filles ?

— Non.

— Non ? Mais il arrive que d'autres filles s'intéressent à lui ? Est-ce que ce n'était pas le cas de Kerry McGrath ?

Une fois de plus, Dan bondit.

— Même objection, Votre Honneur !

— Maître Gale ? s'enquit la juge.

— Cette série de questions vise à mesurer la crédibilité du témoin, Votre Honneur.

— Très bien. Objection rejetée. Mais j'espère découvrir au plus vite la pertinence de ces questions, maître Gale, fit la juge Kassel d'un ton impatient.

— Kerry avait-elle proposé à Kevin de sortir avec elle ? répéta Gale.

— Kevin m'a dit que c'était arrivé une fois.

— Vous n'étiez pas fâchée ?

— Kevin avait refusé, répondit Sally. J'aurais été fâchée s'il avait accepté.

— Vous n'en vouliez pas à Kerry de marcher sur vos plates-bandes ? demanda Gale en souriant.

— Non.

— C'est bien vrai ? Vous ne lui en avez jamais parlé ?

Sally hésita :

— N… non.

— Vous n'avez pas l'air très sûre de vous, Sally.

— Je lui ai peut-être signalé que Kevin était ma chasse gardée. Rien de bien méchant.

— Vous lui avez *signalé* ? Comme une jeune fille accommodante ? Ou plutôt sur le ton « Reste à l'écart de mon mec ou je t'éclate la tête » ?

Sally écarquilla les yeux. Elle venait de comprendre ce qui se passait. Stride pouvait presque voir le message s'imprimer dans son cerveau. *Il essaie de me mettre ça sur le dos !*

— Objection ! s'exclama Dan. Je ne comprends plus, Votre Honneur. Qui est l'accusé, ici, et quelle affaire juge-t-on ? Je me suis peut-être trompé de salle…

La juge Kassel soupira.

— J'avoue que je suis moi-même un peu perdue, maître Gale. Auriez-vous l'amabilité de nous expliquer la pertinence de tout ceci ? J'ai déjà été trop patiente.

Dan contourna la table de la défense et prit la parole avant que Gale ait le temps d'ouvrir la bouche :

— Pouvons-nous en discuter dans votre cabinet, Votre Honneur ? Avec tout le respect que je dois à l'avocat de la défense, je ne veux pas qu'il fasse entrer par la fenêtre ce que vous refusez par la porte.

— C'est parfaitement insultant, Votre Honneur ! rétorqua Gale.

La juge regarda longuement les deux hommes. Puis elle hocha la tête.

— Dix minutes de suspension de séance. Dans mon cabinet, messieurs.

Derrière son bureau en noyer impeccablement rangé, la juge Kassel se pencha en avant, les coudes sur le bois massif. Gale était confortablement assis devant elle. Dan faisait des allées et venues dans la pièce.

— Eh bien, Archie ? fit la juge d'un ton plaisant. Si vous nous expliquiez un peu tout ça…

Gale écarta les bras, comme si l'explication allait de soi.

— Votre Honneur, j'essaie de démontrer qu'il existe une seconde théorie raisonnable concernant la disparition de Rachel, et cette série de questions doit renforcer la crédibilité de mon hypothèse. Elle donnera en outre aux jurés un motif raisonnable de penser que le témoin a forgé de toutes pièces l'incident où M. Stoner l'a prétendument emmené à la grange. Aucune source indépendante ne corrobore son témoignage, de sorte que les jurés sont censés le croire sur parole. J'ai le droit de mettre cela en doute.

Dan répondit avec colère :

— Ce que le témoin a dit ou n'a pas dit à Kerry McGrath n'a aucun rapport avec sa crédibilité, Votre Honneur. Tout ce que M. Gale essaie de faire, c'est de salir ce témoin avec ses insinuations et de suggérer l'hypothèse invraisemblable qu'il pourrait être impliqué dans la disparition de la première jeune fille. Il n'a pas l'ombre d'une preuve pour ce faire, parce qu'il n'en existe pas. Il veut simplement embrouiller les jurés. C'est insultant.

Gale secoua la tête.

— J'ai déjà établi un lien circonstanciel entre les deux disparitions. Juste avant de disparaître, les deux jeunes filles avaient invité le même garçon à sortir avec elles. Au milieu, nous avons une petite amie jalouse. J'ai envie de me pencher sur cette coïncidence, parce qu'elle entretient le doute raisonnable sur le fait que mon client serait impliqué dans la seconde disparition, et qu'elle met en doute la crédibilité du témoin…

— Elle ne met rien du tout en doute, le coupa Dan. La seule manière de laisser entendre que Sally avait des raisons de mentir à propos de l'incident de la grange, c'est de suggérer qu'elle a tué deux filles. C'est absurde. Le prétendu lien circonstanciel n'est qu'une coïncidence. Combien d'élèves et de professeurs de la même école ont été en relation avec ces deux filles avant leur disparition ? M. Gale a-t-il l'intention de tous les interroger ? Nous n'avons absolument rien pour relier ce témoin à la disparition de Kerry ou à celle de Rachel. Rien. Tout cela n'est qu'un écran de fumée !

— Maître Gale ? demanda froidement la juge Kassel. Avez-vous d'autres preuves que des coïncidences et des vœux pieux ?

Gale acquiesça.

— Je crois, oui, Votre Honneur, pour ce qui concerne la disparition de Rachel.

La juge fronça les sourcils, tout en jouant avec son stylo.

— Ça tombe bien, puisque ce procès est celui de sa disparition. Et pour celle de Kerry McGrath ?

Gale hésita.

— Eh bien… rien de direct, Votre Honneur.

La juge Kassel lui lança un regard noir.

— Alors votre série de questions est terminée. Revenons au véritable objet de ce procès, maître Gale. J'ordonnerai aux jurés d'ignorer toutes les allusions à Kerry McGrath dans votre interrogatoire des deux témoins, aujourd'hui, et j'espère ne plus entendre prononcer son nom. C'est clair ? Je n'aime pas beaucoup qu'on se serve de mon tribunal pour aller à la pêche aux hypothèses.

— Je ne crois pas que ce soit le cas, Votre Honneur…

— Je vous ai fait part de ma décision, maître Gale. Maintenant, allons-y.

La longue attente au tribunal n'avait pas été favorable à Sally. Son sang-froid et sa détermination avaient disparu. Elle n'était plus qu'une adolescente désorientée et effrayée qui se demandait ce qu'on lui réservait.

Stride se demandait quant à lui si cela n'avait pas été le seul objectif de la manœuvre de Gale à propos de Kerry McGrath : affaiblir Sally pour ce qui allait suivre.

Gale avait visiblement renoncé à être agréable avec elle. Il s'adressa à elle d'une voix sèche, tranchante comme un rasoir, tout en se dirigeant droit vers elle, et laissa passer quelques interminables secondes avant de poursuivre son interrogatoire.

Stride fut brièvement distrait du drame qui se jouait dans la salle par le retour de Maggie. Elle se glissa sur le banc à côté de lui. Leurs jambes se touchèrent. Il se pencha vers elle.

— Du nouveau ? murmura-t-il.

Maggie acquiesça. Elle jeta un coup d'œil derrière elle pour s'assurer qu'aucun journaliste ne se trouvait à proximité.

— Guppo m'a bipée. Il est sur quelque chose, au nord de la ville. Ça pourrait être important, d'après lui.

Gale avait repris la parole, d'une voix glacée :

— Où habitez-vous, Sally ?

Surprise, Sally lui donna l'adresse.

— Est-ce que ça se trouve à proximité de la maison de Rachel ?

— À un kilomètre et demi environ.

— Assez proche pour y aller à pied ?

— Bien sûr.

— Êtes-vous déjà allée à pied de chez vous chez Rachel ?

— Oui, plusieurs fois.

— Et vous êtes déjà entrée dans la maison ?

— Oui, deux ou trois fois. Avec Kevin.

— Quelle voiture ont vos parents ?

— Objection ! lança Dan. Hors de propos.

La juge Kassel soupira.

— Rejetée. Le temps passe, maître Gale.

— Répondez, je vous prie, fit Gale à Sally.

— Une fourgonnette Chevrolet.

— La même que celle des Stoner ? demanda Gale.

— Je crois.

— Avez-vous déjà conduit la fourgonnette de vos parents ?

— Oui.

— Alors vous avez l'habitude des commandes ?

— Objection ! fit Dan. La réponse est suggérée par la question.

— Accordée. Continuez, maître Gale.

— Très bien, Sally. Parlons plutôt du soir où Kevin et vous avez vu Rachel pour la dernière fois. Vous étiez tous les trois à Canal Park ?

— C'est exact.

— Pouvez-vous me dire ce que vous portiez ce soir-là ? demanda Gale.

Sally hésita. Elle regarda nerveusement Dan, qui se pencha en arrière et jeta un regard embarrassé à Stride.

— Ce que je portais ? Je ne me rappelle pas.

Gale hocha la tête.

— Je vais peut-être pouvoir vous rafraîchir la mémoire…

Il sortit ses lunettes de sa poche et les ajusta sur son nez. Il feuilleta quelques pages de son carnet. Puis :

— Portiez-vous une chemise écossaise rouge, un jean et une parka rouge ? Vous croyez que c'est possible ?

— Peut-être, dit Sally. Je ne suis pas très sûre.

— Mais vous possédez des vêtements semblables, n'est-ce pas ?

— Oui.

Gale croisa les bras et la contempla.

— Vous n'êtes pas restée à Canal Park aussi longtemps que Kevin et Rachel, c'est bien cela ?

— Non. Je suis partie vers neuf heures et demie.

— Qu'avez-vous fait ? interrogea Gale.

— Je suis rentrée chez moi.

— Vous vous êtes arrêtée en route ?

Sally secoua la tête.

— Non, je suis rentrée directement.

Gale feuilleta de nouveau son calepin.

— Êtes-vous ressortie, après cela ?

— Non.

— Vous en êtes absolument certaine ? fit Gale avec un sourire glacé.

— Oui.

— Parfait. Dites-moi, Sally, pourquoi êtes-vous rentrée plus tôt ? Pourquoi n'êtes-vous pas restée avec Kevin ? C'est votre petit ami, non ?

— Oui.

— Mais vous l'avez laissé seul avec Rachel ? demanda Gale.

Sally sourit faiblement.

— J'étais fatiguée.

— Allons, Sally ! Vous savez ce dont a témoigné Kevin, n'est-ce pas ? Il nous a dit que Rachel lui avait fait des avances très explicites, sur le pont.

Sally ne répondit pas. Elle se mordit la lèvre, évitant de croiser le regard de Gale.

— Vous les avez vus ensemble, n'est-ce pas ? Vous avez vu ce qu'ils faisaient ?

— Non, pas du tout.

Gale haussa les sourcils.

— Vous ne regardiez pas ? Votre petit copain faisait des acrobaties sur le pont avec une jolie fille, et vous n'y avez pas prêté attention ? Vous êtes partie, comme ça ?

— Je vous l'ai dit, j'étais fatiguée, répéta Sally.

— En fait, vous étiez furieuse, n'est-ce pas ? Votre petit ami vous trompait, juste sous vos yeux. Cette petite garce sans cœur l'embrassait et le caressait, juste pour que vous puissiez tout voir… Vous êtes partie sans demander votre reste, n'est-ce pas, Sally ? Vous étiez furieuse et humiliée. Ce n'est pas vrai ?

Sally cligna des yeux. Une larme coula sur sa joue. Elle l'essuya.

— J'étais blessée, fit-elle doucement.

— Donc, vous les avez vus…

Sally acquiesça.

— Vous leur en vouliez, à tous les deux, dit Gale.

— Non, pas à Kevin, lâcha Sally.

— Alors vous en vouliez à Rachel, reprit Gale.

Sally se rembrunit.

— C'était comme si elle lui avait jeté un sort. Elle faisait ça avec tous les garçons. Mais elle se fichait totalement d'eux. Elle se contentait de les utiliser.

— Et ça vous mettait hors de vous, n'est-ce pas ? demanda Gale.

— Elle était méchante, dit Sally. Je savais qu'elle jouait avec Kevin. Je savais qu'il ne l'intéressait pas vraiment.

— Kevin, lui, qu'est-ce qu'il ressentait pour Rachel ? Il avait le béguin pour elle ?

Sally rougit.

— Ce n'était rien du tout. Juste un béguin. C'est moi qu'il aime.

— Pourtant, Sally, est-ce qu'il n'était pas capable de vous plaquer sur-le-champ s'il avait l'occasion d'être avec Rachel ?

— Non ! cria Sally.

— Ce n'est pas ce qu'il a fait ce soir-là ?

— Ce n'est pas ce qui s'est passé !

— Alors que s'est-il passé ? demanda Gale. Qu'est-ce que Rachel a fait, ce soir-là ?

Sally baissa les yeux.

— Elle l'a embrassé.

— Quoi d'autre ?

— Je ne sais pas.

— Ah bon ? Vous avez dit que vous les aviez vus. Qu'est-ce que Rachel a fait à votre copain, sous vos yeux ?

Sally hésita.

— Elle a mis la main dans son pantalon.

— Elle était là, en train de tripoter votre petit ami, et vous étiez seule sur le trottoir ?

— Oui.

— Et vous pensez qu'elle se contentait de jouer avec lui ? Qu'elle n'était pas sérieuse ?

— Oui ! Elle était comme ça. Elle se fichait complètement de lui.

— Mais Kevin, lui, ne s'en fichait pas. Il était toujours secrètement amoureux d'elle, hein ? Et vous le saviez. Ce soir-là, la fille de ses rêves lui faisait des avances. Vous aviez peur qu'il vous abandonne, n'est-ce pas ?

— Kevin n'aurait jamais fait ça.

— Nous savons qu'il avait rendez-vous le lendemain soir avec Rachel. Il avait annulé celui qu'il avait avec vous. Pas vrai ?

Sally se mordit la lèvre. Elle donnait l'impression d'avoir envie de partir en courant.

— Il m'a appelée pour annuler notre rendez-vous.

— Et tout cela, c'était la faute de Rachel ?

— Oui !

— Après les avoir regardés, tous les deux, sur le pont, vous êtes rentrée chez vous ?

— C'est exact.

— C'est tout, vous êtes simplement rentrée chez vous ?

— Oui. J'étais fâchée.

— Vous n'aviez pas envie de leur faire face ?

— Pas à ce moment-là, non, je ne pouvais pas. Je ne pouvais pas les regarder.

— Quelle heure était-il, déjà ?

— Environ neuf heures et demie.

Gale ôta ses lunettes. Sally le suivait des yeux. Elle se leva, comme si Gale en avait terminé avec elle. Celui-ci se retourna brusquement. Sally se rassit. Gale la contempla pensivement en tirant sur sa barbe.

— Qu'avez-vous fait en rentrant chez vous ?

— J'ai parlé pendant quelques minutes avec mes parents et je suis allée me coucher.

— Vous avez appelé Kevin ?

— Non.

— Vous avez appelé Rachel ?

— Non.

— Vous deviez avoir du mal à trouver le sommeil, tellement vous étiez furieuse.

— Je ne me rappelle pas, dit Sally.

Sa lèvre inférieure tremblait un peu.

— Votre chambre se trouve au rez-de-chaussée ? demanda Gale.

— Oui.

— Si vous en aviez envie, vous pouviez donc vous glisser dehors à l'insu de vos parents ?

— Je n'ai rien fait de tel ! s'écria Sally.

— Vous n'êtes pas allée chez Rachel à pied pour l'affronter ? Pour vous expliquer avec elle ?

— Objection ! aboya Dan. Question et réponse.

— Accordée.

Gale essaya une autre approche :

— Très bien, Sally. Soyons bien clairs. Avez-vous vu Rachel ce soir-là, après être rentrée chez vous ?

Avant que Dan ait le temps de protester, Sally lâcha, les yeux écarquillés :

— Non !

Plusieurs jurés se penchèrent en avant. Dan, qui contemplait Sally d'un air soupçonneux, jeta à Stride un regard inquisiteur, à la limite de l'hostilité.

Stride évita le regard de Dan. Il chuchota à l'oreille de Maggie :

— Qu'est-ce qui se passe, bordel ? Où veut-il en venir ?

La peau ambrée de Maggie avait très nettement pâli.

— Je crois que tu vas me tuer, chef…

— Raconte, fit Stride.

— Ses vêtements, murmura Maggie.

Gale attendit que le silence soit revenu dans le tribunal. Puis il reprit la parole, d'une voix calme :

— Sally, expliquez-nous donc ceci. Si vous n'êtes pas allée régler vos comptes avec Rachel – si vous n'avez pas quitté votre chambre ce soir-là –, comment se fait-il qu'on vous ait vue dans la rue, à quelques pâtés de maisons de chez Rachel, quelques minutes après vingt-deux heures ?

La juge Kassel dut jouer du marteau pour interrompre une nouvelle vague de murmures.

Sally semblait se recroqueviller sur son siège.

— C'est impossible. Je n'y étais pas.

Gale soupira. Il saisit une feuille de papier et s'approcha du box des témoins.

— Voici un rapport de police, Sally, qui date du soir où Rachel a disparu. Un témoignage d'une certaine Mme Carla Duke, qui habite à quatre rues de chez les Stoner. Voulez-vous lire le passage surligné, Sally, s'il vous plaît ?

Elle prit le papier en le tenant par les coins, comme s'il lui brûlait les doigts. Elle lut, d'une voix presque inaudible :

— « J'ai vu passer une jeune fille, un peu après vingt-deux heures. Je l'ai vue à la lumière du réverbère. Elle ne ressemblait pas du tout à la jeune fille que vous cherchez. Elle avait des cheveux bruns en broussaille. Elle portait un blue-jean et une parka rouge. »

Gale lui reprit le document des mains.

— On dirait bien que ça vous ressemble, Sally.

— Non, souffla-t-elle. Ce n'était pas moi.

Stride glissa, entre ses dents serrées :

— Le fils de pute… Comment avons-nous pu manquer cela ?

— Nous cherchions des gens qui avaient vu Rachel, dit Maggie. Pas d'autres filles.

Gale secoua la tête, l'air incrédule.

— Une fille habillée comme vous, coiffée comme vous, près de chez Rachel le soir où elle a disparu, quelques minutes après qu'elle vous a humiliée dans le parc… Et ce n'était pas vous ?

Sally était effondrée.

— Non.

— Je pense que vous mentez, Sally ! aboya Gale.

— Objection ! fit Dan.

La juge Kassel hocha la tête.

— Accordée.

Gale n'en avait cure.

— Si nous appelions Mme Duke à la barre des témoins, est-ce que vous pensez qu'elle vous reconnaîtrait ?

— Objection ! Appel à interprétation.

— Accordée.

Mais le message était passé.

— Qu'avez-vous dit à Rachel ? demanda Gale. L'avez-vous sommée de ne pas s'approcher de Kevin ?

— Je ne l'ai pas vue.

— Est-ce qu'elle a répondu à votre coup de sonnette ? Est-ce que les clés de la voiture étaient là, près de la porte ? Est-ce que vous êtes allées faire un tour toutes les deux ?

— Non ! Non !

— On vous a vue, Sally. Kevin va savoir que c'était vous. C'est le moment de lui dire la vérité, à lui et à nous tous. Maintenant, pour la dernière fois : êtes-vous allée chez Rachel ce soir-là ?

— Objection, répéta Dan. Il harcèle le témoin, Votre Honneur.

La juge Kassel avait les yeux braqués sur Sally, comme tout le monde dans la salle d'audience. Elle secoua lentement la tête.

— Rejetée. Veuillez répondre à la question, mademoiselle.

Sally fixa la juge, puis Gale, puis les jurés. La gorge serrée, elle se passa nerveusement la main dans les cheveux. Elle tortilla une mèche entre ses doigts. Des larmes coulèrent sur ses joues.

Elle avoua enfin, avec un soupir :

— Oui, j'y suis allée.

Le tribunal explosa, et la juge essaya en vain de ramener le calme. Les paroles de Sally étaient noyées dans le tintamarre. Elle s'était mise à crier :

— Mais je ne l'ai pas tuée ! Ce n'est pas moi ! Ce n'est pas moi !

Gale attendit que le calme revienne pour conclure :

— Vous avez menti toute la journée, Sally. Pourquoi devrions-nous vous croire maintenant ?

— Contre-interrogatoire, Votre Honneur.

Dan n'avait pas le choix. Il ne pouvait pas laisser les jurés spéculer sur ce qui s'était passé ensuite. Il fallait qu'il lui fasse avouer la vérité.

— Sally, dites-nous ce que vous avez fait ce soir-là, commença-t-il d'une voix calme.

Sally semblait impatiente de parler, maintenant.

— Je me suis glissée hors de ma chambre. J'étais furieuse contre Rachel. C'était vraiment cruel, de jouer avec Kevin comme elle le faisait, alors que je savais qu'il ne l'intéressait pas. Alors je suis allée chez elle à pied. Je voulais lui dire ses quatre vérités. Lui dire que ce qu'elle faisait était dégoûtant.

— Et alors ? demanda Dan.

— Quand je suis arrivée chez elle, sa voiture était déjà là. J'ai pensé qu'elle était dans la maison.

— Qu'avez-vous fait ?

— Je suis allée jusqu'à la porte d'entrée. Il fallait que je lui parle.

— C'est ce qui s'est passé ?

Sally secoua la tête.

— Non.

— Pourquoi ? Elle avait déjà disparu ?

— Non, ce n'est pas cela. Je n'ai pas sonné.

— Pourquoi ?

Sally jeta un regard triomphant à Archie Gale.

— J'ai entendu des voix à l'intérieur. Des gens qui criaient. J'ai entendu Rachel hurler. Elle avait l'air vraiment hors d'elle. J'ai entendu… j'ai entendu également M. Stoner. J'ai reconnu sa voix. Il criait contre Rachel. Ils avaient une violente dispute. Je suis partie.

Graeme Stoner se pencha vers Gale et se mit à chuchoter furieusement.

Même Dan avait l'air ébranlé. Il regarda Sally et dit simplement :

— C'est tout, plus de questions.

Stride secoua la tête. Quel merdier, pensa-t-il.

Gale se leva encore une fois. S'il était troublé par la soudaine révélation de Sally – si les jurés la croyaient, ce serait un clou de plus dans le cercueil de Graeme Stoner –, il n'en montra rien.

— Sally, Sally, Sally… murmura-t-il doucement. Après tant de mensonges, en voilà donc un de plus ?

— Objection.

— Accordée.

Gale haussa les épaules.

— Vous nous demandez de croire que vous aviez des informations cruciales pour cette affaire, et que vous aviez décidé de les garder pour vous ? Jusqu'à maintenant ?

— J'avais peur, rétorqua Sally.

— Peur de quoi, Sally ? demanda Gale, l'air perplexe.

— De lui. De M. Stoner.

— Même après son arrestation ?

— Eh bien… oui, bafouilla Sally.

— Mais vous n'aviez pas assez peur pour taire votre petite histoire sur la grange. Puisque vous aviez raconté cette histoire à la police, pourquoi pas le reste, Sally ?

— Je n'étais pas sûre qu'on me croirait.

— Alors vous avez menti. De la haute stratégie.

— Je ne voulais pas que mes parents sachent que j'étais ressortie. Ni Kevin. J'avais peur de ce qu'ils penseraient.

— Ils auraient pensé que vous aviez tué Rachel…

— Non ! s'écria Sally. Ce n'est pas du tout cela !

— Vous n'avez jamais parlé à quiconque de cette prétendue dispute entre Rachel et Graeme, simplement parce qu'elle n'a jamais eu lieu, n'est-ce pas ? Vous l'avez imaginée ici même, il y a deux minutes.

— Non, ce n'est pas vrai !

— Non ? Allons, Sally. Vous venez d'avouer que vous êtes allée chez Rachel, après avoir prétendu le contraire pendant des mois. Que s'est-il vraiment passé, là-bas ?

— Objection ! intervint Dan, la réponse est dans la question.

— Rejetée, lâcha sèchement la juge Kassel.

C'était un désastre. Même la juge ne la croyait pas.

— Ça s'est passé exactement comme je vous ai dit, répéta Sally. Je les ai entendus.

Gale soupira.

— Vraiment ? Que disaient-ils ?

— Je ne comprenais pas ce qu'ils disaient, fit Sally.

— Je vois. Vous avez simplement entendu des voix…

— Oui.

— Si bien que, furieuse et humiliée, alors que vous aviez fait presque deux kilomètres à pied pour lui parler, vous êtes repartie sans la voir. Simplement parce que vous aviez entendu des voix.

Sally acquiesça.

— Oui, c'est ce que j'ai fait.

— Et vous n'avez jamais eu envie d'en parler à quelqu'un ? Vous étiez censée posséder un indice important dans une affaire criminelle, et vous n'avez rien dit simplement parce que vous craigniez que vos parents ne vous grondent pour être ressortie ?

— Non, ce n'est pas… je veux dire, ce n'était pas ça.

— Sally, pouvez-vous nous donner une *seule* raison de croire votre histoire ? fit Gale, implacable.

Sally ouvrit la bouche, puis la referma. Elle se passa la langue sur les lèvres, mais ne put prononcer un mot.

— J'en ai terminé, Votre Honneur, dit Gale.

30

Stride n'avait pas envie de sortir, pas plus que Maggie, d'ailleurs. Ils s'attardèrent donc dans le tumulte du tribunal après que la juge Kassel eut levé la séance jusqu'au lendemain. Guppo bipa de nouveau Maggie, qui se dirigea vers la sortie. Stride et Dan restèrent dans la salle. Stride savait qu'une armée de journalistes les attendaient pour les dévorer tous les deux. Gale était déjà à l'extérieur pour exploiter devant eux le témoignage de Sally, en insistant sur le fait qu'il ouvrait la porte à un acquittement. Mais les reporters voulaient voir Dan et Stride, et entendre leurs explications.

« Vous avez perdu ? » leur demanderait Bird.

Ils le savaient, tous les deux. Oui, ils avaient perdu. C'était aussi simple que ça.

Emily Stoner s'attardait dans la salle d'audience, derrière eux, l'air désorientée et contrariée. Elle était seule. Dayton Tenby, qui était resté à ses côtés toute la journée, était parti pour amener sa voiture derrière le tribunal. Les gardiens la feraient sortir par l'arrière, loin de la horde des médias.

Elle n'avait pas prononcé un mot, et Dan ne l'avait pas saluée. Mais Stride savait que si elle n'avait pas été là il aurait déjà laissé exploser sa colère.

— Vous m'aviez dit qu'elle avait un alibi, fit Dan, les lèvres serrées.

— Elle en avait un.

— Il a été démoli par un témoin à qui *vos* hommes ont parlé ! Et personne n'a rien vu.

— Écoutez, Dan, ce n'est pas la peine de se chercher des excuses. On a merdé. C'est tout. On aurait dû voir ça, et on ne l'a pas fait.

— Faites-moi plaisir, siffla Dan. Expliquez-moi pourquoi.

— Nous avons interrogé des centaines de personnes, dès les premiers jours. Nous cherchions des gens qui auraient vu Rachel. Quelqu'un qui avait aperçu, à plusieurs rues de là, une adolescente qui ne correspondait pas à sa description n'avait aucune raison de nous mettre la puce à l'oreille.

— Pourquoi pas, bon Dieu ?

Stride secoua la tête.

— Sally n'a jamais été suspecte. Merde, elle ne l'est toujours pas ! Je ne crois pas une seconde qu'elle ait quelque chose à voir avec le meurtre de Rachel. Aucune preuve matérielle ne va dans ce sens.

— Elle est peut-être trop maligne pour vous, dit Dan.

— Pas du tout. S'il s'agissait vraiment d'un crime passionnel, elle aurait laissé des indices un peu partout. Rappelez-moi à la barre demain. Je témoignerai que nous n'avons trouvé aucune empreinte digitale non identifiée, ni cheveux ni fibres textiles suggérant que Sally aurait pu se trouver dans la fourgonnette ou à la grange. Ce n'est pas elle.

— Vous n'avez pas de nouvelles preuves, objecta Dan. Je ne peux pas vous rappeler à la barre pour que vous répétiez ce que vous avez déjà dit aux jurés.

Emily s'éclaircit la gorge. Les deux hommes s'interrompirent et la regardèrent comme s'ils remarquaient sa présence pour la première fois. Elle était pâle.

— Je ne comprends pas, fit-elle. À vous entendre, on dirait que c'est mauvais pour votre affaire. Est-ce que ça ne peut pas apparaître à votre avantage ? Je veux dire, elle a fait le lien dont vous aviez besoin. Elle a entendu Graeme et Rachel se disputer ce soir-là. Cela fait le lien entre eux, non ?

Dan acquiesça. Sa colère avait disparu. Son regard s'adoucit.

— Je crains que ce ne soit plus compliqué que cela.

— Mais pourquoi ? demanda Emily. Vous êtes sûr d'obtenir une condamnation.

Dan prit une de ses mains entre les siennes. Il la regarda dans les yeux.

— Le problème, c'est de savoir si les jurés la croiront. M. Gale a émis des doutes sur la crédibilité de Sally. Nous savons qu'elle a menti au moins une fois, en prétendant qu'elle n'était pas allée voir Rachel ce soir-là. Les jurés peuvent penser qu'elle ment de nouveau, pour cacher quelque chose.

— C'est ce que vous pensez ?

Dan soupira.

— Je ne sais vraiment pas, Emily. J'aimerais la croire. Ce qu'elle dit semble assez logique, au regard des autres preuves. Si Sally nous avait parlé de cela dès le début, nous aurions une condamnation, c'est indiscutable. Mais dans les circonstances présentes, je crains que cela n'aggrave les choses, au lieu de les arranger.

— Pourquoi ? répéta Emily d'une voix plaintive.

— Eh bien, cela peut créer le doute raisonnable dans l'esprit des jurés. Ils pourraient s'interroger suffisamment sur le témoignage de Sally pour ne plus être absolument certains de la culpabilité de Graeme.

— Mais il *est* coupable ! fit Emily d'un ton véhément. C'est lui qui l'a fait. Je le sais.

— De nombreux jurés sont peut-être du même avis. Mais seront-ils assez convaincus pour le condamner ?

La réalité semblait se faire jour dans l'esprit d'Emily.

— Est-ce que vous êtes en train de me dire que ce salaud pourrait être… *acquitté* ? Il pourrait sortir libre de ce tribunal ?

— J'ai bien peur que ce soit possible, fit Dan d'une voix rauque, coléreuse, comme s'il commençait seulement à comprendre à son tour ce qui se passait.

Stride leva les yeux en entendant le bruit de la porte. Maggie descendait l'allée en toute hâte et lui faisait signe. Il vit l'impatience sur son visage. Sans un mot, il s'éloigna de Dan et Emily, passa la porte battante et la rattrapa au milieu de l'allée.

— Nous avons trouvé un cadavre, dit Maggie, à bout de souffle. Guppo est sur les lieux, au nord de la ville.

— Rachel ?

— Impossible de le savoir. Il ne reste que des fragments du squelette. Le fils de pute a essayé de le brûler. Ça pourrait être Rachel. Ou Kerry. Ou n'importe qui d'autre.

Stride ferma les yeux. Un mois plus tôt, cela aurait été une nouvelle sensationnelle. Trois mois plus tôt, encore plus. Une des meilleures théories de Gale, selon laquelle Rachel était vivante, aurait été anéantie.

— Où l'a-t-on découvert, ce corps ?

— Au nord. À quelques kilomètres au nord de la grange. Si on avait poussé les recherches dans un rayon d'un kilomètre supplémentaire, on l'aurait peut-être trouvé.

— Guppo a bouclé les lieux ?

— Ouais. Le légiste est sur place, lui aussi.

— Qu'est-ce qu'il en pense ?

— Pour le moment, pas grand-chose. Tout ce qu'il dit, c'est que la structure osseuse correspond à celle d'une adolescente. À part cela, il va falloir attendre les résultats des examens ADN ou des dossiers dentaires, ou espérer qu'on trouvera quelque chose en passant les environs au peigne fin.

— Pas un mot à la presse pour le moment, dit Stride. On y va doucement. Je préviens Dan et nous partons là-bas, toi et moi.

Stride jeta un coup d'œil vers Dan et Emily, en se demandant comment il allait annoncer une nouvelle comme celle-là en présence de la mère de Rachel.

Il inspira à fond et pria Maggie de l'attendre. En se dirigeant vers l'avant du tribunal, il vit que Dan et Emily le regardaient avec curiosité. Impossible de prendre des gants.

— Nous avons trouvé un cadavre dans la forêt, au nord de la ville.

Emily écarquilla les yeux et porta la main à sa bouche.

— Non ! s'exclama Dan.

Emily s'écroula sur une chaise. Elle resta là en silence quelques secondes, comme une coquille brisée. Elle leva enfin vers Stride ses yeux injectés de sang.

— C'est… c'est elle ? C'est Rachel ?

— Nous ne le savons pas encore, dit Stride. Je suis désolé, vraiment. Nous n'avons que des restes osseux. Il va nous falloir un peu de temps pour les identifier.

— Combien de temps ? demanda Dan.

— Il faudra sans doute attendre les tests ADN, à moins qu'on ne trouve quelque chose avec les dossiers dentaires. Dans les deux cas, ça risque de prendre plusieurs semaines.

Dan secoua la tête.

— Nous ne disposons pas de plusieurs semaines. Nous n'avons même pas plusieurs jours.

— Je sais, fit Stride.

— Comment cela ? interrogea Emily.

— Le procès est presque fini, lui dit Dan. Sans identification définitive, nous ne pouvons pas mentionner cette découverte devant les jurés. Nos soupçons ne sont pas des preuves.

— Mais nous avons son corps, maintenant, plaida Emily. Vous ne pouvez pas laisser cet homme continuer à dire aux jurés qu'elle est peut-être vivante…

— Malheureusement, nous ne savons pas encore s'il s'agit de Rachel, lui rappela doucement Stride.

— C'est insensé, fit Emily en secouant la tête. Je ne peux pas y croire. Mon Dieu, ils ne peuvent pas le laisser s'en sortir comme ça ! Il faut reculer la fin du procès. Ils doivent vous donner le temps de prouver que c'est Rachel.

— À la juge de décider, fit Dan.

Mais Stride savait ce qu'il pensait. C'était trop tard.

31

— Surseoir au procès ?

La voix de la juge Kassel était montée d'une octave.

— Maître Erickson, dites-moi qu'il s'agit là d'un exemple de votre remarquable sens de l'humour…

— Je me rends parfaitement compte que c'est inhabituel, Votre Honneur, fit Dan en écartant les mains d'un geste plaintif.

— Inhabituel ? grogna Gale. Moi, je dirais insultant.

Les deux hommes s'approchèrent de la table de la juge. Derrière eux, le tribunal était de nouveau bondé, et le bourdonnement étouffé des conversations montant des travées empêchait toute discussion. Les coups de marteau de la juge Kassel ne parvenaient pas à obtenir le silence. Graeme Stoner était assis à la table de la défense, seul, impassible. Ce jour-là, Emily s'était postée juste derrière lui, comme si elle voulait que Graeme sente sa présence. Elle avait les yeux fixés sur la nuque de son mari. Graeme n'avait pas tourné la tête une seule fois. Il était pourtant évident qu'il savait qu'elle était là, assez proche pour qu'il perçoive son parfum.

Les jurés étaient absents, enfermés dans la salle qui leur était réservée, tandis que Dan plaidait pour obtenir un sursis. Ils étaient les seules personnes de tout le Minnesota à ignorer le gros titre qui barrait les écrans de télévision : *EST-CE LE CORPS DE RACHEL ?*

— Personne n'aurait pu prévoir quelque chose comme ça, disait Dan. Mais dans l'intérêt de la justice, nous devons prendre le temps d'analyser les restes du corps.

— Jusque-là, il ne s'est jamais inquiété d'avoir un cadavre, Votre Honneur, rétorqua Gale.

La juge Kassel regarda Dan, juste devant son nez.

— C'est exact.

— Il était assez sûr de lui pour plaider cette affaire sans la moindre preuve de la mort de la jeune fille, poursuivit Gale. Il a eu sa chance.

— Je n'ai pas conclu ma plaidoirie, souligna Dan.

— Non, mais il n'a rien de plus à ajouter, Votre Honneur. Je ne vois pas de preuves. Je ne vois pas de témoins.

Dan secoua la tête.

— L'essentiel de la défense de M. Gale reposait sur sa volonté de suggérer aux jurés que Rachel était encore en vie. Il s'est servi de cette hypothèse pour essayer de créer un doute raisonnable. Si nous pouvons prouver de façon concluante que les insinuations de M. Gale étaient fausses, les jurés méritent de le savoir.

Les bras croisés, la juge se renversa en arrière sur son siège.

— Maître Gale ?

— L'ensemble de la situation est préjudiciable. Les jurés ont eu connaissance de toutes les preuves existantes. C'est encore frais dans leur esprit. Accorder un sursis à l'accusation ne fera qu'émousser leur mémoire, ce qui serait à la fois injuste et déraisonnable. Il pourrait apparaître que le cadavre n'est pas lié à cette affaire, et il serait alors trop tard pour réparer les dégâts. En outre, nous ne savons absolument pas dans combien de temps nous pourrons disposer d'une identification probante, en supposant qu'on y parvienne...

— C'est vous qui devriez réclamer ce report, Archie, répondit Dan. Même s'ils sont isolés, les jurés peuvent parfaitement entendre parler du cadavre, Votre Honneur. Les nouvelles filtrent très facilement. Ils en concluront qu'il s'agit de Rachel, et cela influencera leur décision. Nous devons leur donner la possibilité de prendre des décisions sur des faits, non sur des rumeurs.

La juge Kassel eut un léger sourire.

— Très aimable à vous, maître Erickson. En réalité, les jurés n'auront pas le temps d'entendre parler du cadavre s'il n'y a pas de report du procès. Dès que vous m'avez prévenue, hier soir, j'ai fait interdire tous les appels téléphoniques, entrants et sortants. C'était avant la petite émission de M. Finch, Dieu merci. Ils n'ont ni téléviseurs ni postes de radio dans leurs chambres. Leur transfert, ce matin, a été soigneusement contrôlé. Ils ne savent rien maintenant, et ils ne sauront rien quand ils commenceront à délibérer dans une journée, plus ou moins, à condition que nous prenions les précautions qui conviennent. Si nécessaire, je ferai évacuer le tribunal.

— Vous pourriez déclarer l'annulation du procès pour défaut d'unanimité du jury, suggéra Dan. Et l'on reprendrait tout à zéro.

Gale ouvrit la bouche, mais Kassel lui intima le silence d'un geste.

— Je suis bien en avance sur vous, maître Gale. Pas d'annulation. Je n'ai rien à reprocher à ce procès, sinon le mauvais travail de votre police.

— Votre Honneur, l'État ne doit pas être pénalisé par le fait que l'accusé a si bien caché son crime qu'on n'a trouvé le cadavre qu'aujourd'hui, dit Dan.

Gale le corrigea :

— On a trouvé *un* cadavre, rien ne prouve que ce soit *le* cadavre. Et même s'il s'agit de celui de Rachel, nous n'avons aucune preuve nouvelle capable de lier M. Stoner à ce cadavre ou à l'endroit où il gisait. Cette découverte n'ajoute rien au dossier.

— Nous ne le savons pas encore, dit Dan avec flamme. Nous n'avons pas analysé le lieu du crime en profondeur.

— Ne nous emballons pas, maître Gale, fit la juge. M. Erickson a raison. Vous avez largement exploité l'incapacité de l'État à produire un cadavre. Maintenant qu'il en a un, vous ne sauriez prétendre que cela n'a aucune importance.

— L'État a choisi de s'en passer, répéta Gale. Si cette découverte avait été faite il y a une semaine, M. Stoner aurait déjà été acquitté.

— C'est hors de propos, Votre Honneur, dit Dan.

— Peut-être, mais vous aviez l'air assez impatient de présenter M. Stoner devant un jury. Vous avez l'air moins impatient, maintenant, de laisser le jury décider de son sort.

La juge Kassel fit la moue. Une fois de plus, elle leva la main avant que les deux avocats aient le temps de poursuivre.

— J'aimerais en savoir un peu plus sur cette découverte, et combien de temps il faudra pour obtenir des réponses.

Son regard se posa sur Jonathan Stride, assis au troisième rang, dans la salle. D'un geste du doigt, elle l'invita à venir devant elle.

Stride se leva. Il sentait tous les regards fixés sur lui. Il n'était pas préparé. Il n'avait pas dormi, et ses vêtements étaient couverts de boue. Depuis la veille au soir jusqu'à son retour précipité en ville, deux heures plus tôt, il avait pataugé dans un sol boueux sous l'éclat aveuglant des projecteurs, en quête de nouveaux indices, en compagnie d'une vingtaine d'agents. Il savait que l'entreprise était vouée à l'échec, même s'ils examinaient la terre indéfiniment. Après six mois de pluie, de neige et de glace, rien ne pourrait lier Graeme Stoner à cet endroit, ni empreintes digitales, ni fibres, ni sang. Ils n'avaient rien d'autre qu'un cadavre réduit à l'état d'ossements.

Mais ils avaient un cadavre. Et la question était de savoir à qui il appartenait.

Stride franchit la porte battante pour rejoindre Dan et Gale devant la juge Kassel. Celle-ci regarda ses vêtements et ses yeux gonflés de fatigue.

— On dirait que la nuit a été longue, inspecteur.

— En effet, acquiesça Stride.

— Je présume que vous pouvez garder les yeux ouverts assez longtemps pour répondre à quelques questions.

— Je ferai de mon mieux, dit Stride en hochant la tête.

— Merci. Pour commencer, qui a parlé de ce cadavre à M. Finch et à ses collègues de la presse ? Il est suffisamment désagréable de découvrir cela au milieu du procès, mais il est encore pire de l'entendre trompeter dans tout l'État. Heureusement que les jurés n'en ont pas entendu parler.

— Je suis désolé, Votre Honneur. Je voudrais pouvoir vous apprendre comment Bird a eu l'information. Mais je n'en ai pas la moindre idée.

— Eh bien, j'imagine qu'il fait son travail. Maintenant, dites-moi précisément ce que vous avez trouvé. Il s'agit bien de restes humains ?

— Oui. Cela nous a été confirmé par le légiste.

— Sexe ?

— Féminin, selon le légiste.

La juge hocha la tête.

— Aucun moyen d'identification pour le moment ? Ce pourrait être Rachel, ou Kerry, ou n'importe qui d'autre ?

— Nous n'avons rien qui soit susceptible d'être identifié. Pas de vêtements, pas d'objets personnels. Le corps a été en partie brûlé. Mais nous pourrons faire des analyses ADN grâce aux débris d'os.

— Combien de temps tout cela prendra-t-il ?

Stride secoua la tête.

— J'aimerais vous donner une réponse claire, Votre Honneur. Ce pourrait être deux ou trois jours, ou plusieurs semaines.

— Et vous n'avez relevé aucun indice significatif à proximité du corps ?

— Non. Nous poursuivons les recherches, mais je ne suis pas optimiste, car trop de temps a passé et…

Dan l'interrompit :

— Mais le principal, c'est de connaître l'identité du cadavre, Votre Honneur. S'il s'agit de Rachel, cela aura des conséquences considérables sur le procès.

— Si, si, si… dit Gale. Si ceci, peut-être que cela… Pas de preuves, mais nous continuons à chercher. Peut-être quelques jours, peut-être quelques semaines, peut-être jamais. M. Stoner ne devrait pas être obligé d'attendre ici, pendant que la police et le bureau du procureur essaient de gagner du temps avec de vagues promesses de preuves qu'ils n'ont pas encore trouvées. Pas plus que les jurés, d'ailleurs. Il n'y a vraiment rien dans ce dossier, Votre Honneur, sinon de la fumée.

— J'ai tendance à être d'accord avec cela, fit la juge Kassel avec un soupir.

Dan s'agrippa des deux mains au bord de la table.

— Rien que quelques jours, Votre Honneur. Donnez-nous jusqu'à la fin de la semaine pour obtenir confirmation de l'identification. Si nous n'avons rien d'ici là, nous conclurons le procès.

— Et pendant ce temps, les témoins ne seront plus que de lointains souvenirs, dit Gale d'un ton cinglant. C'est maintenant ou jamais.

— On peut leur donner lecture des témoignages à tout moment, rétorqua Dan.

— Oh, je vous en prie, fit Gale.

Kassel les interrompit :

— Ça suffit, messieurs. Maître Erickson, je compatis à votre situation. Je déteste travailler avec l'hypothèse tenaillante que nous sommes sur le point d'obtenir des preuves cruciales. Mais pour le moment, vous n'avez que des espoirs et des théories. Vous avez ouvert l'affaire sans cadavre, persuadé d'obtenir une condamnation. Vous allez devoir vous en tenir à cela.

La juge se pencha, brancha son micro, donna un coup de marteau pour obtenir le silence. Elle fit part de sa décision au tribunal :

— La demande de surseoir est refusée. Nous poursuivons le procès.

— Votre Honneur, je réitère ma demande que les preuves par ouï-dire des relations sexuelles entre l'accusé et Rachel Deese, telles que mentionnées par le Dr Nancy Carver dans sa déposition, soient admises, au motif que la déclarante n'est pas disponible pour témoigner.

— Rejetée. Autre chose, maître Erickson ?

Dan serrait les poings, frustré.

— Non, Votre Honneur.

— Parfait. Huissier, faites entrer les jurés.

Stride croisa le regard furieux de Dan. Une froideur qui s'adressait à lui, et qu'il n'avait jamais ressentie. Comme si l'avenir de Dan venait d'être poussé dans le trou d'où ils avaient exhumé le corps, et qu'il ne trouvait personne d'autre que lui à blâmer.

— Vous m'avez bousillé toute cette affaire depuis le début, murmura Dan.

Stride ne répondit pas. Il n'en eut pas le temps.

Quelque chose n'allait pas.

Le bourdonnement de la foule avait changé. Le bruit et les murmures qui avaient suivi la décision de la juge avaient laissé la place à autre chose. Les gens étaient surpris, ils montraient quelque chose du doigt, ils se levaient. Quelqu'un cria. C'était Maggie, au troisième rang. Elle appelait Stride et bousculait ses voisins pour rejoindre l'allée.

Plus près, d'autres personnes se mirent à hurler.

Stride vit Graeme Stoner se lever de sa chaise, à la table de la défense, comme s'il était traversé par un courant électrique. Il s'appuya sur la table pour garder son équilibre, les deux mains bien à plat. Il écarquillait les yeux, stupéfait. Il ouvrit la bouche comme s'il s'apprêtait à rire. Sa poitrine se souleva et un filet de sang coula lentement de ses lèvres. Il cligna des yeux. Puis il baissa la tête, regarda les gouttes qui tombaient sur sa chemise blanche, telles de minuscules cerises dans la neige.

Il souriait.

Puis son torse se souleva de nouveau, et le filet de sang se transforma en torrent.

Le sang rouge vif jaillit de sa bouche, puis de son nez. Le flot se déversa sur son costume, coula sur ses épaules et sur sa poitrine, atteignit la table, trempant les documents qui s'y trouvaient. Il giclait comme une véritable fontaine écarlate, formant des flaques sur le sol.

Les yeux de Graeme, maintenant gris et vitreux, roulèrent dans leurs orbites. Il resta là, au garde-à-vous, pendant quelques secondes. Puis son corps sembla se ratatiner. Ses épaules se creusèrent et il s'affala sur la table en un tas informe, le visage pendant au-dessus du bord. Le flot coulait toujours, formant une flaque de plus en plus large sur le sol. Dan Erickson et Archibald Gale eux-mêmes poussèrent un cri et reculèrent en voyant l'onde écarlate s'approcher de leurs souliers.

Pendant ce temps, Graeme continuait de se vider de son sang au rythme de ses derniers battements de cœur.

Stride s'élança, mais il glissa sur la flaque de sang. Il reprit son équilibre, se rua en avant. Maggie arriva la première. Elle repoussa les rares personnes qui se trouvaient encore sur son chemin, clouées sur place par l'horreur du spectacle. Elle enjamba celles qui s'étaient jetées sur le sol en hurlant, comme si elles voulaient s'échapper.

Emily Stoner se dressait au premier rang, aussi immobile que les gens qui l'entouraient, les yeux fixés sur le corps ensanglanté de son mari. Elle avait encore le bras droit levé. Les mains minuscules de Maggie empoignèrent ce bras tendu et le maintinrent en l'air, mais Emily paraissait ne se rendre compte de rien. Elle ne bougeait pas. Elle n'essaya pas de se libérer.

Stride arriva enfin. Il se pencha au-dessus du cadavre de Graeme Stoner et ôta le couteau de boucher sanglant de la main d'Emily.

32

Les fenêtres à double vitrage de la bibliothèque, au dernier étage du Kitch, étaient fermées, car un orage matinal faisait rage. Gale sirotait son café dans une tasse en porcelaine, appuyé contre la baie vitrée. Il jeta un coup d'œil vers Dan Erickson, assis sur le canapé, une assiette recouverte d'œufs et de saucisses et un grand verre de jus d'orange posés devant lui.

— Ils l'auraient acquitté, fit Gale en souriant, le regard brillant.

Les couverts cliquetaient sur l'assiette de Dan, qui crevait ses œufs pour en faire couler le jaune.

— N'en soyez pas si sûr. Vous avez entendu les jurés que Bird a interviewés, hier soir. Ils n'ont jamais cru que Sally était dans le coup. Ils pensaient que Graeme était coupable.

— Je crois qu'ils ont dit « probablement », ce qui, au tribunal, se traduit par « doute raisonnable ». En outre, ils avaient tous eu l'occasion de voir la conférence de presse que vous avez organisée avec Sally, la semaine dernière. Le procureur en colère dénonçant les accusations sans fondement portées contre une innocente jeune fille. Aucune preuve, sauf celles désignant M. Stoner. Et encore, vous n'avez rien pu prouver devant la cour, ajouta Gale, le visage illuminé d'un éclair.

— C'est vous qui le dites, répliqua Dan d'un ton aimable.

Gale secoua la tête.

— Il est inconcevable qu'Emily ait pu entrer dans la salle d'audience avec ce couteau…

— Nous avions installé des détecteurs de métaux. Mais elle était harcelée par les médias. Elle nous a demandé de la faire entrer par-derrière. Qui aurait pu savoir qu'elle allait péter les plombs ?

— Vous voulez dire que ça a été une surprise ? Allons, Dan… Je ne suis pas loin de penser que vous aviez envie qu'il arrive quelque chose de ce genre. Vous avez négocié un accord avec Emily ?

— Homicide par imprudence. Dans les trois ans ferme.

— Une tape sur le poignet ! dit Gale.

— Oh, je vous en prie ! Ce type a tué sa fille. Archie, nous ne sommes plus au tribunal. Avouez que vous ne pensez pas vraiment que Graeme était innocent.

— Je ne sais pas s'il était innocent. Et je ne sais pas s'il était coupable. Et vous non plus.

Dan se tamponna les lèvres avec un mouchoir en papier et se leva, lissant son costume. Il prit le pot de café, s'en versa une tasse.

— Génial, la manière dont vous avez prouvé que Sally se trouvait sur la scène du crime. Qu'est-ce qui vous a mis sur la piste ?

Gale éclata de rire.

— Il est évident que vous n'avez jamais élevé des adolescents. Elle voit une fille faire du plat à son copain, et elle se contente d'aller se coucher ? Impossible. Il y avait du crêpage de chignon dans l'air.

— Et cette histoire de Kerry McGrath ?

— Oh, quand j'ai su que Sally était allée voir Rachel, j'ai cherché des liens. Quand Kevin a avoué que Kerry l'avait invité à sortir avec elle, je me suis dit que c'était trop beau pour être vrai.

— Le père de Sally a consulté son agenda, ajouta Dan. Toute la famille était à Minneapolis, ce week-end-là, pour voir une pièce. *Les Miz.* Nous avons vérifié les réservations.

— Le genre de preuve qu'un père peut produire quand sa fille a des ennuis.

— Elle n'a pas fait le coup, Archie.

— Pensez ce que vous voulez. Mais il y a autre chose que ce qu'on a dit au procès.

Un coup de tonnerre ébranla l'immeuble. Gale contempla pensivement le ciel noir.

— Et comme Graeme est mort, nous n'en saurons peut-être jamais plus, fit Dan.

Gale caressa son bouc.

— Oh, je me demande. Rachel reviendra peut-être pour nous dévoiler elle-même ses secrets. Comme un fantôme.

Stride écoutait le martèlement de la pluie sur les vitres. Chaque éclair allumait une lueur rouge sous ses paupières baissées. Les poutres de chêne gémissaient sous les rafales de vent. L'odeur douce et fraîche de l'air lui parvenait, un peu aigre à cause de la légère humidité du bois.

Quand l'orage l'avait réveillé, à quatre heures du matin, il avait emporté ses couvertures sous la véranda et allumé le convecteur. Depuis lors, il flottait dans un sommeil instable, et la tempête venue de l'ouest grondait dans le ciel. Deux heures plus tôt, dans sa chambre, son réveil avait sonné. Il s'en fichait. Le ciel était assez sombre pour qu'on eût l'impression qu'il faisait encore nuit.

L'enquête et le procès étaient toujours présents dans son esprit. Cependant Stride avait le sentiment que ce n'était pas fini. Il refusait de croire à l'innocence de Stoner. Cela n'avait pas changé. Mais peut-être se mentait-il, peut-être essayait-il de se convaincre qu'il ne s'était pas tout simplement fourvoyé depuis le début. Il repoussait ses doutes comme il l'eût fait d'un nuage de moustiques. Mais ils revenaient quelques minutes plus tard gronder à ses oreilles. Chaque fois un peu plus fort que la précédente.

La carte postale. Il l'avait trouvée dans sa boîte à lettres en rentrant, la veille au soir. Il la regardait toutes les cinq minutes. Et il entendait les moustiques.

Quelqu'un faisait grincer le plancher. Il ouvrit brusquement les yeux. Tendant le cou, il vit que Maggie était là, debout dans l'encadrement de la porte. Ses cheveux noirs étaient trempés. De l'eau gouttait de son visage et de ses manches. Elle avait l'air toute petite et vulnérable.

— Je vois que tu vends ta maison, fit-elle.

Le panneau était là depuis plusieurs jours. Il referma les yeux, secoua la tête, furieux contre lui-même.

— J'allais te le dire, Mags. Vraiment.

— Tu vas te marier, c'est ça ? Avec la prof ?

Stride acquiesça.

Cela s'était passé une semaine plus tôt, au dîner. Il n'était même pas sûr de se rappeler, après coup, lequel avait fait sa demande le premier. Ils avaient commencé la soirée sobres et déprimés, ils l'avaient terminée quelques heures plus tard, ivres et fiancés. Andrea s'accrochait à lui, refusait de le lâcher. Cela lui provoquait une agréable sensation.

— Je suis désolé, Mags.

Elle sortit une main de sa poche et pointa l'index sur lui, comme un revolver.

— Tu as perdu la tête, chef ? Tu commets une terrible erreur.

— Écoute, je sais que tu es fâchée…

— Bon Dieu, oui, je suis fâchée ! Je suis en train de regarder un ami foutre sa vie en l'air. Je t'avais prévenu qu'il ne fallait pas que ça devienne trop sérieux, non ? Vous vous remettiez tous les deux d'un désastre sentimental. Cindy disait toujours qu'émotionnellement tu étais le type le plus bouché du monde. Je vois bien qu'elle avait raison.

— Laisse Cindy en dehors de tout ça, fit Stride d'un ton sec.

— Quoi ? Comme si elle n'était pas là-dedans jusqu'aux yeux ? Je te le redis, chef. Tu commets une erreur. Ne fais pas ça.

Stride secoua la tête.

— Mags, toi et moi, c'est impossible. Ça n'aurait jamais marché. Tu me l'as dit toi-même…

— Tu t'imagines qu'il s'agit de moi ? Incroyable !

Maggie fixa le plafond, comme si elle invoquait l'aide divine.

Il y eut un silence gêné. On n'entendait rien d'autre que le grondement constant de la tempête, et le bruit des gouttes d'eau qui tombaient du manteau de Maggie sur le sol de la véranda.

— Est-ce qu'il est mal que deux personnes qui ont besoin l'une de l'autre se rapprochent ?

— Oui, fit Maggie. C'est mal. Ce devraient être deux personnes qui s'aiment.

— Oh, je t'en prie, tu joues sur les mots…

— Non, pas du tout. Tu es amoureux, ou tu ne l'es pas. Vous êtes faits l'un pour l'autre, pour toujours, ou bien vous n'avez aucune raison de vous marier.

— J'ai cru que tu serais heureuse pour moi, dit Stride.

— Tu veux que je te tape dans le dos en riant, et que je m'exclame que c'est génial ? Va te faire foutre. Il n'en est pas question. Je n'arrive pas à croire que tu puisses me demander ça !

Stride ne répondit pas. Il écoutait le souffle rauque de Maggie.

Elle secoua la tête avec un soupir, rassemblant ses émotions à la manière de billes éparpillées sur le sol.

— Si c'est ça que tu veux, eh bien, vas-y, fais-le. Mais si je ne te disais pas ce que j'ai sur le cœur, je ne pourrais pas me regarder dans la glace.

— D'accord, Mags. Tu l'as dit.

Ils se fixèrent un long moment, comme s'ils se disaient adieu en silence. Pas un véritable adieu, comme des gens qui ne se reverront plus. Un adieu à leurs relations telles qu'elles étaient jusque-là.

— J'étais venue t'annoncer que ce n'est pas le cadavre de Rachel, reprit Maggie.

Elle avait retrouvé sa voix de flic, service-service.

— Les résultats des analyses ADN sont arrivés. C'est Kerry.

Stride jura à voix basse, ferma les yeux. Il pensa à cette fille, gentille et innocente. Il se rappela qu'il l'avait perdue. Il avait aussi perdu Cindy. Il était encore furieux contre tout cela. Furieux qu'un assassin ait échappé à la justice.

Puis une autre pensée se fit jour : ce n'était pas Rachel. Les moustiques revinrent bourdonner à ses oreilles.

— J'ai reçu quelque chose au courrier, hier soir, dit-il doucement.

Il fit un signe de tête vers la carte postale posée sur la table basse. Maggie la regarda. C'était l'image d'un animal gris aux longues oreilles et aux proportions bizarres, photographié dans le désert.

— Qu'est-ce que c'est que ce truc ?

— Un jackalope, expliqua Stride. Moitié *jackrabbit*, le grand lièvre du désert, moitié antilope.

Maggie fit la grimace.

— Hein ?

— C'est une blague. Un mythe. Cet animal n'existe pas. Les gens envoient des cartes postales avec des jackalopes pour tester la crédulité de leurs amis.

Maggie tendit la main pour saisir la carte.

— Par les bords, s'il te plaît, lui dit Stride.

Elle s'immobilisa, la main en l'air, et l'observa bizarrement, comme si elle avait senti quelque chose d'horrible. Puis elle prit la carte avec précaution en la tenant par les bords, la retourna. Le texte était griffonné à l'encre rouge et les lettres étaient déformées par des traînées, là où la pluie avait coulé sur la carte.

Il méritait de mourir.

— La garce, lâcha Maggie.

Elle regarda Stride en secouant vigoureusement la tête.

— Ça ne peut pas venir d'elle. Ça ne peut pas venir de Rachel. Elle est morte.

— Je ne sais pas, Mags. À quel point sommes-nous crédules ?

Maggie examina le cachet postal.

— Las Vegas.

— La cité des âmes perdues, fit Stride.

QUATRIÈME PARTIE

Trois ans plus tard

33

Jerky Bob vivait dans une caravane ancrée au bord d'une route secondaire, à quelques kilomètres au sud de Las Vegas. Comme la plupart des vagabonds de la vallée de Las Vegas, il était venu de nulle part. Un an plus tôt, la caravane avait fait son apparition, tractée à ses risques et périls par un camion qui s'était empressé de dételer avant de disparaître en direction de la ville. Le lendemain du jour où la caravane s'était établie définitivement sur le bord de la route poussiéreuse, un panneau de bois peint à la main se dressait au bord de la nationale venant de Californie. On y lisait :

JERKY BOB

– Cadeaux new age –

– Poésie paranormale –

– Bœuf séché –

Bob se contenta d'isoler l'arrière de la caravane avec un rideau. Il installa une table bancale et une caisse pour l'argent. Il était prêt à faire des affaires. Il accrocha des dizaines de carillons à vent en verre teinté, appliqua des aimants en forme de pyramide sur une plaque métallique clouée au mur, remplit des étagères de brûleurs à encens et de bougies au santal, et aussi de poésie épique manuscrite, qu'il copiait à l'aide d'un vieux duplicateur et qu'il liait en rouleaux avec des rubans violets.

Mais les habitués ne revenaient pas pour les carillons ou les poèmes. Ils revenaient pour la viande séchée : bœuf séché, poulet séché et dinde séchée, vendus en diverses variantes, comme le teriyaki et le cajun, dans des boîtes à chaussures rangées dans un vieux frigo. C'étaient pour la plupart des chauffeurs routiers. Il suffisait de deux ou trois, s'arrêtant par curiosité quelque part, pour lancer une rumeur qui se répandrait dans le réseau des routiers du Sud-Ouest. On se donnait le mot. « Tu vas à Vegas ? Arrête-toi chez Jerky Bob. » Ils venaient vingt-quatre heures sur vingt-quatre, sept jours sur sept, ce qui correspondait à ses heures normales de travail. S'il dormait, ils le réveillaient tout simplement et il leur vendait sa viande séchée. Il gagnait assez d'argent pour retourner en ville et ouvrir une vraie boutique plus conforme aux règlements sanitaires. Mais l'argent ne restait pas longtemps dans les poches de Bob. Une moitié finissait dans le gosier des machines à sous. L'autre moitié allait dans les bouteilles de gin qu'il balançait, après les avoir vidées, dans le désert, derrière la caravane, où elles scintillaient au soleil comme dans un champ de diamants.

Il s'était suicidé l'année précédente, mais son corps ne le savait pas encore.

Les routiers en parlaient. Un an plus tôt, pour un homme échoué dans le désert, Bob semblait assez normal. Mais il s'était mis à vieillir à vue d'œil. Il ne se rasait jamais, se contentant de couper des brins noueux de sa longue barbe grisonnante. Ses cheveux pendaient sur ses épaules en mèches crasseuses. Il avait la peau grise et racornie, les yeux enfoncés dans les orbites. Comme il mangeait très peu, hormis de la viande séchée, il avait maigri et pesait moins de soixante kilos. Il ne lavait pas ses vêtements, qui se limitaient en général à un blue-jean et un tee-shirt avec le logo de Las Vegas flottant sur son torse maigre. La puanteur était telle dans la caravane que certains de ses clients routiers refusaient d'y entrer. Ils prétendaient que même la viande séchée commençait à sentir mauvais. Bob se bornait à ouvrir une fenêtre pour faire passer dans la caravane l'air sec et poussiéreux du désert.

Comme l'accès aux casinos lui était interdit, il allait presque chaque jour dans un bar situé sur la nationale, à un kilomètre de sa caravane, et il jouait au poker vidéo jusqu'à ce que le barman en ait assez de sentir son odeur. Il achetait alors une bouteille de gin et rentrait chez lui, où il se saoulait à mort. Le matin, ou bien quand un routier s'arrêtait et faisait assez de bruit pour le réveiller, il jetait la bouteille vide derrière la caravane.

La nuit précédente avait été une nuit à deux bouteilles. Sauf qu'il avait peut-être dormi deux, voire trois jours. Il ne savait plus.

Il ne se rappelait pas grand-chose. La télé disait qu'on était mercredi, mais il ne se souvenait pas quand il avait commencé sa beuverie. Sa visiteuse était arrivée dans l'après-midi, et ce soir-là – quel que soit le jour – il s'était mis à servir un verre de gin après l'autre. Et maintenant on était mercredi.

Bob soupira. Il avait envie de pisser.

Il se leva et s'appuya contre le mur. La caravane tournoya pendant quelques secondes avec lui au milieu et finit par reprendre sa position verticale. Il s'écarta du matelas et observa quelques bestioles s'éloigner en voletant. Les deux bouteilles de gin vides gisaient à quelques pas. Il s'accroupit pour les ramasser et regarda à l'intérieur. Il restait une goutte d'alcool dans chacune d'elles, collant au verre. Assez pour s'humecter la langue en renversant la tête en arrière. Son corps était tellement intoxiqué que le goût du gin lui souleva le cœur, et il dut s'efforcer de déglutir pour ne pas vomir.

Bob tenait les deux bouteilles par le goulot. Il chercha ses sandales, qu'il aperçut sous une chaise. Il se dirigea vers la porte centrale de la caravane, ses sandales claquant sur le sol. Le loquet était cassé depuis longtemps. Il poussa légèrement la porte avec le genou, et le soleil se déversa à l'intérieur. Toujours nu, Bob descendit en traînant les pieds les marches rouillées qui menaient au désert, derrière la caravane.

Le soleil était féroce, comme un incendie incontrôlable au-dessus des collines. Il plissait les yeux, qu'il avait les plus grandes difficultés à garder ouverts. Sa peau se tendit et se mit à cuire sur-le-champ. À chaque fois qu'il inspirait laborieusement, l'air lui brûlait les poumons.

Son pénis se contracta, prêt à se soulager. Il évacua une urine presque transparente. Le jet souleva un nuage de poussière et forma une petite flaque dans une dépression du sol. Il continua à pisser au milieu de la flaque, projetant des gouttes d'urine sur ses orteils. Il contempla le flot d'un air absorbé, comme s'il regardait son sang et sa vie s'écouler de son corps. L'urine écumait et puait le gin. En quelques secondes, la flaque aurait disparu, séchée par le soleil.

Le torrent laissa bientôt la place à un petit filet.

L'œil en coin, il jeta en l'air une des bouteilles de gin, la regarda briller au soleil en dessinant un léger arc de cercle avant de s'écraser au sol. Il entendit le verre se briser et vit les morceaux projetés en tous sens. Il répéta très soigneusement le rituel avec l'autre bouteille, savourant le sifflement qu'elle faisait en volant, puis l'explosion quand elle toucha le sol.

Il y avait là des dizaines de bouteilles en miettes. C'était son petit champ de mines personnel. La plupart des morceaux de verre étaient rapidement noyés sous la poussière, mais les plus récents étincelaient, réfléchissant la lumière du soleil comme autant de rayons laser.

Bob plissa les yeux, fixant le désert. Il n'était sorti que depuis quelques minutes, et il lui fallait rentrer. Il n'y avait rien dans la caravane pour adoucir la chaleur, mais au moins son corps ne se ratatinait pas comme lorsqu'il était en plein soleil. Sa peau déshydratée avait brûlé tant de fois que son corps était couvert de plaies minuscules qui suintaient et ne cicatrisaient pas. Elles se rappelaient maintenant à son souvenir, et la brûlure du soleil le piquait cruellement.

Il s'attarda, pourtant.

Il ne savait pas ce que c'était, mais quelque chose attira son regard. Il vit les petits buissons de créosote battus par les vents et les yuccas, semblables à des palmiers nains. Ils étaient exactement à leur place. Et les collines, au loin, n'avaient pas changé. Les tessons de bouteille luisaient comme ils faisaient toujours. Comme des diamants.

Sauf que… non, ce n'était pas possible.

Quelque chose n'était pas à sa place. Il voyait le soleil miroiter, mais pas dans le champ de mines où il jetait toujours ses bouteilles. Les reflets qui accrochaient son regard se trouvaient plus loin, pas du tout à proximité des morceaux de verre. Ils scintillaient sous le soleil brûlant, comme des petits diamants lui clignant de l'œil, sous un buisson de créosote.

Qu'est-ce que ça pouvait bien être ?

Bob fronça les sourcils et s'enfonça dans le désert de sa démarche traînante, pour savoir ce qu'il avait vu. Plus il approchait, plus il marchait vite, au point que bientôt il courait presque. Il était épuisé, à bout de souffle, mais il parcourut les vingt derniers mètres au pas de course, nu, jusqu'à l'endroit où les diamants étaient cachés. Puis il s'immobilisa et regarda à ses pieds.

Les diamants étaient en réalité de minuscules paillettes dorées collées sur la peau d'une femme dont le corps gisait dans la poussière.

Elle était allongée sur le dos, en partie abritée par le buisson de créosote. Elle était aussi nue que lui, sans vie et sans âge. Un cadavre racorni dont la peau cuite au soleil semblait s'être recroquevillée, les yeux réduits à la taille de petites billes, les cheveux blonds gris comme la poussière, la bouche ouverte sur un hurlement silencieux tandis que les insectes défilaient comme à la parade, occupés à la dévorer de l'intérieur. Il était presque impossible de retrouver la moindre trace de ce qui avait été jadis humain et magnifique.

Bob tomba à genoux.

Elle le fixait. Ses lèvres décolorées lui souriaient. Il tendit la main pour la toucher, avec hésitation, comme s'il craignait qu'elle ne s'éveille soudain pour la saisir. Elle ne bougea pas. Sous ses doigts, la peau était comme du papier de verre.

Puis il vit son visage se contracter. Un vrai cauchemar. Impossible qu'elle soit vivante !

Bob la contempla avec horreur, bouche bée, dans un cri silencieux qui remontait du fond de son âme, quand un énorme cafard sortit du nez du cadavre et agita ses antennes vers lui. Bob recula en trébuchant, puis il prit ses jambes à son cou. Il ne retourna pas à la caravane. Il courait, d'une démarche maladroite, vers la route nationale. Il perdit ses sandales. Les cailloux du désert lui écorchaient les pieds, et ses pas laissaient une traînée sanglante sur le sol. Mais rien ne pouvait l'empêcher de fuir, sans jamais ralentir ni jeter un regard derrière lui, comme si le fantôme de la fille courait sur ses talons.

34

Serena Dial, de la police métropolitaine de Las Vegas, remonta ses lunettes sur son nez et contempla le cadavre à ses pieds.

— Génial…

Elle ne s'adressait à personne en particulier. En fait, la scène n'avait rien de génial. Serena détestait les macchabées qu'on trouvait dans le désert. Ils avaient toujours l'air d'avoir cent ans. Parfois, si vous arriviez après les oiseaux et les bêtes sauvages, ils étaient mâchouillés, les orbites vides, la chair dévorée – le genre de choses qui revenaient vous hanter sans prévenir. La plupart des corps qu'elle avait vus avaient un couteau planté dans le dos ou des blessures par balle, ce qui n'était pas si dur à encaisser – à condition de supporter la vue du sang. Au moins ces cadavres ressemblaient-ils encore à des êtres humains. Celui-ci, par contre…

C'était une femme, ça ne faisait aucun doute. C'était facile à voir. Le soleil faisait des choses terribles aux gens qui avaient la malchance de séjourner dans le désert après leur mort, mais pas au point de faire disparaître un pénis. Les seins, en revanche, se desséchaient, et il n'en restait plus rien. Sauf pour ceux de ce cadavre-ci, plutôt jolis, comme Serena pouvait s'en rendre compte. Intéressant. En outre, le corps semblait miroiter au soleil, comme s'il scintillait. Ça aussi, c'était intéressant.

Serena se mit à quatre pattes et s'approcha le plus près possible de la morte pour l'examiner, mais sans la toucher. Elle commença par les pieds de la fille, remonta le long des jambes, passa plus de temps qu'elle n'aurait souhaité devant son sexe, puis son ventre, ses seins, et enfin son visage et ses lèvres, lesquelles paraissaient prêtes à lui donner un baiser particulièrement macabre.

Elle se redressa, sortit un dictaphone numérique de sa poche et enregistra quelques commentaires.

Le vent ébouriffait ses splendides cheveux noirs, taillés à hauteur des épaules. Elle était aussi sculpturale qu'une *show-girl*, au point que nombre d'étrangers à Las Vegas s'y trompaient. Elle avait l'habitude de placer son insigne bien en vue, ce qui coupait court aux propositions déplacées des rats de convention imbibés d'alcool. Serena mesurait presque un mètre quatre-vingts, et elle était souple et joliment proportionnée. Elle portait un pull sans manches violet, qu'elle rentrait dans son jean décoloré et bien ajusté. Grâce à des séances d'entraînement quotidiennes, elle était musclée et robuste. Sa peau était d'une belle couleur dorée qu'elle devait aux longues journées passées presque entièrement au soleil.

Elle avait trente-cinq ans, et des yeux vert émeraude qu'elle cachait généralement sous les verres orange de ses lunettes de soleil. Sa bouche était petite, avcc des lèvres pâles et un menton aux courbes douces. Elle n'avait pas l'air juvénile. Cela n'avait jamais été le cas. Depuis l'adolescence, elle ressemblait à ce qu'elle était maintenant : mûre, épanouie. Ce n'était que très récemment que son âge réel l'avait rattrapée. À ses moments perdus, elle se demandait de quoi elle aurait l'air quand les années iraient plus vite qu'elle.

La fille qui se trouvait à ses pieds s'était sans doute posé la question. Elle ne connaîtrait jamais la réponse. Il était aussi bien qu'elle ne puisse pas se voir maintenant.

— Âge… fit-elle dans le dictaphone. Pour le savoir, il faudra attendre le légiste. Disons vingt ans, vingt-deux tout au plus. Cause de la mort… On dirait qu'elle a le crâne enfoncé. Sang séché dans les cheveux vers l'arrière du crâne… Même sans bouger le corps, on dirait bien que quelqu'un lui a brisé la nuque. Cheveux noirs, teints en blond…

Serena examina le sol autour du cadavre.

— Elle n'a pas été tuée ici. Pas assez de sang sur le sol. Celui qui a fait ça a apporté le corps jusqu'ici. Elle est nue. Je ne vois aucun signe évident de viol, pas d'ecchymose dans la région pelvienne, pas d'ongles cassés, d'écorchures, ni de plaies d'aucune sorte. Nous la soumettrons au kit de viol. Moment du décès… aucun moyen de le savoir. Je me demande si le légiste lui-même en sera capable. Au moins deux ou trois jours, je dirais. La rigidité est ancienne. Nous avons de la chance que les vautours ne l'aient pas encore repérée…

Une pensée lui vint. Elle enfonça le doigt, très précautionneusement, dans la poitrine ridée de la morte.

— Je m'en doutais, dit-elle en se relevant.

Serena continua à dicter :

— Oreilles percées, mais pas de boucles d'oreilles. Pas de montre. Pas de bagues. Ongles des mains et des pieds teints en rouge. Indices d'un épais maquillage facial. Paillettes un peu partout sur le corps.

Elle entendit des bruits de pas. Une voix retentit.

— *Hola !*

— Regarde où tu mets les pieds, Cordy, fit-elle sans se retourner.

Non que cela eût beaucoup d'importance. Elle avait déjà mené des recherches dans le désert, et généralement ça n'aboutissait nulle part. Inutile de se demander pourquoi les gangsters de la vieille Vegas abandonnaient leurs victimes dans le Mojave.

Cordy feignit d'être vexé.

— Tu me prends pour un bleu ?

Cordero Elias Angel était son coéquipier depuis six mois. Les supérieurs de Serena savaient qu'il n'était pas facile de travailler avec elle, et elle changeait souvent de partenaire. Mais Cordy semblait durer. Il donnait ce qu'il pouvait, il faisait ce qu'on lui disait, et il n'avait jamais essayé de lui faire du plat. Cordy préférait les blondes, petites et jeunes, et Serena n'était rien de tout cela. Il avait quinze centimètres de moins que Serena, qui était son aînée de six ans. Il n'y avait donc rien d'ambigu entre eux.

Serena ne manquait pas de propositions. Mais même s'il lui arrivait de baisser sa garde et d'accepter un rendez-vous, cela ne durait jamais bien longtemps. Son style trop direct effrayait les hommes et les faisait fuir. Elle n'avait pas fait l'amour depuis six ans. Elle se disait que ça ne lui manquait pas beaucoup.

Cordy, en comparaison, avait une vic sociale agitée. Depuis qu'ils travaillaicnt ensemble, il était sorti avec six femmes âgées de vingt à vingt-trois ans, et aucune n'avait tenu au-delà des premières séances de gymnastique au lit. Au moins deux d'entre elles se trouvaient au lit avec un homme pour la première fois – à en croire Cordy. Serena trouvait ça dégoûtant, et le lui avait dit. Cordy se contentant de sourire, elle avait rapidement laissé tomber, pour éviter de réveiller de vieux démons.

Il était séduisant, malgré sa taille. Il était toujours impeccablement habillé. Ce jour-là, il portait une chemise à fleurs Tommy Bahama et un pantalon de soie noir. Cordy avait des cheveux noir de jais, qu'il maintenait en arrière avec de la laque. Il avait le teint sombre – de la couleur de l'huile d'olive vierge –, des dents étincelantes, des yeux bruns de prédateur.

Serena fit un geste du pouce vers la caravane.

— Qu'est-ce qu'il t'a raconté ?

— Ah, ce vieux type est pathétique. Pas si vieux, d'ailleurs, mais il descend la pente à toute vitesse. Il s'enfile une bouteille de gin toutes les nuits. Tu as vu tout ce verre cassé, là-bas ? C'est là qu'il balance les bouteilles après les avoir vidées…

Serena remarqua l'amoncellement de morceaux de verre, derrière la caravane.

— Il faudra s'assurer que l'équipe scientifique examine soigneusement les morceaux de verre, dit Serena. Si notre… *livreur* s'est coupé en traînant le corps par ici, il aura peut-être laissé du sang.

— Hon hon, fit Cordy.

— Dans quelques mois, on trouvera sans doute Jerky Bob en train de se décomposer dans sa caravane. C'est lui qui nous a prévenus ?

— Il a flippé quand il a trouvé le cadavre. Il est parti en courant à fond de train, à poil, le long de la nationale. Un automobiliste l'a repéré et a appelé les flics. Quand ils sont arrivés, il était en train de bredouiller je ne sais quoi sur un cadavre vivant.

— Il connaît la fille ?

— Nan. Il prétend qu'il ne l'a jamais vue. Il a simplement découvert le corps quand il est sorti pour pisser. Surprise, surprise…

— Le timing ? Il a une idée du moment où quelqu'un est venu déposer notre colis ? Il a vu ou entendu quelque chose ?

— Merde, il n'a rien entendu du tout. *Nada*. Ce mec est resté dans le cirage pendant deux jours, peut-être trois. Ça a pu se passer n'importe quand.

— Génial, fit Serena avec un soupir.

— On dirait qu'on n'a pas grand-chose pour avancer.

— J'imagine que tu as cherché les traces de sang dans la caravane.

— Hon hon. Il avait les pieds en sang à cause de sa course dans le désert, mais pas assez pour faire penser qu'il avait défoncé le crâne de quelqu'un. Et crois-moi, sa piaule n'a pas été nettoyée depuis longtemps. La victime n'est jamais allée là-dedans, ou bien c'est l'odeur qui l'aurait tuée. Ceci dit, tu devrais essayer sa viande séchée. Il m'en a donné un morceau. Je crois que c'était de la dinde cajun. Très bon, si on supporte l'odeur.

— Si tu dois t'arrêter sur le chemin du retour pour couler un bronze dans le désert, tu regretteras d'avoir essayé.

— Je suis mexicain. Estomac d'acier. Piments, *mama*.

Cordy se frappa le torse.

— Et la salmonelle, mon joli ? Ce n'est pas réservé aux *gringos*.

— Laisse tomber. Je voulais voir s'il planquait quelque chose dans son frigo, et je n'avais pas de mandat. Grâce à ce morceau de dinde, je sais qu'il n'y a rien d'autre que de la viande séchée dans ces boîtes à chaussures.

— Tu m'impressionnes, mon joli. Si, si, je te jure.

Serena jeta encore un coup d'œil au cadavre. Elle aurait voulu le couvrir, pour rendre un peu de dignité à cette fille. Las Vegas avait sa part de crimes bizarres, et il y avait longtemps que Serena n'était plus étonnée par ce qu'on y voyait. Un jour qu'elle soumettait une suspecte à une fouille corporelle, elle avait découvert que la fille – qui avait des seins impressionnants – était un transsexuel doté d'un phallus démesuré. Elle avait enquêté sur le meurtre d'un nain que deux adolescents en quête de sensations fortes avaient attaché sur un chevalet de fabrication maison avant de l'écarteler. Elle avait arrêté un homme qui se promenait dans les rues du centre-ville, nu, avec deux chèvres en laisse. Bizarreries, perversités, stupidité. Elle pensait avoir tout vu. Mais il lui arrivait encore de temps à autre de tomber sur une affaire dont son instinct lui disait qu'elle serait profonde, intéressante. Sombre. C'était exactement ce que son sixième sens était en train de lui signaler.

Mais il y avait autre chose. Elle avait toujours plus de mal à travailler sur un meurtre quand la victime était une jeune femme. Il lui était trop facile alors de se rappeler son adolescence à Phoenix, et de se dire que si les choses avaient tourné autrement, elle aurait pu se trouver à la place de cette femme, un cadavre nu allongé dans le désert.

— Comment tu t'appelles, chérie ? murmura-t-elle en regardant le corps de la fille.

— Voilà la cavalerie, dit Cordy.

Il pointa un doigt en direction de la route. Une file de voitures de la police et du service du coroner approchait.

— J'espère qu'on ne va pas cramer sur place pendant des heures en attendant qu'ils aient fini de fouiner dans les rochers...

— On va verrouiller les lieux et passer la main à Neuss. Un après-midi au soleil ne lui fera pas de mal. Nous demanderons au légiste s'il a relevé sur le cadavre quelque chose qui m'aurait échappé. Toi et moi, on va essayer d'identifier cette fille.

— Tu m'expliqueras comment tu comptes identifier un corps que personne ne va reconnaître ?

— Pour commencer, tu vas demander au bureau de nous faxer tous les rapports de personnes disparues dans la région – femmes blanches, entre treize et trente ans – ces deux dernières semaines.

— Hmm... Et tu veux ça dans une caisse en carton ou sur CD-Rom ?

— J'ai dit deux semaines, Cordy, pas deux ans. De toute façon, je serais étonnée qu'on la retrouve aussi facilement.

— Pourquoi ?

— Je crois qu'elle a circulé dans des milieux où l'on ne s'inquiète pas beaucoup de voir les gens disparaître.

— Hmm... Alors, on fait quoi ?

— On va visiter quelques clubs de strip-tease.

Cordy imita le hurlement du loup.

— Rien que du bonheur, *mama* ! Tu crois que cette fille était strip-teaseuse ? J'espère qu'elle avait meilleure mine que maintenant. Tu vois ça se désaper devant toi et tu cours t'enfermer chez bobonne jusqu'à la fin de tes jours, non ?

— Ferme-la, Cordy.

— Alors qu'est-ce que j'ai loupé ? Tu as trouvé sa carte du syndicat des danseuses nues ? Comment sais-tu qu'elle jouait de son corps ?

Serena haussa les épaules.

— Elle a les seins refaits. C'est pour ça que le soleil ne les a pas creusés. Elle a le pubis rasé, sauf une bande verticale, des résidus de paillettes sur les seins et les cuisses, un petit cœur tatoué sur le sein gauche. Additionne tout cela, et dis-moi si j'ai raison de parier que cette fille se tortillait autour des mâts de cuivre.

— Hmm… Ça réduit le champ d'investigation à quatre cents boxons. Sans parler des services à domicile…

— J'ai parlé de strip-teaseuse, pas d'une pute. Les putes ne perdent pas leur temps avec des paillettes, mon joli. Ni avec des implants. Tout ça, c'est pour le spectacle. Commençons par les endroits les plus connus. En espérant que la fille était assez bonne pour y travailler.

— C'est toi la patronne, fit Cordy en souriant. Si je dois passer la journée dans des clubs avec des femmes qui aiment se désaper, eh bien, qu'il en soit ainsi !

35

Les yeux de Serena mirent plusieurs secondes à s'adapter à l'obscurité. Le club était enfumé et il y flottait une vague odeur de parfum. Des haut-parleurs invisibles crachaient du rock, les basses faisant vibrer le sol. Un lambris sombre tapissait les murs de l'entrée exiguë. Une porte matelassée rouge menait à l'intérieur du club. Juste à côté, ils virent une estrade, surplombée d'une peinture érotique chinoise. Quand ils entrèrent, un gorille en costume gris apparut par la porte rouge et se dressa devant eux en souriant. Il avait des cheveux blonds frisés et une moustache broussailleuse.

L'homme jeta à Cordy un regard dénué d'intérêt, puis ses yeux glissèrent sur Serena, qu'il dévora littéralement du regard, de la tête aux pieds.

— Pour toi, c'est gratuit, ma poule. Pour Dudley Moore, là, ce sera vingt-quatre dollars quatre-vingt-quinze.

Le gorille fit un grand sourire à Cordy. Serena crut voir la fumée sortir des oreilles de son équipier.

— Nous ne sommes pas des clients, fit Serena en agitant son insigne. Police de Las Vegas. Nous enquêtons sur un meurtre.

Le sourire céda la place à une froide indifférence.

— Le meurtre de qui ? demanda l'homme en agitant ses larges épaules.

— C'est ce que nous essayons de découvrir. Une femme, non identifiée. Trouvée dans le désert, la nuque brisée. Nous pensons qu'elle a peut-être travaillé dans un club.

Cordy sortit un Polaroid de sa veste et le présenta à Superman.

— Vous la reconnaissez ?

Serena observait la réaction de l'homme. Elle vit qu'il pâlissait légèrement, et une grimace involontaire lui tordit le visage.

— À quelle époque elle était dans le business ? Les années quarante ?

— Si vous allez vous coucher dans le désert pendant plusieurs jours, n'oubliez pas l'écran total, dit Serena. Vous la connaissez ?

— Non.

— Aucune de vos filles ne manque à l'appel, depuis quelques jours ?

L'homme laissa échapper un gros rire.

— Vous rigolez ? Les filles, ça va, ça vient, d'une semaine à l'autre, d'un jour à l'autre. Pas vraiment là pour faire carrière, hein ?

— On vous parle simplement de quelques jours, lui rétorqua Serena.

Elle détestait ce genre de type. Des vampires. Ils se nourrissaient des filles et les rejetaient à la rue dès qu'elles ne valaient plus rien.

— La réponse est non.

— Et les tatouages ? Jamais vu une fille avec un cœur tatoué sur le sein gauche ?

— Des tatouages ? On a eu des dragons, des petits chats, des amoureux, du barbelé, des tournesols, et Dwight Yoakam. Pas de cœurs.

— Vous êtes sûr ? demanda Serena.

— Je les ai toutes vues.

— Je suis sûr que vous ne verrez pas d'inconvénient à ce que nous parlions nous-mêmes aux filles, dit Cordy.

— Vous avez un mandat ?

— Pas besoin de mandat pour parler, fit Serena. Mais si vous tenez à ce qu'on revienne avec un mandat… Imaginez qu'on trouve de la drogue dans le coin… Ce ne serait pas très bon pour le business, hein ?

— Alors faites vite, céda l'homme en grimaçant. Attendez… certaines filles ont l'air jeunes, comme ça, mais elles ont toutes plus de dix-huit ans, OK ? J'ai vérifié leurs papiers.

— Bien sûr, répondit Serena.

À seize ans, avec des faux papiers, elle n'avait eu aucun mal à s'introduire dans les clubs. Flash-back sur les mauvais jours.

Ils poussèrent la porte rouge, entrèrent dans le club. Il était absolument identique aux sept autres qu'ils avaient déjà visités ce jour-là. La musique, déjà forte dans l'entrée, était assourdissante. Une grande piste surélevée, ponctuée par des mâts de cuivre étincelants qui montaient jusqu'au plafond, s'avançait jusqu'au centre du club. Elle était bordée de tables étroites façon salle de classe, et des tabourets trapus étaient disposés le long des tables. L'action se déroulait surtout sur la piste, mais il y avait aussi, disséminées dans la pièce, trois estrades basses entourées de banquettes circulaires. Des cabines tapissées de velours s'alignaient contre les murs. Le reste de l'espace était rempli de tables pour dîner et d'autres pour les cocktails.

L'endroit puait la bière et les phéromones. Un nuage épais flottait au plafond, là où se condensait la fumée des cigarettes.

Serena compta une trentaine d'hommes, de l'étudiant surexcité en tee-shirt à l'homme d'âge mûr en costume, avec l'échantillonnage habituel de tarés et d'ivrognes. Certains s'en donnaient à cœur joie, huant et beuglant, s'efforçant de s'approcher le plus possible pour peloter les filles sans être refoulés. D'autres étaient assis, pétrifiés d'admiration, bouche bée, un sourire idiot peint sur les lèvres. D'autres encore sirotaient leur boisson et scrutaient les filles en plissant les yeux.

Serena ressentit la même impression de claustrophobie que dans les autres clubs. Elle baissa les yeux machinalement, se refusant à voir les corps exposés, se demandant ce qu'elle ressentirait si elle échangeait sa place avec une des filles sur la piste. Il n'y avait aucune femme parmi les clients. Quelques serveuses allaient et venaient, qui portaient un peu plus qu'une simple culotte. Comme c'était prévisible, personne ne fit attention à elle, sauf quelques hommes, surpris de voir dans ces lieux une femme encore habillée. Ils lui jetèrent le même regard appréciateur qu'aux filles qui se trouvaient sur scène. Serena avait envie de vomir.

Elle étudia le visage des filles qui paradaient sur la piste, essayant d'aller au-delà des sourires artificiels. Leur âge était visible sur leur visage. L'épaisseur du maquillage révélait leur besoin de tricher. Dans le décor sombre et enfumé du club, cela portait généralement ses fruits, parce que la plupart des hommes ne regardaient pas les visages. Mais Serena savait. Elle pouvait observer leurs yeux et lire leurs secrets. Ce club était un de ceux qui payaient le mieux. Les filles étaient plus jeunes, pas encore ravagées par la rancœur, l'alcool ou la drogue. C'était le genre d'endroit où une fille pouvait encore se faire des illusions et croire qu'elle allait faire fortune, telle une nouvelle Marilyn. Mais Serena, au fil des années, avait vu trop de visages dévastés sur des corps parfaitement entretenus. Les corps finissaient toujours par s'affaisser, et la spirale descendante commençait.

Elle pensa à son arrivée à Las Vegas, à l'âge de seize ans, avec une amie : deux adolescentes fuyant l'existence qu'elles menaient à Phoenix. Serena avait été engagée dans un casino. Son amie avait atterri dans un club, où elle faisait de la lap dance. Elle avait essayé de convaincre Serena de la rejoindre. L'argent était plus facile. C'était tentant. Mais Serena en savait déjà bien assez sur les hommes. Elle ne se voyait pas en train de parader devant eux. Et tant mieux pour elle. Son amie emménagea dans un plus bel appartement, tourna quelques films pornos à petit budget, finit par attraper le sida. Elle mourut à vingt-deux ans dans des conditions immondes. Serena se sentait parfois coupable de lui avoir survécu.

Des applaudissements éclatèrent soudain près d'une des scènes satellites. Serena et Cordy s'approchèrent. Un orifice s'ouvrit au milieu de la petite scène. Lentement, comme s'ils sortaient d'un puits, deux bras noirs surgirent de l'ouverture, tournant d'un mouvement sensuel au rythme de la musique. La fille apparut, un centimètre après l'autre, tandis que la plate-forme montait du sous-sol. Ses bras mirent un temps infini à émerger. Serena vit enfin des cheveux noirs et un visage sculpté dans l'ébène. Cette fille était parfaite. Elle avait à peine dix-huit ans, et elle était superbe. Et nouvelle. Serena le devinait à ses yeux. La fille était encore excitée par le charme hypnotique qu'elle était capable de produire, et par les beuglements rauques des hommes. Elle s'amusait, et les hommes le savaient. Il n'est rien de plus excitant qu'une fille qui essaie de les émoustiller et qui n'a pas l'air de s'ennuyer. Les hommes connaissaient la différence, et cette fille l'incarnait à la perfection.

Un cri retentit :

— Lavender !

La fille se tourna vers l'homme qui venait de prononcer son nom. Elle lui sourit, lui fit un clin d'œil. Pendant tout ce temps, elle n'avait pas cessé de danser, son corps apparaissant peu à peu à la vue. Elle portait un teddy en filet rouge qui découpait sa peau noire. Ses seins semblaient prêts à jaillir du filet. L'étoffe laissait son ventre à nu. Plus bas, elle n'avait qu'un string blanc. Ses jambes minces et lisses s'achevaient sur des chaussures rouge sang montées sur des talons de dix centimètres.

— Remets ta langue dans ta bouche, Cordy.

— C'est dur, *mama*, c'est dur, murmura-t-il.

— Tu parles du bas de ton corps ? fit Serena en souriant.

Cordy ne répondit pas. Cloué sur place, il regardait Lavender faire sauter ses boutons l'un après l'autre, laissant sa poitrine déborder peu à peu.

— Qu'est-ce qui se passe, Cordy ? Je croyais que tu n'aimais que les petites blondes…

— Il faut toutes sortes de piments pour faire une bonne salsa.

— C'est un proverbe mexicain ?

— Nan… c'est ma toute nouvelle philosophie.

Serena regarda Lavender. Elle avait enfin sorti ses énormes mamelons, durs comme des balles de revolver. Quand elle prit ses seins dans ses deux mains, la foule se mit à hurler.

— Allez, Casanova, passons dans les coulisses, fit Serena.

Elle dut le tirer – Cordy tendait le cou pour ne pas quitter Lavender des yeux – vers le fond du club. Ils tombèrent sur une autre porte matelassée. Un panneau indiquait *RÉSERVÉ AUX ARTISTES*. Un énorme garde noir en interdisait l'accès, avec un sourire du genre Jouez-pas-au-con-avec-moi. Serena lui expliqua qu'ils devaient parler aux filles. Il examina soigneusement leurs insignes avant de s'écarter à contrecœur.

— J'espère que les filles ne seront pas gênées si un homme entre là-dedans, fit Cordy en passant devant le garde, un sourire aimable aux lèvres.

Serena rit. Pas le garde.

Ils descendirent une volée de marches puis pénétrèrent dans la loge qui bourdonnait d'activité. Il y avait là au moins dix filles à divers stades de la nudité. Certaines, prêtes à monter sur scène, étaient en train d'ajuster leur poitrine dans des costumes moulants. D'autres se maquillaient, assises tranquillement devant des miroirs éclairés. Quelques-unes d'entre elles, qui avaient fini leur service, remettaient leurs habits civils. Les filles firent à peine attention à eux. Deux ou trois lancèrent un sourire engageant à Cordy, qui le leur rendit.

Serena s'adressa d'abord aux trois filles qui s'apprêtaient à quitter le club. La première était déjà habillée. Une autre avait enfilé un jean et un soutien-gorge noirs. La troisième, une vraie rousse, était totalement nue.

— On aimerait vous poser quelques questions, leur dit Serena.

Les filles, qui bavardaient en riant, se turent brusquement. L'une d'elles haussa les épaules avec indifférence. Lorsqu'elle vit Cordy, la rouquine se tourna pour lui faire face, son corps clairement en vue, y compris la toison auburn. Elle le regardait effrontément, en souriant, le défiant de baisser les yeux sur elle. Serena savait qu'il en mourait d'envie, mais il résista.

Serena expliqua la raison de leur présence. Elle leur décrivit sommairement la morte, sans oublier de mentionner le tatouage en cœur qu'elle avait sur le sein. Quand elles comprirent qu'il s'agissait d'un meurtre, les filles changèrent d'attitude. Elles faisaient un métier qui attirait pas mal de maniaques, et quand l'une d'elles était assassinée, elles ne pouvaient s'empêcher de se demander qui avait fait le coup, et si elles étaient les suivantes sur la liste.

— Alors ? interrogea Serena. Vous la connaissez ?

Les strip-teaseuses se regardèrent.

— Les filles vont et viennent, dit la rousse en se caressant négligemment un sein. Une bonne centaine de filles qui travaillent dans différents clubs correspondent à cette description.

— Et le tatouage ? demanda Cordy.

Toutes secouèrent la tête.

Ils entendaient les mêmes réponses depuis le matin. « Les filles vont et viennent. » Qui pourrait remarquer qu'elles sont là un jour et disparaissent le lendemain ? Et il y en a tellement qui sont jeunes et à moitié blondes…

Ils interrogèrent rapidement les autres filles présentes dans la loge, sans obtenir d'autres réponses. Ils allaient quitter les lieux pour essayer un autre club, quand Cordy désigna le monte-charge qui redescendait vers eux. Lavender s'y trouvait. Elle s'efforçait de garder son équilibre pour ne pas trébucher. La strip-teaseuse noire prit pied sur le sol et la plate-forme remonta vers la scène circulaire.

Elle était nue, à l'exception d'un string minuscule bourré de billets de banque. Quand elle s'avança sur le sol carrelé, ses seins tressautaient légèrement, ses hauts talons claquaient. Elle s'arrêta devant un distributeur de boissons et sortit un billet d'un dollar de son string. Elle prit un soda light qu'elle décapsula, en avala une longue gorgée. Puis elle regarda Serena et Cordy.

— Qu'est-ce que vous voulez ?

— Ce sont des flics ! s'exclama obligeamment la rouquine.

Elle portait maintenant un dos-nu très collant et un pantalon de cuir.

— Ils cherchent une fille qui a disparu.

— Nous sommes toutes dans ce cas-là, dit Lavender.

Cordy ne semblait pas pouvoir détacher les yeux de la fille. Il la fixa dans les yeux, avant de laisser son regard descendre lentement sur son long corps nu, s'arrêtant brièvement aux endroits les plus intéressants. Lavender le regardait faire avec un sourire amusé.

— Les hommes paient cash pour voir ça, dit-elle. Qu'est-ce qui vous fait croire que les flics peuvent l'avoir pour rien ?

— Si je vous invite à dîner, ce ne sera plus gratuit, fit Cordy. Qu'est-ce que vous en pensez ?

Serena leva les yeux au ciel. Lavender se mit à rire.

— Apparemment, vous avez des couilles. Est-ce que le reste est à la hauteur ?

— Il n'y a qu'une façon de le savoir, dit Cordy.

Lavender jeta un coup d'œil à Serena.

— Je suppose que vous n'êtes pas ensemble, vous deux. Parce que les trucs à trois, ça ne m'intéresse pas.

— On est à peine partenaires, fit Serena en donnant un violent coup de coude dans le flanc de Cordy. Et après ça, peut-être pas du tout.

— Vous vous appelez comment ? demanda Lavender en regardant Cordy.

Serena savait que la fille était intéressée. Voir à l'œuvre le magnétisme de Cordy était étrange. Elle-même n'y était pas sensible, contrairement à beaucoup de filles.

— Tu peux m'appeler Cordy.

— J'ai quelques centimètres de plus que toi, Cordy. Je ne voudrais pas te faire du mal par accident.

— Quand tu seras ficelée, tu ne pourras faire du mal à personne, plaisanta Cordy.

— Bon, jeunes gens, ça suffit, intervint Serena. *No mas*, Cordy, tu m'entends ?

— Vendredi soir ? reprit Cordy en souriant.

Lavender haussa les épaules. Mais c'était un oui.

— D'accord, le gominé, t'as gagné. Viens me prendre ici à huit heures. On disposera de six heures avant que je reprenne mon service.

— Génial, soupira Serena. Très romantique. Bon, nous, on a une morte sur les bras, et on essaie de savoir qui c'est.

— Les filles vont et viennent, par ici, dit Lavender.

— Je sais. Celle-là, elle est venue et elle est repartie. Un mètre soixante-dix, brune teinte en blonde, à vue de nez entre dix-sept et vingt-cinq ans. Elle a sans doute disparu il y a deux ou trois jours.

— Ça pourrait être n'importe qui, dit Lavender.

Cordy tendit le bras. Son index effleura Lavender, juste au-dessous du sein gauche.

— Elle avait un cœur, tatoué juste là.

Bon Dieu, ce type est très fort, se dit Serena. Ces deux-là, vendredi, se retrouveront au lit avant neuf heures et demie. Elle avait parfois l'impression d'être un robot, observant le sexe omniprésent dans la ville, mais sans ressentir elle-même la moindre émotion.

Ses collègues l'avaient surnommée Barb. Pas pour « Barbara », ça non. Pour « Barbelé »… La fille avec la clôture métallique et le panneau « Interdiction d'entrer ». C'était sa faute. Même quand elle se prenait d'affection pour un homme, elle s'arrangeait pour qu'il reste à l'extérieur, blessé, au lieu de le laisser entrer… Il lui arrivait d'envier Cordy, qui rendait les choses si faciles.

— Un cœur ? demanda lentement Lavender.

Serena le vit dans les yeux de Lavender. Pour la première fois de la journée, elle sentit son pouls s'emballer.

— Vous la connaissez ? questionna-t-elle.

Lavender se mordit la lèvre.

— Peut-être. Il y avait une fille, au club où je travaillais avant celui-ci, elle avait un tatouage comme celui dont vous parlez.

— Elle s'appelait comment ?

— Christi. Christi Katt. Bon, c'était sans doute un pseudo. Moi, je ne m'appelle pas Lavender, et si jamais je vous donnais mon vrai nom…

— Comment s'appelle le club ? demanda Cordy.

— Le Thrill Palace. Sur Boulder Strip.

Serena le connaissait.

— Vous savez où elle habitait ?

— Elle avait un appartement, un vrai taudis, près de l'aéroport. Merde, comment ça s'appelait ? Vagabond… C'est ça, les Vagabond Apartments. Rien que des locations à la semaine, je parie. Peut-être même à la journée.

— Qu'est-ce que vous vous rappelez à son sujet ?

— Pas grand-chose. Elle était pas bavarde. Elle arrivait, elle faisait son show. Avec la plupart des filles, on sympathise. Mais pas elle.

— La dernière fois que vous l'avez vue ?

— Quand j'ai quitté le club, répondit Lavender. Il y a près d'un mois.

À contrecœur, Cordy sortit la photo de la poche de sa veste.

— Tu crois que ça pourrait être cette fille ?

Lavender jeta un bref coup d'œil à la photo et s'empressa de tourner la tête, les yeux fermés. Elle les rouvrit, regarda de nouveau la photo, rapidement.

— Merde ! C'est vraiment dégueulasse. Personne ne mérite de ressembler à ça. Personne, je vous le dis.

— Il est possible que ce soit elle ?

Lavender plissa les yeux.

— Peut-être. Je ne sais pas. Qui pourrait le dire, en voyant ça ? Christi était vraiment jolie, rien à voir avec cette horreur. Bon Dieu, elle était presque aussi sexy que moi. Si c'est elle, là… ah, merde !

Elle secoua la tête et leur tendit la photo, à l'envers.

— Merci, Lavender, lui dit Serena. Vous nous avez beaucoup aidés.

— *Gracias*, lança Cordy avec un clin d'œil. À vendredi.

— Hé, tu m'as déjà vue, le gominé, fit Lavender. Vendredi, j'espère bien te voir.

36

Ils quittèrent l'Interstate 15 à hauteur de Tropicana Avenue et attendirent au feu de Las Vegas Boulevard. Sur leur droite se dressait le faux château médiéval de l'hôtel Excalibur et, sur leur gauche, les faux gratte-ciel du New York-New York. Des jets d'eau jaillissant de bateaux-pompes miniatures arrosaient une fausse statue de la Liberté. Une partie des embruns étaient projetés jusque dans la rue, et Serena sentit la fraîcheur de l'eau sur sa joue. Elle regarda les hordes de touristes qui se pressaient dehors, dans l'air étouffant du début de soirée, s'accordant un répit avant de retourner perdre leur argent à l'intérieur. Ils avaient chaud, s'essuyaient le front, tiraient sur leur col. Le soleil avait disparu derrière les montagnes, mais il faisait encore trente-deux degrés.

Le feu passa au vert. Ils dépassèrent le MGM Grand et tournèrent à gauche, dans Koval Lane. Puis ils prirent à droite. Ils sortirent presque immédiatement du monde fastueux du Strip pour se retrouver dans un quartier modeste plein de maisons de deux étages aux fenêtres protégées par des barreaux. C'est là que vivait le melting-pot de Las Vegas, Noirs, Mexicains, Indiens et immigrants d'une dizaine de pays qui occupaient les emplois les plus mal payés, surtout dans les services d'entretien et d'administration des casinos. La délinquance était rare, comparée à Naked City, près du Stratosphere, où étaient perpétrés la plupart des crimes de la ville. Ici, les vieilles femmes pouvaient encore se déplacer seules dans la rue, et rentrer chez elles avec leurs chariots de provisions. Des enfants jouaient dans les cours, excitant les scorpions avec des bâtons.

Huit cents mètres plus loin, ils trouvèrent les Vagabond Apartments, un immeuble d'un étage de stuc blanc, tout en longueur, façon motel. Les appartements du rez-de-chaussée s'ouvraient sur le parking. Ceux du premier donnaient sur une galerie étroite munie d'un garde-fou, et surplombant le même parking. Des rideaux épais étaient tirés derrière toutes les fenêtres, et les portes à la peinture bleu marine écaillée étaient dotées de doubles verrous.

Pendant un instant, en contemplant l'immeuble, Serena se revit adolescente, dans l'appartement de Phoenix. Elle frissonna, malgré la chaleur étouffante. Des images crépitaient dans sa tête, comme des flashs. Le regard mort de sa mère posé sur elle. Le lézard tatoué sur la poitrine de l'homme, et qui agitait sa langue rose dans sa direction. Un peu plus tard, le bruit de l'eau brune gouttant dans la douche.

Serena revint au présent.

— Je ne comprends pas, dit-elle. J'aurais bien vu cette fille dans un bastringue de première classe. On pourrait croire qu'elle aurait pu s'offrir mieux que le Thrill Palace.

Sauf si elle était alcoolique, songea-t-elle. Ou camée.

— Elle se cachait peut-être, dit Cordy.

Serena haussa les épaules.

— Allons voir le concierge.

La porte de l'appartement le plus proche, au rez-de-chaussée, était ouverte, et donnait sur un vestibule. Ils croisèrent un petit homme d'une cinquantaine d'années au crâne dégarni, en short et sans chemise, qui sortait du bureau d'un pas nonchalant en feuilletant son courrier. Il ne leva pas les yeux vers eux. La réception était encombrée d'un côté par les rangées de boîtes aux lettres, de l'autre par les distributeurs de boissons et de sandwichs.

À l'arrière du bureau, il y avait un comptoir avec une sonnette, et derrière une porte fermée ornée d'un calendrier montrant une pin-up. Plusieurs sections du journal du jour étaient dépliées sur le comptoir. Ils aperçurent des petites annonces et des bandes dessinées. Une assiette en papier jonchée de miettes de beignet recouvertes de mouches était posée sur les journaux. Cordy appuya sur la sonnette, dont le bruit assourdi résonna de l'autre côté du mur. Personne ne vint les accueillir. Cordy appuya de nouveau et maintint le bouton enfoncé jusqu'à ce qu'il entende des pas à l'intérieur.

La porte s'ouvrit à la volée. Un jeune type d'une vingtaine d'années, des anneaux aux deux oreilles, longs cheveux châtains et favoris, les fixait. Il était grand et maigre, avec un visage boutonneux étroit et un menton saillant. Comme le locataire qu'ils avaient croisé un peu plus tôt, il était en short et torse nu.

— Ouais ?

Il n'avait pas l'air content qu'on le dérange, Serena entendit du bruit dans l'appartement. Le jeune type ne devait pas être seul.

— Nous cherchons un appartement, *muchacho*, dit Cordy. Tu peux nous montrer le jacuzzi et les courts de tennis ?

— Qu'est-ce que c'est que ce bordel ?

— Vous êtes le concierge ? fit Serena avec un grand sourire.

— Ouais, et alors ?

— Police. Est-ce qu'une certaine Christi Katt habite ici ?

— Ouais, et alors ? répéta-t-il.

— Alors tu changes de ton, et tu nous donnes la putain de clé, d'accord ? sourit Cordy. Après, tu pourras nous montrer la piscine.

Le jeune type secoua la tête.

— Putains de flics, vous êtes quand même gonflés ! Ouais, d'accord, appartement 204. Elle est là depuis un an, plus ou moins. Un beau morceau, vous voyez ce que je veux dire ? Vachement plus chouette que les épaves qu'on trouve par ici !

Il jeta un coup d'œil nerveux derrière lui. Visiblement, il craignait que son invitée ne l'ait entendu.

— Quand l'avez-vous vue pour la dernière fois ? demanda Serena.

— Sais pas, fit le jeune type. Y a quelques jours, je crois.

— Mais pas depuis deux ou trois jours ?

— Pas depuis un petit moment, ça vous va ?

Cordy examina distraitement les boîtes aux lettres. Il trouva le numéro 204.

— Il y a une tonne de courrier, là-dedans.

— C'est ce que je vous ai dit, non ? Peut-être qu'elle est partie s'installer ailleurs.

— Vous l'avez vue traîner avec quelqu'un, dernièrement ? Petit ami, petite amie, quelque chose comme ça ?

Serena observait les yeux de l'homme, guettant l'hésitation qui révélerait le mensonge.

— Elle était seule.

— Quelqu'un l'a demandée ?

— Personne d'autre que vous.

— Elle a une voiture ?

— Un vieux clou. Une Chevy Cavalier rouge.

Serena jeta un coup d'œil à Cordy. Il sortit de la réception et revint quelques instants plus tard, en hochant la tête.

— Elle est dans le parking.

— Vous n'avez pas remarqué si cette voiture a fait des allées et venues, récemment ? demanda Serena.

— Qui sait ? Je ne fais pas attention à ça.

— Ça va. Donnez-nous la clé.

Le jeune type hésita.

— Est-ce qu'il ne vous faut pas un mandat, ou je ne sais quoi ? Christi va être furieuse si je vous laisse entrer chez elle comme ça.

Christi ne sera plus jamais furieuse contre qui que ce soit, pensa Serena.

— Donnez-moi la clé, dit-elle au concierge.

Il haussa les épaules et disparut dans son appartement. Serena entendit une voix de femme pleurnicharde, puis celle du jeune type qui disait : « Ferme-la. » Il réapparut quelques secondes plus tard avec une clé.

— Elle s'appelle « Reviens », hein ?

Le jeune type les regarda en grimaçant, puis retourna dans l'appartement, dont il claqua la porte derrière lui.

— Allons jeter un coup d'œil à la voiture, dit Serena.

Ils longèrent les appartements du rez-de-chaussée vers le bout du parking. La Cavalier rouge était garée côté rue. Ils se penchèrent pour examiner l'intérieur, les mains en visière à cause des reflets. La voiture était fermée à clé, et vide. Serena scruta les sièges avant et arrière en quête de papier ou de détritus. Christi Katt, si cette voiture était bien la sienne, l'entretenait soigneusement.

Serena remarqua une petite Indienne d'une dizaine d'années qui se dirigeait vers le bureau, les mains derrière le dos. Elle portait une robe blanche toute simple au col bordé de bleu, qui lui descendait aux chevilles. Ses sandales claquaient sur le sol de béton. Ses cheveux noirs tombaient plus bas que ses épaules.

Serena lui fit signe.

— Bonjour ! Tu sais à qui appartient cette voiture ?

La petite hocha la tête.

— Oh oui ! Très jolie dame. Elle habite en haut.

— Cette jolie dame, tu l'as vue par ici, ces jours-ci ? fit Cordy en souriant.

— Je l'ai vue dimanche. Elle partait pour son travail. Pas vue depuis.

On était mercredi soir.

— Est-ce qu'il y avait quelqu'un avec elle, quand tu l'as vue ?

La fillette réfléchit un instant, puis secoua la tête.

— Tu ne l'as pas vue rentrer ?

— Non. Mais je suis sortie pour regarder les étoiles, et sa voiture était garée juste ici.

— Quelle heure était-il ?

— Sais pas. Tard.

— Et la voiture est là depuis dimanche soir ? demanda Serena.

— Oui, opina la fillette. Garée juste ici.

— Merci, ma belle.

Serena et Cordy se dirigèrent vers l'escalier, évitant les sacs de fast-food froissés et les emballages de bonbons qui jonchaient le sol. Ils montèrent au pas de course au premier étage. Cordy cogna à la porte de la chambre 204, sans espérer obtenir une réponse. Il n'en eut pas. Ils regardèrent des deux côtés du couloir pour s'assurer que personne ne les avait remarqués. L'endroit était désert.

— Les gants, fit Serena.

Cordy hocha la tête. Il sortit une boîte plate de la poche de sa veste, et ils enfilèrent chacun une paire de gants en latex blanc qui leur collait aux doigts comme une seconde peau.

— Il y a des gens qui en meurent, fit Cordy.

— Tu parles des gants ?

— Allergie au latex. Comme pour les cacahuètes. Ils ont des convulsions.

— C'est peut-être le sel, dit Serena.

— Sur les gants ?

— Non, sur les cacahuètes. Ouvre cette foutue porte, Cordy.

Celui-ci introduisit le passe-partout dans la serrure du bas. Délicatement, avec deux doigts, il tourna la poignée. Le pêne cliqueta et il poussa la porte. Un rayon lumineux se déversa à l'intérieur, mais l'appartement resta plongé dans l'obscurité. Cordy fit deux pas en avant, trouva l'interrupteur, qu'il actionna prudemment avec le bout de la clé.

Il jeta un rapide regard circulaire dans l'appartement.

— Bingo, *mama*.

Serena entra à son tour. Elle repéra immédiatement la tache séchée d'un rouge brunâtre, de soixante centimètres de diamètre, au milieu du tapis. L'atmosphère était confinée, l'odeur persistante, minérale, du sang flottait dans la pièce.

— J'appelle l'équipe scientifique, fit Cordy en sortant son portable.

— Demande aussi quelques agents pour interroger les voisins. Il faut qu'on sache quand cette fille a été vue pour la dernière fois, s'il y avait quelqu'un avec elle, avec qui elle sortait, ce genre de choses. Quand on aura fini ici, on pourra jeter un coup d'œil au Thrill Palace. Oh… demande également qu'on fasse une recherche sur « Christi Katt » dans la base de données. On verra ce qui en sort.

— Hon hon, fit Cordy.

Pendant qu'il appelait le commissariat, Serena fit le tour du petit appartement. Il se composait du salon où le meurtre avait eu lieu, d'une cuisine minuscule et d'une chambre, séparée du reste par la porte qui s'ouvrait dans le mur du fond. Les rares meubles étaient bon marché, y compris le canapé et la causeuse sans doute achetés dans une braderie, l'étagère où étaient posés le petit téléviseur et le *ghetto blaster*, les tables et les chaises dépareillées. Le tapis était gris et usé.

Serena enclencha son dictaphone.

— L'appartement semble stérile. Rien de personnel. Pas de photos. Pas d'affiches aux murs. Aucun bibelot, aucun objet de collection pouvant donner une idée de qui était cette fille ou de ce qu'elle pouvait avoir en tête. Il n'y a aucune histoire personnelle, ici.

Serena entra dans la cuisine, qu'elle explora avec soin.

— Pas d'aimants décoratifs sur le frigo. Quasiment pas de provisions. Dans les placards, seulement quelques boîtes de céréales, des pâtes et de la soupe en boîte. On a l'impression qu'elle vient d'emménager, mais le concierge affirme qu'elle est là depuis près d'un an.

Serena remarqua dans l'évier un vase en verre, assez lourd, qu'on avait lavé et laissé là, couché. Elle retourna au salon et se mit à examiner les étagères les plus proches de la tache de sang.

— Trouvé quelque chose ? lui demanda Cordy.

— Peut-être. Dans l'évier, il y a un vase. Je parie que c'est l'arme du crime. Regarde ici, sur l'étagère, un rond un peu plus clair dans la poussière. Ça correspond à la forme et à la taille du pied du vase. Christi et l'assassin sont là, debout, tu me suis ? Elle lui tourne le dos, le tueur attrape le vase et boum ! il lui ouvre le crâne.

— Hmm, fit Cordy. Mais il n'y a aucune trace d'effraction, ni de lutte. Ça peut vouloir dire que, primo, elle connaissait l'assassin, deuzio, le meurtre été commis sous le coup d'une impulsion. Colère. Jalousie. Avec cette fille, je n'exclurais pas la jalousie.

— En te basant sur quoi ?

— Sur mon flair, dit Cordy, un doigt sur le nez.

— Bien sûr, répondit Serena en riant. Alors va renifler dans la chambre. Voyons si cette fille a laissé des indices derrière elle.

C'était une petite chambre de quatre mètres sur quatre, avec un placard et une salle de bains sur la droite. Christi disposait d'un grand lit, d'une table de nuit et d'un petit buffet. Comme dans le reste de l'appartement, les murs étaient nus.

— Pas de couverture sur le lit, dit Serena.

— Elle avait peut-être trop chaud.

— Peut-être que son assassin s'en est servi pour transporter son cadavre.

Serena passa dans la salle de bains. Des toilettes, un lavabo sur pied et une douche avec son rideau de plastique rose. Elle ne releva aucune trace de sang dans le lavabo, rien non plus dans la douche. L'équipe scientifique passerait les lieux au luminol. Elle trouva dans l'armoire à pharmacie un assortiment limité de produits de toilette. À sa grande surprise, il n'y avait aucun contraceptif. Ou bien les amants de Christi apportaient leurs propres préservatifs, ou bien sa vie sexuelle était aussi palpitante que celle de Serena.

Elle retourna dans la chambre. Cordy fouillait le tiroir de la table de nuit.

— Alors ?

— Pas grand-chose. Des pochettes d'allumettes au nom de deux clubs de strip-tease. Peut-être des anciens employeurs, on pourra vérifier. À part ça, pas de lettres, pas de cartes postales, pas de mots d'amour, pas de factures, pas de reçus, pas de relevés de cartes de crédit. Cette fille était une *señorita* très discrète…

— Les tiroirs de mon buffet sont un vrai foutoir, dit Serena. Dix ans de saloperies accumulées. Avec ce qu'il y a dedans, on pourrait écrire ma biographie.

— Pas Christi Katt. Quel que soit son vrai nom.

— Continuons à chercher. Au fait, tu as trouvé des capotes ?

— Pourquoi, tu es à court ?

Serena soupira.

— Comment te sens-tu, Cordy ? Tu as l'air un peu pâle. Peut-être une allergie au latex. Réponds-moi vite, avant les premières convulsions.

— Non, pas de capotes, rigola-t-il.

Serena explora le placard de la jeune fille, ce qui ne lui prit pas beaucoup de temps. Il y avait par terre quelques paires de souliers à talons hauts, plusieurs chemisiers, jupes et robes sur des cintres, et deux piles de tee-shirts et de jeans sur une étagère en fil de fer. Elle fouilla rapidement les poches des jeans. Elle ne trouva rien d'autre que de la petite monnaie et quelques chewing-gums.

— Cette fille est un mystère. Pas de portefeuille, pas de clés ? Rien de ce genre-là ?

— *Nada*, fit Cordy.

— Intéressant. Où sont-ils ?

— L'assassin les a peut-être emportés.

Serena réfléchit.

— Peut-être. Supposons que Christi est chez elle, ses clés et son portefeuille sont dans ses poches. L'assassin se présente à la porte. Pour une raison ou pour une autre, elle le fait entrer. Ou bien elle le connaît, ou bien elle ne se sent pas menacée. Grossière erreur. Ils parlent, se disputent peut-être, elle lui tourne le dos, et c'est l'extinction des feux. L'assassin, un type méticuleux, nettoie le vase, efface les empreintes – à moins qu'on ait de la chance – et enveloppe la morte dans la couverture qu'il a prise sur le lit. Ça évite les traînées de sang à l'extérieur. Il attend qu'il fasse nuit et qu'il n'y ait plus personne dehors, il tire le corps jusqu'à sa voiture, sort de la ville et va le balancer dans le désert.

— Hmm, dit Cordy. Sauf que le cadavre était nu. Je peux comprendre que le type prenne le portefeuille et les clés. Mais pourquoi laisser la victime à poil ? Qui sait, pour faire la bête à deux dos avec la morte ? Elle est peut-être tombée sur un malade de première…

— Ce n'est pas ça qui manque, admit Serena. Le labo nous dira s'il y a eu acte sexuel. Mais déshabiller le cadavre donne au crime une dimension sexuelle. Ou alors elle était avec un petit copain et elle était déjà nue.

— Mais pas de capotes !

— Exact. Bref, nous ne savons quasiment rien de la vie de cette fille, mais quelqu'un lui en veut assez pour la tuer. Génial. J'espère qu'elle s'est fait des amies, au Thrill Palace. Ou dans un des autres clubs.

— Ne compte pas trop là-dessus, *mama*.

— Non. Bien sûr. Bon, fouille le buffet et assure-toi qu'on n'a rien oublié. Je veux mater le salon une dernière fois avant que les gars débarquent avec leurs gros souliers.

Elle laissa Cordy dans la chambre. Lentement, elle passa l'appartement en revue une seconde fois, regarda de près la moindre surface plane, examina le sol et les murs. Elle inspecta les ordures sous l'évier de la cuisine. Elle trouva du marc de café, des peaux d'orange et un vieux numéro de *TV Guide*.

Dans le salon, elle ouvrit avec précaution les quelques CD empilés près du *ghetto blaster*, sans rien remarquer de suspect. Christi aimait le jazz. Intéressant. Serena s'y était mise pendant ses périodes de déprime adolescente, les premières années à Las Vegas, avant de grandir et de passer à la country. Le jazz pour les ennuis. La country pour la vie.

Elle entendit Cordy pousser un long sifflement.

— Quoi ?

Cordy ne répondit pas.

Sa curiosité éveillée, Serena retourna dans la chambre. Elle trouva Cordy assis par terre les jambes croisées. Le grand matelas était à moitié tiré hors du lit. Elle vit une petite pile de journaux, posée à côté de lui. Comme cloué sur place, Cordy était plongé dans la lecture d'un des journaux.

— Son trésor secret ? demanda Serena.

Cordy acquiesça.

— Tu n'aurais pas dû y toucher avant l'arrivée de l'équipe scientifique.

Mais sa curiosité reprit le dessus :

— Qu'est-ce qu'il y a là-dedans ?

Cordy reposa le journal en souriant.

— Le cadavre se trouvait depuis combien de temps dans le désert, d'après toi ?

— Quelques jours. Pourquoi ?

— Dans ce cas, nous avons un problème, *mama*.

37

Ce jeudi matin, à six heures, Stride entendit Andrea se glisser hors du lit pour se préparer à partir pour le travail. Il ouvrit les yeux, ne bougea pas. Il la vit, dans la pénombre de la chambre, passer sa chemise de nuit blanche au-dessus de sa tête et mettre ses sous-vêtements. Son corps était devenu plus mou et plus gras, en trois ans, mais elle était toujours séduisante.

— Salut, fit-il doucement.

Elle ne le regarda pas.

— Salut.

— Comment tu as dit que tu t'appelais ?

— Ce n'est pas drôle, Jon.

— Je sais. Excuse-moi.

La nuit précédente, Maggie et lui avaient interrogé un suspect dans le cadre d'un arrivage de drogue venue d'Asie et destinée aux gangs. Depuis quelques mois, il lui arrivait souvent de travailler tard le soir.

— Un coup de fil de temps de temps, ça me ferait plaisir. Cela fait trois soirs de suite. Je ne sais jamais quand je te reverrai. Tu n'es pas là pour moi. Tu n'es jamais là.

— Cette enquête… commença-t-il.

— Je me fiche de l'enquête, fit-elle. Si ce n'est pas celle-ci, c'en est une autre.

Stride hocha la tête, sans répondre. Elle avait raison. Et c'était de pire en pire. Il savait qu'il s'impliquait dans des affaires qui auraient dû être confiées à des subalternes. 2K lui-même s'en était rendu compte, et lui avait demandé sans ménagement s'il cherchait des prétextes pour ne pas rentrer chez lui. Stride avait nié, mais au fond de lui-même il n'était pas très sûr de sa réponse.

— Comment va Denise ? s'enquit-il. J'ai l'impression de ne pas t'avoir vue, depuis que tu es rentrée…

— C'est exact. Tu ne m'as rien demandé. Ça t'intéresse ? Tu ne sais plus rien de moi.

Andrea attendit, les mains sur les hanches. Voyant qu'il ne dirait plus rien, elle tourna les talons et entra avec raideur dans la salle de bains, dont la porte claqua derrière elle. Stride entendit couler l'eau de la douche.

Les problèmes étaient apparus un an plus tôt. Ils avaient connu une paix relative pendant deux ans, éludant les conflits en évitant de les aborder, mais les problèmes avaient fini par éclater ouvertement. Il y avait eu tout d'abord la question des enfants. Andrea en avait un désir désespéré, alors que Stride ne voulait pas en entendre parler. Il était trop vieux pour ça. Il aurait plus de soixante ans quand ils auraient l'âge de voler de leurs propres ailes.

Mais Andrea insistait. Dix-huit mois après leur mariage, il accepta à contrecœur qu'elle cesse de prendre la pilule. Ils faisaient l'amour à toute heure du jour, au point que le désir n'y avait plus sa place. Mais ce fut en vain. Stride feignit d'être déçu, tout en craignant que le soulagement ne se lise sur son visage. Il savait ce qu'elle pensait : si elle avait donné un enfant à son premier mari, celui-ci ne l'aurait pas quittée, et sa vie serait toujours parfaite. Et elle redoutait maintenant de perdre Stride si elle échouait à nouveau. Il fallait donc absolument qu'elle tombe enceinte.

Mais c'était impossible.

Il eut beau lui répéter que cela n'avait pas d'importance, elle avait désormais l'air accablée en permanence. Depuis un an, cela n'avait jamais vraiment changé. Ils étaient bien partis pour devenir des étrangers l'un pour l'autre.

Il l'entendit fermer l'eau de la douche.

La porte s'ouvrit. Andrea était nue, dans l'encadrement, et elle le fixait. L'eau coulait sur sa peau, gouttait sur le tapis. Elle se mordillait la lèvre. Stride la voyait assez clairement, malgré la pénombre, pour savoir qu'elle avait pleuré. Ils se regardèrent longuement, sans mot dire.

Ce fut comme si elle avait lu ses pensées, et qu'elles lui avaient fait peur.

— Il faut qu'on parle, dit-elle.

Au ton qu'elle employait, il comprit. Il sut ce qui allait suivre. Le divorce. La seule question étant de savoir qui prononcerait le mot le premier.

— Pardonne-moi, fit-elle d'une voix étouffée.

— C'est moi qui devrais m'excuser.

Il écarta les bras, elle s'approcha de lui. Il serra contre lui son corps humide. Il lut la peur dans ses yeux bleus injectés de sang. Il prit son visage entre ses mains. Ils souriaient tous les deux faiblement, essayant de repousser leur douleur. Prenant soudain conscience de la présence de son corps nu au-dessus du sien, il réagit machinalement. Il changea de position pour lui faire l'amour, mais elle s'éloigna et roula sur le dos, en le tirant doucement par l'épaule. Il suivit le mouvement, glissa sur elle. Il passa les mains derrière sa nuque. Quand il tenta de l'embrasser, elle tourna la tête. Il sentit qu'elle étendait les jambes vers lui, puis qu'elle levait ses genoux pliés. Elle ne bougea pas tandis qu'il la pénétrait. L'étreinte fut rapide et peu satisfaisante. Il se laissa délicatement retomber sur elle, et ils restèrent quelques minutes dans cette position. Quand il sentit la légère pression de ses mains, il sut qu'il devait s'écarter d'elle. Elle l'embrassa légèrement, puis descendit du lit très vite, sans lui laisser le temps de la toucher.

Il l'entendit qui se lavait dans la salle de bains, la regarda ensuite s'habiller en hâte. Elle ne prononça pas un mot. Quand elle fut prête, elle hésita devant la porte de la chambre. Elle lui adressa un petit sourire triste, fit demi-tour et s'en alla, le laissant seul.

Il était au beau milieu d'un rêve désagréable lorsque le téléphone le réveilla en sursaut. Il jeta un coup d'œil au réveil et décrocha dans un gémissement. Il était neuf heures et demie. Une heure après sa réunion du matin.

— Je suis en retard, grogna-t-il. Faites-moi un procès.

Il s'attendait à une remarque sarcastique de Maggie. Au lieu de quoi, il y eut un silence, puis un rire bas, taquin, une voix qu'il ne connaissait pas.

— Inspecteur Stride ? On dirait que je vous réveille…

Il se recoucha et ferma les yeux.

— Je viens de me réveiller. Et je n'avouerai pas que je suis Stride tant que je n'aurai pas un café devant moi. Alors, si on appelait ça un faux numéro ?

— Dommage. Une certaine Maggie m'a dit que vous étiez le meilleur pour l'amour au téléphone.

Stride se mit à rire. Gêné, mais intrigué.

— Qu'est-ce qu'elle en sait ? Qui êtes-vous, bon Dieu ?

— Serena Dial. Police de Las Vegas. Je crois que j'ai des infos sur une vieille affaire, et ça ne va pas forcément vous plaire, inspecteur.

Las Vegas. Stride fut immédiatement sur ses gardes. Trois ans avaient passé. Mais il savait pourquoi Serena Dial l'appelait. Rachel. Son nom résonnait dans sa tête. Il pensa à son corps, sur cette photo extraordinaire.

Le silence se prolongeait.

— J'imagine que vous l'avez arrêtée.

— Non. Elle est à la morgue.

— Rachel est morte ?

Il ne comprenait pas. Dans ses rêves, quand quelqu'un lui téléphonait de Las Vegas, Rachel était encore vivante. Parfois même, il imaginait que Rachel l'appelait.

— Morte. Assassinée. Abandonnée dans le désert. Je sais que ça va vous poser des problèmes.

Stride se demanda s'il rêvait.

— Quand ?

— Il y a quelques jours, d'après ce que nous savons.

Elle était vraiment vivante, songea Stride. Jusqu'à maintenant.

— Vous savez ce qui s'est passé ? Qui l'a tuée ?

— Pas encore, dit Serena. Mais si vous venez me chercher à l'aéroport ce soir, nous pourrons peut-être y travailler ensemble.

— Vous venez ici ?

— C'est là que la piste nous conduit, inspecteur. À Duluth.

38

Maggie avouait volontiers à ceux qui montaient avec elle en voiture que son corps n'était pas fait pour conduire un 4 × 4. Elle devait s'asseoir sur un annuaire téléphonique pour être sûre de voir au-dessus du volant, et elle avait fixé des blocs de bois sur les pédales pour les atteindre. Avant d'épouser Eric Sorenson, deux ans plus tôt, elle avait une Geo Metro miniature. Mais Eric, un ancien champion olympique de natation, était trop grand pour sa petite voiture, et ils avaient décidé d'acheter un véhicule plus spacieux qu'il pourrait conduire sans devoir remonter ses genoux dans sa poitrine.

Stride n'aimait pas monter en voiture avec Maggie. Elle n'était pas exactement une conductrice hors pair, et les aménagements apportés pour adapter le 4 × 4 à sa morphologie n'arrangeaient rien. Il la soupçonnait de conduire encore plus imprudemment quand il était à ses côtés, par pur dépit. Il s'efforçait de ne pas écraser une pédale de frein imaginaire, et de ne pas grincer des dents à chaque coup de klaxon.

On était jeudi, en fin d'après-midi. L'avion qui amenait Serena Dial de Las Vegas via Minneapolis devait atterrir une demi-heure plus tard. Alors qu'ils remontaient du lac et prenaient la direction de Miller Hill vers l'aéroport de Duluth, l'air qui rugissait entre les fenêtres ouvertes était de plus en plus chaud.

Maggie secoua la tête. Devant elle, le feu passa au rouge. Elle klaxonna et traversa le carrefour sans ralentir.

— Elle était vivante, pendant tout ce temps, dit-elle. Archie Gale va être content.

— Dan sera nettement moins ravi, fit Stride d'un air las, d'apprendre qu'il a inculpé un homme pour le meurtre d'une fille qui n'était pas morte. Ce n'est pas cela qui va donner un coup de fouet à sa campagne…

— Tu l'as prévenu ? interrogea Maggie.

— Pas encore. J'ai demandé à 2K l'autorisation de retenir l'info pour le moment. Serena, notre collègue de Vegas, a accepté de ne rien dire pour nous donner le temps de parler à Emily.

Maggie fit la grimace.

— J'espère qu'elle ne va pas s'effondrer. Tu te rends compte, elle a tué son mari parce qu'il avait assassiné sa fille, et elle va apprendre qu'il était innocent !

Stride haussa les épaules.

— Innocent d'un meurtre, peut-être. Je reste persuadé que Graeme couchait avec Rachel.

— La question, maintenant, c'est de savoir ce qui est vraiment arrivé à Rachel.

— Quelqu'un a dû l'aider, dit Stride. Elle n'a pas pu quitter la ville toute seule, sans qu'on retrouve la moindre trace d'elle. Peut-être que quelqu'un l'a emmenée à Minneapolis. Arrivée là-bas, elle s'est déguisée et a sauté dans un car. L'ami est revenu à Duluth et s'est tenu à carreau.

— Et les indices qu'on a découverts à la grange ? Le bracelet, le sang, les traces de pas ?

— Oui, je sais, c'est le problème. Nous savons qu'elle se trouvait à la grange le vendredi soir…

Par la fenêtre, Stride regardait défiler les fast-foods et les boutiques d'alcool.

— Que penses-tu de ça ? fit-il au bout d'un moment. Rachel, ce soir-là, rentre chez elle. Graeme veut profiter de l'absence d'Emily et lui fixe un rendez-vous. Rachel et lui se rendent à la grange, passent à l'arrière de la fourgonnette et les vitres commencent à se couvrir de buée…

— Pourquoi aller à la grange ? La maison est vide, pourquoi ne pas le faire tout simplement dans la chambre ?

— Qui sait ? La grange était peut-être *leur* endroit. Peut-être que Graeme ne lui a pas dit ce qu'il avait en tête. En tout cas, il l'emmène là-bas. Et quelque chose va de travers. Peut-être que Rachel lui dit : « Non, pas aujourd'hui », et Graeme ne veut rien entendre. Ou bien ils jouent à un jeu tordu avec le couteau, et ils vont un peu trop loin. Rachel parvient à descendre de la fourgonnette et il lui court après. Ils se bagarrent, elle perd son bracelet, son pull se déchire. Il la ramène de force au véhicule.

— Et puis ? demanda Maggie. Il ne l'a pas tuée, rappelle-toi.

— Je sais. Graeme revient soudain à la raison. Il n'est jamais allé aussi loin, et cela lui fait peur, une vraie douche froide. Peut-être que les choses se sont passées comme avec Sally. Il entend une autre voiture et fait demi-tour à toute pompe. Il fait comme si tout cela était un malentendu, ramène Rachel chez lui et lui enjoint de ne parler de tout cela à pers…

Maggie écrasa la pédale du frein, car une voiture venait de lui couper la route. Elle passa dans la file de gauche en faisant hurler ses pneus et doubla l'autre véhicule dans un rugissement de moteur, non sans jeter un regard assassin au conducteur.

— Mais quand ils arrivent à la maison, Rachel est morte de peur, avança-t-elle.

— Moi aussi, fit Stride.

— Pauvre chou. C'est toi qui m'as appris à conduire comme ça, tu te souviens ? Qu'est-ce qui se passe ensuite ? Rachel a le trouillomètre à zéro. Elle en a marre ?

— Exact. Elle appelle un de ses amis. « Emmène-moi loin d'ici. » Et elle s'en va.

— Pas mal, admit Maggie. Mais pourquoi ne prend-elle pas sa voiture ? Pourquoi ne prend-elle pas le temps de fourrer quelques vêtements dans un sac ?

Stride, pensif, se mordillait la lèvre.

— La panique, peut-être. Elle ne veut pas qu'on la retrouve, et la voiture est trop facile à repérer. Elle a tellement peur qu'elle ne veut pas s'attarder une minute de plus, pas même pour récupérer des affaires. Peut-être croit-elle que Graeme va revenir à l'attaque, et elle ne veut surtout pas rester dans la maison avec lui.

Maggie quitta la grand-route et prit la nationale, plus dégagée, vers l'aéroport. Elle accéléra immédiatement, dépassa les cent vingt. Le tableau de bord se mit à vibrer.

— Cela signifie que quelqu'un savait que Rachel était vivante. Et cet individu, quel qu'il soit, ne s'est pas manifesté, alors qu'un homme innocent était jugé pour meurtre.

Stride acquiesça.

— Si Rachel lui a raconté ce qui s'est passé à la grange, il s'est peut-être dit que Graeme n'avait que ce qu'il méritait.

— Et pourquoi Graeme n'a-t-il pas raconté lui-même ce qui s'était passé ?

— Graeme ? Dire la vérité ? fit Stride en riant. Tu plaisantes ? S'il avait avoué qu'il sautait la fille, il était cuit. Je suis sûr que Gale le lui avait dit. Personne n'aurait cru son histoire. Il avait tout intérêt à prétendre qu'il ne s'était rien passé.

— OK. Creusons ton hypothèse. Qui est le mystérieux ami ?

— Je n'en sais rien. Je n'ai jamais eu l'impression que Rachel ait eu des amis. Personne, en tout cas, en qui elle aurait eu vraiment confiance.

— Sauf Kevin.

— Ouais, fit Stride en hochant la tête. Sauf Kevin. Tu crois qu'il est capable de garder le silence ? Il n'avait même pas l'air d'être un menteur assez habile pour se sentir à l'aise à la barre des témoins.

— Et Sally ? Nous savons qu'elle cachait quelque chose. Bon Dieu, nous savons qu'elle est allée chez Rachel, ce soir-là ! Je crois qu'elle n'aurait pas été mécontente de voir Rachel s'en aller une fois pour toutes et cesser de tourner autour de Kevin.

Stride assemblait mentalement les pièces du puzzle.

— C'est une théorie intéressante, en tout cas.

— Tu crois que nous devrions lui parler ?

— Absolument. Rachel ne reviendra plus ennuyer Kevin, et Stoner est hors circuit. Elle nous dira peut-être la vérité.

Maggie avait pris à gauche la voie d'accès à l'aéroport de Duluth, une route en courbe qui conduisait au terminal. Celui-ci était un triangle à peine plus long qu'un terrain de football, surmonté d'un toit incliné marron. Maggie se gara à l'extrémité la plus éloignée du terminal. Elle posa sur le tableau de bord son permis de stationner. Ils franchirent les grandes portes à tambour menant au niveau inférieur du terminal presque désert, empruntèrent l'Escalator vers l'étage supérieur. Des haut-parleurs diffusaient doucement de la country. Stride reconnut la voix sucrée de Vince Gill.

Ils devaient encore attendre un bon moment avant l'arrivée de l'avion. Stride introduisit une pièce de vingt-cinq cents dans un flipper. C'était un modèle à deux niveaux, orné d'une fille aux seins énormes vêtue d'un slip microscopique qui pointait un revolver vers lui en criant d'une voix perçante : « Touche-moi ! » Il excellait au flipper quand il était au bahut, mais là, il était plutôt rouillé. Il perdit la première boule, qui tomba droit au milieu. La deuxième tournoya tout en haut, marqua quelques milliers de points avant de glisser dans le couloir de la mort qui descendait à gauche. Quand il lança la troisième boule, il avait presque retrouvé son rythme, y compris le mouvement pivotant des hanches tandis qu'il frappait les flippers en alternance. Maggie acheta un Coca, qu'elle sirota en le regardant jouer.

— Cette collègue de Vegas pense que Rachel a été assassinée par quelqu'un de Duluth ?

Stride haussa les épaules, sans quitter le flipper des yeux.

— Elle ne me l'a pas dit. Simplement que la piste menait ici.

— Serena Dial. Au téléphone, elle avait l'air décidée. Je parie qu'elle est canon.

— Pourquoi ?

— Elle vient de Vegas. Toutes les filles sont superbes, à Las Vegas.

— Je n'y suis jamais allé.

— Il faut sortir un peu plus, chef.

— L'idée que je me fais des vacances, c'est me retrouver tout seul dans les bois. Pas d'être entouré par des milliers de personnes sur Coney Island…

Il faillit perdre sa dernière boule, qu'il rattrapa in extremis d'un joli coup de flipper.

— Tout seul ? demanda Maggie.

— Tu sais très bien ce que je veux dire.

Un vacarme assourdissant retentit soudain, faisant trembler le bâtiment. Ils entendirent hurler les réacteurs de l'avion qui atterrissait sur la piste. Stride vit un contrôleur de la compagnie aérienne émerger de l'Escalator menant à la porte 1, sans cesser de mâcher son chewing-gum. Ces quelques secondes de distraction suffirent pour que sa boule d'acier disparaisse après avoir glissé le long d'un flipper. *Game over*. La partie était finie.

Maggie et Stride se dirigèrent vers la zone d'arrivée.

— Comment allons-nous la reconnaître ? demanda Maggie.

— On improvisera.

Ils n'eurent aucun mal à la reconnaître. Tous les passagers étaient des habitants typiques du Minnesota, vêtus d'habits discrets, qui se fondaient dans le décor. Tous, sauf Serena Dial. Elle se détachait des autres voyageurs comme une coupe de cristal au milieu de tasses en plastique aux couleurs de Burger King. Elle portait un pantalon de cuir bleu clair qui moulait ses longues jambes comme une seconde peau. Une chaîne d'argent lui enserrait la taille, son tee-shirt blanc trop court laissait à nu quelques centimètres de son ventre plat. Un imperméable de cuir noir lui tombait presque aux chevilles. Ses cheveux noirs luisaient, légers et magnifiques.

— Waouh ! fit Maggie.

Stride essaya de se rappeler quand il avait vu une telle beauté. L'idée lui traversa l'esprit que si Rachel avait eu le temps de grandir, elle aurait ressemblé à Serena.

Celle-ci s'arrêta à l'extrémité de la zone d'accès et examina la foule derrière ses lunettes aux verres couleur miel. Elle les repéra immédiatement. Un léger sourire aux lèvres, elle se dirigea vers eux d'une démarche aérienne. Tout le monde la suivait des yeux, mais elle n'avait pas l'air de le remarquer.

— C'est vous, Stride ?

Avec ses talons, elle était aussi grande que lui, et son regard plongeait droit dans le sien.

— Exact.

Il la regardait déjà dans les yeux. Il flirtait.

— Voici ma partenaire, Maggie Bei, qui diffuse des mensonges sur mon compte, au téléphone.

— Maggie Sorenson, corrigea cette dernière. Il oublie que je suis mariée. Et apparemment, il oublie que lui aussi, il est marié.

Stride lui jeta un coup d'œil mauvais, Maggie lui tira la langue.

— J'adore votre uniforme, ajouta-t-elle en revenant à Serena. Toutes les femmes flics doivent s'habiller comme ça, à Vegas ?

Serena ôta ses lunettes de soleil et la contempla de haut en bas. Elle eut un sourire cruel.

— Seulement celles qui ont des seins, chérie.

Maggie éclata de rire. Elle se tourna vers Stride.

— Elle me plaît.

Stride fixa de nouveau Serena, sans chercher à dissimuler l'intérêt qu'elle lui inspirait. Quand elle lui rendit son regard, il sentit un courant électrique le traverser.

— Vous êtes dans le Minnesota, maintenant. Nous avons des codes, pour l'habillement.

— Vous voulez dire que ça va être rasoir ?

— Exactement.

— Tous les deux, vous n'avez pas l'air particulièrement ennuyeux, dit Serena.

— Attendez de nous connaître un peu mieux, fit Maggie en souriant.

Ils sortirent de la zone d'accès aux avions. À leur passage, les têtes se tournaient sur Serena. Maggie et Stride la laissèrent prendre quelques mètres d'avance. Maggie se pencha vers Stride.

— Tu veux que je vous laisse seuls ? chuchota-t-elle.

— Oh, fiche-moi la paix, rétorqua Stride.

En bas, ils récupérèrent une valise rigide Samsonite bleue assortie au pantalon de cuir de Serena. Quand Stride la saisit, son poids lui coupa le souffle.

— Bon Dieu, vous avez apporté le cadavre ?

— Oh, on ne procède pas comme ça, par ici ? fit Serena en souriant.

Dehors, il faisait toujours chaud, mais une brise descendait des collines. Serena remit ses lunettes de soleil, inspira à fond.

— Mon Dieu, c'est génial. De l'air frais. J'ai l'impression que c'est l'hiver.

— Il fait légèrement plus frais, en hiver, dit Stride.

— Quelque chose comme quarante degrés de moins, ajouta Maggie.

Serena hocha la tête.

— Ouais, j'ai fait une recherche sur le Minnesota, sur Internet. Ça a plutôt l'air d'être la glacière du pays. Mais là, c'est agréable. Chez moi, il fait cinquante degrés. Chaud devant. On a parfois envie de préchauffer son four et de mettre la tête dedans. Ça, c'est Vegas !

— Je me suis mariée à Reno, lui dit Maggie.

— Ah bon ? J'aime beaucoup Reno. J'adore les montagnes. Je me répète tout le temps qu'un de ces jours je finirai par foutre le camp du désert.

— Vous êtes mariée ? demanda Maggie.

— Non.

Ils rejoignirent le 4 × 4 de Maggie. Serena grimpa à l'arrière et se pencha au-dessus du siège avant pour parler avec Stride. Celui-ci sentit son coude l'effleurer, et il perçut vaguement son parfum. Elle avait l'haleine sucrée. Il avait conscience du moindre détail la concernant, et ça le mettait mal à l'aise.

— Vous êtes absolument sûre que le corps que vous avez trouvé dans le désert est celui de Rachel Deese ? interrogea Maggie.

— J'en suis certaine. Les empreintes correspondent à celles que vous avez introduites dans la base de données. En outre, un témoin a identifié sa photo d'après une coupure de journal. Je suis désolée. Je sais que ça vous met dans une position inconfortable.

— On a l'habitude, gloussa Maggie.

— Est-ce que quelqu'un ici est au courant ? demanda Serena.

Stride secoua la tête.

— Seulement nous et le patron. Je ne voulais pas qu'il y ait des fuites. J'ai pensé qu'on pourrait s'arrêter d'abord chez la mère de la fille. Dès qu'on commencera à en parler, les journaux et la télé seront au courant.

— Ouais, j'imagine que ça va faire du bruit, par ici. J'ai lu les comptes rendus dans la presse. Drôle d'affaire. Moi aussi, à votre place, j'en aurais déduit qu'elle était morte.

— Merci, fit Stride.

— En tout cas, quand nous aurons parlé à la mère, je pense qu'on devrait rouvrir le dossier et commencer à interroger les copains de la fille et tous les gens qui l'ont connue.

Stride se tortilla sur son siège pour la regarder. Leurs visages se trouvaient à quelques centimètres l'un de l'autre.

— En quoi ça vous aidera à résoudre un meurtre commis à Vegas ?

Serena ôta de nouveau ses lunettes de soleil, et Stride plongea dans ses yeux vert de jade. À sa descente d'avion, un peu plus tôt, il avait cru qu'elle était plus jeune. De très près, il voyait la maturité sur son visage. Son sourire formait des rides profondes. Elle devait avoir autour de trente-cinq ans, et pour Stride c'était encore jeune, mais son visage était plus vieux et plus sage. Elle souriait facilement, ses yeux riaient.

Mais il y avait aussi une distance, une méfiance qui planait au-dessus d'eux comme une fine pellicule. Il se demanda si c'était parce qu'elle ressentait la même attirance sexuelle que lui.

Elle n'avait pas répondu à sa question.

— Serena ? demanda Maggie en leur jetant un regard oblique.

— J'imagine que la Range Bank, ça vous dit quelque chose, lança Serena.

— Sûr. J'y ai un compte, fit Stride, comme la moitié des habitants de la ville. Quel est le rapport ?

Serena se pencha un peu plus vers lui.

— Notre équipe scientifique a trouvé dans l'appartement de Rachel un fragment de reçu d'un distributeur de billets de la Range Bank. Ou bien elle est venue ici récemment, ou bien quelqu'un d'ici lui a rendu visite.

39

Le vendredi matin, un peu après neuf heures, Stride passa prendre Serena à son motel. Elle sortait de la douche : ses cheveux noirs étaient encore mouillés et sa peau luisait. Elle était un peu moins extravagante que la veille, jean délavé, tee-shirt bleu marine moulant et bottes de cow-boy. Elle l'accueillit avec un sourire étincelant.

— Salut, Stride. Entre. Je suis presque prête.

Après la douche de Serena, la chambre était humide et parfumée. Le miroir à côté du téléviseur était couvert de buée. Stride vit sa valise ouverte sur le bureau, quelques vêtements pliés à l'intérieur. Le lit double semblait à l'étroit dans la petite chambre.

— Désolé pour le manque de confort, dit-il. L'été, il y a beaucoup de monde à Duluth.

Serena haussa les épaules.

— C'est parfait comme ça.

Assise sur le bord du lit, elle entreprit de mettre de minuscules boucles d'oreilles en argent. Ses doigts paraissaient caresser ses oreilles. Stride s'aperçut qu'il était incapable de regarder ailleurs. Serena le remarqua.

Au bout d'un long moment, elle se tourna avec nervosité.

— En venant, j'ai appelé la mère de Rachel avec mon portable, fit-il, mal à l'aise. Je suis parvenu à la joindre. On peut s'arrêter chez elle pour commencer.

— Tu lui as dit pourquoi ?

— Non. Je lui ai simplement dit que je voulais lui parler. Mais il est possible qu'elle s'en doute.

Serena se leva. Ils étaient si près l'un de l'autre qu'ils auraient pu s'embrasser. Stride ressentit un violent désir de le faire.

— Eh bien, allons-y, lança-t-il.

Ils embarquèrent dans le 4 × 4 de Stride. Les sièges tombaient en morceaux et le tableau de bord était recouvert de Post-it relatifs à diverses enquêtes. Une tasse de café de la veille était logée dans le support prévu à cet effet, et des feuilles du journal de Duluth jonchaient le sol.

— Ne t'inquiète pas, fit-elle en voyant son embarras. J'aime bien les véhicules qui donnent l'impression qu'on vit dedans. Quel âge il a, ce café ?

— Trop vieux.

— Il n'y a vraiment pas de Starbucks, dans le coin ?

— Pas encore. Rien de mieux que McDonald's. Tu veux qu'on y passe ?

— Ouais, bien sûr.

Ils prirent deux cafés fumants, et Stride jeta celui de la veille. Il commanda également quelques biscuits qu'il mastiqua tout en conduisant. Serena sirotait son café. Stride la regardait. Une fois ou deux, elle lui rendit ses regards. Ils parlaient peu.

Quelques filaments de brouillard s'attardaient sur la route et Stride dut allumer ses phares. Quand ils arrivèrent au sommet de la colline, à un endroit qui dominait la ville, Serena se pencha en avant pour contempler les fragments du lac visibles à travers la brume.

— C'est très bizarre, murmura-t-elle. Quand on vit longtemps dans le désert, on finit par oublier l'eau et les arbres.

— Je ne suis jamais allé dans le désert.

— Jamais ? Tu devrais. À sa manière, le désert est magnifique.

— Tu es de Las Vegas ?

— Non. De Phoenix.

Il remarqua que son regard se faisait distant, tout à coup. Il se dit qu'il se trouvait en terrain sensible.

— Je suis partie pour Vegas avec une copine, à seize ans.

— Tu étais jeune, lui dit-il en se demandant ce qu'elle avait fui.

Serena ne lui donna aucune explication.

Stride suivit la bretelle qui descendait vers l'autoroute. Puis il prit au sud, ce qui était le moyen le plus rapide de rejoindre le quartier où habitaient Emily et Dayton Tenby. Ils s'étaient mariés pendant qu'Emily était en prison. Elle était en liberté conditionnelle depuis six mois.

— Je suis gelée, fit Serena en se frottant les bras.

— J'ai un gros pull dans le coffre. Je te le prête, si tu veux.

Serena acquiesça, puis elle plissa le nez.

— Ça sent la cigarette. Tu fumes ?

— Je fumais, avoua Stride. J'ai fini par arrêter, il y a près d'un an. Mais l'odeur s'est incrustée.

— Ça a été dur ?

— Plutôt, oui, acquiesça Stride. Mais un collègue est mort d'un cancer, l'année dernière. Il n'avait que dix ans de plus que moi. Ça m'a fichu la frousse.

— Bien, dit Serena.

Stride localisa sans mal la maison de Dayton et Emily. Elle se trouvait à deux rues de l'église où Maggie et lui étaient allés, sous la neige, plus de trois ans auparavant. Il se gara et alla prendre dans le coffre un pull de laine couleur rouille. Serena le passa, en remonta les manches pour garder les avant-bras nus.

— Tu me sauves la vie, fit-elle en lui pressant le bras.

Emily répondit immédiatement à leur coup de sonnette. Il s'attendait à la trouver vieillie par son séjour en prison, mais elle avait l'air plus jeune que durant la période sombre du procès. Son maquillage était impeccable, avec un rouge à lèvres vif. Ses yeux bleus, autrefois tristes et mornes, avaient retrouvé leur éclat, et elle avait une jolie coupe au carré. Elle portait un pantalon marron et un chemisier de coton blanc ample.

— Bonjour, inspecteur, dit-elle. Ça fait longtemps.

— Oui, en effet. Vous avez l'air en forme, madame Tenby.

— Appelez-moi Emily, je vous en prie, fit-elle d'une voix aimable.

— Bien sûr. Voici Serena Dial, de la police de Las Vegas.

Emily haussa les sourcils.

— Las Vegas ?

Serena acquiesça. Inquiète, Emily serra les lèvres. Elle ouvrit la porte en grand pour les laisser entrer.

— Dayton est au salon. Je regrette que vous n'ayez pu nous joindre, hier soir. Nous avons eu votre message, mais nous sommes rentrés très tard à la maison. Notre vol avait deux heures de retard, et il y avait encore la route à faire pour monter à Duluth.

— Vacances ? demanda Serena.

— En partie, et en partie le travail, pour Dayton. Son Église tenait sa convention nationale à San Antonio, sur la Riverwalk. Nous avons pris quelques jours pour nous, et nous sommes restés là-bas plus d'une semaine.

Elle les mena au salon. Dayton Tenby était assis sur le canapé. Il se leva immédiatement et leur serra la main. Les rares cheveux qui lui restaient étaient gris et formaient une couronne sur son crâne étroit. Il avait pris quelques kilos, ce qui suffisait à lui donner l'air un peu moins émacié que lorsque Stride avait fait sa connaissance. Il portait un pantalon gris, une chemise blanche amidonnée et un gilet noir en acrylique.

Emily et Dayton s'assirent côte à côte sur une causeuse en se tenant les mains. Stride et Serena s'installèrent en face d'eux, sur le canapé. Stride voyait bien que le mariage leur convenait. En dépit d'une différence d'âge de plus de dix ans, ils semblaient heureux.

— Je veux que vous sachiez, inspecteur, que je ne regrette pas ce que j'ai fait, dit Emily. J'ai payé ma dette à la société. Et si je devais le refaire, je le referais.

— Je comprends, fit Stride après un instant d'hésitation.

Dayton les regarda.

— Nous sommes certains que vous n'êtes pas venus nous rendre une visite mondaine. Vous devez avoir des nouvelles à nous communiquer.

— Oui, en effet. Je dois vous prévenir que cela ne va pas être facile pour vous…

— Vous l'avez retrouvée, dit Emily.

— Oui. Mais pas dans les circonstances que vous pouvez imaginer. Au début de la semaine, l'inspecteur Dial a été appelée quelque part dans le désert, près de Las Vegas. On avait trouvé le corps d'une jeune fille. Je crains qu'il ne s'agisse de Rachel.

Il marqua un temps d'arrêt, puis reprit :

— Elle n'était pas morte depuis longtemps. Quelques jours seulement. Cela signifie que Rachel était vivante, durant ces trois dernières années.

— Vivante ? murmura Emily. Pendant tout ce temps ?

Stride vit ses doigts se crisper sur la main de Dayton. Elle ferma les yeux, posa lentement la tête sur son épaule.

— De quoi est-elle morte ? demanda Dayton.

— Elle a été assassinée, répondit doucement Serena. Je suis désolée.

— Oh, non… fit Dayton en secouant la tête.

Emily se frotta les yeux. Elle prit un mouchoir en papier dans une boîte sur la table basse et se moucha. Elle cligna des yeux, s'efforçant de retrouver son calme.

— Vous êtes en train de me dire que Graeme n'a pas tué ma fille, c'est bien cela ?

— On le dirait bien, répondit Stride.

— Oh, mon Dieu !

Elle se tourna vers Dayton.

— Je l'ai tué. Mais il ne l'avait pas fait. Elle était vivante !

— Il n'a peut-être pas assassiné Rachel, mais cela ne veut pas dire qu'il était innocent, lui rappela Dayton.

— Je le sais. Mais elle a dû bien rire, toutes ces années… Elle m'a trompée… pour que je le tue !

— Avez-vous une idée de ce qui s'est passé ? demanda Dayton. Vous savez qui l'a tuée ?

— Nous poursuivons notre enquête, dit Serena. Je sais que vous traversez un moment difficile, mais je dois vous poser quelques questions. Aviez-vous une raison de penser que votre fille était peut-être vivante ? Est-ce qu'elle a jamais essayé d'entrer en contact avec vous ?

Dayton et Emily regardèrent Stride.

— Rien d'autre que la carte postale que vous nous avez montrée, dit Dayton.

Stride parla à Serena de la carte affranchie à Las Vegas qu'il avait reçue après le procès.

— Vous avez remonté la piste ?

— Aussi loin que nous avons pu. Nous n'avons trouvé aucune empreinte digitale, ni traces d'ADN sur le timbre. J'ai alerté les flics de Vegas, je leur ai demandé s'ils pouvaient faire des recherches. Ils ne m'ont pas semblé très empressés de mettre leurs moyens à contribution pour courir après une fugueuse de dix-huit ans qui était peut-être morte, et dont on ne savait même pas si elle était réellement à Las Vegas…

— J'aurais sans doute réagi comme eux, admit Serena.

Stride hocha la tête.

— Moi, j'ai fait des recherches, mademoiselle Dial, annonça Dayton.

Stride et Serena le fixèrent, surpris. Dayton marqua un temps d'arrêt, quêtant du regard la permission d'Emily. Celle-ci opina du bonnet.

— Je m'étais dit que cette carte postale… eh bien, ça ressemblait bien aux petits jeux auxquels se livrait

Rachel. Pour se moquer de nous. Cela m'a donné la certitude qu'elle était vivante. Emily était en prison, bien sûr, et je ne voulais pas attendre que la piste se refroidisse. Alors je suis parti à sa recherche.

— Vous êtes allé à Vegas ? ! fit Stride.

— J'y ai passé une semaine. Quand vous m'avez dit que la police, là-bas, ne se montrait pas très obligeante, j'ai décidé d'aller y voir moi-même. Pour Emily. Elle méritait de connaître la vérité.

— Comment vous y êtes-vous pris… pour vos recherches, je veux dire ? demanda Serena.

— Eh bien, je sais que j'ai tout du détective amateur, fit Dayton. Je me suis muni d'une photo de Rachel. Je suis allé dans tous les casinos, et j'ai montré la photo à la sécurité. Pour savoir si quelqu'un l'avait aperçue. Ils tiennent les gens à l'œil, là-bas, j'avais vu cela à la télévision. Je partais du principe que si elle était là-bas, elle devait travailler dans un casino. Il me semble que ça se passe comme ça. Alors j'ai fait le Strip dans les deux sens, puis le centre-ville, et enfin la banlieue.

— Vous avez trouvé quelque chose ? interrogea Stride.

— Rien, fit Dayton en secouant tristement la tête. Personne ne l'avait vue. Après une semaine, je me suis dit que c'était une erreur, que la carte ne venait pas de Rachel.

— Vous êtes retourné à Vegas depuis ? demanda Serena.

— Non, jamais.

— Aviez-vous d'autres raisons de penser que Rachel était vivante ? questionna Stride en les regardant dans les yeux. D'autres messages bizarres ? Des appels téléphoniques ?

— Absolument rien, dit Emily. Franchement, je n'y ai jamais cru, contrairement à Dayton. Je n'ai jamais pensé qu'elle pouvait être vivante.

— Pourquoi ? s'enquit Serena.

Un sourire ironique flotta sur les lèvres d'Emily.

— J'étais en prison. J'étais persuadée que si Rachel avait été vivante, elle aurait trouvé le moyen de me le faire savoir.

Stride hocha la tête.

— Nous vous avons fait perdre assez de temps, conclut-il.

Il se leva, Serena fit de même.

— Comment pourrons-nous récupérer le corps de Rachel ? demanda Dayton.

— Quelqu'un de chez nous vous appellera, dit Serena. Nous libérerons le corps dès que possible. Il s'agit d'une enquête criminelle, vous le savez. Permettez-moi juste de vous donner un conseil. Vous ne devriez peut-être pas regarder le corps, quand on vous le rendra. Nous l'avons retrouvé dans le désert, et... eh bien, le désert n'est pas tendre avec les corps humains...

— Je comprends, fit Emily la gorge serrée.

Ils se serrèrent la main et Dayton les reconduisit à la porte.

— Encore une fois, ajouta Serena avec un sourire, je vous prie de nous excuser. J'espère au moins que vos quelques jours de repos ont été agréables.

— Oh... fit Dayton en hésitant légèrement. Oui, en effet. Merci.

— J'adore la Riverwalk, à San Antonio. Où avez-vous séjourné ?

— La convention avait lieu au Hyatt.

— Vous avez eu l'occasion de sortir un peu de la ville ?

— Pas vraiment. Nous avons visité Fort Alamo, ce genre de choses…

— Bien sûr, fit Serena.

Elle s'en allait, lorsque Dayton lui toucha légèrement l'épaule.

— Puis-je vous poser une question ?

— Bien sûr, dit Serena.

— Je me demandais si vous saviez ce que faisait Rachel, là-bas. Où elle travaillait. Parce que je me disais, si j'avais cherché un peu plus sérieusement…

— Elle était strip-teaseuse dans un cabaret, répondit Serena sans chercher à édulcorer les choses.

Dayton se passa la langue sur les lèvres.

— Ah. Bien. Je n'ai pas cherché là.

40

— Tu le crois ? demanda Stride sur le chemin du retour.

Par la vitre, il apercevait les nuages noirs qui s'amoncelaient au sud-ouest. Une tempête d'été se préparait.

— S'il ment, dit Serena, il est très fort. Mais il est vrai que, dès qu'il s'agit d'hommes mûrs et d'adolescentes, je deviens cynique.

— Tu penses qu'un prêtre qui a l'air trop sincère ne l'est sans doute pas ?

— C'est plus compliqué que ça, Jonny.

Une fois de plus, elle ne donna pas d'explication. Il ne pouvait s'empêcher de s'interroger sur ses secrets. Le fait qu'elle l'appelle « Jonny » le troublait également. C'était venu comme ça, sans arrière-pensée. Il se demandait si elle s'en était rendu compte. Mais il y avait une familiarité, dans la manière dont elle l'avait dit, qui frôlait l'intimité.

Il se dit qu'Andrea n'avait jamais prononcé son nom avec une telle intensité. Avec Cindy, en revanche, cette intimité avait été présente dès le début. Autant de pensées effrayantes et malvenues. Il s'aperçut que depuis l'arrivée de Serena il évitait de penser à Andrea. Le désir qu'elle lui inspirait était si soudain, si fort qu'il paraissait repousser tous ses autres sentiments. Il n'était pas du genre à avoir une liaison. En l'occurrence, il en avait envie. Méchamment envie.

— Tu es vraiment allée sur la Riverwalk ?

— Jamais, fit Serena avec un sourire en coin.

— Magnifique ! dit-il en riant.

Il espérait qu'elle avait saisi le double sens. Il n'était pas vraiment sûr, mais il lui sembla qu'elle avait rougi.

— Je demanderai à Maggie de vérifier. Nous allons nous pencher sur cette convention épiscopale et nous assurer qu'ils s'y trouvaient bien.

— Même s'ils s'y sont montrés, ils auraient pu faire l'aller-retour à Vegas dans la journée. Personne n'en saurait rien.

— On vérifiera aussi auprès des compagnies aériennes. Et des sociétés de cartes de crédit.

Stride entendit la sonnerie de son téléphone portable. Il sortit l'appareil de sa poche, le colla à son oreille.

— Il faut qu'on se parle, fit une voix d'homme.

Stride reconnut Dan Erickson.

— Oui, en effet. Vous avez eu mon message ?

— Putain, oui, je l'ai reçu. Vous êtes absolument sûr de l'info ?

— Ouais, nous en sommes sûrs.

— Merde ! siffla Dan.

Il y eut un silence. Stride pouvait presque entendre les rouages cliqueter dans le crâne de Dan.

— C'est incroyable. Je ne veux pas parler de ça au téléphone.

— Vous voulez que je fasse un saut à votre bureau ?

— Bon Dieu, non ! Je ne veux pas que vous approchiez de mon bureau. Soyez dans une heure au parking du lycée.

— Est-ce qu'il ne nous faudrait pas une sorte de code secret pour nous reconnaître mutuellement ? demanda Stride.

— Très drôle. Vraiment très drôle, bordel ! Soyez là, c'est tout.

Stride raccrocha.

Serena le regarda d'un air interrogateur.

— Dan Erickson était le procureur au procès de Graeme Stoner pour le meurtre de Rachel, lui expliqua Stride. Les nouvelles ne lui font pas plaisir, on dirait.

— Pourquoi ces manières de conspirateurs ?

— Pour le moment, il est procureur du comté. Mais il espère être désigné par le Parti démocrate pour le poste de procureur général. Le fait d'avoir poursuivi quelqu'un pour le meurtre d'une fille qui était tout sauf morte, ça va lui faire une drôle d'épine sous sa selle, en pleine campagne électorale…

— Protège tes arrières, Jonny. Ce genre de politicard est capable de te faire porter le chapeau pour se couvrir.

— Ouais, ce serait assez dans le style de Dan.

Elle l'avait de nouveau appelé Jonny.

— Tu t'en fiches ?

Stride regardait devant lui. Les premières gouttes de pluie s'écrasèrent sur le pare-brise.

— Oui, en fait. Je crois que je m'en fiche.

Le temps que Stride dépose Serena à l'hôtel de ville et rejoigne la route qui montait vers le parking de l'école, ses essuie-glaces grinçaient, épuisés par les trombes d'eau. Penché sur le volant, Stride plissait les yeux pour tenter d'apercevoir la chaussée dans le faisceau de ses phares. Quelque part dans le ciel d'été, le soleil était encore haut, mais à cause des nuages noirs on aurait aussi bien pu être au milieu de la nuit.

Stride traversa le parking de bout en bout avant de repérer la Lexus de Dan Erickson, garée à l'écart. Il fit le tour et s'arrêta à côté d'elle. La Lexus bleu marine avait des vitres teintées. Dan avait laissé ses phares allumés, et son moteur tournait.

La pluie martelait le 4 × 4 de Stride. Dès qu'il ouvrit la portière, il fut trempé, les gouttes lui agressant l'épiderme comme autant de piqûres d'épingle. Il claqua sa portière et tira un coup sec sur celle de la Lexus, côté passager. Elle était verrouillée. Stride frappa à la vitre. Il entendit un déclic, se dépêcha d'entrer dans la voiture.

— Moi aussi, je suis content de vous voir, Dan, marmonna-t-il en secouant ses manches, projetant des gouttes d'eau un peu partout dans la Lexus.

— Attention aux sièges, c'est du cuir, fit Dan en grimaçant.

L'intérieur sentait l'odeur de la femme de Dan – l'odeur du fric, en fait. Stride savait que la Lexus et tout le reste appartenaient à Lauren. Mais Dan n'avait aucun mal à afficher les signes extérieurs de la richesse. Sa main gauche s'ornait d'une grosse alliance avec un rubis et son poignet d'une Rolex en or. Son costume bleu marine, apparemment coupé sur mesure, n'avait pas le moindre faux pli.

Une station de radio locale était audible à l'arrière-plan. Dan éteignit l'autoradio. Ils restèrent silencieux pendant un moment. La pluie martelait le toit.

— Ce n'est pas encore aux actualités, dit Dan. Faisons en sorte que ça continue comme ça.

Stride secoua la tête.

— Impossible. La nouvelle va faire du bruit, et vous le savez. Au mieux, on peut espérer la garder sous le boisseau pendant deux ou trois jours, mais ça me semble déjà exagérément optimiste. Il suffit d'une fuite…

— Qui est au courant ?

— Les flics de Vegas, et plusieurs personnes du service, ici, à Duluth. Plus Emily et son mari, Dayton Tenby.

— Vous auriez dû m'en parler avant de les en informer.

— Bon Dieu, Dan ! protesta Stride. C'est la mère de Rachel, tout de même !

Dan soupira.

— Dites-moi exactement ce qui s'est passé.

Stride lui raconta la découverte du cadavre de Rachel dans le désert de Las Vegas, et le lien probable entre Duluth et le meurtre.

— Mais nous ne savons pas encore ce qui est arrivé à Vegas. Nous ne savons pas non plus ce qui s'est vraiment passé lors de sa disparition, la première fois. Ce qui est évident, c'est que Stoner ne l'a pas tuée.

— Vous avez des pistes ?

— Pas encore. Nous épluchons le dossier de la première enquête, et nous allons essayer de retrouver les personnes qui étaient impliquées à l'époque.

Dan fronça les sourcils.

— Plus vous parlerez aux gens, plus il y a de chances que ça se sache.

— Je le sais bien. Mais il ne s'agit pas seulement d'histoire ancienne. C'est une enquête criminelle en cours. Quelqu'un a tué Rachel il y a moins d'une semaine, et nous sommes plusieurs à vouloir savoir qui a fait ça. La seule raison qui m'empêche d'organiser une conférence de presse, c'est que je veux profiter de l'effet de surprise quand je parlerai aux gens.

— Génial ! fit Dan. Vraiment génial. Les républicains vont adorer ça.

— Je vous fais confiance, Dan. Vous trouverez un moyen de vous en sortir.

Dan lui jeta un regard aigu.

— Vous vous foutez de moi ? Écoutez, Stride, je vais faire porter le chapeau aux flics, pour l'échec de l'enquête initiale.

Serena, quinze à rien.

— Nous avons commis des erreurs, c'est évident, admit Stride. Mais c'est vous qui avez décidé d'aller au tribunal sans disposer d'un cadavre.

— C'est vous qui m'avez dit que Stoner avait fait le coup. Il était coupable.

— C'est ce que je croyais. Mais nos preuves étaient faibles. Je vous l'ai dit dès le premier jour.

Dan secoua la tête.

— Nous n'allons pas déballer notre linge sale en public. J'attends que vous assumiez l'entière responsabilité. C'est clair ? Je veux que vous disiez au monde entier que la police a déconné depuis le début. J'ai agi de bonne foi, en me basant sur des informations erronées fournies par la police. Vous aviez déjà laissé courir un assassin. Le type qui a tué Kerry McGrath. Et vous aviez si désespérément envie de trouver une explication à la disparition de Rachel que vous avez pris des raccourcis…

Tout n'était pas faux dans le raisonnement de Dan. Stride pouvait difficilement nier son désir quasi obsessionnel de retrouver Rachel et de livrer son assassin à la justice. Il avait peut-être sacrifié une partie de son objectivité parce qu'il s'était convaincu que Stoner était coupable.

Mais c'était Dan qui avait décidé personnellement de plaider dans un procès pour meurtre, sans cadavre, en dépit des risques.

— J'assumerai ma part de responsabilité. Ce sera tout, Dan ?

— Pour le moment, oui.

— Ça ressemble à un ultimatum.

Dan haussa les épaules.

— Prenez-le comme vous voulez. Mais je vous garantis que si vous essayez de vous dérober, il y aura des conséquences. Je ne laisserai pas le choix à 2K.

— Eh bien, je crois que je vais devoir y réfléchir. Vous avez d'autres conseils à me donner, Dan ?

Dan garda le silence.

Stride ouvrit la portière et sortit. Il ne la referma pas tout de suite. La pluie s'engouffra dans la Lexus, trempant le siège du passager et mouillant le costume de Dan.

Il finit par claquer la portière et attendit, debout sous la pluie, tandis que Dan filait à toute allure.

41

Serena était seule dans la salle de conférences, au sous-sol de l'hôtel de ville. Elle passait en revue une montagne de documents jaunissants, et les yeux lui brûlaient. Une page après l'autre, le dossier de l'enquête lui racontait l'histoire de la disparition de Rachel. La jeune fille devenait peu à peu réelle à ses yeux, comme toujours. Mais cette fois elle avait l'impression de se regarder dans un miroir, tant Rachel lui ressemblait, jusqu'aux cheveux noirs et aux yeux verts. Elle aurait pu être sa sœur jumelle.

Ce qui lui fit penser à sa mère. « C'est ma petite jumelle maléfique », répétait-elle quand Serena était enfant, tant leurs physiques étaient proches.

C'était sa mère qui était maléfique. Elle avait vendu son âme au diable pour quelques grammes de poudre blanche. Et sa petite fille, aussi.

Elle comprenait la haine qui habitait le cœur de Rachel. Elle n'avait pas eu besoin de beaucoup avancer dans sa lecture pour savoir quel genre d'homme était Graeme, et à quelle sorte de jeux ils jouaient tous les deux. Elle aurait pu être à sa place. Elle avait ressenti le même désir étouffant de vengeance. La seule différence étant qu'elle s'était échappée, même si elle savait au fond d'elle-même combien il s'en était fallu de peu.

Serena regarda sa montre. Elle se sentait seule, égarée. Ressasser ses souvenirs lui faisait cet effet-là. Ça lui donnait aussi envie de boire un verre, ce qui était dangereux. Il était plus de dix-huit heures. Maggie était sortie sous la pluie, une demi-heure plus tôt, pour leur chercher à manger. Stride semblait avoir disparu. Il avait appelé en début d'après-midi pour leur dire qu'il se trouvait sur les lieux d'un hold-up de l'autre côté de la ville, en train de jouer les hommes à tout faire pour les Feds.

Elle voulait qu'il revienne, et en même temps elle avait envie qu'il reste loin d'elle.

Ce qui n'empêcha pas son cœur de battre à se rompre quand elle entendit des pas dans le couloir. Elle fit un effort pour avoir l'air calme et indifférente. Ce qui n'était pas le cas.

Ce n'était pas Stride. Maggie entra en coup de vent dans la salle de conférences. Son imperméable était trempé, et elle tenait une boîte de pizza dans une main et deux litres de Coca light dans l'autre.

— Livraison spéciale ! fit la petite détective chinoise en souriant. Et il y a de la saucisse, alors ne me parle pas de pizza végétarienne ou d'un de ces autres trucs que vous mangez, là-bas dans l'Ouest !

Serena se mit à rire et ouvrit la boîte. Des odeurs de mozzarella et de porc séché se répandirent dans la pièce. Maggie remplit de soda deux gobelets en plastique et prit une tranche de pizza. Elle pencha sa chaise en arrière jusqu'à ce que le dossier s'appuie contre le mur. Ses pieds se balançaient au-dessus du sol.

— Tu as résolu l'affaire ? demanda-t-elle.

— Je crois toujours que Graeme a fait le coup, répondit Serena en souriant.

— Ouais, c'était nettement plus facile comme ça. Des nouvelles de Stride ? Guppo a appelé, il m'a dit que le chef était sur le chemin du retour.

— Non, rien de Jonny.

Serena attrapa un morceau de pizza et le reposa sans y toucher.

Maggie but une longue gorgée de Coca.

— Ça va ?

— Oui, bien sûr, pourquoi ?

Maggie tira sur sa paupière.

— Regard dans le vague. Larmes. Qu'est-ce qui se passe ?

— Oh, ça... Ce n'est rien. Je pensais aux mauvais jours. Quelque chose me chiffonne, dans cette affaire.

— Ça nous arrive à tous, à un moment ou à un autre.

— Même à une dure à cuire comme toi ?

— Moi, non, je suis un roc, dit Maggie. Allez, goûte cette pizza, elle est délicieuse.

Serena reprit sa part de pizza et en avala une bouchée en hésitant. Elle s'aperçut qu'elle avait faim. Elle mangea une autre part, qu'elle fit passer avec un peu de soda, rota bruyamment et se mit à pouffer de rire de manière incontrôlable.

— Bravo, dit Maggie, impassible. Tu fais ça à la demande ?

Serena se remit à rire, au point qu'elle eut l'impression que le Coca allait lui ressortir par le nez. Maggie se lâcha à son tour, et les deux femmes rirent comme des folles pendant un bon moment, jusqu'à en perdre le souffle. Serena était en sueur. Elle s'essuya le front et se moucha dans une serviette en papier.

— Tu es trop marrante !

— Merci, fit Maggie dans sa plus belle imitation d'Elvis. Merci beaucoup.

Serena repoussa les cheveux de son visage. Elle ferma les yeux, appuya elle aussi sa chaise contre le mur.

— Dis-moi une chose… commença Maggie.

— Bien sûr, répondit Serena.

Elle était plus calme maintenant, elle avait baissé sa garde.

— C'était de la vraie fumée qui vous sortait des oreilles, à Stride et toi, à l'aéroport ?

La chaise de Serena heurta le sol avec un bruit retentissant. Elle ouvrit les yeux. Maggie la regardait avec un grand sourire.

— Quoi ?

— Oh, ne fais pas l'innocente, ma petite. Tu sais très bien qu'il te veut. Même s'il voulait le cacher, il en serait incapable. Et j'ai l'impression que c'est réciproque.

— Maggie, il est marié ! Et on se connaît à peine…

Maggie prit un autre morceau de pizza.

— Appelle ça un mariage si tu veux, mais il y a longtemps que c'est fini, mort et enterré. Dieu merci. Et ne t'inquiète pas pour le temps, chérie. Est-ce qu'il y a un délai raisonnable ? Une semaine ? Un mois ? Moi, il m'a fallu une journée pour tomber amoureuse de Stride.

— Toi ? !

— Eh oui, fit Maggie. Je l'ai eu dans la peau pendant des années.

— Comment ça s'est passé ?

— Il ne s'est rien passé du tout. Il filait le grand amour, à l'époque. Quand elle est morte, j'ai tenté ma chance. Mais nous étions faits pour rester amis, pas pour être amants. Par bonheur, j'ai fini par rencontrer Eric, et il a fini par accepter toutes mes vannes, même les plus cyniques, le salaud. Je crois que Stride en a été un peu jaloux, d'ailleurs, ce qui n'était pas une mince revanche…

Serena eut un petit sourire.

— Bon, j'avoue qu'il m'attire un peu.

— Alors vas-y.

— Ouais, c'est ça. Pas si simple. Ce n'est pas pour rien qu'on m'appelle Barbelé, à Vegas. J'ai quelques cadavres dans mon placard. Des grands, et des pas beaux.

— Ce n'est pas ça qui lui fera peur, dit Maggie.

— Tu m'as bien regardée ?

— Tu as envie de coucher avec lui ?

— Bien sûr. Mais je ne le ferai pas.

— Je croyais que tout le monde avait une vie sexuelle du tonnerre, à Vegas ?

— Oh, j'ai une vie sexuelle très riche, dit Serena. Le problème c'est que je fais ça toute seule, en général.

— Hé, du moment que ça marche ! répondit Maggie en riant. Mais je peux témoigner que si tu trouves le type qu'il te faut, rien ne peut remplacer ça.

Serena se frotta les joues. Elle n'était pas convaincue.

— On se connaît à peine, répéta-t-elle.

— Raconte ce que tu veux, ma chérie, fit Maggie en soupirant. Mais il y a quelque chose qui me fiche en rogne : j'ai essayé de l'allumer pendant des années, et toi, tu n'as rien eu d'autre à faire que de débarquer de ce foutu avion. Tes seins ne sont pas si formidables que ça, pourtant.

— Et comment, qu'ils le sont ! rétorqua Serena.

De retour à l'hôtel de ville, Stride ne savait trop que penser de la complicité qui régnait dans la salle de conférences, mais il était clair que Maggie et Serena étaient devenues pendant l'après-midi les meilleures amies du monde. Il disposa son veston mouillé sur le dossier d'une chaise. Avec un gémissement de fatigue, il s'assit et posa les pieds sur la table déjà bien éraflée.

— Les gars du FBI… dit-il. De Foutus Branleurs Impudents, oui !

— Ça suffit pour avoir envie de bronzer sous les rayons de leur lumineuse aura, répliqua Maggie.

— Je suis content que tu le voies comme ça. J'ai prévenu 2K que la prochaine fois il pourrait te charger de dorloter les Feds.

— Merci bien, dit Maggie.

— Qu'est-ce qui s'est passé, avec Dan Erickson ? demanda Serena.

Stride leur résuma les menaces de Dan.

— Je te l'avais bien dit, que c'était un fils de pute, fit Maggie.

— Et tu avais raison. Maggie et Dan ont eu une brève liaison il y a quelques années, poursuivit-il à l'intention de Serena. Ça a très mal fini. Quelque chose comme un incendie dans la maison de Dan.

— C'est très exagéré, dit Maggie. Il s'agissait simplement d'un trou de cigarette dans un manteau Burberry's.

— Oui, sauf que tu ne fumes pas, lui rappela Stride.

— Je vous adore, tous les deux, intervint Serena.

— Vous avez fait des progrès pendant mon absence ? demanda Stride.

— Oui, mais dans une tout autre affaire, dit Maggie avec un clin d'œil à Serena.

Celle-ci lui jeta un regard consterné qui n'échappa pas à Stride. Elle rougit, prit un dossier qu'elle se mit à lire ostensiblement. Stride remarqua qu'elle tenait le dossier à l'envers.

— Quelle affaire ? questionna Stride.

— Un cas insoluble, en fait. L'esprit tordu de Jonathan Stride.

— Vous facturez à l'heure ? fit Stride en souriant.

— Tu ne pourrais pas te le permettre.

— Tant mieux. Cela dit, est-ce que vous avez travaillé un peu pendant que je servais le café aux Feds ?

Serena reposa le dossier sur la table. Elle avait retrouvé son calme.

— Rien qui nous rapproche de la solution. Mais au moins je connais l'enquête, maintenant.

— Parfait, alors revenons à la disparition de Rachel. Je parie que si nous savions ce qui s'est vraiment passé à l'époque, nous saurions pourquoi elle a été assassinée.

— Sauf que nous avions tout faux, il y a trois ans, observa Maggie.

— Oui, mais nous savons quelque chose que nous ignorions, remarqua Serena.

— Oui ?

— Nous savons que Rachel n'était pas morte.

Stride acquiesça. Il se servit une tasse de café tiède. Un climatiseur fit entendre son ronronnement, et un courant d'air frais lui caressa le crâne.

— C'est vrai. Bien. Que savons-nous d'autre ?

— Nous savons que Rachel était à la grange, ce soir-là, dit Maggie.

— Est-ce qu'on en est sûrs ? demanda Serena. Les indices n'ont pas pu être déposés là par quelqu'un d'autre ?

— Tu crois qu'un mystérieux étranger est passé avec un compte-gouttes pour déposer du sang ? fit Maggie. Non, Rachel y était. Et elle est allée à l'arrière de la fourgonnette de Graeme. Les fibres de son pull-over correspondent à celles qu'on a trouvées.

— Et elle n'était pas seule, rappela Stride. N'oubliez pas que nous avons les traces de pas de Graeme, à la grange. Rappelez-vous les chaussures qu'il avait achetées, et qu'il n'a jamais pu produire au tribunal. Selon moi, tout ça prouve qu'ils étaient là tous les deux. Quoi qu'il se soit passé entre eux, c'était suffisant pour effrayer Rachel et la faire fuir…

Stride fit part à Serena de sa théorie de rechange sur ce qui s'était passé entre Rachel et Graeme à la grange ce soir-là, et la manière dont Rachel aurait reçu l'aide d'un ami pour s'enfuir.

Serena hocha la tête pensivement, les yeux au plafond. Elle repoussa les cheveux qui lui tombaient sur les yeux.

— Pas mal… Mais personne ne connaît le mobile qui aurait poussé quelqu'un de Duluth à la tuer trois ans plus tard…

— Sauf Dan, fit Maggie avec un sourire entendu.

— Si Rachel s'est enfuie, qui l'a aidée ? demanda Serena. Dayton ? J'ai toujours du mal à l'imaginer en train d'arpenter le Strip pour retrouver la pauvre petite Rachel perdue…

Stride secoua la tête.

— Non. Le vendredi soir, Dayton et Emily couchaient ensemble à Minneapolis.

— Sauf si Rachel a appelé sa mère, dit Serena.

— Emily est la dernière personne au monde que Rachel aurait appelée.

— Ce qui nous ramène à Sally. Nous savons qu'elle a vu Rachel le soir où elle a disparu. Depuis le début, elle a menti à ce sujet. Et elle n'aurait pas été heureuse du tout que Rachel revienne à Duluth après toutes ces années, pour dire bonjour à Kevin…

Stride sortit son téléphone portable.

— Sally et Kevin louent un appartement près de l'université. Je leur ai téléphoné tout à l'heure, mais je n'ai pas eu de réponse…

Il composa le numéro. Cinq sonneries plus tard, il allait raccrocher, lorsqu'une voix féminine répondit.

— Allô ? Sally… ? Vous savez où elle est ?… Je suis un ami. Il faut que je lui parle au plus vite.

Il attendit la réponse, raccrocha après un bref au revoir.

— Kevin et Sally doivent rentrer dans la soirée. C'était la voisine, elle s'occupe de leur chat. Ils sont partis depuis deux semaines. Ils participaient à un rallye. Au Grand Canyon.

— Eh bien… dit Maggie.

— Sur l'Interstate 40, ajouta Serena. À quatre heures de Vegas.

42

Cordy savourait les regards envieux que Lavender et lui s'attiraient dans le hall du Bellagio, sous les fleurs de verre géantes et multicolores du plafond. Ils formaient un couple branché et séduisant, qui collait parfaitement à ce décor très chic. Cordy portait une chemise de soie noire sans col, une chaîne en or et un costume de lin brun clair au pli impeccable. Ses chaussures étincelaient, un soupçon de parfum émanait de ses cheveux gominés. Lavender arborait quant à elle une combinaison rouge collante, dans laquelle s'ouvraient des ovales astucieusement découpés pour révéler de larges surfaces de peau noire – et confirmer aux voyeurs qu'elle ne portait aucun sous-vêtement. Si elle avait été totalement nue, elle n'aurait pas davantage attiré l'attention.

Ils entrèrent dans l'élégant restaurant japonais du Bellagio. À travers l'épais nuage de fumée de cigarette, Cordy vit une dizaine d'hommes d'affaires asiatiques poser les yeux sur Lavender. Elle flirta avec eux en s'installant, leur rendant leurs regards avec assurance.

— Quel effet ça te fait ? lui demanda-t-il.

Inutile de préciser. Lavender comprit de quoi il parlait. L'attention. Les regards.

— J'adore ça, dit Lavender.

Dans un sourire entendu, elle ajouta, d'une voix rauque, avec un soupçon d'accent voyou :

— Je suis la reine, chéri. J'ai le pouvoir.

Elle passa sa langue sur ses lèvres charnues, et Cordy sentit que son pied déchaussé lui caressait la cheville sous la table. Le serveur s'approcha d'eux – un Japonais sec et impassible dans un smoking empesé –, et elle commanda des mets qu'il ne connaissait pas : *ika, maguro, uni*.

— Qu'est-ce que nous avons commandé ? demanda-t-il après le départ du serveur.

— Voyons… Thon. Sébaste. Calamars. Oursins. Ce genre de choses.

— Des oursins ? Je vais vomir.

— Fais-moi confiance, dit Lavender.

— Sans vouloir te vexer, Lav, pourquoi fais-tu ce métier ? Merde, poursuivit-il en désignant du pouce les hommes d'affaires orientaux qui les entouraient, tu pourrais vivre dans un palace avec n'importe lequel de ces types !

— Cordy, est-ce que mon boulot te pose un problème ? Si c'est le cas, dis-le-moi, d'accord ? Ne me fais pas perdre mon temps.

— Non, non, protesta Cordy.

Lavender pointa un doigt vers lui.

— Tu penses à tous ces pauvres types qui viennent baver dans les clubs, tous les soirs ? Je contrôle la situation. Ils me vénèrent. Il n'y a rien de mal à ça. Tu me demandes pourquoi je fais ça. Simple. Pour le fric. F-R-I-C. Le fric !

— Excuse-moi, fit Cordy.

— Pas de quoi. Tout le monde me pose la question. Mais il va falloir t'y habituer, chéri, sans quoi la soirée va faire long feu.

Le serveur leur apporta un plateau laqué noir sur lequel étaient élégamment disposés des rouleaux tachetés d'or et de fines lamelles de poisson, chacune maintenue par un petit ruban d'algue noire dans une bouchée de riz aggloméré. Cordy découvrit qu'il adorait les sushis – surtout lorsque Lavender prenait les morceaux en équilibre sur ses baguettes pour les lui faire avaler. Elle-même en mangeait de belles quantités qu'elle engloutissait en souriant. Il ne se rappelait pas qu'un simple repas l'ait jamais excité à ce point.

Quand ils eurent fini, Lavender commanda du saké, et Cordy fut surpris de découvrir que c'était à la fois chaud et enivrant, vu la faible contenance des verres et la douceur du breuvage. Ils en burent deux petits flacons, puis Cordy demanda l'addition, qu'il paya en refrénant une légère grimace.

Ils sortirent du restaurant. Cordy vit avec un immense plaisir qu'ils se tenaient la main. Les hanches de Lavender se balançaient contre lui tandis qu'ils traversaient le casino d'un pas nonchalant. Elle lui gratta la paume, et Cordy se rendit compte que ce léger contact l'excitait. Les autres clients les suivaient toujours du regard.

— Comment se fait-il que tu ne sortes pas avec ta partenaire sexy ? demanda Lavender.

– Serena ? Oh, c'est une amie, rien de plus. Pas mon genre.

Lavender lui donna un coup au côté.

— Ouais, sûr. Elle a peut-être quelques années de plus que toi, mais elle a de l'allure. Tu ne lui as jamais fait du plat ?

Cordy haussa les épaules.

— Elle m'a remis à ma place dès le premier jour. Pas question de rigoler. Et je la connaissais déjà de réputation. Les types qui essaient de sortir avec elle, elle leur coupe les couilles. Elle se protège avec du fil de fer barbelé.

— Pourquoi donc ?

Cordy secoua la tête.

— Elle ne m'a pas tout dit.

La main de Cordy descendit le long de son dos, s'arrêta à la cambrure des reins. Il la caressa à travers un des orifices de sa tenue.

— Alors tu veux bien jouer un petit moment ?

— Tu parles de jeux de hasard ou de baiser ?

— Ce n'est pas la même chose ? Dans les deux cas, j'en sors rincé.

Lavender éclata de rire.

— Je t'adore, chéri. Ouais, je t'adore.

— Je t'adore aussi. Écoute, j'ai dans mon portefeuille un billet de cinq cents dollars. Laisse-moi jouer jusqu'à ce que j'aie tout perdu ou que j'aie doublé la mise, et puis on ira chez toi.

Lavender se pencha, posa les lèvres sur les siennes et l'embrassa avec fougue.

— Alors dépêche-toi.

Cordy l'emmena vers le coin des machines à mise élevée. D'habitude il jouait au black jack à cinq dollars au Sam's Town. Mais ce soir-là il n'avait pas envie de s'asseoir à une table et de se mettre au rythme du jeu. En outre, il sentait que ça pouvait le faire. Sa chance était au beau fixe, et il voulait se servir de Lavender comme d'une mascotte. Il choisit une machine de poker vidéo Triple Play, cinq dollars la main, ce qui voulait dire que la mise maximale par coup était de soixante-quinze dollars. Qu'il gagne ou qu'il perde, cela irait très vite, et il pourrait alors passer à la partie sérieuse du programme de la soirée.

Durant les dix minutes qui suivirent, son crédit monta de trois cents dollars, puis une série de mauvaises mains le fit plonger. Il afficha une suite sur deux des trois mains suivantes, ce qui lui permit de remonter sérieusement la pente. Mais il n'avait pas encore doublé sa mise de départ. Il sentit que la fièvre le reprenait, la seule chose qui l'empêchait de s'abandonner totalement au jeu étant la sensation induite par les doigts de Lavender rampant lentement mais sûrement vers son entrejambe. Entre les bips de la machine et l'inconfort dû à son érection, son esprit avait tendance à perdre le fil.

C'est tout juste s'il entendit Lavender lui demander :

— Alors, ta copine sexy et toi, vous avez découvert ce qui est arrivé à Christi ?

— Bon Dieu !

Il avait une paire d'as. Le troisième ne daigna pas se montrer.

— Quoi ?

— Christi. La fille assassinée. Vous avez trouvé qui a fait le coup ?

Cordy regarda soixante-quinze dollars disparaître avec la nouvelle donne.

— Hein ? Non, pas encore. Serena est dans le Minnesota.

— Le Minnesota ?

— Ouais. La fille, Christi, elle venait de je ne sais où, dans le nord du Minnesota. Il semble que quelqu'un de là-bas soit venu lui rendre visite.

Cordy misa le maximum, une fois de plus, et retint son souffle. Il leva le poing en signe de victoire, en voyant quatre piques apparaître dans la donne de départ. Une quinte flush ?

— Allons, *mama* ! Donne-moi encore un pique !

Lavender ne regardait pas l'écran. Son doigt se glissa entre les jambes de Cordy, caressa son sexe en érection.

— C'est moi qui te fais cet effet, ou le jeu ?

Cordy ne répondit pas. Le neuf de cœur s'afficha.

— Merde !

Lavender soupira et retira machinalement sa main. Elle contempla ses ongles peints.

— Je sais pourquoi je ne joue jamais…

— Hein ? fit distraitement Cordy.

— Rien. Je suis étonnée que l'assassin de Christi soit venu d'ailleurs. J'aurais parié que c'était son épouvantable petit ami qui…

— Oui ! s'écria Cordy.

La machine venait de lui servir trois rois.

— Allez… Le carré ! Le carré !

Ses doigts voltigèrent sur le bouton, qu'il enfonça avec une prière silencieuse. Les cartes défilèrent : trois, as, sept, neuf, dame, roi…

— *Oui !* hurla-t-il en voyant un roi compléter son jeu. *Ouiiiii !*

Il saisit Lavender, la serra dans ses bras et lui donna un long, un interminable baiser qu'elle lui rendit avec enthousiasme. Quand il pensa à se dégager, il constata qu'il avait doublé sa mise. Plus de cinq cents dollars !

Cordy encaissa son dû, savourant le cliquetis des jetons de cinq dollars qui dégringolaient dans la corbeille. Il en remplit deux seaux en plastique qu'il posa l'un sur l'autre avant de chercher du regard le guichet de change le plus proche. Les seaux sous un bras, Lavender pendue à l'autre, il traversa le casino en se pavanant comme si le monde lui appartenait. Au guichet, il tendit les seaux à l'employée qui entassa les billets dans la compteuse. Il se passa la langue sur les lèvres lorsqu'un chiffre s'afficha. Un peu plus de mille dollars.

C'est alors que sa pensée rattrapa le tourbillon qui se formait dans sa tête. Cordy sentit son sang se figer. Il se tourna vers Lavender, ahuri, tous ses rêves de sexe et d'argent oubliés.

— Son petit ami ? !

43

Stride et Serena étaient assis dans le noir, dans le 4 × 4 de Stride garé sous un réverbère éteint, devant l'appartement de Kevin et Sally. Ils avaient ouvert les vitres et le vent frais du soir, encore chargé des dernières gouttes de pluie, les caressait doucement. Ils étaient en planque devant l'immeuble depuis une heure. Stride savait qu'ils auraient pu attendre le lendemain matin pour les interroger, mais il voulait bénéficier de l'effet de surprise, avant que Kevin et Sally aient le temps de préparer leurs réponses.

Cela lui donnait également une bonne raison pour ne pas rentrer chez lui – le dernier endroit où il avait envie d'être. C'était l'horrible vérité. Il était terriblement attiré par Serena, et c'était avec elle qu'il avait envie d'être. Pas avec Andrea. Pas avec sa propre femme.

Serena n'était qu'une silhouette, à côté de lui, mais il savait qu'elle avait conscience de son regard. Que ses sentiments étaient transparents. Qu'il les criait silencieusement.

— Parle-moi de Phoenix, lui demanda-t-il. De ton passé.

— Je n'aime pas en parler.

— Je sais. Mais parle-m'en tout de même.

— Et en quoi mon passé t'intéresserait-il ? Tu ne me connais pas.

— Justement. J'ai envie de te connaître.

Serena ne répondit pas. Il entendait son souffle, rapide et nerveux.

— Qu'est-ce que tu veux, Jonny ? Coucher avec moi ?

Stride ne sut quoi dire.

— Est-ce que je dois vraiment répondre à ça ? fit-il enfin. Si je dis non, tu sauras parfaitement que je mens. Si je dis oui, je serai comme tous ces flics en quête d'une aventure…

— Tu ne serais pas le premier.

— Je le sais bien. Et tout ce que je peux dire, c'est ceci : je sais où je devrais être. Chez moi. Pas ici avec toi. Ça ne me ressemble pas, je ne suis pas comme ça. Et pourtant je suis là.

— Dis-moi une chose, fit Serena en se tournant vers lui, dans le noir. Maggie m'a affirmé que ton mariage était fini. Qu'il l'était déjà il y a trois ans. C'est vrai ?

Il en avait assez de faire semblant.

— C'est vrai.

— Ne me mens pas, Jonny. Je ne veux pas servir de passade, tu comprends ? Tu ignores à quel point il est rare que je parle à un homme comme je le fais avec toi. Surtout à un homme que je connais à peine.

— Je crois que je le sais. Et je ne te mens pas.

— Dis-moi pourquoi. Pourquoi ton mariage est fichu.

Il s'efforça de trouver les mots justes :

— Eh bien… nous avons tous les deux des fantômes dans nos greniers. Son premier mari est parti. Je n'ai pas été capable de combler le vide.

— Et toi ? Comment s'appelle ton fantôme ?

— Cindy, fit Stride en souriant.

— Elle t'a brisé le cœur ?

Le temps avait passé. Cindy était une douleur sourde au fond de son cœur. Elle n'était plus la plaie ouverte qu'elle avait été si longtemps. Il raconta à Serena comment il l'avait perdue. La tragédie lui semblait lointaine, désormais, comme si c'était arrivé à quelqu'un d'autre. Serena l'écouta sans rien dire, puis elle lui tendit la main et leurs doigts s'entrelacèrent.

Pendant quelques instants, le silence s'installa. Le 4 × 4 était une bulle, un univers à lui tout seul.

— Tu veux vraiment entendre mon histoire ? demanda Serena.

— Oui.

Il sentit qu'elle luttait contre l'angoisse et la méfiance. Elle se décida :

— J'avais quinze ans, à Phoenix, quand ma mère a commencé à se droguer. Elle est devenue accro. Tout notre argent y est passé. Nous avons perdu notre maison. Mon père est parti. Il m'a abandonnée.

Elle parlait d'une voix monocorde – ce qui ne lui ressemblait pas du tout –, comme si elle avait vidé son discours de toute émotion. Stride sentit que quelque chose d'essentiel passait entre eux. Elle l'invitait dans un monde dont l'accès, jusqu'alors, était interdit.

— Nous nous sommes installées chez son dealer. Disons que je faisais partie du marché que ma mère avait passé avec lui pour payer sa drogue. Il faisait de moi ce qu'il voulait. Ma mère regardait, défoncée à mort.

Stride bouillonnait. Une rage folle palpitait derrière ses tempes. Et aussi le désir irrépressible de la protéger.

— Je suis tombée enceinte, poursuivit Serena. J'ai avorté, toute seule, dans une clinique. Et je ne suis jamais retournée chez moi. Si j'y étais retournée, je crois que je les aurais tués, tous les deux. C'est vrai : j'ai beaucoup réfléchi à la manière dont je m'y prendrais pour les tuer. Mais je n'allais pas sacrifier ma vie à cause de ce qu'ils m'avaient fait. Alors j'ai suivi une de mes amies. Nous avons pris le car de Las Vegas. Seize ans, toute seule sur le Strip. J'ai trouvé des boulots nuls dans des casinos. J'ai pris des cours du soir. Je suis entrée dans la police.

— Avec une telle histoire, beaucoup de filles auraient fini par se faire tuer.

— Je sais. Comme Rachel.

— Tu es incroyable, lui dit-il.

Serena secoua la tête.

— Oh, je ne suis pas un ange. Je peux me conduire comme une garce. C'est ce que disent la plupart des hommes. J'ai passé la plus grande partie de ma vie à les repousser.

— Pourquoi tu ne me repousses pas, alors ? Ou bien est-ce ce que tu essaies de faire ?

— C'est exactement ça, Jonny. Pour ton bien.

Il ne répondit pas. Quelqu'un fit de la lumière dans l'appartement le plus proche, jetant une vague lueur sur leurs visages. Il regarda sa bouche pâle. Consciente de son désir, elle écarta légèrement les lèvres. Hésitante, elle se pencha vers lui, ses cheveux retombant en avant.

La lumière s'éteignit, aussi brusquement qu'elle était apparue. De nouveau invisibles l'un pour l'autre, ils s'embrassèrent. Puis Serena s'éloigna, et ils restèrent silencieux pendant l'heure qui suivit. Ils n'avaient plus besoin de parler.

Vers minuit, une Malibu rouge s'arrêta devant l'immeuble.

Ils regardèrent Kevin et Sally soulever leurs sacs à dos et monter lourdement les marches de l'immeuble. Dès qu'ils furent à l'intérieur, Stride toucha légèrement l'épaule de Serena et ils se mirent en marche.

Stride frappa à la porte de l'appartement du deuxième. Kevin répondit immédiatement. Il avait les yeux rouges. Il considéra son visiteur d'un air soupçonneux. Dès qu'il reconnut Stride, il sut pourquoi il était là.

— C'est Rachel, hein ?

Stride acquiesça.

— Désolé de te surprendre de cette façon, Kevin. Oui, il s'agit de Rachel. Nous avons retrouvé son corps.

Kevin s'appuya contre la porte, les yeux pleins de larmes. Il avait mûri. C'était un beau jeune homme, maintenant, bronzé, aux cheveux blonds ondulés.

Ils entrèrent dans l'appartement. Stride lui présenta Serena, sans préciser qu'elle venait de Las Vegas. Il jeta un rapide coup d'œil sur le mobilier, sans doute acheté dans des brocantes. Il vit tout de suite qu'il manquait quelque chose.

Les sacs à dos n'étaient pas là.

— Où est Sally ? demanda-t-il.

Kevin lui lança un regard sans expression.

— Comment ? Oh… elle doit être en train de lancer la machine à laver…

— Le linge ! s'écria Serena.

Elle fit demi-tour et sortit de l'appartement, Stride sur ses talons. Kevin était resté devant la porte. Ils trouvèrent l'escalier menant au sous-sol, descendirent quatre à quatre et débouchèrent dans un couloir sombre. On entendait le ronronnement d'un moteur. Stride s'immobilisa et tendit l'oreille. C'était le halètement familier d'une machine à laver, au bout du couloir.

Ils firent irruption dans la buanderie.

Sally était assise en lotus sur un canapé râpé. Elle lisait un exemplaire du magazine *People*. Quand la porte s'ouvrit à la volée et vint heurter le mur, elle leur jeta un regard à la fois surpris et apeuré.

Stride vit les deux sacs à dos par terre, vides, et deux machines à laver en train de faire disparaître d'éventuelles preuves. Il jura doucement, éteignit les machines.

— Vous pouvez me dire ce qui se passe ? fit Sally d'une voix tremblante.

Stride l'examina. Elle avait perdu du poids, et cela lui allait bien. Elle portait un pull sans manches rose et un short blanc. Une sandale se balançait au bout de son pied gauche. L'autre se trouvait sur le lino jaunissant, devant le canapé.

— Tu me reconnais ? fit Stride.

Sally le regarda attentivement, puis se détendit.

— Oui, je vous reconnais. Mais j'aimerais quand même savoir ce qui se passe.

— Qui peut bien avoir l'idée de se mettre à la lessive en rentrant chez soi à minuit ? demanda Serena.

— Moi, répondit Sally. Je ne veux pas de linge sale puant dans mon appartement. Merci bien. Maintenant, si vous me disiez ce que vous voulez ?

— Rachel est morte, lâcha Stride sans préambule.

L'incompréhension se peignit sur le visage de Sally. C'était peut-être l'annonce même de la mort de Rachel, plus que leur irruption et cette phrase pour le moins incongrue, qui l'avait surprise. Ce qui signifierait qu'elle savait que Rachel était vivante, après sa disparition.

Mais cela voudrait dire également qu'elle ne l'avait pas tuée.

Tandis que Sally comprenait peu à peu, Stride vit autre chose. La jeune fille ne put réprimer un sourire. Le soulagement et la satisfaction s'affichèrent sur son visage.

— Où l'avez-vous retrouvée ?

— À Las Vegas. Voici Serena Dial, de la police de Vegas. Rachel a été assassinée, là-bas, le week-end dernier.

— Assassinée ?

— Exact, dit Serena. Comment était le Grand Canyon ?

Sally hocha la tête, lentement.

— Oh, j'ai pigé. Vous croyez que nous sommes allés à Vegas. Vous croyez que nous l'avons vue.

— C'est le cas ? demanda Stride.

— Comme si j'allais laisser Kevin approcher de Rachel ! répondit-elle d'un ton sec.

Elle regarda Serena, de haut en bas.

— En outre, je n'apprécie pas les jeux de hasard, ni rien de ce qui se passe dans cette ville. Nous n'y sommes pas allés.

— Elle dit la vérité, fit une voix masculine.

Kevin se trouvait à la porte de la buanderie. Il avait entendu leur discussion.

— J'ai du mal à croire que Rachel était vivante tout ce temps…

— C'est une drôle de coïncidence, dit Stride. Au moment où quelqu'un l'assassinait pour de bon, Sally et toi, vous vous trouviez à quelques heures de route de Las Vegas…

— Nous ne sommes pas allés à Las Vegas, répéta Sally.

— C'est vrai, renchérit Kevin.

Stride et Serena échangèrent un coup d'œil. Ils pensaient la même chose. Les deux jeunes gens disaient la vérité.

— Nous devons tout de même inspecter votre linge et votre voiture, fit Stride. Je suis désolé.

— Vous ne trouverez que de la poussière et des insectes, rétorqua Sally.

— Je vais partir du principe que vous dites la vérité. Mais nous devons découvrir s'il existe un lien entre le meurtre de Rachel et sa disparition, il y a trois ans. Ça signifie qu'il est plus important que jamais que nous sachions ce qui s'est vraiment passé à l'époque.

Sally, le visage soudain assombri, regarda ailleurs.

Stride sentit qu'il n'arriverait à rien tant que Kevin serait dans la pièce.

— Kevin, peux-tu nous laisser deux minutes avec Sally, s'il te plaît ?

Sally écarquilla les yeux. Elle ne voulait pas rester seule avec eux. Mais Kevin avait l'esprit ailleurs – il était de nouveau envoûté par le souvenir de Rachel. Il sortit de la buanderie d'un pas mécanique, sans un regard pour Sally.

Serena ferma la porte derrière lui. Stride s'adossa à un sèche-linge et contempla la jeune fille, toujours assise sur le canapé. Elle leur lança un regard furieux, croisa les bras avec un air de défi.

— Elle est morte, Sally, dit Stride. Tu n'as plus besoin de garder ses secrets.

Sally se rassit en lotus sur le canapé et ferma les yeux.

— C'est juste entre toi et moi, maintenant. Pas de juge, pas de jurés. Pas de Kevin, non plus.

— Je ne comprends pas ce que vous voulez dire…

— Bien sûr que si. Tu as menti au tribunal. Tu n'as jamais entendu Rachel et Graeme se disputer, le fameux soir. Tu as tout inventé. Mais peu importe maintenant, Sally. Personne ne t'accusera de t'être parjurée. Tu ne risques rien. Mais il faut que nous connaissions la vérité.

— Rachel est morte, et nous voulons savoir pourquoi, ajouta Serena.

Sally haussa les épaules.

— Vous avez toujours cru qu'elle était morte. Qu'est-ce qui a changé ?

— Sally, nous savons que tu étais chez elle ce soir-là. On t'a vue dans la rue.

— Et alors ? demanda-t-elle. Je suis passée, je ne l'ai pas vue, je suis rentrée chez moi. Point final.

— Si c'est vrai, pourquoi avoir prétendu que Rachel se disputait avec Graeme ?

Sally hésita. Puis :

— J'ai paniqué. Cet avocat essayait de donner l'impression que j'étais dans le coup, ce qui était complètement dingue. Et j'étais vraiment persuadée que Graeme était coupable. Merde, ils se disputaient sans arrêt, ce n'était pas un si gros mensonge…

— Le problème, c'est que tu mens encore, en ce moment, dit Serena. Je suis une femme, Sally. Ça ne prend pas.

Stride s'agenouilla près du canapé. Son visage se trouvait juste à hauteur du sien, à quelques centimètres à peine.

— Tu savais que Rachel était vivante.

— C'est ridicule, lâcha Sally.

Mais sa voix tremblait.

— Tu l'as aidée à s'enfuir…

— Non, ce n'est pas vrai !

— Alors dis-nous ce qui s'est passé, cette nuit-là, Sally.

Stride posa doucement la main sur son épaule.

— Écoute, je sais comment elle était. Je sais comment elle pouvait manipuler les gens.

Sally soutint son regard.

— Non, vous ne savez pas, murmura-t-elle.

Sous son manteau, Sally serrait les poings. Les coudes collés au corps, elle frappait du pied sur le trottoir, ce qui faisait tressauter ses cheveux bouclés. Elle ne pouvait penser à rien d'autre, elle ne voyait rien d'autre, indéfiniment, que Rachel et Kevin sur le pont.

Rachel en train d'embrasser Kevin.

La main de Rachel glissant vers la braguette de Kevin.

Et le pire de tout, le petit sourire entendu que Rachel lui adressa, quand elle tourna la tête pour s'assurer qu'elle était toujours là, en dessous, et qu'elle les regardait. Il ne lui suffisait pas de lui voler Kevin. Il fallait qu'elle l'humilie, en plus.

Elle ne pouvait pas rivaliser avec Rachel. Sa seule consolation, depuis toujours, c'était que Rachel n'avait jamais manifesté le moindre intérêt pour Kevin. Elle jouait avec lui. Elle le provoquait. Elle flirtait avec lui. C'était tout.

Jusqu'à ce soir.

De retour dans sa chambre, Sally avait laissé bouillonner sa fureur. Elle avait été incapable d'effacer cette image horrible de son esprit. Une partie d'elle la poussait à les envoyer se faire foutre tous les deux, en attendant que Kevin se rende compte combien il serait malheureux dans les bras de cette putain minable. Si c'était ce qu'il désirait, eh bien qu'elle le détruise ! Qu'elle lui montre ce que serait sa vie sous sa coupe !

Mais elle ne pouvait pas faire ça. Ce n'était pas la faute de Kevin. Il était impuissant, telle une mouche prise dans la toile de Rachel.

Elle allait s'expliquer avec Rachel, une fois pour toutes.

Alors elle était sortie sans faire de bruit par la fenêtre du rez-de-chaussée, avait descendu la rue en toute hâte, le corps tendu comme un ressort. Elle avait à peine remarqué les rues qui défilaient, le froid qui transformait en vapeur l'air qu'elle expirait. Elle passait mentalement en revue tout ce qu'elle lui dirait. Elle avait préparé un beau et grand discours, l'avait répété à voix basse, peaufinant les mots jusqu'à la perfection. Mais quand elle s'était retrouvée sur le trottoir devant chez Rachel, tout ce qu'elle avait si patiemment préparé s'effaça d'un coup de son esprit. Elle avait la langue gonflée et inutile, ses intestins se liquéfiaient.

Son courage s'évapora.

Elle resta là, clouée sur place.

Rachel était chez elle. Sally s'était dit qu'elle serait peut-être encore avec Kevin, et qu'elle devrait patienter. Ça aurait été plus facile. Lui tomber dessus au moment où elle descendait de voiture, alors qu'elle ne s'y attendait pas. Mais la voiture de Rachel était garée dans l'allée. Ce qu'elle devait faire maintenant, c'était aller jusqu'à la porte et appuyer sur la sonnette. Elle s'efforça de prendre son courage à deux mains, en imposant à sa mémoire l'image des deux silhouettes sur le pont. Rachel et Kevin. Le baiser. La drague. Le sourire.

La salope.

Il suffisait de sonner, Rachel répondrait. Sally se déchargerait de toute la rage refoulée qu'elle avait accumulée en elle. Hurler après Rachel. La gifler. Lui montrer que pour une fois une fille ripostait.

Sally était paralysée. Son cerveau voulait qu'elle avance, mais ses pieds restaient plantés sur place, dans la rue. Elle ignorait si elle était capable de l'affronter – quelle que soit sa colère, quelle que soit l'importance que Kevin revêtait pour elle.

La lumière s'éteignit au rez-de-chaussée. La maison était plongée dans le noir.

Ça y est, se dit Sally. Elle va se coucher. Je suis arrivée trop tard.

Soudain, elle entendit un cliquetis à l'intérieur. Comme si l'on tournait un verrou. Quelqu'un ouvrait la porte d'entrée de la maison. Le courage de Sally s'envola tout à fait. Elle se baissa vivement, s'enfonça derrière une haie d'arbustes. Elle voyait encore la maison, à la lueur pâle du réverbère.

Malgré la pénombre, elle reconnut Rachel. Elle était vêtue comme plus tôt dans la soirée. Elle se glissa hors de la maison, épia furtivement la rue pendant presque une minute. Elle attendait, sans bouger, dans l'ombre protectrice de la véranda. Puis elle descendit l'allée à la hâte. Elle avait à la main un grand sac plastique.

Sally se rendit compte que Rachel se dirigeait vers elle. Elle allait la voir. Sally avait envie de s'enfoncer dans la haie, espérant qu'elle passerait sans la remarquer. Mais elle savait que c'était sa seule chance. C'était maintenant ou jamais. Sally déglutit et s'avança sur le trottoir, juste devant Rachel.

— Il faut qu'on parle, lui dit-elle.

Son estomac se retourna. Elle se maudit parce que sa voix tremblait. Elle parlait comme une petite fille terrifiée.

En la voyant, Rachel s'arrêta net. Son regard exprima la surprise puis, immédiatement, un mélange de haine glacée et de mépris.

— Oh, merde, siffla-t-elle. Qu'est-ce que tu fous ici ?

Sally toussota.

— Je veux te parler de Kevin, fit-elle d'une voix faible.

Rachel regarda des deux côtés de la rue. Elles étaient seules. Rien que toutes les deux. Elle avança son visage quasiment devant celui de Sally.

— Tu ne sais pas dans quoi tu mets le nez, fit-elle. Tu vas tout foutre en l'air.

Sally était déconcertée. Elle n'avait jamais vu Rachel dans cet état.

— Comment ? Qu'est-ce que tu racontes ?

Rachel lui saisit le poignet et le tordit jusqu'à ce qu'elle grimace de douleur.

— Écoute, ça ne te regarde pas. Compris ? Tu ne m'as pas vue, ici, ce soir.

— Je ne comprends pas… fit Sally. Tu me fais mal !

Rien n'allait comme prévu. Elle ignorait totalement de quoi Rachel parlait, mais elle était terrifiée par ce qu'elle voyait dans ses yeux.

— Ferme-la et écoute, ou je ferai bien plus que ça, dit Rachel. Je sais que tu es idiote, Sally, mais tu es quand même assez maligne pour savoir deux choses. Premièrement, je me fiche complètement de Kevin. Il est à toi, que Dieu le protège. Deuxièmement, tu sais foutrement bien que je pourrais te le prendre si j'en avais envie.

— Ce n'est pas vrai, tenta Sally.

Rachel se mit à rire.

— Il ferait n'importe quoi pour moi. Et tout ça après une minable branlette sur le pont, Sally. Tu n'as pas aimé le spectacle ? Tu n'as pas aimé ça, me regarder faire jouir ton petit copain ?

— Arrête, supplia Sally. Ne dis pas ça.

— Bien, fit Rachel en souriant. Je suis contente de voir qu'on se comprend. Alors soyons bien claires. Tu vas rentrer chez toi, et tu vas oublier cette petite conversation. Elle n'a pas eu lieu. Tu ne m'as pas vue. Parce que je vais te faire une promesse, Sally. Si jamais tu parles à quelqu'un de tout cela, je reviendrai et je ferai en sorte que Kevin ne pose jamais plus les yeux sur toi. Et je me fiche que tu l'épouses. Le lendemain, je coucherai avec lui, et crois-moi, il ne passera plus un seul jour avec toi.

Sally ne répondit pas. Elle était complètement perdue.

Rachel se glissa tout près d'elle. Elle lui caressa les cheveux, Sally essaya de s'écarter. Rachel la retint.

— Tu as compris, Sally ?

— Je ne comprends rien du tout…

— Alors dis-moi simplement que tu me crois. Tu me crois, hein ? Tu sais qu'il ne me faudrait qu'une seconde pour te prendre Kevin ?

Sally acquiesça.

— Bien, fit Rachel.

Elle sourit. Elle passa un doigt sur la joue de Sally. Puis elle se pencha vers elle et, le souffle doux, l'embrassa légèrement sur les lèvres. Le baiser se prolongea. Sally avait envie de vomir.

— N'oublie pas, chérie, lui dit Rachel. Pas un mot.

Stride écouta le récit de Sally avec une horreur grandissante. Il secoua lentement la tête.

— Bon Dieu, mais tu te rends compte que tu aurais pu sauver tout le monde si tu nous avais dit ce qui s'était passé ?

Sally haussa les épaules. Elle n'avait absolument aucun remords, apparemment.

— Vous ne connaissiez pas Rachel, monsieur Stride. Elle ne plaisantait pas. Si j'avais dit à quelqu'un que je l'avais vue, elle aurait fait tout ce qui était en son pouvoir pour m'enlever Kevin. Je savais de quoi elle était capable. Avec le recul, j'ai d'ailleurs l'impression que j'étais la seule à le savoir.

— Tu étais prête à laisser Graeme Stoner aller en prison ? En sachant qu'il était innocent ?

La colère fit étinceler les yeux de Sally.

— Innocent ? Vous voulez rire ? Quand j'ai raconté qu'il m'avait embarquée dans sa voiture, je disais la vérité. S'il n'avait pas flippé à mort, à la grange, il m'aurait violée ! Et je parie que je n'étais pas la seule. Vous-même, vous saviez déjà qu'il baisait Rachel.

— Mais pourquoi mentir à la barre ? demanda Stride.

— Je n'avais pas le temps de réfléchir, répondit-elle. Je me suis dit que j'envoyais un message à Rachel, où qu'elle soit, genre : « J'honore ma part du marché ; toi, honore la tienne. »

Stride vit la détermination dans son regard.

— Tu ne tenais pas à ce que Rachel revienne, hein ?

Elle ne cilla pas.

— Non, ça ne m'aurait pas plu du tout. Elle était morte. Je voulais qu'elle le reste. Mais si vous croyez que je suis allée à Las Vegas pour finir le boulot, vous vous trompez. Rachel a respecté sa part du marché, monsieur Stride. Elle n'est jamais revenue.

— Tu n'as plus jamais eu de ses nouvelles ?

— Jamais. Je pense que vous ne cherchez pas au bon endroit. Vous devriez être à Vegas, à chercher les gens dont elle a détruit la vie, là-bas. Une garce pareille ne change pas. Vous pouvez être certain qu'elle faisait le même genre de sales coups là-bas !

— Tu sais ce que contenait le sac plastique qu'elle avait avec elle ?

— Non, je n'ai pas pu le voir, fit Sally en secouant la tête.

— Elle n'avait rien d'autre ?

— Rien. Juste les vêtements qu'elle avait sur le dos. Les mêmes vêtements qu'elle portait à Canal Park, ce soir-là.

— Le col roulé blanc ?

— Oui.

— Est-ce qu'il était déchiré ?

— Je n'ai pas remarqué.

— Et son bracelet ? Elle l'avait toujours ?

Sally ferma les yeux et se concentra.

— Je crois… Ouais, je suis sûre qu'elle l'avait ! Je le vois encore se balancer à son poignet.

Stride hocha la tête.

— Est-ce qu'elle a dit comment elle comptait quitter la ville ? Elle allait retrouver quelqu'un ?

Sally secoua la tête.

— Je ne sais pas. Non, vraiment. Elle n'a rien dit à ce sujet.

Mais il fallait qu'elle quitte la ville, songea Stride. Est-ce qu'il s'était passé autre chose qui l'avait obligée à changer ses projets ? À la grange, peut-être ? Parce qu'elle était à la grange, cette nuit-là. Le bracelet prouvait qu'elle y était. Sally l'avait vue devant chez elle, et d'une manière ou d'une autre elle s'était rendue à la grange, où elle avait déposé les indices qui désignaient Graeme Stoner. Après, elle était partie.

— Tu y as sans doute réfléchi par la suite, reprit-il. Qu'en as-tu pensé ?

— J'étais aussi perplexe que n'importe qui. Je me suis dit qu'elle avait fait du stop et séduit le chauffeur pour qu'il se taise, ou bien qu'elle s'était débrouillée pour convaincre un garçon du lycée de la conduire aux Cités jumelles…

— Mais tu ne l'as pas aidée ? Tu ne sais rien de plus ?

— Non, monsieur Stride. Absolument pas. J'aimerais aller retrouver Kevin, maintenant.

— D'accord, Sally.

La jeune fille se leva du canapé. Elle le frôla en passant devant lui.

— Qu'en penses-tu, Jonny ? demanda Serena.

Stride regardait les machines à laver. Il se disait que Guppo n'allait pas apprécier qu'on le tire du lit au milieu de la nuit pour passer en revue un gros sac de linge sale et mouillé.

— Je pense que même après sa mort Rachel continue à nous jouer des tours.

44

— Tu commences à me fatiguer, chéri, fit Lavender avec mauvaise humeur. Je ne m'attendais pas à ce qu'on passe la soirée à parler. Je pensais plutôt à un excellent dîner et à une bonne longue baise, tu vois ?

Cordy prit son visage entre ses mains et l'embrassa. Il posa une main sur son sein droit qu'il caressa doucement, en glissant le pouce dans l'une des ouvertures de la tenue.

— Moi aussi, *mama*. Mais il faut que je sache, OK ?

Elle posa la main sur la sienne, la pressa sur son sein.

— Pour que tu saches ce que tu manques, dit-elle.

— Hon hon, gémit Cordy. Rien que quelques questions.

Lavender s'écarta avec un soupir.

Ils étaient assis dans la voiture de Cordy, sur le parking du Bellagio. C'était la PT Cruiser noire qu'il avait gagnée deux ans plus tôt aux machines du Sam's Town. Le plus gros jackpot de sa vie. Il la cajolait comme un nouveau-né et la garait toujours dans le coin le plus éloigné des parkings, à l'écart des chocs et des bosses. L'intérieur en cuir sentait la salsa et le cigare, ses deux péchés mignons après le sexe et le jeu.

Il essayait de se concentrer. Ce n'était pas facile, alors qu'il avait sous les yeux le corsage moulant de Lavender.

— Parle-moi encore du petit copain, murmura-t-il.

— Je ne l'ai vu qu'une fois, Cordy. Je te l'ai déjà dit trois fois !

— Et à chaque fois tu t'es rappelé un peu plus de choses, *mama*… C'est comme ça que ça marche.

Lavender leva les yeux au ciel.

— C'était une nuit très chaude, exactement comme aujourd'hui. Nous étions au club. Christi et moi, on se produisait toutes les deux aux mêmes heures. Elle était excellente, tu vois ? Elle n'aimait pas ça, pas comme moi en tout cas, mais elle était vraiment excellente. Donc cette nuit-là, il y a environ un an, ce type a débarqué dans les coulisses après la fin de son numéro, et il a traîné avec nous pendant un moment. Pas de nom, rien. Mais je me rappelle que Christi disait que c'était son ancien petit ami. C'était plutôt marrant.

— Pourquoi ?

— Parce qu'il était vraiment vieux, gloussa Lavender. Un *ancien* petit ami, tu vois ? Pigé ?

— Quel âge ?

— Je ne sais pas. Quarante ans. Cinquante. Vieux, quoi.

— De quoi avait-il l'air ?

— Oh, je ne me souviens pas. Quelconque.

— Cheveux sombres ou clairs ?

— Heu… sombres, je crois. Grisonnants, peut-être. Je ne sais pas.

— Taille ?

— Plutôt grand, dit Lavender.

Cordy comprit qu'il n'arrivait à rien.

— Et tu ne l'avais jamais vu ? Christi n'en avait jamais parlé ?

Lavender secoua la tête.

— Nan.

— Et après ? Tu l'as revu ?

— Nan, répéta-t-elle.

Cordy essaya une autre tactique :

— Tu as dit qu'il était épouvantable. Qu'est-ce qu'il avait d'épouvantable ?

Lavender fronça les sourcils.

— Il ne parlait pas beaucoup. Christi faisait mine de l'ignorer, et ça ne lui plaisait pas. J'avais l'impression qu'il voulait absolument la voir seule, et elle, visiblement, elle n'y tenait pas du tout. Ils avaient l'air de deux personnes interrompues au milieu d'une dispute, tu vois ? En plus, il avait ce drôle de regard. Vraiment intense. Tu vois ce que je veux dire : épouvantable. S'il n'avait pas été un petit ami, je l'aurais pris pour un maniaque. On en voit des tas, de ce genre-là. Mais il en pinçait vraiment pour elle.

— Comment le sais-tu ?

— Bon, ça se passait dans la loge, hein ? La moitié des filles étaient à poil. Des filles magnifiques. Merde, j'étais nue, juste devant ce mec. Il ne réagissait pas du tout. Il ne nous voyait même pas. Il n'en avait que pour Christi.

Cordy essaya d'imaginer un homme insensible au spectacle de Lavender nue. Impossible.

— Tu te rappelles de quoi ils parlaient ?

— Non. Ils ne parlaient pas beaucoup, en fait. Il restait assis dans son coin, et il lui murmurait quelques mots de temps en temps. Elle, elle s'adressait surtout aux autres filles, plutôt qu'à lui. Je pense qu'elle le provoquait un peu. En l'ignorant, elle cherchait à le mettre encore plus en rogne.

— Christi avait reçu la visite d'autres petits copains, au club ?

— Jamais. C'est la seule fois. Christi était une solitaire, un vrai glaçon.

— Comment ça ?

— Eh bien, comme je te l'ai dit, elle nous parlait à nous, ce soir-là, pas à lui. C'était exceptionnel. Elle ne discutait pas beaucoup avec les autres filles, d'habitude. Elle arrivait, elle faisait son numéro et elle repartait, tu vois le genre ? Certaines d'entre nous la prenaient pour une garce snobinarde ; d'autres pensaient qu'elle avait honte.

— Et toi, qu'en pensais-tu ? demanda Cordy.

— Cette fille n'avait pas honte. On ne peut pas être aussi bonne qu'elle l'était si on a honte. Je crois simplement que nous n'existions pas, pour elle. Absolument pas. Bon Dieu, quand je lui ai parlé de mon idée, c'est tout juste si elle m'a laissée terminer avant de me claquer la porte au nez…

— Quelle idée ?

Lavender lui enfonça le doigt dans la poitrine.

— Mon site Internet. Les sex-shows en ligne. Christi aurait été parfaite, et elle aurait gagné un tas de fric. Mais elle disait qu'elle ne voulait pas qu'on la voie sur Internet. Ce qui était assez drôle, parce que les hommes pouvaient en voir autant qu'ils voulaient, tous les soirs…

— Elle t'a expliqué pourquoi ?

— Non, simplement que cela ne l'intéressait pas. Point final.

— Hmm. Écoute, Lav, il faut que je retrouve ce petit ami. Cette Christi, c'est un vrai mystère, hein ? On n'a trouvé aucun objet personnel dans son appartement. À t'entendre, on a l'impression qu'elle n'avait pas de vie privée. Ce petit ami, c'est notre seule piste.

Lavender haussa les épaules.

— Je t'ai dit tout ce que je me rappelle, chéri. Je ne vois pas comment tu pourrais le retrouver. Tu devrais parler aux autres filles qui étaient là, ce soir-là. Certaines sont peut-être encore en ville. Elles se souviendront peut-être de quelque chose.

Cordy hocha la tête, sachant qu'il avait peu de chances d'obtenir un résultat.

— OK. Il faudra que tu m'écrives leurs noms...

— Peut-être aussi que d'autres personnes l'ont vu, au club. Les videurs, les barmen, les serveuses... J'ai quitté la boîte peu de temps après. Il est peut-être revenu quand je n'y étais plus.

— Ouais, c'est un point de départ. Je ferai le tour demain.

— Je suis désolée, chéri. Tu as l'air déçu.

— Oui. Ça aurait pu tout changer. Mais j'ai l'impression que ça a plutôt l'air d'un cul-de-sac.

— Je sais comment te remonter le moral, fit Lavender avec un sourire entendu.

En se passant la langue sur les lèvres, elle tendit la main vers sa braguette, qu'elle ouvrit sans difficulté.

— Tu as envie, chéri ?

Cordy se mit à bander sur-le-champ.

— Ouais, sûr !

Les doigts de Lavender se glissèrent adroitement à l'intérieur du pantalon.

— Mmm, dessert, murmura-t-elle.

Elle se pencha, ses cheveux s'étalèrent sur les genoux de Cordy. Celui-ci ferma les yeux, attendant que la douce chaleur de ses lèvres se referme sur lui. Mais rien ne se passa. Lavender se releva brusquement. Cordy ouvrit les yeux, frustré.

— Qu'est-ce qui ne va pas, *mama* ? geignit-il.

Elle le regarda, les yeux brillants.

— J'ai peut-être, je dis bien peut-être, une photo de lui…

— De qui ? Qu'est-ce que tu…

— L'homme mystère. Le petit ami.

Cordy sentit son érection s'affaisser et son esprit prendre la relève.

— Une photo ? Arrête…

— Si, je t'assure ! On rigolait avec mon Polaroid, ce soir-là. On faisait des grimaces, on se photographiait le cul, les seins… Je m'en souviens, parce que Christi ne voulait pas que je la prenne en photo. Elle tournait toujours le dos à l'appareil. Mais il est possible que Gueule-d'Horreur se trouve à l'arrière-plan, sur un des clichés…

— Tu les as toujours, ces photos ?

— Oui, je crois. Chez moi. En général, je les entasse dans un tiroir.

Cordy mit le contact, fit tourner le moteur de la Cruiser. Il se cramponna au volant, les poings serrés.

— C'est où, chez toi ?

Lavender lui donna l'adresse. Avant même qu'elle ait fini, Cordy avait lancé la voiture vers la rampe de sortie du parking. Il fit crisser les pneus et l'arrière du véhicule menaça de déraper.

— Pas d'excès de vitesse, fit Lavender en souriant.

— Pourquoi ?

En riant, elle montra son entrejambe. Le pénis de Cordy pendait toujours hors du pantalon.

— Si tes collègues t'arrêtent, comment tu vas leur faire gober ça ?

45

Stride n'avait toujours pas envie de rentrer chez lui. Parvenu au carrefour de la route qui menait au motel de Serena, il avait préféré tourner vers le lac, suivant machinalement un chemin qui était depuis longtemps gravé dans sa mémoire, même s'il ne l'avait pas emprunté depuis longtemps. Il ne se demanda pas où il allait. Il savait, tout simplement, parce que son cœur l'attirait là-bas.

— Descendons vers le lac, proposa-t-il à Serena.

— C'est OK pour moi.

Il traversa Canal Park et le pont menant à la Pointe. Ce soir-là, il n'y avait aucun navire pour le retarder. L'acier bourdonna sous ses pneus, et il ne lui fallut que quelques secondes pour se retrouver à l'endroit où il s'était senti vraiment chez lui, plus que nulle part ailleurs. Même de nuit, à la lueur des réverbères, il pouvait constater le passage du temps. Certains arbres avaient grandi ; d'autres avaient disparu. De nouvelles maisons avaient surgi de terre ; d'autres y étaient retournées. Il ne venait plus jamais dans le quartier, et la vie continuait sans lui.

En arrivant devant sa vieille maison, il ralentit. Il regarda dans le rétroviseur pour s'assurer qu'il n'y avait personne derrière lui. Il s'arrêta dans la rue, baissa sa vitre.

— C'est là que nous habitions. Cindy et moi.

— L'endroit me plairait bien, répondit Serena.

La maison avait l'air en bon état. Les nouveaux propriétaires avaient choisi une peinture jaune, cette année-là, ce qui l'égayait considérablement, et il était évident qu'ils avaient la main verte, à en juger par la pelouse ornée de parterres de fleurs. L'herbe et les haies étaient impeccablement taillées. L'allée était pavée, maintenant. Ils avaient installé une balançoire pour leurs enfants.

Tout était éteint. Ils dormaient, ou bien ils écoutaient les vagues, allongés dans le noir, comme Cindy et lui le faisaient si souvent.

Stride continua jusqu'au bout de la Pointe, sombre et déserte. Il suivit la route jusqu'au parc, tout au bout, et descendit du 4 × 4.

Serena le rejoignit. Main dans la main, ils prirent le chemin de sable qui descendait vers le lac, entre les arbres. Quand ils sortirent du couvert, le ciel les submergea d'étoiles, et l'eau apparut devant eux, dense et noire. Derrière eux, une douce brise taquinait les arbres. Les vagues s'écrasaient sur le rivage dans un chuintement. La longue plage était sombre et déserte, aussi loin que le regard portait.

Il vit que Serena souriait de bonheur. Elle le prit par la main et le tira vers le bord de l'eau. Ils allèrent jusqu'à la limite du sable mouillé. Ils devaient sans arrêt sauter en arrière pour rester au sec.

Serena fit un tour complet sur elle-même, absorbant le spectacle qui l'entourait. Elle désigna l'étroite série de maisons qui s'étirait vers la ville.

— Tu habitais ici ? Pourquoi avoir déménagé ?

— Andrea n'aimait pas cet endroit. En outre, il y avait beaucoup trop de souvenirs.

— Ça te fait de la peine de revenir ici ?

— Non, pas du tout.

Serena s'éloigna de l'eau, en quête d'une étendue de sable plane.

— Viens t'asseoir à côté de moi, Jonny.

Il se pencha et prit une poignée de sable entre ses doigts.

— Le sable est encore mouillé, depuis la tempête.

— Ça ne fait rien.

Il le lut dans ses yeux. Pour elle, c'était un saut en avant. Un geste de confiance. Il ne pouvait pas faire marche arrière. La seule chose qu'il savait, c'est que pour rien au monde il ne voulait s'arrêter.

Serena ôta ses chaussures. Elle déboutonna son jean, glissa ses longues jambes hors du pantalon. Elle tendit les bras à la verticale, révélant son ventre nu et un slip de bikini blanc. En tirant des deux mains, elle ôta le pull-over épais que Stride lui avait prêté et son tee-shirt bleu marine. Ses seins tendaient le soutien-gorge. Elle s'agenouilla dans le sable, glissa sa main dans la sienne.

— Tu es gelée, lui dit-il.

— Réchauffe-moi.

Il se débarrassa de ses chaussures. Il garda sa chemise, mais ôta son pantalon et le jeta sur le côté. Il s'assit près d'elle. Leurs jambes se touchaient, et le sable n'était plus froid du tout. Elle le prit dans ses bras, ses doigts se faufilèrent sous sa chemise, se cramponnèrent à son dos, se pressèrent contre sa peau. Ils s'embrassèrent avec avidité. Ils s'allongèrent sur le sable.

Il l'embrassa dans le cou et fit glisser une bretelle de son soutien-gorge pour prendre un sein dans sa main. Il saisit le téton entre ses lèvres, le suça. Elle émit un doux ronronnement de plaisir. Il baisa son autre sein. Les doigts de Serena trouvèrent l'ouverture de son short et caressèrent son sexe en érection. Quand elle écarta le tissu, il sentit l'air frais sur son pénis.

— Vite, murmura-t-elle.

Elle se souleva et il fit glisser sa culotte. Elle agrippa Stride et le tira vers elle. Il commença à lui baiser les seins, mais elle prit son visage entre ses mains pour qu'il l'embrasse. Il baisa ses lèvres. Ses joues. Ses yeux.

Serena écarta les jambes et les referma autour de lui. Il sentit que son sexe effleurait son mont de Vénus. Il alla un peu plus bas.

— Nous ne sommes pas… pas protégés.

— Si, ne t'inquiète pas, dit-elle d'une voix un peu triste.

L'espace d'un instant, il se demanda s'il n'avait pas gâché son plaisir.

Mais une seconde plus tard son sexe trouva son chemin, et il sentit qu'elle était humide, accueillante. Le plaisir lui coupa le souffle. Elle haleta aussi, le serra entre ses jambes, ses doigts pressant le cou de Stride. Il la pénétra, si profondément qu'ils ne firent plus qu'un. Les étoiles les contemplaient. Les vagues rugissaient dans leurs oreilles.

Les yeux grands ouverts, elle le regarda lui faire l'amour. Il ne s'était jamais senti aussi nu, ni aussi connecté à quelqu'un. Enfin, elle renversa la tête en arrière. Fermant les yeux, elle laissa échapper un cri, son corps frissonna entre ses mains. Alors il ferma les yeux à son tour et s'abandonna.

Elle avait remis son tee-shirt, mais elle était nue au-dessous de la taille. Il lui caressa doucement les jambes et le ventre. Ils étaient toujours allongés sur la plage. Le sable marquait la peau de Serena. Appuyée sur ses coudes, elle avait les yeux fixés vers le ciel.

— Tu te sens coupable ? lui demanda-t-elle.

— Non. Je devrais, pourtant.

— Bien.

— Je peux te poser une question ?

Elle serra les lèvres. Elle savait quelle était la question.

— L'avortement, dit-elle. J'ai attendu trop longtemps. Il y a eu des complications. Je ne peux pas avoir d'enfants.

— Est-ce que ça te tracasse ? s'enquit-il en pensant à Andrea.

— On traverse plusieurs phases. À l'époque, avec tout ce que j'avais enduré, je ne comprenais pas comment on pouvait avoir envie d'avoir des enfants. Puis il y a eu un moment, vers vingt-cinq ans, où je m'apitoyais sur mon sort. Je pleurais beaucoup, et je buvais tout autant. Je me suis presque noyée dans l'alcool. Telle mère, telle fille, tu vois ? Personnalités dépendantes. Mais je me suis trouvé une bonne psy, qui m'a aidée à surmonter cela. Aujourd'hui, ça va et ça vient. Je ne passe pas mon temps à me répéter que ma vie sera incomplète si je n'ai pas d'enfants.

— Même chose pour moi.

— Dis-moi... Je sais que la question est idiote... j'ai été à la hauteur ?

— Quoi ?

— En faisant l'amour. J'ai été à la hauteur ? Autrefois, ce n'était pas le cas, et je savais que c'était ma faute. Avec tout ce que je traîne derrière moi…

— Tu ne veux pas vraiment que je réponde à ça, hein ? demanda Stride.

Elle sourit, se moquant d'elle-même. Mais elle avait l'air soulagée.

— Non, sans doute pas.

Les caresses de Stride sur ses cuisses se firent plus précises, et sa main remonta entre ses jambes. Les hanches de Serena se tendirent contre ses doigts.

— Fais-moi jouir encore, dit-elle.

Mais il avait à peine commencé qu'ils entendirent une musique électronique étouffée dans le blue-jean que Serena avait jeté un peu plus loin. Elle gémit, ils rirent tous les deux. Stride trouva le téléphone portable dans la poche du jean, le lui tendit.

— Serena, fit-elle dans le combiné.

Puis, quelques instants plus tard :

— Hé, Cordy, tu as vu l'heure qu'il est ?

Stride entendit une voix excitée, qui parlait à toute vitesse.

— Doucement, Cordy… Bon Dieu, mais de quoi tu parles ?

Stride ne comprenait pas ce qui se disait, mais il vit les yeux de Serena s'éclairer.

— Tu es sûr que c'est lui ? demanda Serena. Si tu te trompes, on va passer pour des cons !

Stride entendit la voix de Cordy monter d'un cran. Apparemment, il était sûr.

— Que le diable m'emporte ! s'écria Serena. Bon, envoie quelqu'un surveiller l'endroit. Mais ne lui faites pas peur. Tenez-le à l'œil. Je reprends l'avion demain.

Stride sentit que sa respiration se bloquait. Ses poumons lui faisaient mal.

— Bon boulot, Cordy. Je suis certaine que Lavender et toi, vous trouverez un moyen de fêter cela.

Serena referma son portable.

— On dirait bien que nous cherchions dans la mauvaise ville, observa-t-elle.

— Comment ça ?

— Christi-Rachel avait un petit copain. Cordy a trouvé une photo, prise dans le club où elle travaillait. Le type se tient à l'arrière-plan. Cordy l'a reconnu.

— Hein ?

— Nous l'avons déjà vu. Sauf que maintenant il est nettement plus déglingué. C'est ce vieux salaud d'ivrogne, le propriétaire de la caravane près de laquelle on a retrouvé le corps de Christi. Voilà qui va donner un nouvel élan à notre affaire.

— Il la tue, puis il se contente de balancer le cadavre derrière chez lui ?

— On ne peut pas dire que ce mec a toute sa tête, surtout quand il a bu. S'il sortait avec Christi et qu'elle l'a largué, peut-être qu'il a pété les plombs…

— Supposons… il va chez elle pour essayer de la convaincre de revenir avec lui… fit Stride. Elle lui dit d'aller se faire voir, et il lui casse un vase sur la tête. Il rapporte le cadavre chez lui, le balance dans le désert et va se saouler.

— Possible.

— Et le reçu que vous avez trouvé ? Le lien avec Duluth ?

— Je me suis peut-être trompée, dit Serena. Duluth est peut-être une fausse piste.

— Tu ne t'es pas trompée. Il y a autre chose.

Elle se pencha vers lui et l'embrassa. Ses lèvres étaient fraîches.

— Viens avec moi.

— Quoi ?

— Tu es dans le coup depuis le début, Jonny. Il est normal que tu y sois jusqu'à la fin. Même si ce type ne l'a pas tuée, il sait certainement quelque chose. Allons le voir ensemble.

Stride se leva et rassembla leurs vêtements.

— Très bien. Mais j'ai quelque chose à faire, avant cela.

Elle savait.

— Tu veux parler à ta femme ?

Il acquiesça.

— Je me sens responsable de ce qui arrive, reprit Serena.

— C'est moi qui suis responsable, pas toi.

Il ne rejetait plus l'idée du divorce avec autant d'énergie que par le passé. Andrea elle-même avait ouvert une porte dans cette direction. Plus rien ne l'empêchait de la franchir.

— Nous aurons peut-être la réponse demain, dit Serena.

Stride n'en était pas si sûr. Il savait qu'il y avait un mystère à Las Vegas. Mais il ne croyait pas un seul instant qu'ils trouveraient la solution sur place. La vérité résidait encore à Duluth. Et elle attendrait son retour.

46

Pendant leurs trois ans de mariage, Stride et Andrea s'étaient réservé le samedi matin. Ils étaient restés fidèles à cette habitude, à l'exception des deux ou trois week-ends où Andrea était allée rendre visite à sa sœur Denise, à Miami. Même au milieu d'une enquête, Stride s'arrangeait pour se libérer. Le plus souvent, ils allaient à Canal Park pour prendre le petit déjeuner devant le lac et lisaient le journal en buvant leur café. Ou bien ils faisaient du jogging, longeant plusieurs fois le sentier du lycée, avant de se récompenser avec des gâteaux à la boulangerie scandinave. Ces jours-là, plus que tout autre, Stride avait le sentiment qu'ils étaient mari et femme.

Mais ce samedi matin-là, il se préparait à prendre un vol pour Minneapolis et une correspondance pour Las Vegas. C'était comme s'il avait actionné une alarme. Andrea avait parfaitement compris. Elle se tenait dans un coin de la chambre, les bras croisés, les dents serrées, l'air infiniment malheureuse. La colère qu'elle avait ressentie tout d'abord, quand il lui avait parlé de ce voyage, avait laissé place à l'amertume et au chagrin. Elle ne voulait pas entendre ses explications, et de toute manière il en avait peu à lui donner.

— Ne fais pas ça, murmura-t-elle pour la énième fois. Ne me quitte pas, Jon.

Stride fourra quelques paires de chaussettes dans la poche de son sac de voyage.

— Il faut que j'y aille.

— Allons, Jonathan ! fit-elle d'un ton sec. Ce n'est plus ton problème, maintenant. Pourquoi ne pas laisser tomber ?

Que pouvait-il dire ? Il avait une dette à l'égard de Rachel. Il devait découvrir la vérité. Elle l'avait hanté pendant des années, et il voulait éclaircir le mystère, une fois pour toutes. Mais il ne pouvait pas nier qu'il avait une autre raison, non dite celle-là. Il fallait qu'il sache où le mèneraient ses sentiments à l'égard de Serena. Car son mariage était mort.

Elle devait lire dans son esprit.

— Tu m'abandonnes. J'ai déjà connu ça. Je sais à quoi ça ressemble.

Il s'immobilisa.

— D'accord. Tu as peut-être raison.

— C'est comme ça que tu règles le problème ? En t'enfuyant ? Depuis des mois, nous sommes des étrangers l'un pour l'autre. Depuis des jours, tu rentres à peine à la maison, tu n'appelles pas. Où étais-tu, la nuit dernière ?

— Ne t'aventure pas sur ce terrain, Andrea.

— Pourquoi pas ? Tu crois que je ne suis pas au courant, pour Maggie et toi ?

— Il n'y a rien, entre Maggie et moi. Je te l'ai déjà dit. Je ne parle pas de cela.

— Si nous en parlions, nous pourrions résoudre le problème. Bon sang, tout ce que tu sais faire, c'est me repousser ! Je te demande de ne pas y aller. J'ai besoin que tu restes ici.

Stride se rappelait les mises en garde de Maggie, quelques années plus tôt.

— Je sais. Mais tu ne m'aimes pas. Tu ne m'as jamais aimé, d'ailleurs.

— Tu mens !

— Ne fais pas semblant, lui dit-il. J'en ai assez de faire semblant.

— Je te demande de rester ici, pour que nous réglions le problème.

Il comprit le message implicite. « Tu es mon mari. Fais ça pour moi. » Il aurait vraiment aimé la rendre heureuse. Sauf qu'il essayait, sans y parvenir, depuis des années.

— Je suis désolé. Je dois faire ce que j'ai à faire.

Andrea suffoqua. Elle mit une main devant sa bouche.

— Mon Dieu, tu veux divorcer, c'est ça ?

Il ferma les yeux.

— Pas toi ?

— Non ! protesta-t-elle. Non, ce n'est pas ce que je veux. Je ne le voudrai jamais !

— Mais tu n'es pas heureuse, dit Stride. Je ne suis pas heureux. Il n'y a qu'une solution…

— Nous pouvons y remédier, si tu restes ici et si tu y travailles avec moi ! Mais tout ce que tu sais dire, c'est que tu dois partir…

Il prit ses mains dans les siennes.

— Nous ne pouvons plus y remédier, Andrea. Je pense qu'il vaudrait mieux pour nous deux que nous refassions notre vie. Chacun de notre côté. Et je suis convaincu que tu es de mon avis.

Folle furieuse, elle s'écarta de lui en pivotant sur elle-même, ses cheveux voletant sur son visage. Elle se prit la tête entre les mains, les yeux fous. Elle saisit un flacon de parfum sur le buffet et le jeta contre le mur où il se fracassa, emplissant la chambre d'une odeur douceâtre. Andrea contempla les morceaux de verre qui jonchaient le sol. Elle semblait être devenue quelqu'un d'autre.

Stride lui mit un bras sur l'épaule. Elle se libéra d'un geste violent.

— Va-t'en, lui dit-elle.

— Je suis désolé…

— Non, ce n'est pas vrai, fit-elle avec un regard féroce. Tu as déjà décidé ce qui est important pour toi. Si ça t'importe tant que ça, eh bien vas-y, fous le camp ! J'espère que tu trouveras ce que tu cherches. Et quand tu l'auras trouvé, j'espère que tu te demanderas pourquoi tu l'as voulu à ce point.

47

Stride se tenait sur une route nationale, à la limite de la forêt. C'était le rêve habituel, où il poursuivait une fille sans succès. Mais cette fois, après l'avoir coursée le long de la piste, après avoir entendu son rire sarcastique, il la trouva enfin. Il trouva Rachel au milieu d'une clairière, morte, dans la mare vermeille de son propre sang. Cindy, Andrea et Serena l'entouraient, penchées sur le cadavre. Toutes les trois avaient les mains rougies.

— Qui a fait cela ? gronda-t-il.

L'une après l'autre, les trois femmes pointèrent le doigt vers lui. Il s'éveilla en sursaut.

Serena était assise à côté de lui. Elle lisait le magazine de bord de la compagnie aérienne. Elle le regardait.

— Un mauvais rêve ?

— Plus ou moins. Comment le sais-tu ?

— Tu as appelé Rachel.

Stride se mit à rire. Il se frotta le visage et les cheveux pour dissiper les dernières brumes du sommeil.

— C'est vrai ?

— Non. Je te charrie. Tu avais simplement l'air de quelqu'un qui n'est pas là où il voudrait être.

Il se pencha pour l'embrasser.

— Je suis exactement là où j'ai envie d'être.

Stride sentit que l'avion avait entamé sa descente. Il tendit le cou pour regarder par le hublot, mais la position des sièges ne permettait pas de distinguer la ville. Juste une lueur vive révélant la présence d'une gigantesque source lumineuse. Quand ils touchèrent le sol, l'obscurité ne laissait pas voir grand-chose, à l'exception des pistes. Puis l'appareil vira pour se diriger vers le terminal, et Stride aperçut une tour dorée miroitante, braquée vers lui comme un boomerang.

— C'est Mandala Bay, dit Serena. Étonnant, hein ?

Après avoir débarqué, ils se dirigèrent vers leur porte d'accès. Stride s'arrêta, assailli par le flot des couleurs et des néons qui étincelaient dans tous les sens. Il ne put s'empêcher de sourire, en pensant à Serena dans l'aéroport calme de Duluth, comparant le terminal au spectacle qui les accueillait à Vegas. Un autre monde.

Près des carrousels, il vit un homme se détacher de la foule et se diriger vers eux. Serena l'étreignit brièvement.

— Jonathan Stride. Cordy Angel, mon coéquipier.

Stride lui serra la main.

— Un coup de génie, la manière dont vous avez établi le lien entre le cadavre et le petit ami…

— Je suis surtout un détective hors pair, fit Cordy avec un clin d'œil.

— Disons plutôt que tu as une chance de cocu, rétorqua Serena.

Cordy se tourna vers elle.

— Nous surveillons Mister Caravane. Il a pris sa voiture cet après-midi pour aller au magasin d'alcools. Il a reconstitué son stock de gin. Puis il est rentré chez lui et n'a pas bougé depuis.

Serena grimaça.

— Merde, ça veut dire qu'il sera sans doute dans les vapes, demain. J'aurais bien voulu qu'il ait au moins un pied dans le monde réel…

— Je doute qu'il y passe beaucoup de temps, tu sais.

— On pourra toujours le dessaouler au poste, dit Serena. Et le mandat ? C'est fait ?

Cordy acquiesça.

— On peut entrer chez lui et mettre l'endroit sens dessus dessous. Mais j'y suis déjà allé. Ce n'est pas moi qui fouillerai cette saloperie de caravane !

Stride les interrompit :

— Vous avez trouvé autre chose sur le passé de ce type et ses liens avec Rachel ? Ou Christi, devrais-je dire.

Cordy lissa ses cheveux noirs gominés.

— *Nada.* Son prétendu magasin n'est pas déclaré. Lavender ne l'a vu qu'une fois, et elle m'a dit que Christi n'en avait jamais parlé. C'est un de ces vagabonds de Vegas. Venus de nulle part, ils ne vont nulle part.

— Il devait bien venir de quelque part, pour connaître une fille comme Christi, dit Serena. On débarque là-bas avec une équipe à la première heure, demain matin. Tu peux nous déposer chez moi ?

— Tes désirs sont des ordres, fit Cordy en haussant un sourcil.

Stride évita délibérément de croiser le regard de Cordy, ce qui était probablement un aveu de culpabilité. Pour autant que son collègue s'en inquiétait.

— Déjà venu à Vegas ? demanda Cordy.

Stride secoua la tête.

— C'est la première fois.

— Un puceau de Vegas, dit Cordy en gloussant.

Assis sur le siège arrière de la PT Cruiser de Cordy, Stride regardait les casinos géants qui défilaient de chaque côté de Las Vegas Boulevard. Cordy n'aimait pas prendre le Strip mais Serena avait insisté, histoire de donner à Stride un aperçu de la ville. Ils étaient bloqués dans les bouchons du samedi soir, entre le Tropicana et le Flamingo. Serena lui montra, sur sa gauche, le Monte Carlo. Sur la droite, l'Aladdin. Un peu plus loin devant, le Bellagio, puis le Paris, et Bally's. Stride était accablé par les dimensions de ces établissements.

La chaleur était inimaginable. À leur sortie de l'aéroport, elle l'avait frappé au visage comme une flamme, pompant tout l'oxygène de ses poumons. Il faisait nuit, mais la température dépassait encore les trente degrés. À chaque fois qu'il inspirait, il avait sur la langue le goût du sable du désert. Cordy avait mis la climatisation à fond, et il faisait assez frais dans la voiture, au point que Stride frissonnait.

— La plus belle ville du monde ! s'exclama fièrement Cordy. Qui aurait envie de vivre ailleurs ? C'est le top, mec.

— Des gens vivent ici ? interrogea Stride, à moitié sérieux.

— Allons, Jonny, murmura Serena.

Elle se tourna vers lui et lui fit un clin d'œil.

— Vous savez ce qui fait battre le cœur de cette ville ? demanda Cordy en klaxonnant à l'intention d'une limousine qui lui coupait la route.

— Oh, merde, pas cette histoire de seins ! protesta Serena.

Cordy poursuivit, comme s'il n'avait pas entendu :

— À Las Vegas, mec, tout tourne autour des seins.

— Pardon ? fit Stride en riant.

— Les seins ! C'est vrai. On voit plus de seins dans cette ville que nulle part ailleurs dans le monde, OK ? C'est ce qui la rend si spéciale. C'est ce qui donne à Vegas son caractère unique. Ce n'est pas le jeu, ni la boisson, ni les quatre-vingts millions de chambres d'hôtel. C'est de pouvoir marcher dans la rue et d'avoir tous ces seins qui palpitent comme de la gelée, sous vos yeux. Toutes les formes. Toutes les tailles. Débordant de tout ce qui peut les contenir. Coton, Lycra, Nylon, bikinis, tankinis, dos-nus, que sais-je encore ! Du moment que c'est moulant ou transparent, que ça montre des surfaces de peau, que ça vous laisse voir les tétons, tout est bon. Les femmes viennent ici pour exhiber leurs seins, et les hommes sont tellement excités qu'ils ne sont pas foutus de voir autre chose…

— Cordy est une sorte de sociologue des nichons, expliqua sèchement Serena.

— Je me trompe ? Dis-moi que je me trompe.

Serena n'eut pas le temps de répondre. Trois femmes d'une vingtaine d'années, deux blondes et une brune, traversèrent la rue juste devant eux, profitant de ce que les voitures étaient à l'arrêt. La brune était la plus proche de la Cruiser, et le regard de Stride se dirigea machinalement vers sa poitrine. Elle portait un tee-shirt trop court d'où ses seins débordaient. Cordy klaxonna et lui fit un signe, le pouce en l'air. La fille lui tira la languc.

Serena soupira.

— Je n'ai jamais dit que tu te trompais.

— Hon hon. C'est une bonne chose, *mama*. La seule raison pour laquelle cette ville permet à tant de filles de financer leurs études en se déshabillant, c'est que les hommes ont tellement envie de mater le reste qu'ils paieraient n'importe quoi pour voir ce qu'il y a en dessous.

Serena se contenta de secouer la tête.

Après le Flamingo, la circulation s'améliora légèrement. Serena désigna la nouvelle série d'hôtels-casinos géants, qui s'étalait du Caesar's au sud jusqu'au Stardust au nord. Quand ils passèrent devant le Mirage, le volcan artificiel du casino entra en éruption, projetant dans l'espace des colonnes d'eau, de vapeur et de feu pour le bénéfice des badauds assemblés là. Stride n'avait jamais vu une ville où la vie palpitait comme à Vegas. Il était comme électrisé à la vue des flots de gens qui entraient dans les casinos ou en sortaient, jouant des coudes pour traverser la rue. Cordy avait raison. Il y avait des seins en liberté, gigotant partout où se posait le regard, sans parler de l'odeur du sexe, des cigarettes et de l'argent.

Stride remarqua pourtant que l'aura somptueuse du Strip s'évanouissait rapidement à mesure qu'ils avançaient vers le nord. Les casinos de luxe réservés aux flambeurs cédaient la place aux sex-shops et aux instituts de massage, à des bars dont l'enseigne annonçait des vidéo-pokers à cinq cents dollars la mise, à des motels aux néons grillés. Les piétons se faisaient plus rares, la plupart des touristes ayant la sagesse de ne pas s'aventurer dans ces quartiers. À chaque coin de rue, des putains au rouge à lèvres criard et aux cheveux teintés leur adressaient des sourires d'invite. Çà et là, des sans-abri dormaient sous les portes cochères.

— Pas de volcans par ici, murmura-t-il.

Serena secoua la tête.

— Nous appelons ça « Naked City », la cité nue. Et ce n'est pas une blague sur les seins. C'est là que se trouve la tour du Stratosphere, mais il y a plus de drogue et de meurtres que dans tout le reste de la ville.

Deux kilomètres plus loin, ils quittèrent le Strip et prirent Charleston vers l'ouest, laissant derrière eux les casinos et Naked City. Vue de là, la ville rappelait n'importe quelle banlieue américaine, avec ses centres commerciaux, ses magasins à prix cassés et ses restaurants sous licence. Moins de dix minutes plus tard, ils arrivèrent au petit ensemble immobilier où habitait Serena. Cette enclave protégée par des grilles était une véritable ruche d'immeubles en stuc de deux étages, avec des toits rouge vif. Serena salua le gardien, qui leur ouvrit la porte électronique pour laisser passer la Cruiser. Cordy connaissait l'endroit. Il traversa un labyrinthe de rues et d'allées se croisant en tous sens et s'arrêta devant un bâtiment, tout au bout du complexe.

— La douceur du foyer, *mama*, annonça-t-il.

Stride et Serena récupérèrent leurs bagages dans le coffre. La chaleur montait du trottoir. La brise rude et sèche qui descendait des montagnes n'apportait aucun soulagement. Stride eut envie de s'essuyer le front, avant de se rendre compte que l'air était beaucoup trop sec pour le faire transpirer.

— Rendez-vous ici à neuf heures demain matin, fit Serena à Cordy. Préviens l'équipe de soutien qu'elle devra nous retrouver sur les lieux à dix heures.

Cordy fit un clin d'œil à Stride.

— Tu es sûr que tu veux rester ici ? On pourrait essayer quelques clubs de ma connaissance…

— Bonne nuit, Cordy, fit Serena.

— Merde, *mama*, comment peux-tu l'obliger à rester dans ton appartement tristounet ? C'est la première fois qu'il met les pieds en ville ! Ce type mérite de prendre un peu de plaisir…

— Je m'en occupe, dit Serena.

48

Le soleil du matin se faufilait à travers les stores de la chambre de Serena. Stride, réveillé depuis longtemps, la regardait dormir.

Elle était couchée sur le ventre. Ses cheveux retombaient en désordre sur son visage. Elle avait les bras enfoncés sous l'oreiller, et l'arrondi de son sein droit était visible, là où il s'appuyait sur le matelas. Elle avait une jambe sous le drap, l'autre posée dessus.

Elle roula sur elle-même, et Stride put jouir de la vue de ses seins nus. Serena cligna lentement des yeux, puis les ouvrit enfin – fentes étroites, douloureuses, peu enclines à affronter la lumière du jour. Elle écarta ses longs cheveux de son visage.

— Quelle heure est-il ?

— Tard. Presque huit heures et quart.

— Merde, grogna-t-elle. Cordy va arriver.

Il essaya de lui toucher les seins, mais Serena lui donna une tape sur la main.

— Pas de ça, jeune homme. On a cinq minutes pour se doucher.

— C'est beaucoup trop, dit-il.

— Chut…

Elle se glissa hors du lit et il la regarda s'enfuir dans la salle de bains. Il l'entendit crier :

— Tu fais le café, d'accord ?

— D'accord.

Il descendit l'escalier, nu comme un ver. Il fouilla dans les placards à la recherche d'un pot de café moulu. Il comprit non sans mal comment fonctionnait la cafetière scandinave, lança le café et remonta dans la chambre. Assise sur le lit, Serena frottait ses cheveux mouillés avec une serviette. Des gouttelettes luisaient sur sa peau nue.

— Je sais à quoi tu penses, mais il n'en est pas question, fit-elle d'un ton désinvolte.

— Comment sais-tu à quoi je pense ?

Serena le regarda de haut en bas. Lui-même baissa les yeux.

— Oh !

— Très haut, même. Va prendre une douche. L'eau froide te fera le plus grand bien.

Quand il sortit de la douche, il sentit l'arôme du café. Serena n'était pas là. Elle réapparut quelques secondes plus tard avec deux tasses fumantes sur des soucoupes. Elle ne portait qu'un slip de bikini et un tee-shirt décolleté.

— Il faut y aller, Jonny. Cordy est toujours ponctuel.

— Alors, il faut se bouger.

— Ce que tu vas faire pour commencer, c'est t'habiller, lui dit Serena.

Puis il vit ses yeux glisser à nouveau vers le bas de son corps.

Elle hocha la tête.

— Tu peux vraiment faire ça en cinq minutes ?

Il était assis à l'arrière de la Cruiser de Cordy. Ils prirent l'Interstate 15 vers le sud, laissant le Strip derrière eux, et sortirent de la ville. Quelque part devant eux, sur une route à la lisière du désert, il y avait un homme qui avait connu Rachel après sa disparition. Quelqu'un qui l'avait vue, dans sa vie après sa mort. Quelqu'un qui pourrait peut-être, s'ils parvenaient à l'arracher au brouillard de la folie, fournir des réponses à des questions non résolues depuis quatre ans.

Ils allaient peut-être aussi, par la même occasion, rencontrer l'homme qui lui avait défoncé le crâne avant d'abandonner son corps dans le désert. Serena avait récupéré son 9 mm Sig Sauer dans la boîte à gants de sa voiture et l'avait solidement calé dans le holster qu'elle portait sous sa veste ample. Stride avait glissé son Ruger dans son étui, sous sa veste sport anthracite.

Cordy quitta la nationale pour emprunter une sente, où il souleva un nuage de poussière. Il leur désigna quelque chose, à quatre cents mètres de là. Stride aperçut une caravane délabrée, juste à l'écart de la route.

— Au bout du chemin, c'est lui.

— C'est donc ici qu'on l'a trouvée…

— C'est ici, dit Serena.

Cordy se gara devant la caravane, sans couper son moteur.

— Laisse-nous quelques minutes avec lui, OK ? lui demanda Serena.

Stride et Serena descendirent de voiture. Stride examina les lieux. La caravane était grisâtre, encrassée par la poussière et le sable du désert. Il n'y avait pas de trottoir, juste un sentier fatigué que les visiteurs empruntaient pour aller à la caravane et en repartir. Stride tendit l'oreille quand il entendit l'étrange cacophonie qui montait et descendait sous le vent. C'était une mélodie grotesque, sans rythme, un tintement multiple, comme si un millier d'enfants jouaient avec des clochettes.

— Qu'est-ce que c'est que ça ?

— Des carillons à vent, fit Serena. Il y en a un paquet.

Elle passa devant, jusqu'en haut des marches, qui s'affaissèrent sous leur poids. Elle s'arrêta devant la porte-moustiquaire et cogna contre le revêtement en aluminium de la caravane. Aucune réponse. Rien que le chant des carillons.

Quelqu'un avait peint sur la porte les mots « Toujours ouvert ». Serena regarda Stride, derrière elle, haussa les épaules et ouvrit la porte avec précaution. Elle fit un pas à l'intérieur, Stride sur ses talons. Dans la caravane, le bruit était assourdissant. Une fenêtre était ouverte, créant un courant d'air qui faisait tournoyer plusieurs dizaines de carillons de verre teinté se télescopant dans un ballet sauvage et multicolore. Ils se couvrirent les oreilles avec les mains. Serena fit deux pas en avant et ferma brutalement la fenêtre. Le courant d'air ayant disparu, les carillons s'immobilisèrent lentement, tintinnabulant doucement comme une musique de fond informelle.

Tout à coup, ils entendirent une voix :

— Vous avez enfin compris !

Ils pivotèrent ensemble. Bob était assis derrière une table de jeu, à deux mètres d'eux, devant le rideau de guingois qui séparait la boutique du reste de la caravane. Une caisse métallique ouverte était posée sur la table à côté de lui. Son tee-shirt flottait autour de son torse maigre, et son short était trop grand de plusieurs tailles. Il portait aussi une paire de vieilles chaussures de sport.

Il avait le regard égaré, féroce, et des yeux minuscules semblables à deux trous noirs. Il examina Serena, puis Stride. Il s'attarda sur ce dernier en plissant les yeux, comme si le visage de Stride était étrange, inattendu. Plus Bob le contemplait, plus Stride avait l'impression d'être un insecte épinglé sur la planche d'un collectionneur. Impression d'autant plus bizarre que Bob semblait lui envoyer un message.

À ses yeux, l'homme était un parfait étranger.

— Comment vous appelez-vous ? demanda Stride.

— C'est écrit sur l'enseigne, fit Bob en haussant les épaules.

— Nous n'aurons aucun mal à trouver votre vrai nom, dit Serena.

— Ah bon ? Je n'ai pas de dossier, je ne déclare pas mes revenus, et on n'a jamais pris mes empreintes digitales. Alors expliquez-moi comment vous comptez faire…

— Vous avez l'air futé, fit Serena. Je m'attendais à voir un vieil ivrogne.

Bob grimaça, avec un signe du pouce vers le fond de la caravane.

— Le gin est à l'arrière. Pour le cas où je me dégonflerais.

— Vous dégonfler ? interrogea Serena.

Bob caressait sa longue barbe, tirait sur les mèches emmêlées. Il mit un doigt sur sa tempe, comme si c'était un revolver, fit mine d'appuyer sur la détente.

— Vous voulez vous tuer ? demanda Serena. Pourquoi ?

Bob se tourna vers Stride avec un sourire sombre, comme s'ils partageaient un secret.

— Vous le savez bien.

— Tiens donc. Et comment le saurais-je ?

— Vous êtes un homme. Qu'est-ce qui peut faire agir un homme ?

— Une femme, dit Stride.

Serena se pencha sur Bob.

— Vous parlez de Christi ?

La colère de Bob s'effaça. Il avait l'air mélancolique. Il observa Serena, et sa voix se brisa sur les premiers mots.

— Vous lui ressemblez un peu... Elle avait des yeux verts, comme vous. Mais les siens étaient froids. Glacés. Elle m'a détruit. Regardez autour de vous. Regardez ma vie. Mais si c'était à refaire, je traverserais l'enfer à nouveau.

— Vous la désiriez à ce point ? demanda Serena. Elle était si bonne que ça ?

— Pas bonne, non. Elle n'a jamais été bonne. Elle était mauvaise.

— Comment ça ? questionna Serena. Elle vous a repoussé ?

Bob eut un rire dément.

— Si c'était aussi foutrement simple que ça ! C'est comme si vous aviez les clés du palais, vous voyez ? Et quelqu'un, un jour, change toutes les serrures. Vous regardez derrière vous, et vous vous rendez compte que vous avez renoncé à tout, que vous avez détruit tous ceux qui vous entouraient, pour... pour un *fantasme*.

— Quand l'avez-vous vue pour la dernière fois ? l'interrogea Serena.

Bob agita la main avec impatience.

— Ne me faites pas perdre mon temps. Vous avez envie de me le demander. Alors demandez-le-moi.

Stride savait ce qu'il voulait dire.

— C'est vous qui avez tué Rachel ?

— Il fallait que quelqu'un le fasse, dit Bob.

— Est-ce que c'est vous qui l'avez tuée ? répéta Stride.

— C'est ça que vous voulez entendre ? Ça vous simplifierait la tâche ?

— Nous voulons savoir ce qui s'est passé, répondit Stride.

D'une pichenette, Bob expulsa un cafard de la table. L'insecte ricocha quelque part vers l'arrière de la caravane.

— Non, ce n'est pas vrai. Vous savez tout ce que vous avez besoin de savoir.

— Nous ne savons pas pourquoi, dit Stride.

Bob se mit à rire.

— C'était un jeu, pour elle. Elle détruisait les gens. Et quand vous faites ça, il arrive qu'on vous rende la pareille.

— Je crois que nous devrions poursuivre cette conversation ailleurs, fit Serena avec précaution en tendant la main vers ses menottes. Est-ce que vous voulez nous accompagner au poste ? Vous pourriez prendre une douche, nous vous donnerons un bon repas, et ensuite vous…

Bob écarquilla les yeux. Il avait un regard de prédateur.

— Vous ne renoncez pas facilement, vous, gronda-t-il.

Ils furent pris de court. Bob plongea la main gauche dans la caisse, se leva avec un hurlement, sa chaise basculant sur le sol de la caravane. Sa main jaillit de la caisse en un mouvement circulaire d'une effroyable rapidité. Il leva le bras à la verticale, frôlant le toit de la caravane. Ses doigts serraient un Smith & Wesson doté d'un canon de douze centimètres.

Stride et Serena se jetèrent en arrière. Stride pivota vers la droite en se laissant tomber brutalement à terre. Des morceaux de verre lui blessèrent la main quand sa paume heurta le sol de la caravane. Il faufila sa main ensanglantée sous sa veste, saisit le Ruger dans sa paume glissante. D'un seul mouvement, il débloqua le cran de sûreté et se redressa sur un genou, son arme pointée sur la poitrine de Bob.

À un mètre de lui, Serena avait fait quasiment les mêmes gestes. Elle se retrouva à genoux, en train de stabiliser son automatique des deux mains.

Bob ne bougeait plus. Il les fixait avec un sourire de triomphe étrange, leur jetant tour à tour des regards nerveux, comme s'il suivait un match de ping-pong. Le revolver tremblait entre ses mains, braqué dans leur direction.

— Qu'est-ce que vous attendez ?

— Nous ne voulons pas vous faire de mal, fit Serena d'une voix ferme. Posez votre arme.

— Je m'en vais. Et vous allez m'aider.

Stride vit les doigts de Bob se resserrer sur la crosse du revolver.

— Je vais tirer ! cria Serena.

— Non ! hurla Stride. Attends ! Attends !

Il ne pouvait pas laisser la seule possibilité de connaître la vérité lui échapper.

Bob n'avait pas relevé le chien. Il n'était pas prêt à tirer. Mais le trou noir du canon était maintenant pointé droit sur le crâne de Stride. Il sentit un élancement au bras, là où la balle de son ami, à Ely, l'avait atteint. Ce coup de feu était encore gravé dans sa mémoire, et il n'avait pas oublié la sensation des chairs qui se déchiraient dans son épaule.

— Bob, vous ne me tirerez pas dessus. Lâchez votre arme, et vous aurez gagné. Vous pouvez la vaincre.

Bob secoua la tête.

— Elle gagne toujours.

Stride remit en place le cran de sûreté du Ruger. Ses doigts se détendirent, le revolver glissa lentement de sa main. Il se baissa et le posa sur le sol.

— Jonny, bordel, qu'est-ce que tu fais ? siffla Serena.

— Je ne tirerai pas, fit Stride à Bob.

Celui-ci hésitait, silencieux.

Les carillons à vent chantaient toujours, ding, ding, ding.

— C'est pas moi, dit Bob. C'est elle. C'était elle, depuis le début.

Stride secoua la tête.

— Vous ne pouvez plus lui reprocher quoi que ce soit. Elle est morte. Cette fois, c'est vous qui décidez. C'est ce que vous voulez ?

La main de Bob trembla. Il lâcha un long soupir triste. Ses muscles semblèrent se creuser à mesure qu'il expulsait l'air de son corps. Le bras qui tenait l'arme mollit, le revolver fléchit dans sa main.

Stride se détendit.

— Posez-le sur la table. Calmement. Lentement. D'accord ?

C'est alors que le visage de Bob se déforma, sous l'effet de la terreur et de la panique. Ses yeux s'élargirent, comme ceux d'un enfant apeuré. Il ouvrit grande la bouche et recula d'un pas, horrifié. Il fixait un point derrière Stride.

— *Elle est là !* gémit-il.

— Il pète les plombs, Jonny, l'avertit Serena.

Stride savait qu'elle avait raison. Bob se décomposait devant eux.

— Il n'y a personne ! fit-il d'une voix ferme.

— *Tu es morte !* beugla Bob.

Il leva le revolver, d'un geste continu. Le canon tremblait légèrement. Mâchoire serrée, Bob montrait les dents. Son pouce appuya légèrement sur le chien du revolver.

— Stop ! hurla Serena.

Stride se raidit. Il attendit le coup de feu. Il attendit que le choc aspire l'air de ses poumons.

La balle de Serena projeta Bob en arrière. Il heurta brutalement le sol, les yeux écarquillés, terrifiés. Il fit entendre un gargouillis, il ne pouvait plus respirer, un mélange de sang et d'écume bouillonnait autour de ses lèvres. Son corps tout entier se contracta, ses membres étaient agités par des spasmes.

Serena se releva et se précipita vers lui.

Bob eut juste assez de force pour lever la tête et contempler son torse dévasté. Il sourit. Il voulut parler, mais les mots se noyèrent dans un râle, sa mâchoire retomba. Ses yeux aux pupilles noires et dilatées se mirent à tourner en tous sens.

— Cordy ! hurla Serena en entendant la porte de la caravane s'ouvrir à la volée. Appelle l'ambulance !

Mais ils savaient tous les deux que Bob serait mort avant que le cri des sirènes leur parvienne.

Stride était assis à l'arrière de la voiture de Cordy, portière ouverte, les jambes à l'extérieur. Pour la première fois depuis des mois, il avait envie d'une cigarette et il frotta ses doigts l'un contre l'autre comme s'il en tenait une. Il sentit la sueur se former au creux de sa nuque et couler le long de sa colonne vertébrale.

À vingt mètres de là, deux flics de la police des polices – froids comme des serpents, même sous ce soleil impitoyable – interrogeaient Serena à propos de la fusillade. Son beau visage était impassible. Aucune émotion visible, aucune tempête intérieure. Stride n'était pas dupe. Il avait déjà vu cette réaction différée chez des collègues de Duluth, y compris des durs à cuire, des vétérans qui avaient vu beaucoup de morts, mais jusque-là toujours tués par quelqu'un d'autre. Tirer, prendre une vie, regarder un homme mourir par votre faute avait un effet dévastateur. Certains flics se retrouvaient en analyse. D'autres quittaient la police.

Puis venaient les doutes. Des gens qui n'étaient pas là, qui n'avaient pas vécu ces moments terribles, croyaient avoir le droit de discuter votre capacité de jugement.

Stride ne pouvait rien faire, sinon rester assis en attendant son tour. Alors il leur dirait. Une fusillade normale. Inévitable.

L'ambulance était arrivée trop tard. Il n'y avait plus rien à faire, sauf disposer du cadavre. Stride avait regardé les deux infirmiers entrer dans la caravane avec un brancard. Le corps de Bob gisait sous un drap blanc, une fleur écarlate se dessinait à l'endroit où le sang traversait le tissu. Un petit vent poussiéreux se leva au-dessus du sol et souleva un coin du drap, qu'il agita comme le drapeau blanc de la capitulation.

Stride aperçut une des jambes osseuses de Bob, et la vieille chaussure de sport qui pendait à son pied. Le talon semblait le fixer, tel un œil injecté de sang, ovale et rose.

Stride sentit que le monde autour de lui s'immobilisait, les bruits et les mouvements s'évanouissant comme ceux d'une boîte à musique. Il n'entendait plus que le bruit furieux de sa respiration et sentait chaque battement de son cœur dans sa poitrine, comme s'il allait lui briser les côtes.

Stride s'attendait presque que le cadavre se dresse sur son lit roulant. À ce que Bob pointe sur lui un doigt squelettique et se mette à ricaner comme un magicien face au public, encore bouche bée devant son ultime tour.

Mais ce n'était pas un tour. Impossible de se tromper sur la semelle et l'ovale rouge au milieu du talon, décoloré par quatre ans de bons et loyaux services. *Bob portait les chaussures de Graeme Stoner.*

Les chaussures qui avaient laissé les traces de pas de Graeme à la grange. Les chaussures restées introuvables après la disparition de Rachel.

Cloué sur place, Stride tenta de comprendre ce que cela signifiait.

Et aussitôt il sut.

Depuis le début, cela avait été un coup monté. Rachel avait volé les chaussures de Graeme. Elles étaient dans le sac plastique qu'elle avait emporté en sortant de la maison. Et cet homme-là – le mort sous son drap – les avait mises. Il était à Duluth, cette nuit-là.

Stride bondit sur ses pieds et se précipita, à la grande surprise des infirmiers qui s'apprêtaient à soulever le brancard. Il arracha le drap, découvrit le visage de Bob, qui avait toujours les yeux grands ouverts.

— Hé, qu'est-ce que vous... fit l'un des infirmiers.

Stride sentit que l'homme l'attrapait par l'épaule et se libéra d'un mouvement brusque. Il se pencha vers le visage de Bob. L'odeur de la mort, du sang et de la pourriture emplit ses narines. Il fixa Bob, en quête d'une réponse.

Je te connais.

Il pivota, aperçut Serena du coin de l'œil. Il sentait qu'elle lisait ses pensées, qu'elle déchiffrait sa terreur. Dieu merci, elle ne dit rien, ne bougea pas. Elle détourna le regard avant que les autres flics ne se tournent vers Stride. Celui-ci entendit une voix, derrière lui :

— Ça va, mec ?

— Cordy !

Il tira le jeune flic à l'écart.

— Tu disais qu'il y avait une vieille photo. Avant qu'il ne ressemble à ça. Tu l'as sur toi ?

— De qui, du mort ? Sûr, sûr, mec. Lavender me l'a donnée. Je me disais qu'on aurait pu s'en servir pour le faire parler...

— Montre-la-moi.

Cordy sortit de sa poche un sachet plastique réglementaire. Stride le lui arracha des mains. Le reflet du soleil l'aveuglait. Il loucha, incapable de voir à travers le plastique. Sans hésiter, il déchira le sachet et le jeta par terre.

— Eh, bon Dieu, tu ne peux pas faire ça… commença Cordy, qui s'interrompit en voyant l'air de Stride.

Celui-ci tenait la photo comme si elle était enflammée.

— Non, non, non, non… murmura-t-il, refusant de croire ce qu'il voyait.

Il sentit que sa tête se mettait à tournoyer, et il souhaita que les fissures, dans le sol du désert, s'ouvrent sous ses pieds et l'engloutissent.

49

Stride but une gorgée de café dans son gobelet en plastique. Il avait du mal à contenir son impatience.

Par les baies vitrées occupant la longueur de l'immeuble, il voyait des touristes abrutis par la chaleur se frayer un passage entre les rangées de voitures de location. Les réacteurs d'un avion à l'atterrissage grondèrent au-dessus de leurs têtes en faisant vibrer les murs. Le crépuscule était proche, les ombres s'allongeaient à vue d'œil.

La porte de verre claqua. Une des responsables de l'agence entra en se dandinant. Elle venait de l'immense parking. Elle serrait entre ses gros doigts une écritoire en plastique.

— Encore combien de temps ? demanda Stride.

L'agent s'immobilisa, les mains sur les hanches. Son ventre nu débordait entre le pantalon de survêtement bleu pastel et le tee-shirt blanc.

— J'ai l'air d'une voyante ? Je vous l'ai dit, ils auraient dû rentrer il y a deux heures…

— Est-ce que vos employés sont prévenus ? Je ne veux pas qu'ils nettoient la voiture avant qu'on l'examine.

— Cavalier marron, immatriculée au Texas.

Elle leur débita un numéro de plaque.

— Dès qu'elle rentre, vous serez le premier à l'ouvrir, chéri. Alors patientez.

Elle disparut dans le bureau qui s'ouvrait derrière le comptoir.

Serena était assise sur une chaise métallique, les coudes sur les genoux. Ses cheveux noirs retombaient en désordre sur son visage. Elle se leva, l'air lasse, passa derrière Stride et massa les muscles noués de son cou. Elle se pencha vers lui.

— Nous ne sommes pas obligés de le faire, murmura-t-elle.

— Si. Je dois savoir.

— Comme tu veux, soupira-t-elle.

Stride savait qu'elle avait raison. Il aurait mieux valu s'en aller. Il savait ce qu'ils trouveraient en fouillant la voiture. Et quand il connaîtrait la vérité, il regretterait de ne pas avoir laissé le mystère mourir dans le désert, avec Bob.

Mais il ne pouvait pas arrêter. C'était la photo qui l'avait mené là. Du désert à l'agence de location de voitures de l'aéroport, en suivant la piste qui s'ouvrait devant lui. C'était si évident qu'il se demandait si tout n'avait pas été mis en place pour qu'il le trouve.

Serena but une gorgée dans la tasse de Stride. Elle fit la grimace.

— Oh, la vache ! Il faudra que tu te mettes au vrai café, Jonny.

Il ne put s'empêcher de sourire.

— C'est mieux, fit-elle.

— Écoute, tu n'as pas besoin de t'inquiéter pour moi, lui dit Stride. Je m'en sortirai. Tu as assez de tes propres problèmes…

— Oh, parce que j'ai tué un homme, c'est ça ? Parce que je viens de passer six heures à revivre ce moment, cinq cents fois de suite, avec ces connards de superflics ? Oh, ce n'est qu'un jour comme les autres.

— Ah oui ?

— Ils veulent que je voie un psy. Ce sera comme au bon vieux temps. Je pleurerai plus tard.

Elle baissa les yeux sur ses chaussures, toujours tachées par la poussière et le sang.

— Tu veux que je te dise, Jonny ? C'était facile. Trop facile.

Stride hocha la tête. Il n'avait pas besoin de répondre à cela.

L'employée corpulente émergea du bureau, un talkie-walkie collé à l'oreille.

— Votre voiture vient de rentrer, chéri. Un de mes gars va nous l'amener.

Stride sentit son estomac se contracter.

— Quelle est la procédure quand une voiture rentre ? Vous passez l'aspirateur ? Vous lavez les tapis de sol ?

— Exactement.

— Le coffre aussi ?

— Seulement quand quelqu'un dégueule dedans, fit-elle en haussant les épaules. Ça arrive, mon chou.

— Et vous êtes sûre qu'elle n'a été louée qu'une fois depuis qu'elle est rentrée, le week-end dernier ? Personne ne s'en est servi entre-temps ?

— Personne.

Quelques minutes plus tard, un assistant garait la Cavalier devant l'agence. Il ne coupa pas le moteur et laissa la portière ouverte côté conducteur. Stride et Serena enfilèrent des gants. Stride avait pris une torche halogène dans la voiture de Serena. Il la dirigea sur le siège arrière de la Cavalier.

La voiture était propre, pas le moindre détritus, aucun papier d'emballage ou autre. Stride, à genoux, passa la torche sous les deux sièges et examina soigneusement le sol. Serena et lui étudièrent pendant une demi-heure le tissu des sièges arrière, centimètre par centimètre, sans rien découvrir.

Stride se redressa.

— Allons voir le coffre.

— Elle était probablement enveloppée dans une couverture, lui rappela Serena. Celle qui aurait dû se trouver sur le lit.

— Les couvertures laissent des indices, dit Stride.

Il ne leur fallut pas longtemps. Stride éclaira l'intérieur du coffre. Il repéra immédiatement une tache brunâtre de la taille d'une pièce de monnaie, sur la moquette recouvrant le bord de l'habitacle. Il maintint le faisceau lumineux sur la tache pour permettre à Serena de la regarder de plus près.

— Ça pourrait être du sang… Eh, j'ai autre chose, ici !

Il la vit sortir une pincette de sa poche. Elle tira quelque chose qui était coincé sous le rebord métallique, puis recula et leva sa pince devant le rayon de la lampe. Stride s'approcha. Il vit un fin cheveu blond en tire-bouchon. La racine était d'un noir de jais.

— Ça ne veut peut-être rien dire, observa-t-il. Des tas de gens se font teindre les cheveux.

Mais l'un et l'autre savaient ce que cela signifiait.

— Il faut que je rentre, dit Stride.

À la porte du bureau, la femme de l'agence agita son écritoire dans leur direction.

— Hé, inspecteurs, qu'est-ce que vous décidez ? Est-ce que je peux récupérer ma Cavalier ? Sans quoi je dois trouver une autre voiture, ou quelqu'un devra faire de la marche à pied, vous voyez ce que je veux dire ?

Stride et Serena se regardèrent longuement. C'était à elle de décider. Stride savait qu'elle n'avait pas le choix. Elle devait confisquer la voiture, faire venir l'équipe scientifique, classer les indices dans ses sachets plastique. Alors, l'univers tout entier de Stride s'écroulerait.

Serena finit par détourner le regard. Elle claqua le coffre et fit un signe à la femme de l'agence.

— Vous pouvez y aller.

50

Il trouva Andrea dans son bureau au premier étage, en train de corriger des devoirs dans le silence sépulcral du bâtiment désert. Sa porte était ouverte. Concentrée sur son travail, la tête baissée, elle ne l'avait pas entendu monter l'escalier.

Il ne pouvait s'empêcher de repenser au jour où il l'avait vue, là, pour la première fois. Ils étaient si blessés, alors – deux êtres solitaires qui avaient cru pouvoir passer leur vie avec quelqu'un d'autre. Il avait vraiment cru, à l'époque, qu'il pouvait l'aider à effacer son chagrin. Mais l'amertume d'Andrea semblait ne jamais devoir disparaître, quel que soit le temps passé avec lui, même après qu'ils eurent trébuché dans le mariage. Cela avait été une erreur. Il n'avait jamais imaginé le prix qu'ils auraient à payer pour cette erreur.

— Salut, Andrea, fit-il doucement.

Elle leva les yeux de ses copies. Il ne savait pas exactement ce qu'il s'attendait à lire dans ses yeux : la peur, peut-être, la colère, ou la tristesse ? En fait, il n'y voyait presque rien. Comme si elle était devenue, en si peu de temps, une étrangère.

— Bienvenue à la maison, dit-elle d'une voix égale. Je ne m'attendais pas à te revoir si vite.

Elle avait l'air d'avoir vieilli, mais c'était peut-être dû à l'absence de maquillage. Elle avait le sweat-shirt gris de l'université qu'elle portait depuis des années. Ses cheveux blonds étaient attachés en arrière et ses lunettes en demi-lune reposaient sur la pointe de son nez.

— Tu as trouvé ce que tu cherchais ? fit-elle d'un ton assez froid. Ça en valait la peine ?

Il entra dans le bureau et s'assit lourdement sur la chaise en bois qui se trouvait devant la table. Il détestait ce qu'il allait faire.

— Il est mort, Andrea.

Réprimant un sanglot, elle repoussa brutalement son siège. Elle ôta ses lunettes, et il vit son regard terrifié. Elle attendait qu'il le dise.

— Robin.

Il avait presque envie qu'elle lui mente, qu'elle feigne d'être choquée d'apprendre que Robin, son ex-mari, avait été l'amant de Rachel.

Elle ne montra aucune surprise. Elle ferma les yeux.

— Ce connard stupide, murmura-t-elle. Qu'est-ce qui s'est passé ?

Stride lui décrivit brièvement les événements qui s'étaient déroulés dans la caravane. Andrea ne craqua pas. Une seule larme coula sur sa joue. Il la laissa digérer son chagrin en silence pendant quelques secondes, et sa propre colère reprit le dessus :

— Tu le savais ! s'exclama-t-il. Nom de Dieu, tu le savais ct tu ne m'as rien dit. Tu m'as laissé partir là-bas en sachant parfaitement ce que j'allais découvrir !

— Je t'avais demandé de ne pas y aller, répliqua Andrea en s'essuyant la joue. Tu étais le seul qui irait jusqu'au bout…

— Parce que c'est mon boulot ! cracha Stride.

Il se leva, fit quelques pas, claqua la porte du bureau. Il revint devant elle.

— Depuis quand ? Depuis quand étais-tu au courant ? Est-ce que tu le savais, à l'époque ? Nous tournions en rond, et toi, tu savais que Robin s'était enfui avec Rachel ?

— Non, je ne le savais pas ! s'écria Andrea. Il est parti des mois avant que Rachel disparaisse. Tu ne vois pas ? C'est ce qu'elle voulait. Pas de lien entre eux. Elle avait tout préparé, ça faisait partie de son plan. Elle lui avait demandé de revenir la chercher à l'automne.

— Quand as-tu compris ? Comment ?

Andrea baissa les yeux vers son bureau.

— Il m'a écrit une lettre le mois dernier.

— Il parlait de Rachel ?

— Tu plaisantes ?

La bouche d'Andrea se contracta, comme si elle avait mordu dans quelque chose d'infect.

— Il ne parlait que de Rachel, de Rachel, de Rachel. Comment elle l'avait séduit. Comment elle l'avait largué. Ce misérable con était obsédé par cette fille.

— Où est cette lettre ?

Andrea hésita. Puis :

— Je l'ai brûlée.

— Pourquoi ? demanda Stride. Pourquoi avoir fait ça ?

Il se dit qu'elle était probablement dans le tiroir du bureau.

— Je ne sais pas pourquoi. Je l'ai fait, c'est tout. Je voulais l'effacer. Je voulais oublier tout ce qu'il m'avait fait.

Stride secoua la tête.

— Tu mens, maintenant. Ne me mens pas. Robin était obsédé ? Bon Dieu, et toi, tu n'es pas obsédée, peut-être ? Il t'a larguée pour une fille de dix-sept ans et tu l'aimes encore ! ?

Elle n'essaya pas de nier. Elle tendait la mâchoire en avant, dans un geste de défi.

— Explique-moi ça, Andrea. Il t'écrit une lettre où il te tourmente avec sa liaison au point de te rendre malade. Et toi, qu'est-ce que tu fais ? Tu lui cours après. Tu cours à Las Vegas pour le retrouver et essayer de le ramener vers toi…

Maintenant, il voyait la peur dans ses yeux.

— Non, je n'ai pas…

— Ne m'insulte pas, l'interrompit Stride. Tu me prends pour un con ? D'abord tu me supplies de ne pas y aller. Et quand j'arrive là-bas, je tombe sur ton mari en train de picoler à mort dans une caravane. Tu sais où va ma première pensée, Andrea ? Vers toi. Je vais à l'aéroport. J'appelle la société de cartes de crédit. Quand tu étais chez ta sœur, à Miami, le week-end, tu as pris un avion pour Las Vegas…

— Ce n'est pas ce que tu crois, dit Andrea. Je ne voulais pas qu'il revienne. Mais j'avais peur. Sa lettre parlait de suicide. Je ne pouvais pas rester ici sans rien faire. C'est pour cela que j'y suis allée. Pour lui parler.

— Je m'en fous, coupa-t-il. Le problème, ce n'est pas Robin et toi.

Le silence qui régnait dans la pièce puait l'angoisse.

— Je veux savoir ce qui s'est passé entre Rachel et toi.

Il la regarda, comme il aurait regardé une suspecte, guettant le moindre tressaillement. Et il vit ce qu'il s'était préparé à voir.

La culpabilité.

— Je veux savoir pourquoi tu l'as tuée.

Andrea ne perdit pas son calme.

— Est-ce que j'ai besoin d'un avocat ?

— Tu crois que je vais te faire arrêter ? Tu me connais bien mal ! Aux yeux de la police de Las Vegas, un vagabond nommé Jerky Bob a tué Rachel. L'affaire est close.

— Comment sais-tu que ce n'est pas ça qui s'est passé ?

Stride eut un soupir dégoûté.

— Je t'en prie, Andrea, ne joue pas au plus fin avec moi. Robin aurait préféré se suicider plutôt que de tuer Rachel. Nous le savons tous les deux. Et tu as laissé une piste d'un kilomètre de large. J'ai retrouvé la voiture de location dont tu t'es servie. Dans le coffre où tu as mis le cadavre de Rachel pour l'emporter dans le désert, il y avait du sang et des cheveux.

— Je voulais qu'il la voie, lâcha-t-elle d'un ton amer. Il la désirait tellement. Je voulais qu'il la...

— Parle-moi de ça, dit Stride. Je veux savoir la vérité.

Andrea hocha la tête. Elle repoussa une mèche de cheveux derrière son oreille, se mordit la lèvre.

— Je ne voulais pas que ça se passe comme ça.

Elle se leva, contourna le bureau. Elle s'approcha de Stride, mais sans le regarder. Elle contempla les photos collées au mur. Elle et Stride. Elle et Robin. Elle les avait toujours. Même maintenant.

Stride sentit l'odeur du tabac. Elle s'était remise à fumer.

— Sa lettre m'a pratiquement fichue en l'air, Jon. Je savais que toi et moi, ça n'allait pas. Je devais déjà gérer cela. Ou ne pas le gérer. Et puis j'ai reçu ces nouvelles de Robin, j'apprenais ce qui s'était passé. Il fallait que je le voie. Je ne suis pas allée là-bas pour la voir *elle*, pour l'amour de Dieu ! Cela ne m'a pas traversé l'esprit. Je voulais le voir, lui.

Elle se tourna vers lui.

— Tu es allé là-bas. Tu as vu dans quel état il se trouvait. Je ne pouvais y croire. Je ne pouvais pas croire qu'elle lui avait fait ça.

— Il se l'est fait tout seul, dit Stride.

— Non, ce n'était pas sa faute. Robin a toujours été faible. Je le savais. Rachel l'avait compris, elle aussi. Elle s'est servie de lui. Il m'a raconté comment elle lisait ses poèmes, comment elle lui disait qu'il était génial. Comment elle lui a fait croire qu'ils étaient faits l'un pour l'autre. Mais c'était un mensonge, et il a tout gobé. Après la mort de Graeme, elle l'a rejeté. Elle l'a tout simplement expulsé de sa vie. Elle n'avait plus besoin de lui. C'était comme si elle lui avait arraché le cœur. Il s'est mis à boire, à descendre la pente. Il n'avait plus aucune raison de vivre.

— Parle-moi de Rachel, insista-t-il.

— D'accord... Le plus dingue, c'est que je n'avais pas eu l'intention de la voir. Robin m'a dit où elle travaillait, mais je m'en fichais. Je n'étais pas là pour elle. Robin et moi avons parlé pendant deux ou trois heures – si on peut appeler ça parler. Mais il était trop loin. Je ne pouvais plus le supporter.

— Alors tu as décidé de faire face à Rachel.

— Non, ça ne s'est pas passé comme ça. J'étais sur le chemin de l'aéroport, pour rentrer. Mais je pensais à elle, de plus en plus, et à ce qu'elle nous avait fait. À ce qu'elle m'avait fait. Ce n'est pas comme si j'avais décidé consciemment d'y aller. Mais au bout d'un moment je me suis aperçue que je ne me dirigeais pas vers l'aéroport. Je suis arrivée au club. Je voulais simplement la voir, voir à quoi elle ressemblait. La regarder dans les yeux. Quand elle est venue sur scène, ça m'a pris une minute, et j'ai su. J'ai su que c'était elle. Elle était exactement comme Robin me l'avait décrite. Magnifiquement belle. Et froide comme la glace.

« C'est alors que j'ai compris que ça ne me suffisait pas de la voir. Je voulais qu'elle me regarde et qu'elle avoue ce qu'elle avait fait. J'ai attendu sur le parking, et je l'ai suivie. Quand je suis arrivée à son appartement, j'ai failli renoncer. Qu'est-ce que tu peux dire à quelqu'un que tu n'as jamais vu et qui a ruiné ta vie ? Mais j'ai pensé à Robin en train de se détruire dans cette caravane, j'ai pensé à ce qu'avait été notre vie, et je suis devenue folle furieuse.

— Elle t'a reconnue ?

— Oh oui ! Sur-le-champ. Elle a ri. Elle m'a dit que si j'étais venue récupérer Robin, je pouvais le reprendre. Elle savait tout ce qui concernait l'enquête. À propos de toi et moi. Elle trouvait ça amusant. « Je t'ai donné un mari, et à ton mari j'ai donné un meurtrier. » C'est ce qu'elle a dit. Et aussi que nous devrions la remercier…

Andrea commençait à s'effondrer.

— Je ne sais pas ce qui… Rien ne s'est passé comme je le souhaitais. Elle ne montrait aucun regret, aucune honte. Elle me fixait avec ces horribles yeux verts, comme si j'étais un insecte. Une bestiole avec laquelle on joue avant de l'écraser…

Ses mains tremblaient. Stride se demanda jusqu'où il pouvait la pousser sans qu'elle perde totalement le contrôle d'elle-même.

— Qu'est-ce qu'elle t'a dit d'autre ?

— Elle mentait, répliqua Andrea en serrant les poings. Elle n'a fait que mentir.

— À quel sujet ?

— À propos de tout ! Je lui ai dit qu'elle n'avait pas le droit de briser notre mariage. Que Robin m'aimait.

Ses yeux n'étaient plus que des fentes étroites, presque reptiliennes.

— Tu sais ce qu'elle m'a répondu ? Que de toute façon Robin aurait divorcé. Qu'elle n'avait eu aucun mal à le séduire, parce qu'il pouvait à peine continuer à dormir avec moi. Que coucher avec moi, c'était comme baiser un cadavre. Si je ne pouvais pas avoir d'enfants, c'est parce qu'il n'y avait rien de vivant entre mes jambes…

— La garce, murmura Stride.

— C'est alors que j'ai compris. Elle ne mentait pas. C'était la vérité. C'est moi qui me mentais depuis le début. Sur Robin. Sur moi-même. J'étais là sans bouger, envahie par une rage que je n'avais pas ressentie de toute ma vie. Et elle, elle se contentait de me regarder avec un sourire arrogant. Comme si ma vie n'était qu'une plaisanterie. Comme si tout ce qu'elle m'avait pris n'avait aucune importance.

— Qu'est-ce que tu as fait ? demanda doucement Stride.

— Il y avait un vase sur une étagère. Je l'ai pris, et je l'ai balancé. Je voulais le briser. Je voulais que le verre vole dans tout l'appartement. Mais je ne l'ai pas lâché. Je le tenais, et il a frappé quelque chose. J'avais fermé les yeux. Je ne savais même pas ce que j'avais fait. J'ai touché quelque chose, et il y a eu un bruit sourd, un bruit de chute…

Stride avait entendu cent fois la même histoire, racontée par des suspects qui cherchaient sa clémence. En général, cela l'endurcissait à leur égard. Mais pas cette fois.

— … elle était morte. Je n'arrivais pas à y croire, mais elle était morte. Je l'avais tuée.

— Rachel était morte depuis longtemps, souffla-t-il.

Andrea le regarda d'un air suppliant.

— Je ne voulais pas que tu sois embarqué dans cette histoire, Jon. Il faut me croire. Je n'aurais jamais pensé que quelqu'un ferait le lien avec Rachel.

Stride savait qu'il n'y avait aucune ambiguïté. N'importe quel tribunal la condamnerait. Mais l'idée lui traversa l'esprit qu'Andrea n'était pas totalement responsable. Pas plus que Robin. Il devait lui aussi assumer une part de responsabilité. C'était peut-être la raison pour laquelle il ne dévoilerait jamais le secret. Qui cela satisferait-il, d'ailleurs ?

— Et maintenant ? demanda Andrea.

Oui, songea-t-il. Et maintenant ?

— Maintenant, nous allons devoir vivre avec ça, tous les deux.

— Je sais combien ça t'est difficile, chuchota-t-elle. De tourner le dos à ton devoir.

— En réalité, ce n'est pas difficile du tout. Je pense que ça devrait m'apprendre quelque chose.

Il était impatient de s'en aller, maintenant, de lui dire adieu, d'être seul avec sa propre culpabilité. Mais il savait qu'il devait tout lui dire, pour qu'elle puisse se raccrocher à quelque chose. Pour que le passé ne soit pas totalement le fiasco, le mensonge qu'il semblait être.

— Robin savait que tu avais tué Rachel. Il l'a pris sur lui. Il voulait que nous pensions qu'il avait fait le coup. C'était pour toi, Andrea. C'est pour toi qu'il l'a fait.

Stride se rendit compte qu'il n'avait nulle part où aller. Il était un sans-logis dans sa propre ville.

Il se retrouva sur le pont du canal, à l'endroit précis où Rachel se tenait le dernier soir. Avant de rentrer chez elle et de déposer les indices dans la fourgonnette de Graeme.

Avant de voler les chaussures de Graeme. Avant de rejoindre Robin, qui l'attendait dans une ruelle, et de l'entraîner à la grange pour qu'il joue avec elle à son petit jeu.

Poursuivre Rachel dans la prairie. Déchirer ses vêtements. Lui entailler la peau. Sang. Tissu. Indices.

J'ai vraiment joué le rôle qu'ils me destinaient.

Stride contempla l'eau sombre, presque immobile sous la légère brise du lac. Il agrippa le rebord des deux mains, imagina Rachel en équilibre là-dessus. Si une rafale de vent l'avait fait tomber dans l'eau glacée, ce soir-là, la vie de Stride aurait pris un tour totalement différent. Pour le meilleur ou pour le pire ? Il n'en savait rien.

Au moins connaissait-il les secrets de Rachel, désormais. Tous, sauf un. Il ignorait encore la raison de tout cela.

Pourquoi ce jeu compliqué ? Pourquoi cette guerre à mort entre Graeme et Rachel ? Il s'étonnait que cette dernière ne lui ait pas laissé un indice, alors qu'elle avait semé derrière elle cette piste de miettes de pain.

À moins que la mystérieuse carte postale ne soit un message à son intention.

« Il méritait de mourir. »

Stride se retourna. Il s'appuya contre le garde-fou. Il regarda les voitures qui allaient et venaient entre la Pointe et la ville. Il reconstruisit mentalement la chronologie, sachant désormais que Robin était le chaînon manquant. Il pensa à Rachel, assise dans la classe de Robin, en septembre. Démarrant son intrigue.

« Je t'ai donné un mari, et à ton mari j'ai donné un meurtrier. »

Il s'approchait de quelque chose, il le sentait. La brume se levait dans son esprit, comme le brouillard sur le lac.

Stride entendit le chuintement des pneus sur l'acier du pont. Stupéfait, il aperçut une Volkswagen rouge qui venait de la Pointe à toute vitesse. Une fille aux cheveux noirs était au volant. En passant devant lui dans un rugissement de moteur, elle le regarda en souriant. En dépit de toute logique, il se dit que c'était peut-être Rachel. Même morte, il savait qu'elle trouverait un moyen de revenir le hanter.

Mais ce n'était pas la voiture de Rachel. Ce n'était pas…

… la Coccinelle sanglante.

Brusquement, Stride vit à travers le brouillard qui se déchirait. Et il comprit. Depuis le début, Rachel lui envoyait un message.

51

À trois cent cinquante mètres d'altitude, au sommet de la couronne en forme de soucoupe qui domine la tour du Stratosphere, la température était plus agréable – près de dix degrés de moins qu'au sol. Quand il s'avança sur la plate-forme d'observation, Stride sentit sous ses pieds une vibration déroutante. Comme si le vent pouvait abattre la tour. Il n'avait jamais été vraiment sujet au vertige, mais le fait de se trouver si haut, sur cette espèce de passerelle exposée à tous les vents, suffisait à lui donner le tournis.

« Essaie la tour », lui avait dit Cordy.

Serena avait avoué un jour à son équipier que lorsqu'elle avait du mal à trouver le sommeil il lui arrivait de prendre sa voiture et d'aller au Stratosphere, d'où elle pouvait contempler la ville pendant quelques heures.

Durant les trois semaines où Stride avait été absent, ils s'étaient parlé plusieurs fois au téléphone, mais il se demandait si l'alchimie fonctionnerait toujours entre eux quand ils se retrouveraient. Il craignait que Serena n'ait oublié les quelques jours qu'ils avaient passés ensemble.

Alors qu'il contemplait la vue panoramique sur Las Vegas, il se demanda s'il aimerait un jour cette ville, si différente de tout ce qu'il avait connu. Il était difficile de prendre une créature des grands espaces et de la jeter dans la jungle du néon. Mais il n'était pas sûr d'avoir encore envie de vivre à Duluth. Il avait fait son temps dans la police – assez pour avoir le droit à la retraite –, ce qui lui laissait tout loisir de rompre avec son passé. En outre, il venait d'apprendre que Maggie était enceinte et que son mari était parvenu à la convaincre de rendre son insigne. Continuer sans elle lui semblait dépourvu du moindre intérêt. Impossible.

Il découvrit qu'il pouvait marcher jusqu'au bord et regarder en bas sans avoir le vertige. Il suivit la plateforme sur sa droite, arriva à une terrasse surplombant la moitié orientale de la ville, détachée de l'alignement des casinos étincelants. Mais, en approchant du côté sud, il vit l'image hypnotique du Strip qui s'enfonçait dans le désert comme un rayon laser courbé. Il ne vit tout d'abord qu'un ruban éblouissant de couleurs. Plus il le fixait, plus il était capable de se concentrer sur les détails, la lueur vert émeraude du MGM Grand Hotel, la structure de la fausse tour Eiffel du Paris. Il était tellement impressionné par le spectacle qu'il lui fallut plusieurs minutes pour s'apercevoir qu'il n'était pas seul.

Serena se tenait à quelques mètres de lui et le regardait en souriant. Elle avait un jean noir et un col roulé blanc. Il ne put s'empêcher de se dire que Rachel portait les mêmes vêtements le soir de sa disparition. Avec ses cheveux noirs et son corps athlétique, Serena devait beaucoup ressembler à Rachel ce soir-là, au sommet du pont au-dessus du canal. Cela la lui rendit un peu plus sympathique, car il comprenait comment elle avait pu séduire aussi facilement Robin, Graeme, Kevin et tous les autres. Serena avait une beauté comparable à la sienne, et elle exerçait sur Stride le même genre de pouvoir.

« Qu'est-ce qui peut faire agir un homme ? » avait demandé Robin. Une femme.

Avec une grâce tranquille, elle vint vers lui et le serra contre elle. Elle pressa tendrement sa joue fraîche contre son visage rouge et brûlant. Il tendit la main pour caresser ses cheveux. Il trouvait tout naturel de la tenir blottie contre lui, comme s'ils se connaissaient depuis des années. Il aurait voulu ne jamais s'écarter d'elle, et pendant un long moment il eut l'impression qu'ils ne le feraient jamais. Ils pouvaient rester là, à jamais, enroulés l'un dans l'autre dans la fraîcheur de la nuit. L'électricité était toujours là, aussi vibrante qu'au premier jour.

— Tu es revenu, dit-elle, légèrement surprise.

— Je te l'avais promis.

— Je sais. Mais les promesses, dans cette ville, ça ne veut pas dire grand-chose.

Il s'écarta pour la contempler, s'habituant de nouveau à son visage.

— Tu avais belle allure, à la télévision, fit-il en souriant.

— Tu es un sacré baratineur.

Deux chaînes de Minneapolis avaient envoyé des journalistes à Las Vegas pour réaliser un sujet sur la mort de Rachel. Ils avaient interviewé Serena et Cordy, tourné quelques plans devant et à l'intérieur du club où Rachel avait travaillé, et étaient intervenus en direct depuis l'endroit où s'était trouvée la caravane de

Robin. La caravane délabrée avait déjà été remorquée chez un ferrailleur et tout son contenu, infesté de parasites, avait été brûlé.

Les journaux télévisés n'avaient aucune photo de Jerky Bob à diffuser. Stride avait veillé à ce que la seule photo connue soit égarée durant l'enquête. On demanda donc à Serena de le décrire, ce qu'elle fit sans se faire prier. Un vagabond. Un homme de nulle part. Il y en avait des tas comme lui à Las Vegas, le plus souvent des malades mentaux, et celui-ci avait alimenté une obsession jusqu'au jour où il avait sombré dans la violence. Rachel avait eu la malchance d'être celle qu'il refusait de laisser partir.

Voilà quelle était son histoire, et Serena s'y tiendrait.

— Ils ont repris ta formule, lui dit Stride. « Rachel assassinée par l'homme de nulle part. » Ça a fait la une des journaux, à Duluth.

— Ça me plaît bien.

— Quelle importance, si ce n'est pas vrai ? murmura-t-il.

— On en a déjà parlé, reprit Serena. Tu devais la protéger.

Il posa les mains avec précaution sur le rebord qui empêchait de sauter dans le vide, et il regarda en bas. De nouveau, la hauteur lui fit tourner la tête. Serena le rejoignit et posa une main sur son dos.

— Que pouvais-tu faire d'autre ?

— Je sais. Mais je m'en veux de t'avoir entraînée dans cette histoire. Je t'ai obligée à mentir pour moi.

— Je l'ai fait parce que je l'ai voulu.

Voyant qu'il s'apprêtait à ajouter quelque chose, elle mit un doigt sur ses lèvres.

— L'affaire est réglée, Jonny. Point final.

— Non, pas tout à fait, dit-il.

Il inspira à fond, en se demandant comment il allait s'y prendre pour lui révéler le reste. Il s'en voulait encore de n'avoir pas compris plus tôt. Même si cela n'aurait rien changé. Les jeux étaient faits depuis longtemps.

Serena le regardait, dans l'expectative.

— Il reste la question des relations entre Rachel et Graeme, fit-il. Il s'est passé quelque chose, qui a fait d'eux des ennemis mortels.

— Nous savons qu'ils couchaient ensemble, dit Serena. Rachel a dû vouloir arrêter. Graeme ne voulait pas. J'ai connu cela, Jonny. S'il l'a violée, ou s'il a essayé de le faire, ça suffisait pour qu'une fille comme Rachel décide de se venger.

— Oui, c'est vrai. Mais c'est Graeme qui s'est vengé le premier.

Levant son verre de cognac devant la lumière, Graeme vit que sa main tremblait. Il but une gorgée en espérant que l'alcool lui calmerait les nerfs. Il huma l'arôme du cognac, qui brûla sa gorge déshydratée. Il fit tournoyer l'alcool dans le verre, en but encore un peu. Mais ses doigts tremblaient toujours. Il sentait le désir monter en lui.

Emily participait à une retraite avec son Église, à Saint Paul. Rachel était dans sa chambre, et elle savait qu'il viendrait. Graeme posa son verre. Il monta l'escalier sans bruit et emprunta le couloir qui menait à sa chambre. Il se déplaçait furtivement, attentif à éviter les craquements qui auraient pu l'alarmer. Il vit la lumière sous la porte. Il se représenta Rachel sur son lit, les yeux au plafond, la tête sur l'oreiller. En train de penser à toutes les fois où ils avaient fait l'amour.

Il tourna le bouton de porte sans bruit, poussa. C'était fermé à clé.

— Rachel, appela-t-il, juste assez fort pour qu'elle l'entende. Tu sais combien j'ai envie de toi.

Rien. Elle était là, elle l'écoutait, mais ne disait pas un mot.

— Nous sommes faits l'un pour l'autre, Rachel. Tu ne peux pas tourner le dos à ça. Nous sommes deux âmes sœurs.

Il savait qu'elle était là. Le silence prolongé commençait à lui faire perdre le contrôle de lui-même. Il se mit à serrer et desserrer les poings, en respirant difficilement par le nez.

— Ouvre la porte, Rachel, reprit-il d'une voix chevrotante. Je te promets que je ne te ferai pas de mal. Mais il faut que je te parle.

Il ne pouvait pas tenir sa promesse, ils le savaient tous les deux. Si elle lui ouvrait la porte, il serait incapable de se contrôler. Il fallait qu'il la touche, qu'il la pénètre, quel qu'en soit le prix. À la seule pensée de son corps nu, il se mit à suer et à frémir.

— Rachel ! s'écria-t-il d'une voix furieuse.

Incapable de se retenir, il donna un coup-de-poing dans la porte.

— J'ai envie de toi !

Il frappa la porte d'un coup d'épaule, pour l'ébranler. Il aurait voulu l'enfoncer et entrer dans la chambre. Mais la vieille maison était solide et le panneau de chêne ne bougea pas.

— Laisse-moi entrer ! hurla-t-il.

La joue contre la porte, il tendit l'oreille. Puis il entendit la voix de Rachel, si proche qu'il sursauta. Elle était là, de l'autre côté. Ils n'étaient séparés que par quelques centimètres de bois.

— Si tu y tiens, Graeme, je te laisse entrer.

Sa voix était douce comme le miel, sans la moindre trace d'émotion ni de ressentiment.

— Et si tu veux me violer, tu pourras le faire.

— Je ne veux pas, murmura-t-il.

— C'est très bien, Graeme, je comprends. Tu as des besoins.

— Oui. Oui, j'ai tellement envie de toi. Je voudrais que ce soit comme avant.

— Et moi, je te dis que tu peux m'avoir.

Il osait à peine respirer. La pensée de lui faire à nouveau l'amour le submergea.

— Tu me laisserais faire ?

— Absolument. Mais il faut que je t'explique ce qui se passera.

Quelque chose dans la voix de Rachel lui donna la chair de poule.

— Si tu entres ici et que tu me touches encore, je prendrai un couteau de boucher, et je te couperai les couilles. Compris ? Et puis je te couperai la bite. Je te le promets. Tu m'écoutes ? Tu comprends ? Tu ne passeras plus une seule nuit dans cette maison sans te demander, avant de t'endormir, si je viendrai t'émasculer. Et ne crois surtout pas que tu pourras faire recoller ton petit machin. Quand je l'aurai coupé, j'irai le jeter dans les chiottes, là où est sa vraie place, et je tirerai la chasse.

Gracme tomba à genoux, terrifié. La nausée lui retournait l'estomac.

— Tu me crois, Graeme ? demanda Rachel. Tu me crois, si je te dis que je le ferai ?

Il voulut répondre, mais il s'étrangla.

— Je ne t'entends pas, Graeme.

— Oui, oui, je te crois !

Et c'était vrai.

— Alors dis-moi, est-ce que tu veux toujours entrer ? demanda Rachel.

Graeme s'enfuit sans un mot de plus. Il ne s'était jamais senti aussi défait. Elle venait de lui prouver une fois de plus que c'était elle qui détenait le véritable pouvoir. Il redescendit au rez-de-chaussée, se mit à faire les cent pas dans la maison, divaguant. Le problème, c'était qu'il était incroyablement excité. Son sexe était dur comme la pierre, et son désir de Rachel était si fort qu'il avait envie de remonter l'escalier et de la baiser sur-le-champ, quelles qu'en soient les conséquences. Mais il savait qu'elle ne plaisantait pas. Elle ferait exactement ce qu'elle avait promis de faire.

Il se sentait attiré par quelque chose d'horrible et de familier à la fois, comme une étoile entraînée par l'irrésistible force de gravité d'un trou noir. Il se dit qu'il devait résister. La vérité, c'est qu'il en avait envie, qu'il le voulait, qu'il était prêt à faire n'importe quoi pour ça. Il essaya de retrouver son calme, mais ses doigts s'étaient remis à trembler, et la sueur formait sur sa peau comme une froide pellicule. Il sentit une force s'agiter dans son âme, une porte s'ouvrir, une ombre s'éveiller.

— Non, je t'en prie, non.

Il suppliait le monstre qui était en lui.

Mais le monstre ne l'écoutait pas. Il jouait avec lui comme un enfant avec une poupée, orchestrant ses mouvements, lui dictant ce qu'il devait faire.

Rachel, c'est ta faute.

— Va, gronda le monstre qui était en lui.

Mais ce n'était pas la voix d'un monstre.

C'était la sienne. Une voix tellement... immorale.

Graeme prit ses clés et sortit par la porte de devant. L'atmosphère était instable. Pour un mois d'août, il n'aurait pas dû faire nuit si tôt, mais à cause de la couverture de nuages annonciateurs de tempête, le ciel était pratiquement noir. Le vent changeant agitait avec force les branches du chêne.

Il était presque arrivé au garage quand il se rendit compte qu'il ne pourrait pas y entrer. Rachel avait garé sa voiture devant les deux portes, et la fourgonnette était bloquée à l'intérieur. Graeme jura. Levant la tête vers la fenêtre de la chambre de Rachel, il la vit qui le contemplait avec un sourire glacé. Le simple fait de la regarder accéléra son rythme cardiaque. Mais il grimaça, le visage dur. Ses yeux n'étaient plus que deux points noirs de colère. Il donna un coup de pied furieux dans le pare-chocs, au point d'y laisser une marque.

Il s'efforça de réfléchir à toute vitesse. Les premières gouttes de pluie faisaient des taches sombres sur ses vêtements. Il eut une idée. Cela lui arracha un sourire, et il regarda Rachel, à la fenêtre. Elle fronça les sourcils en comprenant ce qu'il allait faire. Il se précipita dans la maison et monta l'escalier en ahanant. Dans sa chambre, il fouilla rapidement la coiffeuse d'Emily, jetant au sol les boîtes de bijoux et les produits de beauté. Il glissa la main au fond des tiroirs, cherchant à l'aveuglette. Il entendit un bruit métallique et ses doigts les touchèrent enfin. Il les sortit du tiroir, de plus en plus excité. Les anciens doubles des clés d'Emily.

Il s'en saisit et ressortit en courant, claquant la porte derrière lui. Il leva les yeux vers la fenêtre de Rachel, mais celle-ci avait disparu. Près de la voiture, il tâtonna avec les clés. Il avait les doigts mouillés par la pluie, les clés tombèrent dans l'allée. Graeme les ramassa et en introduisit une dans la serrure de la voiture. La portière s'ouvrit.

Il jeta autour de lui un regard nerveux. Il était seul.

— Démarre, grogna le monstre. Pars en chasse.

Il s'agrippa si fort au volant que la sueur lui collait les mains. Une petite pluie désagréable s'étalait sur son pare-brise, formant une bruine que les essuie-glaces paraissaient incapables de repousser. Il cherchait les routes isolées. Son désir était encore plus fort dans cette voiture où le parfum de Rachel était omniprésent. Elle aurait aussi bien pu être assise à côté de lui, en train de l'exciter, ses yeux verts glacés posés sur lui. Le souvenir des moments où il avait fait l'amour avec elle était si intense qu'il lui semblait sentir encore ses doigts caresser sa peau.

— Chasse.

Il remonta vers l'ouest, au-delà de Lakeside, laissant bientôt derrière lui les zones habitées. Huit ou dix kilomètres plus loin, il roulait dans un paysage désert, où la nationale était bordée par une double rangée de bouleaux. Il pleuvait désormais à verse et il faisait tout à fait nuit, ce qui l'obligea à ralentir et à se concentrer sur le faisceau de ses phares.

La voiture se déporta soudain sur le bas-côté. À la dernière seconde, il vit la jeune fille qui courait sur le bord de la route, juste devant lui, à peine distincte sur la pénombre des arbres. Il freina et fit une embardée pour l'éviter. Il vit le regard apeuré de la fille quand elle aperçut la voiture et plongea dans le fossé.

Graeme se rangea sur le côté, mais sans arrêter son moteur. Il courut vers la fille. Elle se releva en essayant de se débarrasser de la boue et de la terre qui la maculaient. Il avait du mal à distinguer ses traits dans l'obscurité. Il remarqua tout de même qu'elle avait plus ou moins l'âge de Rachel, avec de longs cheveux châtains liés en queue-de-cheval. Elle avait un corps athlétique et portait un short moulant et un soutien-gorge de sport.

— Je suis vraiment désolé, dit Graeme. Ça va ?

La fille fit quelques pas, en se massant une cheville.

— Ça va. Ce n'est sans doute qu'une entorse.

Il s'efforça d'ajuster son regard pour la voir un peu plus nettement. Elle était jeune, et très mignonne. Elle avait l'air vulnérable. Elle s'appuyait prudemment sur sa cheville intacte. Des mèches de cheveux s'étaient séparées de sa queue-de-cheval, ses vêtements et sa peau étaient trempés par la pluie.

— Je vais vous ramener chez vous, dit Graeme en tendant la main pour l'aider à marcher.

Il sourit, la rassura, se détestant pour ce qu'il était en train de faire. Ce n'est pas moi. C'est le monstre. Ce n'est pas la même chose.

Elle lui prit le bras pour retrouver son équilibre. Ce contact le troubla. Elle était assez près maintenant pour l'envelopper dans son parfum, où se mêlaient l'odeur de la sueur et celle de la pluie. Il ouvrit la portière arrière, jeta un coup d'œil de part et d'autre de la route déserte.

— Et si vous montiez à l'arrière, vous pourriez mettre votre pied en hauteur ? lui proposa-t-il.

La fille monta très vite dans la voiture. Graeme se pencha à l'intérieur et la regarda qui s'installait. Elle était éclairée par le plafonnier. Après le jogging, son visage humide luisait, légèrement rose. Ses yeux brillaient. Elle étendit sa jambe droite sur le siège et laissa l'autre pendre sur le sol de la voiture. Il vit ses mollets et ses cuisses musclés, et son regard s'arrêta sur le Lycra qui lui moulait l'entrejambe. La poitrine de la fille se soulevait au rythme de sa respiration. Graeme contempla les seins qui se gonflaient. Elle le regarda avec un sourire timide.

— Les sièges vont être trempés.

— Ce n'est pas grave, répondit Graeme.

Il laissa le moment se prolonger un tout petit peu trop longtemps, et le sourire de la fille se transforma en un rire nerveux. Méfiante, elle se rembrunit. Graeme eut tout à coup l'impression qu'elle pourrait lire en lui et deviner ses intentions.

Il ferma la portière et monta à l'avant. Il se tourna vers elle avec un sourire engageant.

— Je dois m'arrêter quelque part, avant de rentrer en ville. D'accord ?

— Oh ! Oui, bien sûr.

La fille se mordit la lèvre. Il devinait les questions qui se formaient dans son esprit. Il vit aussi la première lueur de la peur.

La mettre à l'aise.

— Je m'appelle Graeme, fit-il. Et toi, comment t'appelles-tu ?

— Kerry, dit la fille, en pressant ses cheveux pour en extraire l'eau de pluie. Kerry McGrath.

Serena avait le regard perdu au loin, au-delà de la ville. Stride savait qu'elle pensait à Graeme. Rôdant sur les routes de campagne, chassant comme un prédateur sait le faire. Graeme, tombant sur une adolescente innocente dont le seul péché était de faire son jogging au mauvais moment, au mauvais endroit.

— Tu es sûr ? demanda-t-elle.

Stride inspira à fond, acquiesça.

— Graeme a tué Kerry. Rachel le savait. C'est ce qui a tout déclenché.

— Mais après la disparition de Rachel, ton équipe a passé la fourgonnette de Graeme au peigne fin. Difficile de croire qu'il n'ait pas laissé le moindre indice…

— Il a dû en laisser, dit Stride. Mais nous avons cherché au mauvais endroit.

Serena fronça les sourcils sans comprendre. Puis elle eut un soupir dégoûté.

— Le fils de pute ! Il s'est servi de la voiture de Rachel.

— Exactement. C'est ce qui m'échappait depuis le début. Je me rappelle qu'en écoutant les témoignages, au procès de Graeme, je sentais que je passais à côté de quelque chose. C'était juste devant moi, et je n'ai jamais fait le lien. Kevin et Emily ont témoigné que Graeme avait acheté une nouvelle voiture à Rachel pour remplacer l'ancienne qui lui venait de sa mère. J'aurais dû remarquer la coïncidence. La Volkswagen rouge, achetée presque immédiatement après la disparition de Kerry. Comment Rachel l'avait-elle baptisée ?

La Coccinelle sanglante. Oh oui, elle savait. Elle savait. Et elle allait le faire payer. À sa manière.

— Vous avez retrouvé la voiture ? demanda Serena.

— Oui. Nous avons localisé ses nouveaux propriétaires, à Minneapolis. Nous avons trouvé d'infimes traces de sang et des cheveux à l'arrière, qui correspondent à ceux de Kerry. Et des traces de sperme, celui de Graeme. Je l'ai dit aux McGrath. Ils ont été satisfaits d'apprendre que justice avait été rendue, même de manière indirecte. Au moins savent-ils maintenant que l'assassin de leur fille ne s'en est pas tiré.

— Il y en a eu d'autres ? interrogea Serena.

— Tu sais comment ça se passe. Ces types sont souvent des récidivistes. Nous aurons peut-être vent de disparitions d'adolescentes qu'on pourra relier à Graeme...

Serena serra ses bras contre sa poitrine et frissonna. Stride vit que ce n'était pas l'effet du froid. Elle se frottait le bras, comme pour en effacer une tache.

— Je ne suis pas sûre qu'il y ait tant de différences entre Rachel et moi, dit-elle. J'ai subi moi aussi des violences sexuelles. Et je voulais me venger.

— Rachel n'était pas totalement innocente, lui rappela Stride. Elle jouait à des jeux dangereux.

— Ne sois pas trop dur avec elle, Jonny. Tant que tu ne t'es pas trouvé tout seul face au monstre, tu ne peux pas savoir comment tu réagirais...

Elle frissonna de nouveau, regarda par-dessus son épaule.

— J'ai l'impression d'être hantée...

— Je ne crois pas aux fantômes, dit Stride.

En était-il sûr ?

Pour ce qu'il en savait, ils étaient peut-être entourés par des fantômes s'agitant en tous sens autour d'eux sur l'étroite plate-forme. Des esprits bienfaisants, comme Cindy, lui murmurant qu'il avait fait ce qu'il fallait en tombant amoureux de Serena. Des esprits dans les limbes, comme Rachel, souriant avec une sombre ironie en contemplant les changements profonds qu'elle avait apportés dans son existence. Peut-être y avait-il aussi des esprits malfaisants, comme Graeme, qui donnait la chair de poule à Serena et lui faisait aussi peur qu'à la petite fille qu'elle était, à l'époque où elle était seule avec son propre monstre.

Stride souleva le menton de Serena pour plonger son regard dans ses yeux verts, profonds. Il caressa du dos de la main la douceur de sa joue. Il essayait d'être fort pour elle – d'être l'homme qui l'aiderait à chasser ses cauchemars, quelqu'un avec qui elle pourrait marcher, sur qui elle pourrait s'appuyer. Ils se regardèrent. Les traits de Serena s'adoucirent brusquement, la peur s'en alla. Stride sut qu'ils étaient seuls, tous les deux à nouveau, sur le toit du monde, sans autres esprits que les leurs.

— Il n'y a pas de fantômes, lui répéta-t-il d'une voix ferme, en espérant qu'elle le croirait.

Serena sourit.

— Je n'ai pas le droit de te demander ça… Mais il serait bon que tu restes un peu par ici.

— C'est très exactement ce que je me disais.

Elle se pencha vers lui et l'embrassa avec passion. En contrebas, la ville rayonnait.

— Bienvenue à Vegas, mon chéri, murmura-t-elle.

REMERCIEMENTS

De nombreuses personnes m'ont aidé à faire en sorte que ce livre devienne réalité.

À Ali Gunn, à Londres, et à son équipe formidable chez Curtis Brown (Carol Jackson, Diana Mackay, Tally Garner, Stephanie Thwaites et beaucoup d'autres), merci pour votre passion et pour le soutien que vous avez apporté à mon livre et à ma carrière. De même à Deborah Schneider, à New York. Grâce à vous tous, ma vie a été transformée.

Marion Donaldson, chez Headline, et Jennifer Weis, à Saint Martin's Press, ont été les éditeurs les plus passionnés et les plus prévenants qu'un auteur puisse souhaiter.

Robert Bond, le meilleur avocat londonien spécialisé dans le droit d'auteur, est aussi l'homme qui connaît tout le monde. Merci, Robert. Alison, si je ne vous l'ai pas encore dit, sachez que votre idée de tableau était géniale.

Le romancier Ron Handberg et son éditeur, Jack Caravela, m'ont donné les conseils qui m'ont aidé à un moment crucial de la mise en forme finale.

Ma gratitude va à mes nombreux et merveilleux amis chez Faegre & Benson – en particulier les lecteurs, parmi les avocats et les membres de l'équipe qui m'ont encouragé. À mes excellents amis et lecteurs dans les Cités jumelles (Tony Carideo, Jay Novak, Lynn Casey et tant d'autres), merci pour tous vos vœux et vos idées toujours excellentes.

Un merci tout particulier à mes deux mentors : Joyce Bartky, qui m'a poussé à m'asseoir dans un coin et à écrire, et le regretté Tom McNamee, dont la sagesse et les conseils ont contribué à m'amener là où je suis aujourd'hui.

À Barb et Jerry, qui se sont occupés de Disney quand nous devions nous absenter. À Janean, qui a lu tous mes travaux antérieurs et attendu patiemment (si j'ose dire) un exemplaire de celui-ci. À Janice, pour ses conseils et sa profondeur de vue. À Keith et Judy, ces deux Anglais dingues. Vous êtes tous des amis merveilleux.

J'espère que les habitants de Duluth me pardonneront d'avoir situé toutes ces horreurs dans leur magnifique cité. (Je suis sûr que ceux de Las Vegas en ont l'habitude.)

Enfin, et c'est le plus important, je dois ma réussite à ma femme Marcia, qui, pendant plus de vingt ans de vie commune, n'a jamais cessé de croire en moi comme au premier jour. Ainsi qu'à ma famille, mes parents, mon frère, mes cousins, mes oncles et mes tantes, qui continuent à m'encourager, et ceux qui, comme Bea, Frank, Jo et Neal, me sourient, de là où ils sont.

Le lecteur qui désire en savoir plus sur les personnages de ce livre peut visiter mon site Internet : www.bfreemanbooks.com. Il y trouvera quelques flash-back inédits.

Si vous venez sur le site, n'hésitez pas à me faire part par mail de votre avis sur le livre. Je ferai de mon mieux pour répondre à tous les messages. Vous pouvez aussi vous servir du site pour envoyer à vos amis des renseignements sur le livre. Et vous pouvez vous inscrire à ma lettre d'information. Vous serez avertis dès la sortie du prochain et pourrez en recevoir des bonnes feuilles.

Composé par Nord Compo Multimédia
7, rue de Fives, 59650 Villeneuve-d'Ascq

Cet ouvrage a été imprimé en France par

CPI
Bussière

à Saint-Amand-Montrond (Cher)
en novembre 2008

POCKET - 12, avenue d'Italie - 75627 Paris Cedex 13

— N° d'imp. : 81712. —
Dépôt légal : décembre 2008.